고요 속 외침

—치유 시리즈 네 번째 이야기

고요 속 외침

초판 1쇄 찍은 날 § 2008년 1월 7일
초판 1쇄 펴낸 날 § 2008년 1월 17일

지은이 § 장해서
펴낸이 § 서경석

편집장 § 문혜영
편집책임 § 이종민
편집 § 한지윤

펴낸곳 § 도서출판 청어람
등록번호 § 제1081-1-89호
등록일자 § 1999. 5. 31
어람번호 § 제5-0177호

주소 § 경기도 부천시 원미구 심곡1동 350-1 남성B/D 3F (우) 420-011
전화 § 032-656-4452 팩스 § 032-656-4453
http://www.chungeoram.com
E-mail § eoram99@chollian.net

ⓒ 장해서, 2008

ISBN 978-89-251-1119-3 03810

고요 속 외침

장해서 지음

도서출판 청어람

Prologue

남산 언덕길 근처 레스토랑에는 제법 많은 사람들이 막 해가 저무는 풍경을 저마다의 표정으로 구경하고 있었다. 각기 다른 사람들에게서 기분 좋은 느긋한 기운이 공통으로 흘렀다. 남산의 야경을 보기엔 좋은 위치에 자리 잡은 곳이었다. 음식 먹는 것도 뒷전으로 그들의 눈은 창문에 닿은 붉은 여운에 달라붙어 있었다. 그러나 단 한 사람만은 창가의 가장 좋은 자리에 앉아놓고도 아름다운 풍경엔 관심이 없었다. 그녀의 관심은 오로지 자신의 어리석음에 가 있었다.

"또 빠뜨렸어. 바보처럼 말이야."

진소윤은 체크 프린트 원피스에 갈색 재킷을 걸치고 무릎까지 오는 긴 양말과 동일한 색상의 구두, 이렇게 한 세트 같은 정장 차림으로 앉아 그 작고 붉은 입술을 꿈틀거리며 후회하고 있었다. 여성스런 옷차림도 살짝 웨이브진 자연스러운 성숙한 머리 스타일도 그녀의 어벙한 표정을 커버해 주지 못했다.

"이게 아닌데……."

혼잣말은 계속되었다. 소윤은 지금 아버지의 강력한 명령에 의해서 이 자리에 한 남자를 기다리고 있었다. 그녀의 나이 스물두 살, 대학교 졸업반의 어리다면 많이 어린 나이였다. 그녀가 보고 있지 않은 창가에 날리는 노란 은행잎이 완연한 가을임을 말해주고 있었고, 이 맞선이 잘 성사가 되면 스물세 살 봄날에 결혼을 하기로 잠정 합의가 되어 있었다. 인생의 중요한 기점이 되는 날임에도 좀처럼 실감이 나질 않았다. 처음부터 그러했다.

"진소윤!"

아버진 술이 들어가면 다정해지지만 그렇지 않으면 늘 이렇게 엄격하게 부르곤 했다. 실수가 많은 그녀에겐 항상 정신이 번쩍 드는 외침이었지만 무섭기만 하지, 건망증을 동반하는 숱한 잘못을 줄이는 데는 그리 큰 효과는 없었다.

"산호가하고 조만간 혼사가 닿을 것 같다. 그러니 준비하고 있어. 재혼이기는 해도 힘있는 집안이니 너한테 큰 힘이 될 거다."

산호는 알아주는 주류 제조업체로서 오랜 역사와 성장을 한 기업으로 그동안 뚝심을 갖고 일해온 데다 인맥에서도 남부러울 만한 거미줄을 형성해서 굳건한 재벌가로 성장했다. 혼사가 연결만 되면 여러 인맥을 한꺼번에 갖게 되어 다른 집안들도 많은 관심을 보이고 있었지만 아들들이 원체 재혼인데다 그리 썩 좋은 성품이 아니라는 소문이 많아서 망설이며 선뜻 나서지 못하고 있을 때였다. 그래서 웬만하면 오랜 하청업체로서 작은 가족 기업을 유지해온 그들에게까지 오지 않을 혼사가 연결이 된 모양이었다. 대대로 물려받은 유산은 많으나 사업적으로 현상 유지만 해온 일가였다.

아버지의 일방적인 명령이 떨어지고 나서 소윤은 시도 때도 없이 마음속으로부터 주문 외우듯 중얼거렸다.

'김수창은 안 돼. 김수창은 절대 안 돼.'

어린 시절 진심으로 바라면 이루어진다는 할머니의 말을 너무 새겨들어 가진 습관이었다. 우연찮게 바라던 일이 이루어지자 커서까지도 아주 간절한 일이 생기면 온 정신을 그곳에 집중했다. 이번에도 마찬가지였다. 그만큼 산호가의 막내아들인 김수창이 싫었다. 인간적으로 그를 싫어하지는 않았다. 그는 잘생기고, 잘 웃고, 표정이 살아 숨 쉬며, 친분이 있는 사람들에겐 마음이 내키면 친절한 편이었다. 그러나 지금 이 정도의 거리에서 느껴지는 학교 선후배인 오빠, 동생 사이는 괜찮지만 김수창과 남녀 관계로 밀접하게 만나 부부가 된다는 것은 가히 상상도 안 될 만큼 끔찍했다.

소윤은 너무 잘생기고, 멋 부리기 좋아하며 잘 노는, 김수창이나 황재건 같은 분방한 타입은 감당이 되질 않았다. 자고로 남자는 털털하고 듬직하며 우직한 스타일이 좋았다. 성격이 여물지 못한 그녀가 남편이 바람피우면 어떻게 대처할지 모를 것이 분명해서 그렇게 인기 많고 책임감이 극도로 부족한 사람은 절대 사절이었다. 그러나 그렇다고 해도 김수안과 되길 바란 것은 결코 아니었다.

항상 그것이 문제였다. 머리가 나쁘진 않아도 그렇게 실한 편이 아닌 소윤은 물건도 잘 놓고 다니고, 말할 때도 입 안에서 웅얼거리기 일쑤로 딱 부러지게 못할뿐더러 소원 빌 때도 단순히 하나만 생각해 중요한 것을 빠뜨릴 때가 종종 있었다. 소원을 김수창하고 안 되길 빌 적에 그럼 남는 것이 누구인지 살폈어야 했다. 누가 남겠는가? 이미 완벽한 최이연과 결혼한 김수호와 아내와 사별한 지 근 육칠 년이 다 되어가는 김수안밖에 없지 않겠는가.

"휴우."

긴 한숨이 소윤에게서 나왔다. 그가 이상형과 흡사한, 듬직하고 그다지 잘생긴 타입이 아니라고 해도 부부로서 잘 맞을 것 같지 않았다. 아니, 사실 좀 두렵기까지 했다.

"열세 살 차이나 나잖아요."

김수안과 연결이 될 것 같다는 아버지 말에 엄마는 재벌이고 뭐고 아연실색을 하셨다. 그러나 소윤은 나이 차가 많이 나는 것은 그리 문제가 아니었다. 오히려 나이 차가 넉넉히 나면 자신의 모자란 점을 자상하게 넘겨줄 것 같기도 했다. 물론 열세 살은 좀 과도한 면이 있긴 하지만, 그럼에도 불구하고 나이 차는 오래 마음에 두지 않았다. 그녀가 지금 맞선 자리에 나와서까지 걱정하는 이유는 다른 데 있었다.

"생각보단 크지 않겠지."

바로 그거였다. 그와는 나이 차도 많이 나서 만나는 부류도 다르고, 근래 본 적도 없었지만 몇 년 전에 우연히 산호가 협찬인 음악회에서 스치듯이 봤던 그 느낌은 상당한 것이었다. 사람이 저리 덩치가 클 수 있을까 하는 생각이 보고 나서 며칠 동안 머릿속을 떠나질 않았다. 키도, 체격도, 손도, 발도 모두 엄청 컸다. 시선 한 번으로 다 보기에도 힘들 정도로 어디 안 큰 데가 없었다.

"그래, 생각보단 안 클 거야. 생각보단 안 클 거야."

소윤은 힘을 얻으려는 듯 계속 같은 말을 되풀이했다. 말하고 나니 기운이 나는 것 같기도 했다. 예전에 봤던 기억이 과장된 것이라고 생각했다. 마음을 좀 진정시키고 시계를 보니 약속 시간이 정확히 되었다. 그때였다. 몇 초도 지나지 않아서 뒤에서 공기를 가르고 바닥을 울리는 진중한 발걸음 소리가 쿵쿵 들리었다. 많은 시선들이 하나둘 그 소리에 끌리듯 돌아보고 있었다. 발소리는 그녀가 앉아 있는 테이블에서 뚝 멈추었다. 그녀의 눈이 앞에 서버린 남자의 몸을 아래서 한참이나 위로 올라갔다. 김수안이었다.

'생각보다 너무 크다. 생각보다 너무 크다.'

한동안 그 생각만 머릿속을 왱왱거리었다. 그럴 수밖에 없었다. 남자는 기억보다 훨씬 더 컸다. 족히 190㎝는 넘을 것 같은, 앉아서 보니 더 까마득한 키였다. 160㎝가 겨우 되는 소윤이 서 있다 하더라도 30㎝ 차이가 족히 나는 무지막지한 크기였다. 고개를 젖히고 쳐다본 커다란 눈 안으로 그의 모습이 낱낱이 들어왔다.

산만한 덩치에 넓게 쫙 벌어진 어깨, 그리고 굵은 골격, 큰 손, 커다란 구두, 뭐든지 크고 굵었다. 눈두덩이도 쌍꺼풀 없이 두둑하니 옆으로 긴 눈이고, 코 또한 높고 굵었다. 피부는 두껍고, 턱은 단단해 보였으며 인상은 어쩐지 무뚝뚝했다. 덜컥 겁이 났다. 도망가고 싶은 마음을 메워두느라 소윤은 의자를 두 손으로 꽉 잡았다.

"김수안입니다."

낮은 목소리로 그가 짧게 자기소개를 하고 자리에 앉았다. 잠시 침묵이 흘렀다. 충격의 여파가 채 가시지 않은 소윤을 보던 수안에게서 희미한 미소가 입가에 번지었다. 그는 무심한 표정에도 상대방의 놀람을 파악한 듯 보였다.

"진소윤 씨 맞죠?"

그가 꽤 정중한 어투로 물었다.

"네."

소윤은 자기소개도 잊어버리고 얼이 빠진 채 대답만 했다. 놀란 사슴마냥 눈을 동그랗게 뜨고 쳐다볼 뿐이었다. 그래서 침묵은 좀 더 길어지고 있었다. 그가 물 한 모금 마시고 나서 소윤을 다시 응시했다.

"생각보다 어리시네요."

수안은 진소윤을 본 소감을 자연 현상 말하듯이 짧게 말했다. 그러더니 천천히 본론으로 들어갔다.

"이 자리에 나오기엔 더 어린 것 같은데, 왜 나하고 결혼하려고 합니까? 예쁘고 젊은데, 또래하고 사귀지!"

무척 느리고 낮은 음성이었다.

"나는…… 재미없는 사람인데."

게다가 마치 남 얘기 하는 것처럼 표정 변화 없이 말했다.

"제가 마음에 안 드세요?"

소윤은 반발했다. 순한 그녀에게 순간 일어나는 기질이었다. 앞뒤 안 가리고 욱하는 것은 그녀의 인생에 지금껏 그리 도움이 된 적이 없었다. 그런데도 잘 고쳐지지 않았다.

"난 재혼인데 소윤 씨처럼 예쁘고 젊은 사람과 결혼한다면 좋지, 이의가 있겠습니까?"

"저도 싫다면 이 자리에 오지 않았겠죠. 제 의사입니다."

그녀는 제 무덤을 엉겁결에 파고 있었다.

"다행이네요. 그래도 마음 바뀌면 언제든지 말해요."

그가 무심하면서도 친절하게 알려주었다. 그러나 소윤은 그의 친절을 단호히 거절하는 표정을 지었다. 끌려온 것이 아니라 의지라는 걸, 스물두 살 정도 되었으면 자기 생각이 확실히 서 있는 사람인 것을 나타내고 싶었지만 실상은 그렇지 못했다.

"그럼, 식사합시다."

그가 웨이터를 불러 주문을 했다. 뭘 먹겠냐는 물음에 답하면서도 소윤은 멍했다. 바보처럼 굴어 대화를 잘 못 푼 것 같아서 실망스러웠다. 이 만남의 성공 여부와 관계없이 뭔가 똑똑한 사람이고 자기 의사 아래 이 만남이 놓여 있다는 걸 알리고 싶었지만 불안감이 흐르는 한 아무래도 턱도 없어 보였다.

식사가 나오기 시작했다. 전채 요리로 올리브유를 끼얹은 샐러드와 레몬즙을 뿌린 굴이 나온 후 메인이 나왔다. 그제야 그들이 시킨 것이 같은 것이고, 그것은 두툼하고 육즙이 흐르는 스테이크라는 걸 알았다. 그는 식사하는 동안 열심히 먹을 뿐 시선을 주지 않았다. 그래서 소윤은 겨우 울렁거리는 마음을 누르고 김수안을 살짝 관찰할 수 있는 시간을 벌었다. 그는 그녀와 다르게 여유롭게 보였다. 몰아붙이지도 않고, 그렇다고 맞선을 심각하게 여기는 분위기도 아니었다. 소윤은 전통 정장의 맞춤 신사복을 입고 있는 수안을 보며 그라는 사람이 자신과 인연일까를 머리가 아프도록 심각하게 생각해 보았다.

“내 얼굴에 뭐 묻었어요?”

그가 방금 웨이터가 따라준 와인을 들면서 물었다.

“아니요.”

“다행이네요.”

소윤이 그의 진지하고도 어쩐지 무심한 말투에 불쑥 웃음이 나오려 했다.

“날씨가 좋죠?”

“네.”

“덥지도, 춥지도 않은 움직이기 온화한 날이에요.”

“네, 그러네요.”

소윤은 열심히 동의했다.

“많이 들어요.”

“많이 드세요.”

“난 다 먹었어요.”

그녀가 이번엔 그의 정직한 답변에 웃음을 참지 못했다.

“내가 실수했나요?”

“아니요.”

충격과 놀람이 지나간 후, 김수안의 첫인상이 그리 나쁘지 않음을 인정했다. 툭툭 건네는 짧은 말투도 신경에 거슬리지 않고 은근히 재미났다. 그는 부담없는 화제로 대화를 이끌어갔다. 주로 날씨나 풍경 얘기를 하며 소윤의 식사가 끝나기를 기다려 주었다. 사실, 다 먹지 못하고 자리에서 일어나 그가 좀 놀라긴 했다.

"그 나이 땐 뭐든 많이 먹는 것이 좋지 않아요?"

"양껏 먹었어요."

그래도 놀란 상태에서 입 짧은 그녀가 반 정도 먹은 것은 선전이었다. 그는 고개를 한두 번 끄덕이며 더는 이의를 달지 않았다.

"좀 걸어도 돼요?"

소윤은 바로 그의 고급 대형 세단을 타는 것보다 걸으면서 탐색하는 것이 낫겠다는 판단을 했다.

"그럽시다."

그들은 남산 중턱의 숲길을 다른 이들과 마찬가지로 느릿느릿 산책을 했다. 차가 다니지 않는, 보행자와 자전거를 타는 사람들을 위한 오르막과 내리막이 이어지는 시원스러운 길이었다.

"봄엔 벚꽃이 눈처럼 내려서 아름다운 곳이래요. 연인이 걸으면 무척이나 낭만적일 거예요."

뭔가 말을 해야겠다는 압박에 소윤은 열심히 말을 만들어내고 있었지만 어색함이 뚝뚝 떨어져 얼굴만 붉어졌다.

"지금도 아름다워요."

수안은 사방으로 단풍이 곱게 물든 나무를 보며 말했다.

"그러네요."

소윤은 고개를 들었다. 바람에 날리는 단풍잎들이 보이었다. 야경 속에 물드는 단풍은 빛나 보였다. 문득 자신의 인생도 이렇게 빛날 수 있을까 싶었다. 용기도 없고, 잘하는 것도 없고, 대대로 부유한 집안에 태어난 것 빼놓곤 재능도 없다. 그러나 슬프진 않았다. 아니, 행복할 때가 더 많았다. 다만, 좋은 남자 만나 살아가는 것이 정말 인생의 목표가 되어야 하나? 이런저런 생각들이 작은 머릿속을 복잡하게 만들었다.

'내가 이 남자를 사랑할 수 있을까?'

물론 한 번 만나고 너무 성급한 고민일 수도 있지만 걱정이 드는 것은 어쩔 수 없었다. 그와 결혼할 확률이 지금 현 상태에서 꽤 높기 때문이다. 그 생각이 드니 다시 숨이 막히도록 큰 덩치가 가슴 가득 인식되어져 눈을 감아버렸다.

소윤의 버릇 중 하나였다. 에라, 모르겠다라는 심정이 되어버리는 나쁜 습관. 선생님이 실수가 잦은 그녀를 어찌하면 좋을까 하는 표정으로 볼 때도 잠시 눈을 감고, 엄마가 요조숙녀로 키우기 위해 많은 학원에 보낼 때마다 끝까지 못 배우고 나올 때도 그러했다.

그렇게 잠시 숨을 고르는데 뭔가 휑하니 옆으로 휙 지나가는 것이 느껴졌다. 자전거인 모양이었다. 그 탓에 몸이 휘청거렸다.

눈을 뜨기도 전에 어떤 커다란 손이 퍽 하니 그녀를 안전하게 안았다. 코에서 은은한 사향 냄새가 났다. 냄새가 좋다. 냄새 좋은 남자는 나쁘지 않다. 그것은 전적으로 진소윤의 직감 어린 100%

신뢰 불가능한 판단이었다. 겨우 눈을 떠서 남자의 가슴 근처에서 코 박고 있는 자신을 떼며 그를 올려다보았다.

"조심해요. 넘어지면 아프잖아요."

"네에."

너무도 당연한 말에 실없이 또 웃음이 나왔다.

"다쳤어요?"

"아니요."

그가 자신만의 왕자일까? 아직도 동화 속과 현실을 종종 구별 못하는 소윤은 아직도 왕자 타령을 버리지 못했다. 그러나 다른 공주병 아가씨들과 약간 다른 관점을 가지고 있었다. 잘생긴 왕자는 필요치 않다는 것이다. 가정에 충실하고 사랑할 수 있는 남자다운 스타일이면 그녀만의 왕자로 만족한다. 덩치가 너무 크지 않고 자신과 맞는 사람이라면 더욱더 좋겠지만 슬프게도 꿈과 현실은 엄연히 달랐다. 그럼에도 눈빛을 마주쳐 보려고 애를 썼다.

"다행이네요. 차 마시러 갈래요?"

"네."

그가 먼저 발길을 돌렸다. 눈이 마주칠 때 뭔가 가슴을 뜨겁게 하는 전율이 흘러야 하는데 상대도 그녀도 그럴 기미조차 없었다. 더군다나 김수안은 멀뚱해 보이기까지 했다. 점점 멀어지는 크고 넓적한 등을 보며 정말 소문처럼 엄청나게 무심한 남자라고 생각했다. 너무 앞섰다 싶었는지 수안이 걸음을 멈추고 그녀가 올 때까지 기다렸다. 다리가 긴 만큼 슬슬 걷는 것 같은데 걸음도 무지 빠른 편이었다. 그의 대형 세단으로 이름난 찻집까지 가서 차 마시고, 그녀의 집 앞까지 오는 동안 그들은 많은 얘기를 나누었지만 모두 소소한 것들이 대부분이라 기억에 남을 만큼 의미있지는 않았다.

"잘 가요. 연락할게요."

"저기……."

"말해요."

"제가 마음에 드세요?"

소윤은 왠지 묻고 싶었다. 이 남자의 감정을 알 수가 없었다. 사실, 다른 사람에게 이런 중요한 부분을 건너서 듣고 싶지 않기도 했다. 남자랑 처음 정식 데이트를 해본 그녀는 첫눈에 반하는 경우도 종종 있다고 들었는데 이 사람은 표정이 굳건하기만 했다. 차라리 첫눈에 반했다고 이 남자가 말하면 기분이 어떨까 생각했지만 저런 표정을 짓는 사람은 당장 사랑에 빠질 리가 없었다.

"네, 마음에 들어요."

"왜요?"

"작고 예뻐서."

물음표도 아니고 느낌표도 아닌 것 같은 대답이었다. 남자의 시선이 소윤에게 향했다. 뜨겁지는 않지만 그 덤덤한 온화함이 내심 싫지는 않았다. 점잖게 느껴졌기 때문이다.

"소윤 씨는요?"

수안은 머뭇거리지 않고 시원하게 물었다.

"저도요."

그녀도 빛의 속도로 응답했다. 그러나 마음을 살피기도 전에 급하게 나온 그 말을 수안은 믿지 않은 표정이었다.

"급하게 생각하지 않아도 돼요. 그리고 부담 갖지 말아요. 아까도 말했듯이 언제든지 마음이 바뀌면 말해요. 알았죠?"

소윤은 웃음으로 얼버무렸다.

"들어가요."

"고맙습니다."

소윤은 인사를 하고 뒤돌아갔다. 수안은 그 모습이 어린 학생처럼 느껴져 그답지 않게 피식 웃는 것도 그녀는 모르고 있었다. 집에 들어가서도 무뚝뚝한 김수안이 자신의 배우자인지 골몰히 생각에 빠져들었다. 그러다가 부모님 방에 불려갔다. 아버진 마음에 드냐고 묻는 대신 싫었냐고 물었다. 이런 질문에 소윤은 많이 취약했다. 마음에 들었냐고 묻는다면 꼭 그런 것은 아니라고 말할 수 있었지만 싫으냐고 묻는다면 딱히 그것은 아니었다. 넘어질까 봐 잡아주고 괜찮은지 물어봐 주고 무뚝뚝하지만 자상하고 점잖았다. 점잖고 너무 잘생기지 않은 남자가 이상형이 아니던가! 게다가 그에게선 좋은 향기도 나고, 지루하지 않으며, 뭔가 모를 재미난 점도 있어서 생각지도 못한 웃음도 났다. 그리고 너무 커서 그렇지 남자답긴 했다.

"싫지는 않아요. 좋은 사람 같아 보였어요. 친절하고 점잖고 자상한 것 같기도 하고, 근데……."

"그럼 됐다."

아버지가 말했다. 정말 그럼 된 것일까? 엄한 아버지 앞에선 자신의 뜻을 잘 말하기 힘들었다. 술 취한 아버진 엄하지 않아도 아무한테나 불쌍하다는 말만 해서 더 말하기 힘들다. 소윤은 방으로 올라가서 침대에 배를 깔고 누워 과자를 먹다가 도중에 손을 털고 치운 다음 진소윤, 그녀에게 질문을 하기 시작했다.

"진소윤, 결혼하고 싶어?"

그녀의 질문은 아버지 물음보다 훨씬 쉬운 것이었다.

"응, 결혼하고 싶을 때도 있어. 하고 싶어. 내 가정을 이루고 든든하게 살면 좋을 것 같아."

혼자 묻고 혼자 답하는 것도 그녀가 잘하는 것이었다.

"그 남자랑 결혼하고 싶어? 김수안!"

"응, 몰라."

"그 남자랑 키스할 수 있어?"

키스를 해본 적이 없었다. 이 나이에 키스도 못해본 것은 분명 부끄러운 일이라고 나이 차가 별로 안 나는 막내이모는 말했었다. 남녀 간의 접촉도 때와 시기가 있는데 그걸 놓치면 그만큼 많은 걸 잃는다고 누누이 강조했다. 그 말이 맞지만 그렇다고 덤빌 순 없지 않은가! 제시간에 집으로 데려가는 기사 아저씨 덕분에 대학 다닐 때도 썸씽 한번 일으키질 못했다.

친한 친구도 적은 편이고, 그중에서 가장 친한 친구는 늦둥이로 태어나 자유분방하게 살아가는 무용가인 막내 혜주 이모였다. 엄마랑 성품이 너무도 다르지만 소윤은 엄마와 이모를 이 세상에서 가장 좋아한다.

"키스라……."

그러다가 김수안의, 두꺼비를 닮지 않았지만 왠지 연상되는 그 얼굴의 입술이 떠올랐다. 자신의 작은 입술을 먹어 삼키는 상상에 움찔했다.

"아직도 애냐?"

소윤은 자기 얼굴을 툭툭 때리고 자리에서 일어나 밖으로 나왔다. 이미 열두 시가 넘은 시간이었다. 큰오빠 둘은 유학 중이라 맞은편 이층 방은 비워져 있었고, 작은오빠 둘은 이미 자립한 상태였다. 정적에 싸인 이층을 내려오다가 계단 중간에서 멈추었다. 서실에서 긴긴이 목소리가 들리었기 때문이다. 부모님이었다.

"아무리 그 집안이 대단해도 너무 나이가 많아요. 게다가 재혼이라니……."

"띠동갑이니까 뭐, 그렇게 많다고……."

"열세 살, 열세 살이에요. 왜 자꾸……."

"그래요. 열세 살! 많다고 할 수 있지. 그래도 살다 보면 나이 차가 그리 문제되는 것도 아니야. 당신과 나도 열 살 차이잖아. 재혼이라고 해도 그런 힘있는 집안으로 가는 거니 우리에겐 행운이야. 우리가 더 득을 보는 거라는 걸 당신도 잘 알잖아."

"아직 품에 더 있어야 해요. 소윤이는 너무 어려요. 또래보다 더 어리다고요."

"그래, 당신이 세상 때 묻을까 안으로 감싸 키워 사회 경험이 극도로 부족한 거 나도 알아. 그 집안도 그런 점을 좋게 본 것 같긴 해. 아무것도 모르는 숙맥인 게 소윤이잖아. 그러니 더욱더 좋은 집안의 실력자와 결혼하면 무슨 고민거리가 있겠어. 그 애 인생은 평탄해지는 거지. 평생 보호 받으며 사는 거야. 우리도 이제 한시름 놓는 거고. 이젠 걱정하지 말아요. 그동안 당신 수고했소.”

엄마는 불만스러운 거친 숨소리를 내었지만 더 반박하지 못했다. 소윤은 계단에 앉아 희미한 대화 소리를 드문드문 듣다가 다시 제 방으로 올라갔다. 부모님은 결정을 내린 것 같았지만 그녀는 아직 준비가 안 되었다. 방에서 걱정스럽게 앉아 있다가 수안의 말을 떠올렸다.

“마음 바뀌면 언제든지 말해요. 받아들일 테니까.”

아직 시간은 충분히 있었다. 오늘 처음 본 것이 아닌가! 그동안 자신의 마음을 헤아릴 필요가 있다. 아무리 우유부단한 그녀라도 결혼만큼은 마음을 따를 거라고 다짐했다. 신중을 기해서 결정할 것이다. 시간은 충분히 있으니까.

“그래, 시간은 충분해. 걱정하지 말자.”

소윤은 다시 배를 깔고 침대에 누워버렸다.

Chapter 1

시간이 쉼없이 흐른다는 걸 깜박해 버렸다. 그래도 생각하고 결정해서 그 결심에 마음의 준비가 될 때까지는 시간이 마냥 있을 줄 알았던 것이다. 이렇게 정신없이 어른들 결정의 소용돌이에 빠져들어 여기까지 올 줄 몰랐다.

소윤은 커다란 침대에 옹색하게 앉아 시간 개념 없는 자신을 돌아보았다. 정신을 차리고 보니 결혼식 올리고 신혼 여행지에 온 것이다. 욕실에서 들리는 힘찬 물방울과 몸에 튕기는 듯한 굵은 물소리는 그녀를 몇 번씩 움찔거리게 했다. 아직도 남편이 된 저 무지막지하게 큰 김수안이 낯설기만 했다.

'왜 이렇게 빠르게 왔지?'

분명 김수안은 생각할 시간을 주었다. 열 번 이상 만나고 열 번 이상 식사하고, 집에 세 번 오가고, 날짜가 잡혔다. 바로 결혼이란 것을 스물세 살 소윤의 봄이 오자마자 하는 것으로 가족들은 결정을 했고, 그 와중에 출장 간 그는 만나지 못할 때에도 간간이 전화까지 넣어주었다. 그리고는 만날 때나 전화할 때마다 물었다.

[마음이 바뀌었나요?]

그때마다 아니라고 답한 것은 진소윤, 자신이었다. 그가 싫지 않았고, 그와 만나는 것이 엄청 흥분된 일이라고 말할 수는 없어도 지루하지 않았다. 그를 보면 볼수록 믿을 만한 사람이라는 확신이 들었다. 말수가 저리 적고 필요한 말만 툭툭 하는, 예를 들어, 배고파요? 추워요? 뭐 좋아해요? 사줄게요. 밥 먹어요. 뭐 이런 종류의 아주 필요한 것만 뽑아 얘기하곤 하는데 그런 남자는 믿을 만하다는 것이 그녀만의 판단이었다. 감정에 휘둘리지 않는 바위 같은 남자였다, 김수안은!

'남편감으로 괜찮아. 그래, 이 모든 것은 내가 결정한 거야.'

그러니 두려할 필요가 없었다.

"난 김수안을 선택했어."

아직도 실감이 나지 않은 마음에 불안감을 없애려고 중얼거렸다. 혼잣말은 그녀가 가장 잘하는 것 중 하나이니까 힘을 주는 말을 이때 안 하면 언제 하겠는가! 오늘은 게다가 첫날밤이란 거사를 꼭 치러야 하는 날이다. 그 생각만으로도 침이 마르고 입 안이 까칠해졌다.

소윤은 일어나 가방의 지퍼를 열고 제일 위에 올려져 있는, 엄마가 준비해 준 면 잠옷을 만지작거렸다. 이미 그녀는 샤워를 마친 상태였다. 수안이 아는 사람들과 인사를 나누느라 시간을 지체하는 사이 혼자 들어와 누가 훔쳐보기라도 할 것처럼 번개에 콩 볶듯 재빨리 씻고 나와 가운으로 온몸을 싸맸다. 그가 잠시 후에 들어와 소윤의 빨간 뺨을 보더니 씻고 오겠다는 말을 남기고 천천히 욕실로 들어간 것이다.

어제 이곳에 도착했지만 너무 피곤해 씻지도 않고 옷 정리도 안한 채 잠들어 버렸고, 수안이 침대로 올라온 흔적은 전혀 없었다. 아침은 일출로 시작되었다. 할레아칼라 분화구 위로 떠오른 태양의 모습은 환상적이었다. 그렇게 오늘 저녁식사 전까지 그와 구경을 다니었다. 여긴 하와이다. 하와이에서도 고래어항이었던 마우이로 시골 정취가 물씬 풍기었고, 그중 최상이라고 하는 카팔루아 리조트에서 머물렀다.

한참 동안 코발트 빛 바다와 섬을 멀찍이 바라보았다. 섬의 이름은 몰로카이라고 했다. 정확한지는 잘 모르겠다. 그녀도 한두 번 들은 것이라. 하여튼 옅은 하늘과 짙은 바다는 푸르른 야자수와 함께 조화를 이루고 있었다. 수안은 지인들을 만나 잠깐 골프를 친 후 소윤과 같이 다니며 설명을 곁들여 여기저기 관광을 시켜주었다. 포도주 농장과 쿨라꽃 재배 농장, 절벽 해안가 그리고 원주민 마을 터뿐 아니라 갤러리와 박물관, 쇼핑가도 함께 둘러보고, 나중엔 해변에서 윈드서핑을 하는 사람들도 구경했다. 그 모든 곳이 그녀의 마음을 사로잡았다.

고래들이 떼를 지어 다니며 물을 뿜는 장관은 그중 가장 최고였고 순간 결혼했다는 부담감도 잊고 즐겁게 시간을 보낼 수 있었다. 수안은 남편이라기보다 든든한 보호자 같았다. 조금 떨어진 곳에서 그녀가 마음껏 볼 수 있도록 내버려 두지만 고개를 돌아보면 어김없이 가까운 곳에 서 있었다. 확 트인 곳에서 있으니 그의 큰 덩치도 그리 압박이 되지 않았다. 어디를 가도 다 경관이 좋아 피곤한 줄 모르고 구경하느라 저녁 가까운 시간에야 리조트에 도착했다. 그렇게 오늘 본 것들을 기분 좋게 음미했지만 그것도 한때였다.

문제는 다시 사방이 막힌 건물 안으로 들어왔을 때였다. 소윤은 낮에 보았던 멋진 풍광들은 다 잊은 채 오로지 앞으로 닥칠 첫날밤에 대한 부담감에 휩싸였다. 막내이모가 선물이라고 찔러준 슬립이 맨 끝에 살짝 보이자 꺼내 보았다. 보라색에 하늘거리는 시폰 소재로 중요한 부분에 자수가 은밀하게 새겨져 있어 술을 마신 것처럼 기분을 알딸딸하고 묘하게 만들었다. 더욱이 입으면 몸매를 완전히 드러내며 그대로 흘러내릴 것 같아 엄청 야시시한 분위기까지 자아냈다.

입어볼 생각도 하지 않고 다시 집어넣은 다음 가운을 벗어 순식간에 면 잠옷을 머리 위로 뒤집어썼다. 무릎 아래까지 온 데다 면으로 되고, 몸 선은 무시한 디자인이라 안전해 보였다. 첫째도 안전, 둘째도 안전이었다. 그녀는 첫날밤을 치르되 안전한 느낌으로 보내고 싶었다. 그것이 가능하다고 믿고 있었다.

실상, 사전 지식이 너무 없었다. 과보호 속에서 도전정신도 제로여서 흔한 연애 경험 하나 가지고 있지 않아 키스한 적도 없다는 사실은 지금 이 순간 너무 후회되었다. 키스만으로도 가슴이 벌떡벌떡 뛰는데 섹스까지 해야 한다는 것은 처음 골프를 배우는 사람이 보기도 파도 아닌 버디와 홀인원까지 한꺼번에 해야 하는 부담감이었다. 그래도 해야 한다면 할 수 있을 것이다.

"해보지 뭐. 못할 게 뭐 있어."

그녀는 까짓것 한 번에 해버리자고 마음먹었다. 심호흡을 한 후 거울을 보며 자신의 모습을 살피었다. 뺨은 상기되어 있었고, 눈은 놀라 더 커져 있었으며, 입술은 불안해 물어뜯었더니 부풀어 올랐다. 게다가 낮은 코 주위에 긴장하면 더욱 도드라져 보이는 주근깨가 오늘따라 선명했다.

"이러면 안 되는데……."

주근깨가 선명한 날이면 왠지 어린애처럼 보이기 때문이었다. 그녀는 다시 긴 숨을 들이쉰 다음 준비를 하려고 침대에 살포시 앉았다. 잠시 있다가 목 위까지 잠겨 있던 단추 두 개를 풀었다. 이젠 만반의 준비가 되었다.

소윤은 김수안이 나오길 기다리며 아는 성관계를 총동원해서 머릿속에 그리기 시작했다. 그녀가 아는 섹스는 남자의 그것이 여자의 몸을 보고 자극을 받아 커지고, 여자 역시 남자와 키스하며 살과 살을 문지르면 촉촉이 젖어 그것을 거기에 받아들여 움직이는 것이다. 그녀도 알 것은 알았다. 과 친구들의 은밀한 경험담을 언뜻 들었고, 그 정도는 안다.

'그러니까 김수안의 그것이 나의 그곳으로 들어온다 이거지!'

소윤이 긴장하며 그 생각을 하고 있을 때 욕실문이 벌컥 열리었다.

수안이 가운을 입은 채로 욕실에서 나왔다. 머리는 젖어 있었으나 닦았는지 물기는 떨어지지 않았다. 아무렇게나 닦은 머리에 이어 세련됨이 묘하게 섞인 투박한 얼굴은 남성적인 느낌이 물씬 묻어났다. 그는 아무런 말도 않고 입을 다문 채 다리를 적당히 벌리고 서서 소윤을 바라보고 있었다. 젖은 모습이 더 커 보였다.

얌전히 앉아 있던 소윤은 공기가 조여드는 기분에 입이 잔뜩 말랐다. 그러나 옆에 있는 물 잔을 들고 마실 여유가 없었다. 이상했다. 그는 점잖은 남자인데 지금은 왠지 위험한 냄새가 잔뜩 났다. 남성적 호르몬이 그에게서 뿜어져 나오는지 그녀는 잔뜩 주눅이 들어 꼼짝달싹도 못했다. 그가 하자는 대로 뭐든지 할 것 같은 최면에 걸릴 듯싶었다.

수안은 남자 그 자체였다. 그 이상도 그 이하도 아니었다. 천천히 다가왔다. 그의 시선은 여전히 그녀에게 꽂혀 있었다. 야성적 기운이 있었으나 무심한 빛도 여전히 존재했다. 그러나 그런 것을 깊게 생각할 만큼 이성이 작동되지 않았다. 그녀는 가운 아래로 나온 털 많은 두꺼운 다리와 항공모함 같은 커다란 발만 봐도 압도가 되어버린 상태였다. 이런 분위기에 놓인 것은 생전 처음이라 더 그러했다.

'정신만 차리면 잡아먹히진 않는다. 아니, 첫날밤을 무사히 보낼 수 있다. 그래, 긴장할 것 없어. 작은 것부터 시작할 테니. 손부터 잡고 키스부터 하겠지.'

그런데 그가 오른손을 움직여 끈을 풀기 시작하더니 가운을 금세 벗어버렸다.

'허걱!'

남자의 알몸을 실제로 본 적은 처음이었다. 그래서 놀란 것은 아니었다. 오직 김수안의 맨몸을 보게 되어서 소윤은 천지가 개벽할 것은 충격에 빠졌다. 침을 꿀꺽 삼키었다. 근육질인 체격은 허튼 살 없이 탄탄했다. 덩치가 커서 살도 조금은 쪘을 거라고 생각했던 그녀의 예상은 빗나갔다. 근육투성이었다. 운동도 게을리하지 않은 모양이다. 그러나 그것까지 오래 생각할 정신은 아니었다. 보이는 것만 열심히 보았다.

목은 좀 짧고 두꺼웠으며 어깨는 근육으로 꿈틀거렸다. 팔뚝은 알통으로 튼튼했고 털이 없는 매끈한 가슴과 탄탄한 배는 울끈불끈 강인해 보였다. 피부는 약간 어두운 색깔로 더 남성적이었다.

그러나 소윤은 남성의 실체를 보았다. 그녀의 놀라면서도 본능적인 시선에 그의 것이 우뚝 솟아버린 것이다. 부풀어 올라 성나 보인 그것은 가늠했던 크기를 벗어났다. 너무 컸다. 그의 것이 생각했던 것보다, 감당할 수 있는 것보다, 너무 컸다. 그것이 자신의 몸에 들어올 생각을 하니 어지럽고 숨이 턱턱 막히었다.

"어, 어, 몸이 아파요. 어지러워. 뭘 잘못 먹었나 봐요."

무서운 나머지 소윤은 몸을 오그라뜨리고 횡설수설하며 헛소리를 하기 시작했다. 그러나 꾀병치곤 얼굴은 열기로 달아올라 있었고 동공은 반쯤 풀린 상태였다. 그가 맨몸으로 다가와 그녀의 이마를 짚었다.

"열이 있네."

그의 말은 하나도 들리지 않았다. 눈앞 몇 센티 안 떨어진 곳에서 그것이 꿈틀대자 소윤은 기절하기 일보 직전이었다. 다행히 기절하기 전에 수안은 몇 동작만으로 가운을 입었다.

"좀 누워 쉬어야겠군. 더위 먹었나 보다. 누워요."

수안은 소윤을 억지로 눕히고 이불을 당겨 그녀의 목까지 덮어주었다.

"미…… 미안해요."

"미안하긴, 아픈 걸 가지고. 쉬어요. 난 소파에서 자면 되니까."

그가 일어나 멀어지자 소윤은 그제야 안도를 했다. 그러나 발코니에 나가 담배를 피우는 남편의 널따란 등이 보이자 더욱 미안해졌다.

"속 터지겠다. 미안하다. 어떻게…… 하긴 해야 하는데…….."

소윤은 남편의 뒷모습을 보며 혼잣말을 했다. 도움이 절실한 상태였다.

"이모!"

소윤은 계단을 뛰어올라 현대 무용가로 이름을 떨치고 있는 막내이모의 작업실인 구혜주 스튜디오로 막 발을 내디뎠다. 이곳은 소윤이 잘 놀러가고 좋아하는 곳으로, 들를 때면 거의 작품 구상에 여념없는 막내이모의 춤사위를 방해하지 않고 춤이 끝날 때까지 감상하며 기다리다가 대화를 나누곤 했는데 오늘은 그럴 여유가 없었다.

구혜주는 음악에 맞춰 전면 거울을 향해 특별한 주제없이 두툼한 마룻바닥을 마음껏 뛰어 날아오르고 바닥에 닿으며 발레와 비

숫한 동작을 하기도 하고 전혀 다른 동작으로 바꾸어 손을 뻗어 리듬에 몸을 맡기기도 했다. 그러나 다급한 목소리에 그녀의 춤은 맥이 뚝 끊어졌다.

"오우, 우리 강아지 왔구나!"

구혜주는 소윤을 애칭으로 강아지라고 부르곤 했다. 그녀는 마른 몸매에 늘씬하고, 키도 큰 편이었고, 살이 붙지 않아 선이 살아 있는 얼굴은 예술적이었다. 다양한 수상 경력에 해외 공연도 많이 다니며 대학에 적을 두고 강의도 나가는 활동적인 무용가였다. 그러나 자유분방한 성품 탓에 집안에서 내쳐져 큰언니인 소윤의 엄마하고도 왕래가 없었다.

집안은 쇠퇴한 명문가였다. 원래 예전에 명성이 있던 집안일수록 사람들 시선에 전전긍긍하는 편이라며, 완전히 집안과 동떨어져 자립해서 사는 것에 아무 이의가 없었다. 구혜주는 낙천적이라 매사 행복하고 열정적인 사람이었고, 소윤하고는 친구처럼 잘 지내고 있었다. 그녀의 전 세계에 퍼진 연애담을 듣는 것을 소윤은 즐겨했다.

"그래, 재미가 쏠쏠하지, 어때? 첫 경험을 한 기분이…… 털어놔야지."

혜주는 춤을 방해한 것은 전혀 개의치 않고 소윤의 손을 잡아 마룻바닥에 앉히며 반가워했다. 소윤보다 열 살 더 많은 그녀의 귀가 첫날밤 경험을 듣기 위해 쫑긋 세워졌다.

"그것 때문에 왔어. 아직 안 했거든."

"뭐? 신혼여행에서 뭐 한 거야?"

혜주는 놀라 물었다.

"경치만 구경했어. 저기, 있잖아. 먼저 궁금한 게 있어."

"응."

호기심이 잔뜩 들어찬 혜주는 들을 준비가 완벽히 갖추어진 채로 고개를 기울였다.

"거기, 그거 있잖아."

"그거가 뭔데?"

"아, 있잖아. 이모."

소윤은 이모의 연애 이야기는 듣기 좋아해도 섹스에 관한 걸 좀 해줄라치면 기겁을 했었다. 그래서 묻자니 어색하고 민망했다. 그래도 이렇게 직접적인 성적 고민을 물을 곳은 이모밖에 없었다. 결혼한 지 일주일이 지나감에도 섹스는커녕 키스도 안 했다. 이젠 꼭 맞아야 되는 주사처럼 부담감만 늘어가고 있었다. 그럼에도 남편의 그것의 크기에 완전히 압도된 상태라 무엇이 정상인지 알아야만이 다시 시도해 볼 마음이 들 것 같았다.

"뭐?"

"남자 거기!"

"오, 거기! 응, 그래서?"

"그거의 크기가 어때야 정상이야?"

소윤의 얼굴은 불타는 노을 그것과 흡사했다.

"왜? 작구나! 그래, 그럴 때도 있는 거란다. 인생이란 것이 꼭 그렇게 딱 떨어지진 않아. 코가 크다고 해서, 덩치가 크다고 해서 그것도 크다는 법은 없지. 그렇다고 실망할 필요는 없어. 꼭 그게

그것도 크다는 법은 없지. 그렇다고 실망할 필요는 없어. 꼭 그게 크다고 해서 다 좋은 것은 아니니까. 음, 성기는 너랑 잘 맞는 정도면 좋은 거야. 그러니까 그렇게 클 필요는 없지. 우리가 말이야, 매사에 실망하는 습관은 그리 인생에 좋은 것이 아니란다. 실체를 대하다 보면, 그다지 실망할 것이……."

"아니, 너무 크다니까."

소윤이 이모의 말을 막아서고 사실을 털어놓았다.

"커어?"

혜주의 입모양이 놀라 벌어졌다.

"응."

소윤은 걱정이 잔뜩 묻은 얼굴로 연신 고개를 끄덕거렸다.

"아이고, 우리 소윤이 복받았네."

혜주가 소윤의 얼굴을 두 손으로 감싸며 축하해 주었다.

"크기에 상관없다면서?"

"야, 그거 작아서 어따 쓰겠냐? 깨작거려서."

"근데, 너무 커."

"어느 정도?"

"이 정도."

소윤이 두 손을 벌려 크기를 가늠했다.

"괜찮아, 그 정도면. 아이, 김 서방 덩치가 크잖아. 그러니까 그렇겠지. 아, 조카사위 거시기 얘기하려니까 참 남사스럽다."

"미안해. 이모."

"미안하긴, 물을 것이 있으면 당장 물어."

그러자 소윤이 이모의 팔뚝을 정말 물었다.

"야야야, 너 어린애냐? 강아지처럼 굴긴……."

소윤이 웃자 혜주도 인상을 쓰다가 따라 웃었다.

"정말 걱정 안 해도 돼? 너무 크던데. 난 섹스도 한 번도 안 해
봐서 어떻게 해야 되는 줄도 모르겠고. 심란해 죽겠어."

"진소윤, 네 평생에 남자는 네 남편뿐이다. 관상이나 성품이나
환경이나 답이 딱 떨어져. 그러니까 맘을 열고 네 남편을 살펴보
는 거야. 남편을 사랑할 필요까진 없어. 그러나 관찰하고 뒤집어
보고 음미하고 그리고 찔러보고 그러면서 알아가는 거야. 알았
어?"

"응. 그런데 정말 그것이 내 안으로 들어올 텐데."

"섹스는 무턱대고 찔러대는 게 아니야."

그러나 소윤의 한숨 소리는 커져만 갔다.

"너 네 남편 싫어하지 않지?"

"안 싫어해. 같이 있으면 든든해."

소윤이 즉각 대답했다.

"그래. 그럼, 네 남자를 음미해, 느끼라고, 스며들면서. 남편을
커다란 솜이불이라고 생각해. 푹 잠기는 거지. 모든 걱정들을 다
날려보내고 의지도 던져. 뭐, 네 남편은 경험이 많을 테니까 알아
서 하겠지만 너도 적극적으로 감각에 몸을 맡기고 즐기라고. 걱정
은 많이 할수록 느는 거야, 이 바보야. 그러니까 하지 마. 알았
어?"

"응."

"처음엔 아파도 점점 좋아져. 우리 강아지, 이제 여자가 되는 거야."

혜주가 뺨을 토닥이며 안아주었다. 큰 도움은 안 되었지만 그렇게 큰 것이 비정상이 아니라면 다시 도전해 볼 마음은 생기었다.

다음날 밤, 소윤은 정말 만반의 준비를 마치었다. 이모가 챙겨준 야한 소설까지 밑줄 그어가며 독파했고, 특별히 추천해 준 야동까지 한두 편 접수했다. 물론 야동은 도움이 되지 못했다. 저렇게 하다간 어딘가가 병날 것이 분명했기 때문이다. 보는 내내 엉켜진 남녀의 체위에 따라 고개가 이리저리 기울어졌다. 보는 것만으로도 불편한데 실제로 하는 이들은 무지 힘들 것 같았다. 사전지식이 없는 그녀가 보기에도 정상적인 모습이 절대 아니었다. 보여주기 위해 애쓴다는 생각만 들었다. 허리가 저리 틀어지면 디스크가 걸릴 것 같아 더 이상 보지 않았다. 낭만적인 사고를 완전히 절단 내는 두 남녀의 육탄전은 거기서 그만이었다.

"윽~"

소윤은 목욕을 두 번하고 나서 이모가 챙겨준 슬립까지 입었다. 예상했던 대로 보라색 새틴 원단이 그녀의 작은 몸에 딱 달라붙었다. 은밀한 부분에 있는 자수가 이렇게 말해주고 있었다. 여기에 중요한 부분이 있다고. 정신연령이 너무 어려서 부부로서 정상적인 행위도 못한다고 남편이 단정 내리기 전에 할 것은 얼른 해치워 버려야 한다고 굳게 결심했다. 그녀의 얼굴에 솟아난 의지는 결연해 보이기까지 했다.

심호흡을 몇 번씩 하고 침대에 다리를 쭉 뻗어 앉아 있는데 수안이 들어왔다. 샤워도 미리 끝내고 신문을 보다가 업무 전화도 다 마친 상태였다. 그가 그녀 옆에 앉았다. 그의 무게로 침대 한쪽이 푹 들어가며 그녀가 앉은 데까지 요동이 지나갔다. 정말 확실히 수안이라는 남자는 존재감이 너무 크다. 덜 크면 좋을 텐데, 그러나 소윤은 오직 남편 그 자체만을 보기로 했다.

"아직도 아파요?"

수안이 물어봐 주었다. 소윤은 이것이 신호라고 느꼈다.

"아니요."

그녀가 부끄러운 맘에 작게 대답했다. 그리고 눈을 새침하게 내리깔았다. 암만 해도 이쯤에서 키스를 할 것 같았기 때문이다.

"다행이군. 그럼 푹 자요."

그러나 수안이 아무런 접촉도 없이 커다란 침대 한쪽에 누웠다. 그리고 잠시 후 정말 잠들었다. 소윤은 눈을 뜨고 잠든 남편을 멍하니 바라보며 중얼거렸다.

"이게 아닌데……."

Chapter 2

자명종이 시끄럽게 울렸다. 소윤은 커다란 침대 한쪽에 모로 누워 잠자고 있었다. 자명종 소리에 몸을 뒤척이면서도 인상을 잔뜩 쓸 뿐 일어날 기색은 없었다. 오히려 눈을 감은 채 이불을 머리 위까지 끌어당기었다. 그때 옆으로 커다란 그림자가 드리워지더니 자명종 소리가 뚝 그쳤다. 갑자기 너무 조용해지고 그녀만 있어야 할 자리에 다른 인기척이 느껴지자 잠결에서도 놀라 벌떡 일어나 앉았다.

"깨어났어요?"

비몽사몽 속에서 들리는 낮은 목소린 확실히 무게감이 느껴졌다.

"누구지?"

소윤이 쉰 목소리로 웅얼거렸다.

"김수안!"

"맞다."

결혼했다는 사실을 깜박한 것이다. 여기가 인형의 집 같은, 알록달록한 자신의 방인 줄 알았다.

소윤은 눈을 비비며 억지로 떴다. 처음 시야에 들어온 것은 남편의 커다란 등짝이었다. 그는 넥타이를 능숙하게 매고 있었다. 양복은 이미 다 입은 상태였다. 어깨는 각진 사각형을 살리는 라인에 재킷의 기장은 적당했지만 바지는 하염없이 길었다. 그러나 바닥에 끌리지 않을 만큼 남편의 다리 또한 무진장 길었다.

"벌써 다 했어요?"

바깥은 아직 어두웠다. 뒤돌아보는 그의 차림은 회색 정장으로 흰색 셔츠에 짙은 보라색 넥타이였으며 그에게 잘 어울리고 고급스러워 보였다.

"응."

"몇 시예요?"

소윤은 허둥대다 그만 다리가 엉키어 쿵하고 넘어졌다.

"여섯 시. 조심해요."

"어떡해."

넘어진 것은 하나도 아프지 않는데 늦었다는 사실에 가슴이 벌렁댔다. 지금 시댁에 있었다. 지금뿐만 아니라 앞으로 당분간 시댁에서 살림을 배워야 한다. 소윤은 늦잠 때문에 자꾸 늦는 습관을 탓하며 속상해했다. 아래층엔 근엄한 시아버지와 엄격한 시어머니가 있었다. 그녀는 나이 든 어른들을 은근히 무서워했다. 실수를 많이 하기 때문에 자연스럽게 생긴 버릇이었다.

"식사하러 가야지. 씻고 나와요. 허둥대지 말고."

자상한 남편의 조언에 따라 씻고 와서 서둘러 옷을 챙겨 입고 겨우 식당으로 내려왔다.

아이보리 벽지에 자잘한 꽃들이 화사한 색깔을 입히고, 커다랗고 긴 나무 탁자는 식당 중앙에 떡하니 버티고 있었다. 벌써 밥상은 다 차려져 있고 어른들은 자리를 잡았다. 소윤은 눈치를 보면서 인사를 한 후 발걸음 소리를 죽이고 자리로 갔다. 조용한 식사가 시작되었다. 그러나 새벽 같은 아침에 식사하는 것은 버거웠다. 아무리 그것이 죽이라고 해도, 이 시간에 위장은 잠잘 때였다. 그렇다고 내색할 수는 없었다.

그녀는 자꾸 감기는 눈으로 될 수 있으면 시부모님과 눈을 마주치지 않으려 애쓰며 남편 옆에서 얼굴을 거의 수그린 채로 식사를 했다.

"다음부턴 좀 일찍 일어나서 아침 준비하는 것도 거들고 그래라. 그래야 하나라도 빨리 배우지."

"네에? 네, 그러겠습니다."

시어머니에게 지적을 받은 소윤의 가슴이 더욱 쿵쿵 뛰었다. 완벽한 며느리 상을 꿈꾸지만 여지껏은 완벽하게 해본 적이 없었다. 항상 지적을 받았다. 그래도 실수는 줄어들지 않았고, 점점 위축만 커져 갔다. 다행인지 불행인지 건망증 때문에 다시 행복해지는 것은 시간문제이긴 하지만 나아지는 것은 별로 없었다.

식사를 마치고 남편의 출근을 배웅하러 집 밖으로 나왔다.

"일 년 동안 좀 힘들 테니 마음 편히 가져요."

"네."

"분가하면 편한 대로 해도 되니까."

남편은 무서운 남성적인 얼굴을 하고 있으나 그 마음 씀씀이는 자상했다. 그런 남편이 고마우면서도 소윤은 한층 미안했다.

"열심히 할게요."

생각이 말로 나오니 좀 웃기게 되어버렸지만 지금 그녀의 솔직한 심정이었다.

수안은 아내가 그의 발끝을 보는 사이 또 소리 없이 웃고 말았다. 벌써 서너 번째였다. 소윤이 모르는 사이 그녀 때문에 웃는 것이! 그는 얼굴을 든 아내의 뺨을 토닥였다. 아내는 너무도 어린 사람이었다. 죄 많고 형편없는 자신에게 오기엔 너무 아까운 사람이라 더 신경이 쓰였다.

"갔다 올게요."

"다녀오세요."

서로 눈이 마주치자 수안의 얼굴은 또다시 무뚝뚝한 본연의 인상으로 돌아왔다. 그가 차에 타는 모습을 보던 소윤은 한숨을 삼켜야 했다. 꼭 해야 하는 숙제를 혼자 안 하고 있는 듯한 기분이었다. 남들은 모두 수월하게 해내는데 혼자 끙끙대는 기분이랄까? 아직도 남편과 섹스를 안 했다. 너무 어리다고만 보는지 잠자리에서 그는 그녀를 손도 대지 않았다. 그게 너무 속이 상했지만 남편이 배려해 주는 것이 느껴져 이러지도 저러지도 못하는 상태였다.

이것이 다 첫날밤 호들갑을 떤 자신 때문이란 생각이 떠나지 않았다.

'차라리 결혼 전에 다른 남자하고 해봤으면 좀 쉬었을까?'

그러나 생각만으로도 싫어서 부르르 몸서리를 쳤다. 이제 다른 남자는 엄연히 외간 남자였다. 김수안을 마음으로도 남편으로 여기고 있었다. 이모 말이 맞았다. 소윤은 수안과 깊은 관계를 맺는 것이 싫지 않았다. 오히려 해야 한다는 생각이 앞섰다. 앞으로 인생에서 김수안만이 자기 남자일 거라는 운명이 들었다. 뭐, 그리 아름답게 시작된 운명은 아니지만, 순응하고 싶었다.

"휴우."

다만 버거울 뿐이었다. 영화 속 운명처럼 모든 일들이 쉽게 풀어지면 좋으련만 현실 속의 운명은 그렇지 못했다. 왜 이리 혼자 산을 등정하는 것처럼 힘든 것일까? 소윤은 북한산 자락에서 불어오는 찬 공기 속에 머리를 식힌 후 높은 돌담의 담벼락으로 둘러싸인 저택 안으로 들어갔다.

"이렇게 너랑 오붓하게 차를 마시니 얼마나 좋은지 모르겠구나."

시어머니는 거실 소파에 몸을 기댄 채 우아한 손짓을 하며 말했다. 그러나 소윤은 어벙한 데가 있긴 하지만 바보는 아니었다. 시아버지의 늦은 출근을 배웅한 후 주방에서 아주머니들 하는 일을 거들고 나서 쉬는 시간이 되자 어머니와 함께 차 시간을 가지며 여러 대화를 나누고 있지만 좀처럼 부드럽게 연결이 되지 않았다.

소윤은 시어머니의 취미 생활인 골프도 미술도, 그렇다고 도자기나 난과 보석, 하물며 세상 돌아가는 정세 얘기까지도 관심이 없었다. 물론 열심히 배우긴 했지만 모두 도중에 그만두었다. 그래서 대화가 이어지더라도 곧 끊어지기 일쑤였고 졸리기까지 했다. 워낙 일찍 일어나서 그나마 없던 집중력까지 떨어져 정신이 하나도 없었다. 여덟 시간 이상은 자야 제생활이 가능한 그녀라 더욱더 그러했다. 몇 번 졸다가 어머니의 길게 끄는 듯한 부름을 여러 차례 들어야 했다.

"소윤아, 아가야!"

무척 길게 끄는 듯한 음성은 부드럽지만 못마땅한 기색이 역력했다. 그러나 표정을 가까스로 정리하고 겉으론 마음에 든다는 듯이 어머니는 말했다.

"자주 이런 시간을 갖도록 하자꾸나."

"네에."

소윤은 곧은 정자세로 오래 앉아 있는 것도 힘이 들었다. 산만한 면이 없지 않아 같은 동작을 오랫동안, 그것도 지금처럼 한 시간 넘게 하는 것은 엄청난 지구력을 필요로 했다. 지금도 다리를 떨어 클래식 음악을 감상하며 음악회 얘기를 하던 어머니의 눈총을 받아서 얼른 멈추어야 했다. 그러나 말투는 여전히 부드러워 더 눈치가 보였다.

"으음, 이런 평화로움이 참 좋구나."

그래도 오전엔 괜찮은 편이었다.

오후 들어 갑자기 손님들이 몰려들었다. 새로운 며느리 찬찬히 보겠다는 친척 분들과 시부모님 친구 분들이었다.

인사드리는 것은 소윤에게 그리 어렵지는 않았다. 문제는 가는 귀가 먹은 것도 아닌데 조곤조곤하게 말하는 어른들의 점잖은 작은 목소리를 단번에 알아듣지 못해 다시 물어야 해서 시어머니의 인상을 구기게 했고, 더군다나 대화에 참여하지 못해도 귀 기울이며 듣고 있다가 물어보실 때 적절한 대답을 해서 손님들을 기쁘게 해야 함에도 그런 것에도 능하지 못했다.

학교 다닐 때도 수업 중에 딴생각하다가 애먼 대답 하는 데 일가견이 있었다. 상상하는 걸 좋아하는 소윤은 항상 딴생각에 잘 빠져들었다. 지금도 어른들 틈에 끼어 다과상을 앞에 두고 시인을 초청해서 들었던 문학 강연회에 대한 얘기며 도자기 전시회에 대한 것을 흘려들으며 창가에 드는 햇살이 바람결에 흔들리는 것을 보고는 나들이 하는 상상을 하다가 질문이 날아들었다.

"소윤아, 물으시잖니?"

"네?"

"넌 어떻게 생각하느냐고."

"죄송하지만, 뭘요?"

"도자기 말씀하셨잖니?"

"좋습니다."

이런 식이었다. 시어머니의 얼굴을 빨갛게 만드는 것은 시간문제였다. 소윤은 얼른 다시 가리킨 화보를 보고 도자기에 대한 아무런 지식은 없지만 색감이나 선 등 주워들을 것을 덧붙여 겨우 넘어갔다. 그러다 결정적으로 저녁에 시아버지의 손님 앞에서 술

잔을 실수로 엎어버려 치우다가 마저 엎어버린 사건은 두 어른을 심각한 고민에 빠져들게 했다.

"당신 고집에 막내 같은 첫째 며느리가 들어왔으니 막내 두 번째 부인은 기필코 첫째 며느리 타입이어야 균형이 맞겠군. 어떻게 두 놈 다 재혼이어야 해. 그나마 둘째 놈은 결혼은 유지할 테니 그거 하나는 마음에 드는군. 문제는 그거 하나라는 거지."

소윤은 시부모님 방에서 들려오는 소리를 지나치며 조용히 주방으로 갔다. 워낙 지적을 많이 받아서 그런지 낙심도 한순간이었다. 절망은 그녀에게 바람처럼 스쳐 가고 지금은 배가 고프다는 생각이 더 컸다. 오늘 하루 종일 제대로 먹지도 못했다. 어른들과 식사를 하면 위장이 조여들어 잘 먹히지도 않았다.

아홉 시가 넘어가는 시간에 주방으로 가서 그릇에 대강 밥을 푼 후 나물과 전 등을 담고 방으로 향했다. 그리고는 누가 부르기라도 할까 봐 다급하게 먹다가 된통 체해 버렸다. 약을 먹었으나 계속 속이 불편했다. 목부터 뱃속까지 막힌 듯한 기분에 그녀는 강아지마냥 입을 쩍쩍 벌리고 트림을 하려고 했지만 그것도 잘되지 않았다. 다 씻고 잘 준비를 마쳤을 때도 마찬가지였다.

남편은 일이 많았는지 자정이 다 된 시간에 늦은 귀가를 한 후 부모님께 인사를 하고 방으로 올라왔다. 그는 넥타이를 풀다 말고 거울 속에서 자꾸 입을 벌리는 아내의 희한한 모습을 발견하고 물었다.

"왜 그래요?"

"체했나 봐요. 약 먹었으니까 곧 나아질 거예요."

수안은 다가와 소윤을 침대에 앉히고 등을 두들겨 주었다. 적당히 힘을 빼서 두들기고 문질러 주자 약간 도움이 되었다. 더군다나 그의 자상한 태도에 오늘 하루 시부모님 실망시킨 것에 대한 힘들었던 맘을 위로받았다.

"괜찮아요?"

수안이 걱정되는 얼굴로 물었다. 나이에 비해 더 어린 아내가 잘 견딜지 근심이 된 듯싶었지만 소윤은 다른 생각에 마음이 미쳤나.

"약간 체했을 뿐이에요. 그것 말고는 아주 건강해요."

그녀는 건강하다는 것에 힘을 주어 강조했다.

"정말 안 아파요?"

수안은 그런 소윤 반응의 숨은 뜻을 알고 놀리듯 물었지만 그녀는 어느 땐 심각한 둔치가 되고 만다.

"그럼요, 뭐든지 할 수 있어요."

'하필 이런 식으로 말할 것은 또 뭐람.'

소윤은 후회했다. 그 말의 의미가 두 사람의 눈으로 퍼지자 그녀는 부끄러워 고개를 숙였다. 정말 낭만적인 것과는 너무 거리가 멀었다. 그러나 수안의 눈에 번지는 웃음은 꽤 신선했다. 표정은 커다란 돌상과 다를 바 없는데 눈에선 빛이 번쩍 빛났다. 따스함이 전체로까지 가진 못했지만 그의 일부는 따스했다.

"뭐든지 할 수 있다?"

소윤이 그 따스한 일부에 끌려 창피한 것도 잊어버리고 세차게 고개를 끄덕거렸다.

"이젠 무섭지 않아요? 난 언제든지 기다려도 상관없는데……."

그의 따스함과 함께 첫날밤의 의무를 해치워야 한다는 욕구는 소윤을 용감무쌍하게 만들었다.

"준비됐어요."

수안이 그녀를 뚫어지게 쳐다보았다. 그의 눈빛에 닿은 피부 곳곳이 점차 뜨거워졌다. 왠지 부끄러워 시선을 내려뜨리다가 자신이 입고 있는 옷을 보게 되었다.

'아, 슬립!'

슬립을 입고, 향수도 은은하게 뿌려야 하는데 지금 이 모습으로는 절대 준비가 다 된 것이 아니었다. 그냥 잠옷도 아닌 마음 편하게 해주는 예전부터 늘 입어온 바지 잠옷으로 색상도 빠지고 늘어진 채 낡아서 이런 순간에 너무 어울리지 않았다. 갈아입어야 한다는 생각이 그녀의 머리 속을 파고들었다.

그런데, 그때 남편의 얼굴이 다가왔다. 소윤은 눈이 마주치자 키스할 때는 무조건 눈을 감자는 무드있는 결심도 잊고 동그랗게 뜨고 말았다. 그의 눈빛에 오랜 상심이 잠깐 스쳤지만 너무 순간적이라 눈치를 채지 못했다.

소윤은 오직 남성적인 남편의 얼굴이 코앞까지 닿을 듯이 가까워지고 있다는 것과 그의 뜨거운 입김으로 머리 작동도 희미해지는 가운데 옷이 너무 해졌다는 생각뿐이었다.

"저기, 옷을 갈아입고 하면 안……."

겨우 말을 끄집어냈지만 수안이 입술을 엄지손가락으로 애무하자 꼼짝도 할 수가 없었다. 침을 꿀꺽 삼키는 가늘고 긴 목으로 두툼한 손이 내려오다가 쇄골에 머무르는가 싶더니 다시 입술로 올라갔다.

그녀의 입술이 놀라서 자연적으로 벌어졌다. 수안이 그 벌어진 작고 도톰한 입술을 바라보다 머리를 숙이더니 문지르며 축였다. 그리고는 혀를 밀어 넣으며 그녀의 혀를 감아왔다. 거칠지 않은 부드러움이 느릿함에 실렸다.

소윤은 첫키스를 경험하고 있었다.

'혀, 이런 것이구나!'

큰 폭발음은 들리지 않았지만 계속 귀가 윙윙거렸다. 아마 누군가 불러도 안 들렸을 것 같았다. 그는 평소처럼 키스도 점잖았다. 눈빛은 진지하고 턱을 잡다가 뺨과 머리통으로 옮겨간 그의 손은 거의 힘을 뺀 상태였다. 포옹하면서도 언제든지 풀어줄 기세였다. 그러나 이상하게도 그렇게 점잖다고 말할 수 없는 면도 많았다. 자꾸 소윤의 뺨을 붉게 만드는 것은 핥고 빠는 그의 행위였다.

핥고 빠는 것은 섹스의 가장 원초적인 기본이라고 어디에서 들은 것 같았다. 그동안 섹스에 관한 성 관련 치료사들의 전문 책만 파고들었다. 한 번에 수십 장을 못 읽을 만큼 집중력이 좋지 않았지만 굉장한 노력의 산물로 섹스를 공부해 왔다. 그러나 실전에는 오로지 그의 핥고 빠는 것만 느껴졌다. 그 힘은 강하지만 계속 배려해 주고 있었다. 그의 몸에서 내뿜는 열기가 그녀를 뜨겁게 했다. 정말 수안은 힘 좋고 뜨거운 데다 배려하는 마음까지 있는 훌륭한 남편이었다.

소윤은 그의 목에서 느슨하게 대롱거리는 넥타이를 손으로 잡아 풀어주려다가 잘못해서 그의 목을 조이고 말았다. 수안은 그녀의 실수에 괴로움없이 웃어버렸다. 목이 워낙 굵어 웬만한 압력엔 끄떡도 하지 않은 모양이었다. 소윤은 난처함을 잊을 정도로 낮은 웃음소리가 참 마음에 들었다 처음 들어본 것이라 다시 듣고 싶었다. 그렇다고 다시 넥타이로 그의 목을 죌 수는 없는 일이었다.

수안은 넥타이를 한 손으로 풀어버리고 단추도 쉽게 풀었다. 셔츠 사이로 보이는 근육질 몸이 점점 엉켜들자 소윤은 힘이 빠지려고 했다. 그가 그녀의 뺨을 핥으면서 자잘한 입맞춤에 이어 다시 진한 키스를 했다. 뜨거운 흔적이 찍어지고 있었다. 신음이 나오려 하자 소윤은 억지로 꾹 참았다.

"아프지 않게 조심할 테니 염려 마요."

수안이 귓가를 애무하면서 속삭였다. 갑자기 신뢰감이 가슴에 팍 들어찼다. 그의 덩치도 괜찮아졌다. 최면에 걸린 듯 이젠 김수안을 받아들일 수 있다고 생각할 때 그의 몸이 갑자기 떨어져 나갔다. 한기가 확 덮쳤다.

"씻고 올게요."

소윤이 뭐라 반박하기도 전에 그가 욕실로 갔다. 퇴근해서 씻지 않았다는 것을 그 순간에 기억하는 남편이 대단했다. 경험도 많고 나이만큼 완성도 높은 남자라 그런 것일까? 그녀는 의아해하면서도 새삼 감탄했다. 그러나 차라리 다행이라고 여기었다. 아쉬움보다 아직 마음의 준비를 다지는 것이 더 중요했기 때문이다. 제때 맥을 끊은 것이라고 소윤은 판단했다.

"휴우, 휴우."

그녀는 아기를 낳으려는 산모처럼 호흡법을 하며 침대에 반쯤 앉아 있다가 옷을 다시 내려다보았다. 이런 낡은 잠옷으론 절대 남편과 첫날밤을 보낼 수 없다는 생각에 후다닥 움직이기 시작했다.

"슬립, 슬립."

팬티도 무지 아슬아슬하게 반쯤 비치는 것—이것도 막내이모의 선물이었다—으로 갈아입고 슬립을 그 위에 입고 나서 머리도 모델처럼 숙였다가 뒤로 젖히며 섹시한 분위기를 풍기려 했지만 여전히 주근깨가 흥분으로 인해 두드러져 버렸다. 그녀는 얼른 분으로 가리고는 침대로 올라가 자세를 여러 번 고치다가 욕실 문이 열리자 또 여지없이 놀랐다.

수안은 서두르지 않고 천천히 소윤에게 다가왔지만 걸음 보폭이 크다 보니 얼마 안 가서 벌써 침대 옆에 서 있었다. 그러나 그의 눈빛은 성마르지 않았다. 가운을 벗으려다가 소윤을 보며 물었다.

"괜찮아요?"

"네."

소윤이 작지만 확실하게 대답했다. 떨리는 맘을 숨기고 부끄러운 맘도 꾹 눌렀다. 수안이 가운을 벗었다. 근육으로 뭉쳐진 단단한 커다란 몸을 보기란 거북스럽고, 더군다나 우뚝 솟은 그의 성기에 시선을 두는 것은 뺨을 화끈거리게 했다. 그럼에도 무서움을 겨우 진정시키고 일말의 호기심으로 보는 그 남성은 상당히 대단했다. 크고 검붉고 힘차 보였으며 자체 생명력이 있는 것처럼 꿈틀거렸다.

두 번째 보는 거라 그런지 놀라움 대신 계속 보게 되는 이상한 마력이 있었다. 그러나 남편이 자신을 보고 있다는 걸 느끼고 억지로 시선을 올리었다. 아무리 남편의 것이라 해도 앞으로 그 성기를 오래 보지는 않으리라 마음먹었다. 그것은 열이 날 정도로 부끄러운 일이니까.

"옷 갈아입었어요?"

"네. 아까 것이 너무 누추해서요. 그러니까 지금 것이 더 어울린다고 봐서 갈아입었어요. 직접 산 것은 아니고 선물 받은……."

말이 다 끝나기도 전에 그녀의 옷이 홀랑 벗겨져 버렸다.

"헉!"

그의 손은 무진장 크지만 상당히 유연하게 움직였다. 눈 깜짝할 새에 소윤은 반쯤 비춰 속옷의 기능성은 철저히 무시되고 전시효과만 달랑 살린 그 팬티 하나만 입고 있었다. 음모가 반쯤 보여 괜히 입었다는 후회가 물밀듯이 밀려들었다. 그러나 그것보다 더 심한 것은 둥그렇고 약간은 풍만하다고 말할 수 있는 가슴이 그의 시선에 흔들렸다. 소윤은 얼른 가슴을 두 손으로 가리었다. 그러나 두 손만으로 다 가리기엔 많이 부족했다.

남자 앞에서 이렇게 홀랑 벗는 것은 꿈에서조차 상상해 본 적 없는 일이라 엄청난 창피함이 그녀의 몸을 빨갛게 물들게 했다. 그러나 남편은 원시적인 쾌감을 가지고 있는 듯 둘 다 거의 벗었는데도 아무렇지 않아했다. 오히려 여유까지 있어 보였다.

"내가 보는 게 싫어요?"

"아니요."

"힘들면 지금 안 해도 돼요."

"아니요."

지금껏 경험상, 할 때 안 하면 더한 압박만 있을 뿐이었다. 학창 시절의 여러 과제물도 그랬는데 첫날밤은 더욱 심했다. 어떻게든 오늘 치르고 말 것이다. 소윤은 손을 천천히 내리었다. 그는 소윤을 가만히 바라보다가 말했다.

"아프지 않게 할게요."

"네? 네에."

좋은 남편은 김수안을 두고 말하는 것 같았다. 물론 여전히 남성적인 얼굴에서 보이는 무뚝뚝한 인상과 덩치에서 나오는 뭐든지 큰 동작은 위협감을 주었지만 언제나 물어봐 주는 자상한 태도는 그를 이미 두렵게 만들지는 않았다. 그때 이모 말이 떠올랐다.

"이 남자를 관찰해라."

관찰할 가치가 있었다.

그런 생각은 당장 오래 붙어 있지 않았다. 수안이 그녀의 목에 진한 키스 마크를 남기고 있었기 때문이다. 그의 입술은 뜨거운 편이었다. 아니, 입술뿐 아니라 커다란 몸에서 내뿜는 열기는 대단히 그녀를 놀라게 했다. 소윤은 신경이 민감해져 세포가 일어나는 듯 맥박이 빨라지며 호흡이 흐트러졌다. 이 첫날밤이란 절차를 그것도 더는 늦지 않게 오늘 꼭 해야 한다는 어린 아내의 수줍지만 고집 어린 뜻을 그는 잘 따르면서도 독자적인 행보를 거듭했다.

수안은 소윤을 가벼이 안아 침대에 눕힌 후, 여린 가슴을 커다
란 손으로 조심스럽게 만졌다. 그렇게 최대한 힘을 빼며 하나씩
성실하게 가슴을 애무해 나갔다. 그녀의 유두가 짙은 색으로 변하
고 단단해지며 조금씩 아프기 시작했다. 그러나 그런 아픔은 통증
이 아니라 다른 쪽과 관련되어 희열과 교묘히 섞여 있었다.

남편의 무심한 듯 진지한 얼굴과 다르게 그 눈빛은 본능에 발했
다. 공허하면서도 깊고, 짙은 듯하면서도 닫혀져 있었지만 소윤은
그 본능에 온 신경이 쓰인 채 반응하며 몸이 나른해졌다 굳어졌다
정신을 못 차렸다. 그가 커다란 입으로 가슴을 빨자 머리 속이 하
애지고 숨 쉬기 곤란해지며 온몸에 힘이 쫙 빠졌다.

'이것이 섹스라는 걸까?

그의 손이 가슴에서 배까지 내려왔다. 까칠하면서도 단단한 손
바닥의 감촉이 그의 혀만큼 좋았다. 수안은 그녀의 몸을 도자기
만지듯 하나씩 만지고 쓰다듬으면서도 가장 중요한 부분은 넘기
고 있었다.

섹스에 대해서 그동안 이론만 습득한 채 실전 경험이 없던 소윤
이지만 그가 일부러 그러는 것처럼 느껴졌다. 몸에서 느껴지는 그
의 손길이 자꾸 중심부를 긴장시켰다. 조여드는 묘한 기분에 휩싸
인 채 호흡이 자꾸 빨라졌다. 뭔가 이상한 일이 그녀의 몸에서 은
밀하지만 치열하게 벌어지고 있었다. 그곳을 직접 만지는 것도 아
닌데 그쪽으로 모든 것이 빠르게 집중되고 몰리었다.

수안이 팬티를 벗기고 엉덩이를 만지며 골반 뼈를 입술로 문지
를 때는 최고조였다. 무언가 붕 뜨는 기분이 들었다. 중심이 축축

해지는 것 같았다. 그가 그녀의 허벅지를 손으로 만지며 그 사이로 어느새 들어와 있었지만 아직 중요한 부분엔 접촉이 없었다. 다리가 점점 대책없이 벌어지는 느낌에 소윤은 불안해져 오므리고 싶었다. 어떤 식으로 해야 하고 어떻게 남편이 움직일지 대략 동선을 그려보고 공부해 왔지만 실제 닥치니 허둥대는 마음에 허우적대고만 있었다.

수안이 소윤에게 짙은 키스를 한 후 그 부분에 손을 대었다. 점점 조여들고 젖어드는 그 속에서 매만지고 있는 그의 손이 선명하게 느껴졌다. 눈이 마주쳤다. 그의 깊은 숨결이 느껴졌다. 뭐라고 물었지만 하나도 들리지 않았다. 얼굴이 닿을 듯이 가까워졌다.

"아프면 말해요."

"……."

들리지 않으니 대답할 수도 없었다. 그저 그의 좋은 냄새와 느릿한 움직임에 취해 버리었다. 그때, 수안이 커다랗게 부풀어진 자신을 소윤의 몸 안으로 찔러 들어왔다.

"헉!"

소윤은 눈을 질끈 감고 소리를 삼키며 입술을 깨물었다. 아플 줄은 알았지만 많이 아파서 숨을 쉴 수도 없었다. 수안은 잠시 멈추고 키스하며 뺨을 스치었다. 천천히 다시 움직이고 또 멈추고 다시 움직였다. 그녀가 그의 것에 익숙해지도록 시간을 주고 있었다. 그래도 아프긴 마찬가지였다. 소윤은 눈을 동그랗게 떴다. 관능에 빠져들면서도 이성을 쥐고 있는 그의 얼굴이 눈앞에 있었다.

중요한 부분이 완전히 속해진 상태에서 수안을 본다는 것은 충격이었다. 그러나 수안의 움직임이 더 깊어질수록 소윤도 같이 휩쓸려 잠기고 있었다. 완전히 익숙해지려면 많은 시간이 필요하겠지만 뜨끈한 무언가가 그녀의 속을 헤집고 다니었다. 아프면서도 전율이 동시에 일었다. 그는 속도를 높이지 않았다.

소윤은 눈물이 그렁거리면서도 남편의 등짝을 두 손으로 감으며 그에게 몸을 기대었다. 열이 나면서 기분이 이상했다. 그렇게 수안과 연결된 부분이 몹시 아프면서도 묘한 희열이 조금씩 일어났다. 절정에 다다르진 않았지만 파고드는 그의 움직임이 싫지 않았다. 무언가 느껴지는 것도 확연히 있었다. 그러나 아픔 때문에 정확히 뭔지는 몰랐다. 남편 또한 너무 조심조심 하느라 힘이 들었을 것이다. 겨우 눈을 뜨고 보니 수안의 이마에 식은땀이 맺혀 있었다.

"힘들었죠?"

소윤이 위아래로 가슴을 들썩이는 남편의 얼굴을 건드리며 물었다. 그러자 그가 그녀의 뺨을 가만히 만지었다.

"그건 내가 할 소리인데. 잠깐만 기다려 봐요."

수안이 욕실로 가더니 젖은 타월을 가져와 그 부분에 갖다 대어서 그녀는 깜짝 놀랐다.

"처음엔 아프니까."

"그렇게 아프지 않았어요."

소윤의 거짓말은 최면이 되어버렸다. 아픔은 정말 밀려가 버렸다. 마음이 나쁘지 않게 울렁거렸다. 살아남았고, 해냈고, 또한 흥분된 감정을 느끼었다. 창피하지만 한편으론 보살펴 주는 남편의 행동이 좋았다.

"고마워요."

그녀의 말에 수안이 웃음을 보였다. 그리고는 따스하게 안아주었다. 소윤은 널찍한 품에 안기면서 결혼생활이 노력만 하면 잘될 거라고 믿게 되었다. 아무 문제 없을 것만 같았다.

Chapter 3

몇 개월이 지나자 소윤도 시댁에 적응을 하기 시작했다. 그렇다고 실수가 잦아들고 훨씬 큰며느리다운 모습을 갖췄다는 것은 아니다. 그녀의 모습은 많은 교육과 거듭된 설교에도 이십 년 넘게 고쳐지지 않았던 것으로 아무리 가풍이 다르다 할지라도 겨우 몇 개월 만에 달라질 리 만무했다.

소윤이 잘해서라기보다 큰 자식이 재혼인데다 어린 며느리를 직접 선택한 사람이 다름 아닌 박정은 여사 자신이기에 그 결정에 후회하기 싫어 봐주는 경향이 많았고, 그렇게 억지라도 후한 점수를 주려 애썼기 때문이다.

최이연이란 완벽한 며느리가 이미 있는 박정은 여사는 집안 가치를 살려주었다고 믿었다. 그래서 삼십대 중반을 넘어서고 있는 큰아들에게 젊고 세상을 잘 모르는 순순한 아이를 그들에 비해 많이 처지지만 그래도 봐줄 만한 집안에서 맺어준 것만으로 만족을 했다. 정신 건강을 위해서라도 박정은 여사는 포기할 것은 포기하고 내버려 두어야 한다고 결정했다. 그렇지 않으면 실수투성이의 맏며느리가 마음의 평온을 해칠 수도 있으니 기대를 아예 접었다.

소윤도 시어머니가 진심은 아니지만 칭찬을 해주는 말투 이상 바라지 않게 되었다. 아직도 시아버지의 근엄한 인상과 불퉁한 말투기 무서워 앞으로 가기만 하면 잔뜩 주눅이 든 채로 대답도 작게 나와 시아버지의 언성이 더 높아져 어깨가 움츠러들었지만 그런대로 큰 말썽없이 잘 지내고 있었다.

그러자 또 예전 버릇이 나오기 시작했다. 굳이 막내이모의 관찰하라는 조언없이도 소윤은 관찰하는 것을 즐기었다. 시야에 들어오는 것만 보고 그 이상 깊이를 저울질하지 못하는 눈치 없는 그녀였지만, 세상 사람들이 그리 중요하지 않다고 보는 사소한 것은 잘 보는 편이었고, 보이는 족족 그 대상이 되었다. 특히, 사람들의 태도를 잘 보았다.

시간 나는 대로 가풍을 배워야 한다는 시어머니의 의견에 따라 다과 시간을 하루에 한 번씩은 꼭 갖기 때문에 소윤의 관찰 대상이 자주 되곤 하는 사람은 먼저 박정은, 그녀의 시어머니였다. 어머니는 손동작이 큰 편이었다. 뭐든지 말로 나오기 전에 허공을 가로지르는 유려한 손동작이 먼저였다.

표정도 풍부한 편이었는데, 큰 눈과 얇은 입술에서 그때그때의 감정이 솟아올랐다. 그러나 아주 화났을 때를 빼곤 말투는 일정했다. 그녀의 엄마처럼 시어머니도 좋은 집안에서 잘 배운 여자답게 어법에 맞는 말들이 품위를 살리며 길게 나왔다.

주어, 조사, 목적어, 보어, 동사 등과 함께 딱 맞는 형용사와 부사, 그리고 감탄사에 이르기까지 정확하게 발음하고 표현했다. 그래서 그녀가 주어, 목적어 잘라 먹은 채 중간 단어만 달랑 말하면 박 여사는 아주 마음에 들지 않아 인상을 찌푸리곤 했지만 그렇다고 소윤에게 직접 드러내진 않았다. 그러나 옷매무새는 마음에 들지 않으면 바로 지적에 들어갔다.

소윤은 어릴 때부터 좋아하는 옷을 풍족하게 입어 옷에 대한 감각이 꽤 있는 편이었다. 그래서 센스있게 잘 입는 축에 속했지만 집에서는 무조건 가볍고 편하게 입는 걸 더 좋아했다. 그러나 시어머니는 항상 잘 갖춰 입어서 누군가 불시에 와도 당황할 필요 없이 늘 완벽했다. 그래도 집이라 좀 답답할 것 같았지만 그녀도 시어머니의 요구에 따라 잘 입어야 했다. 그래서 방에서만 편하게 입고 방을 벗어나면 정식에 맞게 블라우스와 스커트를 챙겨 입었다.

소윤은 시어머니와 있을 때는 최대한 닮게 행동하려고 했다. 허리를 곧게 펴서 앉고 하나의 얘기를 할 때는 그 얘기만 생각하고 눈에 힘을 주며 느릿하면서도 반듯한 행동 가짐을 가지도록 노력을 했다. 그러나 그것이 말처럼 쉽지 않았다.

그 다음 관찰 대상은 새벽 같은 아침식사와 밤 같은 저녁식사 때 보는 시아버지였다. 그녀의 시아버지인 김인산은 키가 큰 편은 아니지만 골격은 굵은 편이었다(아들들의 큰 키는 그들의 외가 쪽 유전이었다). 사람들 마음에 들려고 온화한 표정을 일부러 지은 적이 거의 없었고, 화나면 화내고 기분 좋으면 큰 소리로 웃어서 집안 전체에 커다란 진동을 일으켰다. 소윤은 엄격한 친정아버지를 무서워하듯 시아버지를 무서워했다. 그래서 거의 눈을 맞추지 못했다. 그 결과 관찰한 것이 많지 않았다.

소윤은 이제 남편의 동생들로 시선을 옮기었다.

둘째 시동생인 수호는 일에 바쁜 듯 본 적이 많지 않았다. 그의 아내인 이연은 화사한 웃음을 잘 짓는데 그는 말이 적고 음울한 인상이었다. 그래도 반듯한 얼굴에 검은 눈동자가 빛나는 사람이었다. 다만, 남에게 친밀함은 거의 내주지 않았다. 반면 막내 시동생인 김수창은 학교 때부터 알아온 것 그대로 감정대로 행동하는 자기본위이지만 사교적인 면도 있었다.

여기서 일하는 아주머니들의 말에 의하면 첫 번째 결혼 실패 후 더 성격이 들쑥날쑥하다고 들었다. 소윤은 궁금해서 첫 번째 아내에 대해 슬쩍 물어보니 성격이 만만치 않은 괜찮은 사람이란 답이 돌아왔다. 다시 만날 일이 없다고 생각하니 참 슬펐다. 한때는 두 사람이 사랑했을 텐데. 수창은 제멋대로 굴었지만 소윤에겐 친절했다. 그러나 가끔 놀리기도 해서 수안의 지적을 받기도 했다.

그렇게 하루에도 몇 번씩 관찰에 들어갔다. 그러나 시댁 식구들, 비서들, 일하는 아주머니들을 스쳐 가던 시선은 한 사람에게 오자 오래 머물며 집중되었다.

"뭐 묻었어요?"

"아니에요."

소윤은 수안에게서 고개를 돌렸지만 그가 다른 곳을 보자 다시 쳐다보았다. 시선이 조금씩 길어지고 있었다. 다른 이들에겐 쉽게 넘어가던 것이 상세해지며 세분화되었다. 남편인데도 너무 아는 것이 없기 때문이기도 했다. 직접 물어보고 싶어도 뭐라고 물어볼지 몰라 스스로 알아가기로 했다. 그렇다고 쫓아다니며 구경하고 관찰할 수는 없었다. 그러기엔 바쁜 사람이니까.

바로 오늘 아침처럼 겨우 일찍 깨서 거울을 보면 벌써 남편은 일어나 출근 준비를 마쳐가고 있었다. 그렇게 여느 때처럼 양복을 챙겨 입고, 뒤에서 거울을 휙 보다가 눈이 마주치자 웃는 대신 고개를 끄덕거리었다. 묻지도 않고 그저 어색한 미소를 보낸 것이 전부인데 알았다는 그만의 인사였다. 한번 거울을 보면 콧대 없이 봉긋한 코 주변에 그날 컨디션에 따라 늘어가는 주근깨를 세는 등 삼십 분 이상 시간을 지체하고 마는 소윤과 다르게 수안은 거울을 보는 시간이 거의 찰나였다.

옷이 흐트러지진 않았는지, 머리가 단정한지 뭐가 묻었는지 남편의 그 긴 눈은 한순간에 모든 걸 포착하는 능력이 있는지 몇 초면 충분했다. 물론 남자니까 그렇지만 이젠 가족이 되어 꼭 누구라고 집어내지는 못해도 황재건 등 거울을 여자만큼이나 오래 보는 남자들을 기억하며 진저리를 쳤던 소윤은 남편의 그런 점을 높이 평가했다.

"남자다워."

"뭐라구요?"

“아니에요.”

남편은 작은 소리도 지나치지 않고 곧잘 듣곤 했다. 혼잣말을 좋아하는 소윤에겐 아주 불리한 장점이었다. 속으로 뭐라고 웅얼거리기만 해도 뒤돌아서 물어보았다.

“어디 힘들어요?”

“아니요, 그냥 한 소리예요.”

힘들다는 말은 그녀에게 그냥 피곤하다 같은 그런 뉘앙스의 말이었다. 쉽게 나왔다 의미 없이 사라지는 말이 있다는 걸 수안은 이해하지 못하는 것 같다고 소윤은 생각했다. 그는 힘들다는 말을 거의 하지 않으니까. 정말 힘들어 보일 때도 하지 않았다. 일찍 출근해서 늦게 퇴근할 때도 그런 말은 하지 않고, 오히려 힘드냐고 물어봐서 괜찮다고 대답하곤 했다. 그렇게 그녀를 더 챙기었다.

“쉬면서 해요.”

“네.”

힘들다는 말을 안 하려고 소윤은 꾹 참았다. 하지만 그녀에게 힘들다는, 어렵다는 말과도 같이 통용되는 것이었다. 어른들과 엄숙한 분위기에서 밥 먹을 때가 그렇고, 요리하는 것도 마찬가지였다. 살림을 빨리 익혀야 됨으로 주방에 자주 들어가 음식 하는 것을 어깨너머로 보고 직접 하며 배우고 있었다. 학원에도 다니고 궁중 요리를 비롯한 여러 나라 요리를 배우지만 실상 제대로 하는 것은 없었다. 다행히 학원에서처럼 어렵게 가르치지 않고 쉽게 아주머니들이 일러주어서 제법 따라 하긴 했으나 모양만큼은 영 나오질 않았다.

소고기와 새우를 각각 갈아 만든 전은 모양이 계속 찌그러지게
붙여졌다. 그래서 아주머니들이 만든 어디 모난 데 없는 동그랑땡
들과 같이 있으니 못난이들처럼 보였다.

"이걸 어떻게 해."

아주머니들이 괜찮다고 했지만 볼수록 밉상이었다. 소윤은 눈
딱 감고 상에 올려놓았다. 그리고는 주방에서 보조 역할을 하다가
남편 밥을 뜨러 갔다. 시어머니의 조언에 따라 남편 밥은 그녀가
꼭 뜨는데 처음엔 실수를 많이 했었다. 너무 밥그릇이 큰 것 같아
서 반만 채웠는데 그냥 먹어서 괜찮은 줄 알았더니 가득 담은 밥
을 먹어야 한다는 걸 나중에야 알았다.

수안이 그런 얘기를 하지 않으니 알 턱이 없어 요즘은 더 그의
식성을 살피고 있었다. 남편은 세 끼와 후식으로 먹는 과일 이외
에는 간식은 전혀 하지 않는다는 걸 요즘 들어 알아챘다. 보약도
입에 대지 않을 만큼 세 끼 식사만 가득하게 먹으면 그만이었다.
처음엔 시댁에 적응하느라 살피지 못했는데 지금은 그에게 관심
을 집중했다. 밥은 잘 안 먹어도 군것질은 잘하는 그녀와 정반대
인 그를 샅샅이 보고 있었다.

"어서 앉아라."

"네."

소윤이 아주머니와 함께 음식을 나르자 박 여사가 말했다. 그리
고는 나중에 사람을 시키어도 배울 것은 착실히 배워야 한다는 긴
설교를 했다.

그녀는 한 마디도 빠짐없이 들으려고 했지만 앞자리에 방금 앉

은 남편에게로 시선이 간 뒤론 그에 대한 관찰에 빠져 또 반쯤 애기를 흘려들었다. 평상시에 수안은 아내 옆에 앉지만 오늘은 수호 부부도 같이 와서 남자들끼리 나란히 앉았다. 수창 역시 식사가 시작하기 직전에 합류했다. 아버지가 오기도 전에 배고프다며 식사하는 버릇없는 아들은 김수창, 그뿐이지만 아버지 밥 위에 반찬을 올려주는 살가움도 그뿐이었다.

소윤은 수안을 슬쩍 훔치듯 바라보았다. 남편은 식사 시간 내내 별말을 하지 않았다. 그저 밥하고 젓가락 가는 대로 반찬을 먹는 것이 다였다. 무얼 먹을까 하는 고민도 없었다. 오른편으로 젓가락이 갔으면 섭섭하지 않게 왼편으로도 가고 중앙에 있는 반찬도 먹어주었다. 거기에 무엇이 있는 지는 그리 중요치 않아 보였다. 그렇게 편식 없이 골고루 먹던 사람이 갑자기 좀 달라졌다.

"이 모양새가 뭐야? 삐뚤빼뚤! 못생겼네."

수창이 젓가락으로 전을 집어 올려 한마디 하고 나서 먹지도 않고 다시 놔버린 후 수안은 그것이 아내가 만든 것이란 걸 그녀의 표정으로 눈치 채었다. 그때부터 계속 전만 그것도 모양 나쁜 전만 열심히 먹었다. 소윤은 못생긴 전만 먹는 남편이 고마웠다.

"고마워요."

그래서 식사가 다 끝나고 나서 수안만 들을 수 있게 그의 팔을 잡고 머리가 닿는 최대 높이인 어깨에다 속삭였다.

"맛만 좋으면 되지."

남편의 무심한 듯한 말에도 소윤은 수안이 지어야 할 웃음까지 대신 보이었다. 그가 가만히 소윤을 바라보았다. 그리고는 그녀의 뺨을 토닥여 주었다. 수안은 그저 토닥인다고 생각하고, 또 그다지 아프지는 않지만 그 커다란 손이 불시에 오면 놀랄 때가 많아 눈을 질끈 감게 되었다. 그 모습을 우연히 보던 수창은 웃으며 두 사람의 부조화를 은근히 재미있어했다.

"형수가 놀라잖아. 말하고 애정 표시를 해야지."

"까불지 마."

"알았어. 애정 표시 많이 하세요."

수창은 수안의 큰 체격에 주눅 들은 척 연기하며 웃으면서 거실로 갔다. 소윤은 자신이 좀 더 어른스러워야 한다는 생각을 했다.

수안은 아내의 어깨를 쓰다듬은 후 거실로 갔고 그녀는 혼자 고민하다가 시어머니가 불러서 방으로 향했다. 그곳에서 이연과 함께 또 여자들만의 지루함이 조금씩 깃든 조용한 대화에 참여했다. 다행히 어머니와 이연과의 막힘없는 지적인 대화에 감탄하며 부러워하느라 별다른 실수는 없이 그날 저녁은 무사히 지나갔다.

"행복하긴 한 거야?"

"응, 좋아. 잘 지내."

엄마의 물음에 소윤이 선뜻 답하자 안심한 듯 구 여사는 눈시울을 붉혔다.

"내 강아지!"

"엄마, 날 너무 어리게 대하지 마요. 이제 결혼했으니까 대접을 해줘야 돼. 그래야 어른답게 군단 말이야."

"알았다."

소윤이 치아를 내놓고 만족스럽게 웃었다. 그러나 그 모습은 정말 강아지를 닮았다. 머리 스타일도 구불거리는 큰 웨이브라 더 그러했다. 시댁 안부를 묻고 난 후 구 여사는 딸을 품에 안고 보고 픔을 달랬다. 그렇게 모처럼 소윤은 엄마와 따스한 시간을 나누고 있었다.

시어머니 심부름차, 밖에 나갔다가 같은 방향인 친정에 잠시 들른 것이다. 소윤은 근 몇 달 만에 엄마를 보자 반가움에 처음부터 응석을 부렸고, 구 여사 역시 엄격함을 완전히 놓아버렸다. 엄하거나 아주 귀여워하거나 그 두 가지 교육법에서 균형을 찾지 못하고 이쪽저쪽 기울어진 맘으로 키운 아이가 소윤이었다. 그래서 그녀는 주눅이 잘 들면서도 감정적인 면이 응석으로 자리 잡아 자기만의 세상에 곧잘 빠져들어 치열한 현실과 안 어울리는 사람이 되어버렸다.

소윤은 엄마를 보며 성숙한 여자인 척했지만 행동은 한없이 어렸다. 단아하고 엄격한 엄마이지만 자상하고 따뜻한 그 품에서 휴식을 마음껏 취했다.

"뭐 먹고 싶은 것 있어?"

"엄마가 만들어준 호밀빵! 너무 먹고 싶어. 크림치즈 발라서 먹을래요."

"알았어."

소윤은 엄마가 직접 호밀가루로 제빵기를 이용해 미리 일차 반죽을 해놓은 것을 다시 손으로 반죽한 다음 발효를 해서 오븐에 넣는 과정을 지켜보았다. 손놀림이 가히 예술적이었다. 엄마는 못하는 것이 없다 해도 과언이 아니었다. 그것도 정확하고 빠르게 뚝딱하는데도 완벽했다. 바느질, 뜨개질, 요리, 외국어, 미술 등등.

그러나 소윤은 완벽하게 잘하는 것이 하나도 없는 걸 보면 엄마와 닮지 않았다. 그것이 늘 속상했다. 엄마를 닮았다면 덜렁이, 둔탱이란 별명은 달고 살지 않았을 텐데. 지금도 뭔가 빠뜨린 것 같은 느낌이 들면서 그게 뭔지 생각이 나질 않았다.

'어머니의 심부름을 다 했는데, 왜 그런 기분이 드는 걸까?'

어쩌면 매번 실수를 해서, 시어머니의 첫 심부름에 더 긴장이 되어 마음이 조여드는 것일 수도 있다고 소윤은 보았다. 그럴 만한 이유가 충분히 있었다.

굼뜨고, 덜렁한 건망증의 역사는 어릴 때부터 시작되었다. 초등학교 첫 등교 때 준비물을 다 빠뜨리고 빈 가방만 메고 가서 나중에 기사 아저씨가 가져와야 했고, 방학 숙제가 든 가방을 문방구에서 잃어버려 제출을 못했고, 엄마가 손수 짜준 목도리와 모자는 꼭 일주일 만에 잃어버리고 휴대폰 역시 수도 없이 어딘가에 놓고 다녀 분실했다.

그중에서 가장 대표적인 사건이라면 고등학교 중간고사 때 시험지에만 풀고 답안지를 미처 옮기지 않고 내는 초유의 일이었다. 그것도 나중에 제일 뒤늦게 알게 되었다. 꽤 공부를 열심히 했던 소윤이지만 그 산만한 정신 때문에 주위 사람들에게 늘 걱정을 끼쳤다.

눈치도 없어서 무슨 일이든 가장 나중에 알고, 누가 자신을 짝

사랑한 것도 친구들이 일러주거나 본인이 말해주지 않으면 전혀 몰랐다. 게다가 야물지도 못해서 어렸을 적 일 터질 때마다 혼자 울곤 했었다. 엄마가 종아리를 때리는 것은 아프지 않았지만 실망하는 모습은 마음을 쓰리게 했다.

"난 엄마 딸이 아닌가 봐. 맞아. 그럴 거야."

바로 위인 현준이 오빠는 그런 그녀를 발견하면 늘 위로해 주곤 했었다.

"아니야, 넌 엄마 딸이 맞아. 우리 어머니 얼마나 깔끔한 분이신데. 나하고 준성이 형은 한 번도 맞은 적이 없잖아. 잘못을 하거나 실수를 해도 오직 '네 방으로 가라' 이 말뿐이셨어. 큰형들이 어머니에게 혼나는 모습을 볼 때마다 얼마나 부러워했는지 몰라. 우리 어머니, 부족한 것 없이 해주셔도 자신이 낳지 않은 아버지 자식들은 훈계도 설교도 하지 않으셔. 모른 척하시는 거지. 일종의 어머니 나름의 보복 같은 것일 수도 있지만, 마음이 내키지 않아서 그런 것 같아. 워낙 결벽증이 있는 분이니까. 아버지가 젊은 날 난봉꾼이었잖아. 좋은 말로 바람둥이고. 나 태어난 이후 다신 그러지 않겠다고 맹세하셨대. 할머니가 그러시더라. 그러니 넌 아니야. 게다가 넌 어머니한테 사랑도 많이 받고 혼나기도 많이 혼나잖아. 안 그래? 그러니 괜한 걱정 하지 마."

소윤은 그런 말을 들을 때마다 위로받는다는 것이 오빠에게 미안했다. 그러고 보니, 그녀는 손위 오빠들이 너무 보고 싶었다. 큰 오빠들하고는 나이 차가 많이 나서 잘 어울리지 못하고 안부만 얘기할 뿐이었다. 그러나 작은 두 오빠들하고는 친한 데다 서로 마음도 잘 맞았다. 이젠 자립해서 다들 바쁘게 살아가느라 시간 날 때 가끔 보는 편이었지만 결혼하고는 그것마저 하질 못해 그리움이 컸다.

"보고 싶다."

소윤은 혼잣말을 하다가 엄마의 일하는 모습을 찬찬히 바라보았다. 자세히 보면 엄마를 닮은 것 같기도 했다. 얼굴 생김새가 딱히 닮은 것은 아닌데, 어딘가 묻어난 듯한 두 사람에게서 공통점을 찾으려고 눈 한 번 깜박이지 않았다.

"왜 이리 쳐다봐?"

"그냥."

소윤은 힘을 주며 보던 눈을 풀고 어깨를 으쓱거렸다.

"어서 먹어."

"네."

구 여사는 빵을 뜯어 소윤의 입에 넣어주면서 천천히 보낼 준비를 하고 있었다.

"김 서방 건강은 네가 챙겨야 돼."

"너무 튼튼해서 그러지 않아도 되는데. 아픈 데가 하나도 없는 사람이니까."

소윤은 수안을 떠올리며 마음이든 몸이든 한 번도 다친 데가 없는 사람이라고 확신했다.

"그래도 신경 써."

"네."

"정말 남편이 잘해주지?"

"잘해줘요."

소윤은 수안이 친절한 것에 점점 익숙해져 버렸다. 다른 사람들은 무뚝뚝하다고 하는데 그녀에게는 자상했다. 남편이 자신을 좋아하는 것 아닌가 하는 착각이 들 정도였다.

맛있게 먹고 나서 마냥 엄마 옆에 있고 싶었지만 저녁이 다 되어가자 등을 떠미는 엄마가 아니더라도 일어서야 했다. 그러나 시대으로 오면서 소윤은 뭔가 빠뜨린 것 같은 기분에 영 개운치 못했다. 딱히 뭐가 빠졌는지 기억이 나지 않아 그저 괜찮을 줄 알았는데 집에 들어와서 옷을 갈아입으려고 벽장을 열었을 때 그녀는 경악했다.

그제야 떠올랐다. 시어머니가 심부름 말고도 주소를 적은 메모지와 함께 모임 협회 사무실에 들러 갔다 주라고 했던 선물 보따리가 있었다는 것을. 보따리뿐 아니라 그곳에 가는 것도 통째로 까먹은 것이다. 흠집 날까 봐 엊그제 벽장에 소중히 넣어두었던 것이 머리 속을 뒤늦게 스쳐 갔다.

"난 몰라! 어떡해."

소윤은 벽장 안에 틀어박혀 혼자 절망하다가 잠시 후에 어머니가 부른다는 말에 일어서야 했다. 혼날 생각을 하니까 온몸에 힘이 빠졌다. 너무 멍청한 실수를 했기 때문이다.

자학을 하며 방으로 가고 있는데 언제 왔는지 남편의 그림자가 불투명 유리문에 희끄무레하게 비치었다. 남편은 그림자만으로 알 수 있을 만큼 그림자까지도 그 누구와 닮지 않았다. 키 크고 멋진 남자들은 많아도 덩치까지 독특하게 큰 남자는 드물었다.

"거기 가는 것이 그리 중요한 것은 아니지만 그 심부름은 내가 네 안사람 은근히 인사하게 만든 자리였어. 그런데 거길 안 가고 친정에 갔다 왔다니. 아이고, 머리 아파. 네 장모님께서 안부전화해서 알았다. 불편한 맘 내색 안 하려고 얼마나 힘이 들었는지…… 곧 있으면 너희들 분가하는데 이리 갈피를 못 잡으니 어쩌면 좋냐."

"죄송해요, 어머니. 집 사람이 깜빡했나 봅니다. 요즘 집안 살림 배운다고 많이 피곤한 듯 보였거든요. 이해해 주세요. 내일 가도록 당부할게요. 그리고 친정에 간 것은 제가 가라고 했어요. 간 지 꽤 되어서 나가는 김에 갔다 오고 장모님께 안부도 전하라고 했으니까, 너무 혼내지 말아주세요."

"그래? 알았다."

소윤은 엿듣는 것이 되어버리자 발꿈치를 들고 다시 온 길을 소리 안 나게 돌아가려 했다. 그러면서도 남편의 편들어준 거짓말에 고마움으로 젖어 있었다.

"어머니가 부르시니 가봐요."

소윤은 몰래 돌아가는 그 자세 그대로 멈추었다. 발꿈치를 내리고 돌아보니 수안이 무뚝뚝하지만 자상한 눈빛으로 아내를 한번 쓰윽 보더니 거실로 갔다. 소윤은 남편의 뒷모습을 보았다. 그 등이 비정상적으로 넓다고 생각했는데 지금은 기대고 싶었다. 그러나 멀어지니 기댈 수도 없었고 더군다나 방금 어머니가 그녀가 온 것을 알고 부르셨다. 아마도 또 혼잣말을 한 모양이었다.

　박정은 여사는 소윤에게 별다르게 혼내지 않고 내일 다시 가라는 말과 함께 친정에 가고 싶으면 가도 된다는 말까지 덧붙이었다. 사실, 박 여사는 어수룩한 표정으로 죄송하다는 말을 거듭하는 소윤을 따끔하게 혼낼 생각을 했지만 큰아들이 이렇게 집안일에 가타부타 말한 적이 처음이라 따라주기로 했다. 다른 아들이 그랬다면 화가 났겠지만 무심한 큰아들이라 오히려 화난 마음이 수그러들었다.

　너무 무덤덤한 성격이라 그런지 재혼할 생각을 전혀 안 해서 아예 억지로 진행시킨 거라 늘 마음이 쓰였었다. 장남으로서 마음없이 집안의 순리대로 결혼을 하는 아들을 보는 것이 가끔씩 죄의식이 들기도 했다. 물론 첫 번째만큼 정략결혼이라 할 수는 없지만, 그땐 회사 차원의 합병 같은 것으로 완전 정략이었다. 박정은 여사는 수안이 아내를 챙겨주는 것이 마음에 드는 거라고 생각하며 안도했다. 그래서 소윤은 무사히 넘어갈 수 있었다. 그녀는 다음엔 실수를 하지 않겠다는 장담할 수 없는 말을 하고 방을 나왔다.

　"다행이다."

　그러나 주방에 혼자 앉아 있던 소윤은 실수를 할 때마다 늘 따르는 우울증에 잠겨 버렸다. 깜박할 것 깜박해야지, 남편이 편들어주며 속으론 한심해했을 거란 생각에 이번에는 그 우울증이 좀 더 오래갔다.

　"잘하는 게 하나도 없어. 난 정말 멍청해. 이 바보 같으니. 으윽, 못살아. 종합 비타민제를 먹어야 돼. 그럼 좀 나으려나."

소윤은 내내 걱정과 함께 헛소리를 하다가 늦게 온 시아버지의 술상을 아주머니와 같이 차리고 나서 한밤에 설거지를 하겠다고 나서며 아주머니들을 억지로 주방에서 내보냈다. 누가 보면 더 못하니까 시간이 많이 걸려도 혼자서 천천히 완벽하게 하려고 마음먹었다. 게다가 남편 보기 미안한 것도 있어 잠들면 올라갈 생각이었다.

그러나 접시 씻을 때 접시 생각만 해야 하는데 갑자기 수안의 낮은 목소리가 떠올랐다. 그 낮은 목소리는 붕붕거리지 않고 쫙 퍼지는 것이 몸속으로 스며들 것 같다는 괜한 생각을 하다가 접시를 들고 있던 손이 느슨해져서 그만 놓치고 말았다. 쨍그랑 소리가 주방 안을 크게 울리었지만 문이 따로 달린 독립 공간인데다가 방음이 잘되었는지 소리가 새어나가지 않고 그 안에서만 진동했다. 아무도 모르게 얼른 치우려고 서둘러 주저앉아 깨진 접시를 주우려는 순간 갑자기 몸이 누군가에게 들려서 공중에 붕 떴다.

"다치니 한쪽에 있어요."

남편이었다. 어느새 들어온 수안은 아내를 힘들이지도 않고 가뿐히 들어 한쪽에 툭 놓고 나서 두터운 손으로 깨진 접시를 쓰레받기에 모아 휴지통에 버리었다. 깨져 뾰족한 유리 조각도 두툼한 손엔 아무런 위협이 되지 않았다. 덩치 큰 사람이 그렇게 군더더기 없이 행동하는 것이 신기해 말리지도 못했다. 그는 일사천리로 다 치운 다음 손을 씻고 아내를 번쩍 안아 방으로 올라갔다. 다행이 밤이라 사방이 어두웠기 때문에 보는 사람은 없었다. 소윤은 남편이 자신을 소중히 여기는 것 같아 기분이 좋았다. 그래서 그의 어깨에 머리를 살짝 내려놓아도 좋을 것 같았다.

"다친 데는 없어요?"

수안이 그들의 방 커다란 침대에 소윤을 걸터 앉혀놓고 물었다. 다친 데가 없다고 말해도 방바닥에 양반다리로 앉아 직접 그녀의 발바닥을 하나씩 들어 확인했다. 그 모습을 보던 소윤은 고맙다고 말했다.

"뭐가요?"

"다요, 모두 다. 당신 같은 좋은 남편을 만나서 얼마나 다행인지 몰라요. 난 실수도 너무 많은데. 당신은 정말 좋은 남자예요."

고마운 감정뿐 아니라 무뚝뚝한 얼굴에 보이는 인간적인 모습에 그녀의 마음은 자꾸 김수안에게 쏠리었다. 마음이 그에게 쏠리니 몸도 그에 따라 쏠리었다. 그렇게 기울어져 그만 그의 품으로 풀썩 넘어지고 말았다. 그의 가슴이 단단해서 다행이었다. 소윤은 그대로 안기어 두꺼운 가슴팍에 얼굴을 묻었다. 그러는 바람에 좋은 남편이란 말에 눈가가 흐려지는 아픈 수안을 순간 보지 못했다.

"나도 당신의 좋은 아내가 되도록 노력할게요. 이건 정말 잊지 않을 거예요. 약속해요."

"그래요."

소윤이 고개를 들자 수안이 웃음기 없는 얼굴로 가만히 바라보다가 그녀의 뺨을 만지작거렸다. 소윤이 그의 진지함을 깨듯 웃자 따라 웃음기를 보였다. 잠시 후 두 사람은 키스를 했다.

소윤은 남편이 먼저 키스했다고 생각했지만 사실 그녀가 먼저 입술을 내밀었다. 두 사람의 키스는 깊었다. 적극적인 소윤으로 인해 수안도 아내의 숨결을 앗아갔다. 그는 아내를 다정하게 만졌다. 여자의 몸을 아프지 않게 두드릴 줄 아는 남자였다. 남편의 무게는 묵직함으로 그녀를 덮쳤다. 무겁지 않느냐고 물었을 때 소윤은 그의 배려를 느꼈다. 항상 반쯤 힘을 빼는 수안은 팔에 무게를 더 실었다. 그 단단한 몸을 이젠 부끄러움을 많이 덜어내고 더듬을 수 있었다.

강인한 힘이 온몸에 느껴졌다. 수안의 무게가 그녀의 몸 어딘가로 스며드는 기분이었다. 그의 움직임이 소윤에게 리듬을 가르쳐주었다. 의지와 노력도 없이 그녀는 그 리듬을 조금씩 저절로 배워가고 있었다. 항상 조심하지만 그의 본능은 그녀의 속이 어디까지 깊은지 아는 것 같았다. 부끄러우면서도 점점 김수안이 남자로 강하게 느껴지고 그 자체가 기쁨을 가져다주었다.

그날 밤 소윤은 잠자리에서 여러 생각이 들었다. 그중에서 가장 먼저 든 것은 남편이 그녀를 좋아한다는 것이었다. 잠자리도 꼬박꼬박 갖고 이렇게 배려해 준 걸 보면 좋아하는 것이 분명했다.

그녀도 좋아하도록 노력하겠다고 마음먹었다. 그리고는 정자세로 자는 남편에게로 몸을 돌리었다. 그의 석상 같은 얼굴에 깊은 잠이 들었다. 크고 두둑한 얼굴을 깰까 봐 조심하면서 사분사분 만지었다.

아직 좋아하는 감정까지는 아니라고 소윤은 자기 맘을 진단했다. 시시때때로 다른 색을 띠는 감정이란 것을 좀 더 들여다봄 없이 단정하며 괜히 미안해했다.

'날 정말 좋아하는 것 같아.'

얼른 같이 좋아해야겠다고 다짐했다. 다짐한다고 해서 다 되는 것은 아니더라도 관심이 그에게로 향하는 것을 보면 좋은 징조라고 씽긋 웃고는, 남편의 배 위에 있는 두터운 손을 잡고 그쪽으로 몸을 완전히 기운 채 잠이 들었다.

Chapter 4

소윤은 소스라치게 놀라 벌떡 일어났다. 식은땀이 뺨에서 주르륵 흘러내렸다. 침을 꿀꺽 삼키며 한숨 돌리고 나니 겨우 진정이 되었다. 악몽을 꾼 모양이다. 무슨 꿈인지는 기억이 나지 않았지만 전부터 잘 꾸던 시험지를 하나도 못 푼 채 종이 울리는 그런 꿈은 아니었다. 형체가 없이 무언가 쫓고 쫓기는 듯한 무서운 기분에 빠진 채 깊은 어둠을 느꼈다.

"휴우."

옆으로 고개를 돌려보니, 남편은 듬직한 모습으로 옆에서 자고 있었다. 소윤은 가만히 바라보았다. 방금 전 섹스했다는 것이 믿어지지 않을 만큼 고요했다. 그에게 위로받고 싶은 듯 기대어 큰 손을 잡아보았다.

“깼어요?”

소윤은 깊이 잠든 것 같았던 수안이 눈을 뜨지 않은 채 물어서 깜짝 놀랐다.

“네.”

“왜요?”

“그냥 무서운 꿈을 꿨어요.”

정체 모를 그 꿈을 그렇게 불렀다.

“으흠, 아기구나…….”

수안은 눈을 감은 채 몸을 돌려 잠긴 목소리로 중얼거리며 소윤을 안아주었다.

“아닌데.”

부인해 보았자 소용이 없었다. 수안은 위로해 주듯이 안아주면서 다시 잠들어 버렸다. 아기라는 말은 싫었지만 그의 품은 따듯하고 아늑했다. 소윤은 그 따뜻함에 악몽을 잊고 곧 잠이 들었다.

아침 일찍 일어나는 것은 가장 못하는 것이지만 그래도 긴장을 해서 그런지 점점 습관이 되고 있었다. 소윤은 새벽같이 일어나는 남편의 무채색 양복을 직접 챙기었다. 특별히 자신이 고르는 것은 없었다. 그가 사는 맞춤 양복들은 거의 같은 계열 색상들이었다. 그래서 아무거나 집어 들어도 같은 느낌을 자아냈다.

“고마워요.”

옷 입는 것을 도와주자 수안이 말했다. 소윤은 소리 없이 미소 지었다.

“선물 원하는 것 있어요?”

옷 입고 있는 모습을 멍하니 보고 있는데 갑작스러운 질문에 소윤의 눈이 커졌다. 남편이 생일을 기억할 줄은 몰랐기 때문이다. 사흘 후면 그녀의 생일이었다.

“으응, 모르겠어요.”

“원하는 것 해줄게요.”

“원하면 다 해줄 거예요?”

“할 수 있는 한.”

“돈더미에 앉고 싶어요, 막 쓰게.”

옷 입으며 덤덤히 말하는 그의 태도에 소윤은 장난삼아 과장되게 표현했다. 그를 깜짝 놀라게 해서 웃게 해주고 싶었다. 수안이 넥타이를 다 맨 후 소윤을 쳐다보았다. 그러다 생각이 깃든 얼굴로 고개를 끄덕거렸다. 그가 적지 않은 금액의 돈을 매달 통장으로 부쳐 주지만 그녀에게는 부족하게 생각될 수도 있다고 생각하는 듯했다.

“그리고?”

“그리고?”

소윤은 농담을 진담처럼 받아들이는 남편을 보고 고개를 갸우뚱거렸다. 정말 돈더미를 줄 생각인가?

“꽃 줘요.”

돈더미는 장난이라고 했지만 이미 그 말은 수안에게 접수된 상태였다.

“그 외엔 없어요?”

"없어요. 그냥 스카프도 괜찮겠다. 스카프랑 꽃이면 돼요."

"알았어요."

수안은 출근했다. 소윤은 돈더미란 말은 장난이었다고 말했어야 했나 생각했지만 자신의 표정으로도 충분히 알아들었을 것 같아 그냥 잊어버렸다.

며칠 동안 바쁘게 보냈다. 어머니와 전람회 같은 여러 모임에 따라다니느라 정신이 없었다. 그렇게 시간이 흐르면서 내일이 생일이란 것도 깜빡 잊어버릴 뻔했다.

그날 점심, 자선 바자회에 어머니와 함께 참여했다. 그녀는 미연에 실수를 방지하기 위해 창가 쪽에 서서 잔잔한 미소만 짓고 있었다. 하지만 바자회가 길어지자 점점 집중하기 힘들었다. 딴생각을 하다가 지적을 받을까 봐 정신을 바짝 차리고 있었지만 쉬운 일이 아니었다. 자세도 자꾸 흐트러지며 창밖으로 고개가 저절로 돌아갔다.

"지루해."

혼잣말을 삼키려 애쓰며 창에서 시선을 떼려고 할 때 맞은편 건물에서 남편이 서 있는 것이 보였다.

시아버지와 같이 있는 걸 보니 무슨 행사에 참석한 모양이었다. 어머니에게 쪼르륵 가서 말했지만 바쁠 테니 전화하지 말라고 하시며 중앙으로 가셨다. 소윤은 계속 창을 보며 남편이 자신을 보기를 바랐다. 그녀를 향해 고개를 돌릴 확률은 적다 하더라도 그녀가 계속 보고 있으면 그 맘을 느끼고 한 번쯤은 돌아보지 않을까 싶어 눈 한 번 깜빡이지 않았다.

그러나 몇 분 후 남편과 시아버지는 비서들과 함께 그곳에서 나가 버렸다.

"아쉽다."

소윤은 그날 저녁 아쉬운 마음에 막 퇴근한 남편에게 그 이야기를 꺼냈다.

"당신이 한 번은 뒤돌아볼 줄 알았어요."

"문자라도 보내지 그랬어요?"

양복을 벗으면서 수안이 대수롭지 않게 묻자 소윤은 사실대로 말했다.

"어머니가 바쁜데 신경 쓰게 하지 말라고 하셔서요."

"그게 그렇게 아쉬워요?"

수안은 작은 얼굴에 나타난 아쉬움이 역력한 표정을 읽었다.

"밖에서 우연히 본 거니까요. 짠하고 눈이 마주치면 좋잖아요."

"집에서 이렇게 보는데 뭐."

수안은 아내의 아쉬움을 이해하지 못하는 듯했다.

"참, 선물! 내일 바빠서 일찍 출근해서 아마 새벽이나 들어올 거예요."

그가 선물을 불쑥 내밀자 소윤은 얼떨결에 받았다. 예쁜 쇼핑백 속에 장미꽃과 보랏빛 스카프와 카드가 있었다. 카드?

'이게 뭐예요?'

분명 소윤의 커다란 눈과 벌린 입은 그렇게 묻고 있었다.

"마음대로 써요. 걱정하지 말고."

소윤은 그제야 돈더미에 대한 응답이란 것을 알았다. 골드카드였다. 사용 제한액이 없는…….

"고, 고마워요."

"생일 축하해요."

"고마워요. 그런데 원하면 다 들어줘요? 말도 안 되는 요구였잖아요."

"해줄 수 없는 것도 아닌데, 정말 해줄 수 없는 건 못하지만."

수안은 생일 축하한다고 말하며 포옹해 준 다음 씻으러 갔다.

"다음엔 알아서 해줘요. 선물하고 싶은 걸로요."

소윤이 수안의 등에 대고 말하자 그가 응답했다.

"그러지."

소윤은 한참 동안 카드를 가만히 내려다보았다.

"이게 뭐야?"

그래도 웃음이 나오는 것은 막을 수 없었다. 좋아서라기보다 그냥 웃겼다.

다음날, 생일이 되어서도 소윤은 그 카드만 보면 웃음이 나왔다. 어이도 없고, 남편이 장난을 진심으로 받아들인 것이 웃기었다. 그래도 그의 선물이니까 소중하게 잘 쓸 예정이었다. 꽃은 꽃병에 정성들여 꽂아두었다. 일어나 보니 수안은 어제 한 말처럼 이미 출근해서 얼굴도 못 본 상태였다. 소윤은 그가 오늘 무척 바쁜 모양이라며 이해했다.

아침식사 때, 시부모님이 그녀의 생일을 축하한다며 비싼 도자기와 그림, 그리고 용돈을 선물로 주셨다. 뿐만 아니라 하루 동안 하고 싶은 대로 하라고 하셔서 그녀는 친정에 가서 바쁜 아버지는 빼고 엄마와 오붓하게 식사를 한 후 오빠들을 만나서 문화 상품권을 두둑하게 받아냈다. 혜주가 해외공연 때문에 해외에서 택배로 보내온 선물도 확인하며 즐거워했다. 막내이모의 선물은 옷이었다. 레깅스에 짧은 원피스는 그녀를 무척이나 어려 보이게 했지만 마음에 들었다.

집에 돌아온 소윤은 다시 시야에 있는 황금카드를 집어 들어 쳐다보다 웃음이 나왔다. 이것을 선물로 주다니, 남편은 너무 장난을 모른다며 재미있어하다가 문득 시계를 보았다. 여덟 시가 넘었다. 새벽에 들어올 거니 먼저 자라고 했지만, 이상하게 생일이 가기 전에 그가 올지도 모른다는 막연한 생각이 들었다.

아래층에서 어머니가 부르는 소리에 내려가 어머니와 차를 마시고 돌아오니 다시 훌쩍 열 시가 넘어갔다. 점점 시간이 열두 시를 향해 가고 있었다.

"정말 바쁜 모양이다."

소윤은 잠잘 준비를 마쳤으나 이상하게 침대로 올라가기 싫어 의자에 무릎을 세우고 강아지처럼 몸을 웅크리고 앉았다. 잠이 오지 않았다. 열두 시가 넘었다. 생일에 한순간도 그와 같이 있지 않았다는 사실이 자꾸 마음 언저리에 맴돌았다.

그 작은 사실이 보이지 않는 요동을 일으키더니 잔잔했던 마음을 조금씩 뒤흔들었다. 자신이 왜 이런지 몰라 어이없다는 듯이 혼자 웃음을 지었지만 그만큼 더 슬퍼졌다. 신경이 흔들리고 심장 박동이 엇박자로 뛰는 것 같았다. 남편의 선물을 가만히 들여다보며 왜 웃음 대신 갑자기 우울해지려고 하는지 이해를 할 수가 없었다.

"이상하다……."

수안은 문을 조심스럽게 열고 들어왔다. 새벽 두 시가 다 되었다. 이미 잠들었을 아내를 깨우고 싶지 않아 불도 안 켜고 양복을 벗는 움직임은 조용하고 더디었다. 그러다가 무언가 감지를 하고 고개를 돌려보니 의자 위에 작은 형체가 한 줄기 달빛에 흔들렸다. 놀랐지만 버릇 같은 평정심이 그에게 들어섰다.

"아직 안 잤어요?"

"네."

어둠에 싸인 곳에서 희미한 목소리가 한참 후 들리었다.

"새벽에 온다고 말했을 텐데."

"네."

"기다렸어요?"

수안은 소윤에게서 시선을 돌린 채 넥타이를 풀면서 물었다.

"그랬나 봐요."

"뭐 하러 그래요, 힘들게."

무심코 미소 짓다가 씻으러 가려던 수안은 문득 무언가 자신을 붙잡는 걸 느끼었다. 그것은 공기 속에 흐르는 감정의 파동이었다. 그렇게 이끌리어 아내를 쳐다보았다.

"울어요?"

소윤이 고개를 저었지만 그녀의 얼굴은 젖어 있었다. 수안은 놀라 아내를 살피기 위해 몸을 낮추었다.

"울잖아요?"

"우는 것 아니에요. 그냥 눈물이 나오는 거예요."

소윤은 수안이 이해할 수 없는 말을 했다.

"왜 울어요? 다쳤어요?"

"아니요."

소윤은 눈물이 자꾸 나오는 것이 창피해서 고개를 숙이려 들었지만 수안의 커다란 손이 그와 마주 보게 했다.

"혼났어요?"

"아니요."

수안은 당황했다. 이유있어도 눈물은 흔한 것이 아닌 그의 몸 체계가 아무 일 없이 흐르는 소윤의 눈물을 받아들이기 힘들었다.

"괜찮아요."

아무리 괜찮다고 해도 이유를 말할 때까지 딱 버티고 움직이지 않는 수안 때문에 소윤은 그냥 넘어갈 수 없어 겨우 입을 떼었다.

"그냥 슬퍼서요. 계속 기분이 좋았는데, 당신을 기다리다 보니 갑자기 울적해져서 그래요. 오늘은 결혼하고 첫 생일인데 당신 얼굴 못 봤잖아요."

소윤은 다시 고개를 숙였다. 별 이유 아닌 것으로 눈물까지 나오자 당혹스러웠다. 그가 또 어린애 취급할까 봐 겁나기도 했지만 그렇다고 해도 어쩔 수 없었다. 다 자기 감정 탓이니. 남편에게서 아무 말이 없자 괜히 걱정스러워 고개를 조심스레 들었다.

"미안해요."

수안은 생각에 잠긴 듯한 표정으로 쳐다보다가 말했다. 어린 아내가 우는 것이 이해가 되지 않아도 다 자기 잘못으로 생각하는 듯싶었다, 김수안은…….

"울지 마요."

"미안해요."

소윤도 미안해했다. 수안은 일어나 휴지를 갖고 와서 그녀의 뺨을 닦아주었다. 소윤은 얼른 휴지를 받아서 자기 얼굴을 닦았다.

"당신 생일인데 시간을 낼 걸……."

"……."

"쇼핑하지 그랬어요? 여자들 쇼핑하면 기분 좋아진다고 하던데……."

"……."

소윤은 남편이 준 카드를 만지작거렸다.

"걱정하지 말고 써요. 그러라고 준 건데."

"혼자 가기 싫은데……."

그녀가 혼잣말처럼 말했다.

"주말에 시간 나니 같이 가요."

"정말 그래도 돼요?"

"그럼."

소윤이 활짝 웃자 수안은 또 한 번 놀랐다. 울다가 이렇게 금방 웃는 얼굴은 첨이었다. 그래도 우는 것보다 웃는 것이 좋았다.

"웃으니까 좋다. 생일 축하해요."

"생일 지났어요."

소윤이 중얼거렸다.

"그래도 축하해요."

"고마워요."

눈물은 사라졌다. 안도가 되는지 수안의 얼굴에도 미소가 엷게 스치었다.

"이제 울지 마요."

"네."

수안은 아내를 달래고 씻으러 갔다.

소윤은 옷을 입고 탈의실에서 나와 한 바퀴 빙 돌았다. 약속대로 수안은 주말에 아내와 함께 백화점에 나와 그녀가 가자는 데로 움직이고 있었다.

"어때요?"

"예뻐요."

"살까요?"

"마음에 들면 사요."

"다른 것도 입어보구요."

소윤은 다시 탈의실로 들어갔다. 수안은 여성복 매장 안에 있는 것이 어색했지만 내색하지 않았다. 그녀가 다시 나왔다.

"너무 짧죠?"

"괜찮아요."

수안의 눈엔 다 예뻐 보였다. 여자 옷들의 세심한 디자인을 파악하기엔 힘이 들지만 너울대는 것이 아내에게 어울렸다. 계산할 때 소윤은 남편이 준 카드를 내밀었다. 가격이 꽤 비쌌지만 그는 눈 하나 깜짝 안 했다. 수안은 아내가 산 쇼핑백도 들어주었다. 아내의 눈물에 놀라 그녀의 기분을 많이 맞춰주고 있었다. 그래서 그런지 소윤은 명랑해져서 자주 쳐다보고 웃고, 말도 많아졌다. 다행이라고 생각했다. 자신이 해줄 수 있는 선 안에서 소윤이 행복해하는 것을 보고 안도했다.

두 손 가득 쇼핑백을 들고 아내의 뒤를 놓치지 않고 따르고 있을 때, 누군가 가슴 철렁한 이름을 불렀다.

"은성아!"

그의 등부터 어깨가 일시에 경직되었다. 잠시 후, 고개를 돌려보니 전혀 모르는 사람이었다. 당연했다. 그럼에도 그 이름은 정신을 순간 마비시키곤 했다. 수안은 짧은 시간 안에 혼란을 완전히 지우지는 못했지만 일시적으로 접어버렸기 때문에 소윤이 고개를 돌렸을 때는 전과 다름이 없었다.

"이제 우리 그만 저쪽으로 가요."

"응."

소윤은 코에 주름을 잡으며 웃다가 다른 곳으로 갔다. 남편이 잘 오고 있는가 몇 번씩 쳐다보면서……. 수안은 아내의 모습을 보면서 아픈 생각을 막아냈다.

"피곤하죠?"

식사까지 마치고 나서 집으로 갈 때 소윤은 미안한 듯이 물었다.

"괜찮아."

그가 운전하며 답했지만 소윤은 자신이 지나쳤다고 생각했다. 돌아오는 길에 남편의 부하직원을 만났는데, 남편 손에 들린 쇼핑백을 보고 엄청 놀란 눈치였다. 그래도 그가 불평하지 않아서 다행이라고 여기었다.

집에 도착해서 안으로 들어가기 전에 소윤은 동네 한 바퀴 돌면서 산책하자고 했고, 수안은 고개를 끄덕거렸다.

"창피했죠?"

"괜찮아요."

소윤은 두세 걸음 앞서서 남편을 보고 뒤로 걸으며 물었다. 아까 부하직원 만난 것에 대한 얘기였다.

"솔직히 말해봐요."

"조금."

소윤이 웃었다.

"다음번엔 당신 이렇게 부려먹지 않을게요. 혼자 해도 되니까."

"고마워요."

소윤이 다시 웃다가 남편을 바라보았다. 볼수록 잘생겼다는 생각이 들었다. 무뚝뚝한 표정 때문에 오래 봐야 알 수 있긴 하지만, 이제 소윤은 수안의 진가를 알게 되어 기분이 좋았다.

"같이 있으니까 좋죠?"

"응."

"나도 좋아요."

자신이 물어서 얻은 답이면서도 집에 들어갈 때 남편의 낮은 목소리를 음미했다. 앞을 보지 않고 꿈꾸듯 걷다가 정원 풀에 걸려 넘어질 뻔했지만 수안이 큰 손으로 얼른 잡아주었다.

"괜찮아요?"

"좋아요."

소윤이 몸의 중심을 잡으며 말했다.

"조심해요, 다치지 않게."

"당신도요."

수안이 그런 소윤을 쳐다보았다. 그녀의 눈동자가 참 크고 예쁘게 빛났다.

"아, 달 무지 밝다."

소윤이 뜬금없이 말하면서 남편과 발을 맞추었다. 그는 그녀가 넘어질까 봐 신경 써주고 있었다.

'이만하면 행복해. 부족한 게 없어.'

소윤은 생일날 느꼈던 맘을 스치는 순간의 쓸쓸함은 어리석은 변덕으로 치부해 버리며 자신만 잘하면 된다고 여기었다.

Chapter 5

"**여**행이나 갈까?"

"남편하고 가려고?"

"지겨운 남편하고 여행까지 가고 싶지 않아. 여자들끼리 가자."

"그래 놓고 남편이 가자고 하면 따라나설 거면서."

"내가 그랬나? 사실, 서로 같이 있어도 할 얘기도 없고, 만날 바쁘대요. 흥, 나도 지겹다고. 자기만 권태기야?"

"난 결혼도 하기 전에 권태기야. 얼굴을 봐도 감흥이 없어."

소윤은 고풍스럽고 시원한 인테리어의 레스토랑 이층 한쪽 룸을 완전히 차지한 채 느릿하게 진행 중인 모임에서 오가는 대화들을 열심히 듣고 있었다. 그들은 연자죽, 야채무침, 다시마, 회, 버섯 잡채, 전복, 튀김, 각종 김치와 나물, 갈비, 삼합, 전, 과일 등 주방장이 한껏 실력을 발휘한 한식 특급 요리를 차례로 즐기면서 입을 놀리었다.

일 년에 몇 번씩 서로 만나서 정보도 주고받고 안부도 전하며 여러 얘기들을 나누는, 엄마 친구들 여식들로 구성된 모임에 자주 가지는 않았지만 소윤은 연락을 받자 뭔가 막힌 듯한 기분을 뚫을 수 있게 도움을 받고 싶어 나왔다. 그러나 귀를 기울이며 집중해 봐도 도움 될 만한 얘기들은 없었다. 부동산, 펀드, 유행, 골프, 아이들, 여행, 그리고 남편에 대한 얘기가 연이어 쏟아졌을 때도 공통점을 찾을 수가 없어 난감했다.

"소윤아, 넌 어때? 일 년 지났으면 권태기가 올 때가 됐나?"

"벌써 오겠니?"

"사랑해서 한 결혼도 아닌데 석 달이면 오겠다."

그들은 진소윤보다 나이가 족히 너댓 살 이상 많고, 정신연령은 그보다 훨씬 높았다. 사랑해서 결혼한 커플도 있고, 좋은 조건 맞춰서 결혼한 이들도 있었지만 그들 모두 어린 나이에 대단한 집안의 후처가 된 소윤을 약간의 흥밋거리로 보았다.

"좋아요."

"그래, 그렇게 마음먹고 사는 거야."

그들 나름대로 그렇게 결론을 함부로 내리며 앞서서 위로를 해 주었다. 소윤은 그런 그들에게 굳이 아니라고 말하지 않고 가만히 있었다. 고민을 털어놓을 생각은 아예 하지도 않았다. 사실, 지금 심각한 불만이 있었다. 그러나 그들이 생각하는 그런 종류의 것이 아니었다.

　소윤은 동떨어진 얘기로 지루해지자 잠깐 실례한다고 말하곤 화장실로 향했다. 그리곤 화장실 거울 속 자신과 얼마간의 쓸데없는 대화를 나누고 나서 다시 장소로 돌아오고 있었다. 그때 나지막한 대화 소리가 웅얼거림으로 들리었다.

　"그 남자 첫 번째 아내가 엄청나게 미인이었지?"

　"그랬대. 내가 들은 바에 의하면 억지로 결혼했다지. 사업 때문에 완전 울며 겨자 먹기로 한 결혼이라 여자 얼굴이 식장에서도 우중충했대."

　"아, 그래서 여자 장례식에 남편이 눈물 한 방울 흘리지 않은 건가?"

　"그랬겠지. 자기 싫다고 그 난리를 피우고 남자 측에서 겨우 설득해서 한 결혼이라던데. 아무리 회사 때문에 억지로 한 결혼이라 해도 남자도 여자가 그리 싫다는데 기분 좋았겠어?"

　"어디서 들은 거야?"

　"여자 쪽 친척과 친한 사람한테서. 이번에 백화점 고객 행사로 프로골퍼 동반 라운딩 레슨 받았는데 거기서 친해져 들은 얘기야. 사업 때문에 억지로 한 거라 그러더라고. 여자가 인기도 많고 성격도 좋았는데 그 남자를 엄청 싫어한 모양이야."

　"남자가 무지 무심하다지?"

　"냉정하고, 무뚝뚝하대. 그런 남자의 아내가 됐으니 우리 소윤이 불쌍하다."

　"그래, 불쌍해."

　소윤은 대화 소리가 불분명해서 거의 못 알아들었다. 문을 열고 들어와서 선명히 귀를 울리는 것은 그 불쌍하다는 말뿐이었다.

"누가 불쌍해요?"

소윤은 앉으며 궁금함없이 그저 물었다.

"아니, 내가 불쌍하다고. 남편이 있어도 지긋지긋하고 사는 재미도 없고, 아무래도 쇼핑이나 할까 하고. 같이 갈래?"

여자는 과도한 표정으로 당황한 빛을 가리며 서둘러 말했다.

소윤은 고개를 저으며 약속이 있다고 거짓말을 하고, 모임이 끝나지 지리에서 제일 먼저 일어났다 알아챘을까 자기들끼리 눈짓하는 것도 모르고 집으로 가는 길에 막내이모의 연습실에 들렀다. 이모는 연습실 한쪽에 있는 사무실에서 차를 대접해 주었다.

"어때? 섹스는 이제 불만없어?"

그동안 해외 공연을 해온 바쁜 이모와 이렇게 다시 한가롭게 얼굴을 맞댄 시간은 실로 오래간만이었다. 그래서 반가움이 앞선 소윤은 직선적으로 물어보는 이모의 물음에 얼굴도 붉히지 않고 고개를 끄덕거렸다.

"좋아."

덧붙여 장난스러운 표정까지 지어 보였다.

"오르가슴도 느끼고?"

소윤이 생각하는 눈빛을 한 채 허공을 바라보았다.

"오르가슴이 뭔지 모르는 건 아니지?"

"설마? 나도 알 건 다 알아."

그새를 못 참고 막내이모가 끼어들자 소윤이 제법 성숙한 때깔을 드러내며 대답했다.

"그래, 대견하다. 남편과 만족하는 거지? 결혼한 정숙한 부인이라도 가끔은 그런 걸 확실히 느껴줘야 삶에 윤활유가 되지."

소윤은 웃어 보이고 나서 지금껏 결혼생활의 일부인 침상의 일을 되새겨 보았다. 남편과의 야한 영상이 머리 속을 쭉 흘러갔다. 그녀가 느끼는 오르가슴은 딱히 절정을 의미하지는 않았다. 퇴근하고 옷을 벗는 그의 막힘없는 시원한 손놀림을 보다가 우연히 두 사람의 눈빛이 딱 마주쳐도 뜬금없이 희열을 느끼곤 했다.

물론 수안과 섹스를 할 때도 정상적인 오르가슴을 느끼곤 했다. 그의 묵직한 몸이 그녀를 눌렀을 때의 형언하기 힘든 감촉과 무게감은 짜릿했다. 얼른 힘을 분산하지만 순간 느껴지는 무게는 그라는 사람이 주는 존재감이었다.

또한, 그 움직임은 항상 배려하듯이 거칠지 않았지만 그럼에도 느껴지는 본능적인 마찰에 까마득히 빠져들었다. 깊숙이 들어올 때의 빡빡한 존재감과 동시에 아득한 더운 흥분이 온몸에 퍼지는 것이 바로 소윤이 느끼는 오르가슴이었다. 그 묘한 흔들림! 항상 같은 체위와 순서를 유지하는 바위 같은 남편이지만 분명 강한 희열과 맞닿아 있었다.

"응."

"문제없네. 섹스가 만족스러우면 부부생활 반이 순조로운 거란다. 결혼한 친구들에 의하면 그것이 부족하면 괜한 일에도 티격태격하게 된대. 그럼 반은 해결이 됐고. 대화는 하는 편이야?"

"응."

겉으로 보면 대화하는 시간은 꽤 되었다. 그런데 실속이 거의 없다는 데에 문제가 있었다. 남편 앞에서 눈물을 흘린 그때 서부터인지 그녀를 더 어리게만 보는 것 같았다. 울지 말 걸, 이미 몇 개월 전의 일이지만 후회가 되었다. 그렇게 그들의 대화는 교감치곤 젊은 남자와 학생치곤 띨띨한 여자와의 의사소통이라 할까? 물으면 답해준다. 그것도 친절하고 자상하게, 고마워해야 마땅했다.

무뚝뚝한 인상은 근 일 년의 결혼생활에도 변함이 없었다. 본가에서 분가한 지 얼마 안 되어 생활의 리듬이 많이 바뀌었지만 그는 표정만큼 심성도 여전했다. 큰 소리 내는 법이 없고, 명령하지 않으며, 실수는 눈감아주었다. 게다가 다정한 면모도 있었으니 힘들어하면 비위 맞춰주고 달래주기까지 했다. 물론 쇼핑백 들고 시중 들어주던 것은 이제 한 번으로 그쳤지만, 수안은 소윤이 행복하길 바라는 관대하고 좋은 남편이었다.

다른 남편들은 집안일이든, 회사 일이든 물으면 귀찮아할 때도 있다는데 그는 그런 적이 없었다. 그녀가 알아듣게, 그것도 굉장히 쉽게 설명해 주곤 했다. 아마 멍청이라도 알아들을 수 있을 것이라고 소윤은 생각했다.

"우리 소윤이가 결혼생활을 생각보다 훌륭하게 해치우고 있는걸."

혜주는 대견하다는 듯이 맘 놓으며 웃다가 택배가 왔다는 소리에 일어났다. 소윤은 남편의 고추 크기에 대해서 물어봤듯이 이번 일도 의논할 수 있다고 생각했었다. 그러나 이번 것은 그리 정확히 잡혀지는 문제가 아니었다.

몇 개월 전만 해도 결혼생활에 만족했었다. 남편은 그지없이 친절하고 자상해서 그것으로 인해 그녀를 좋아한다고 단정했는데 지금은 이상하게 모든 것이 부족하게만 느껴졌다. 그게 이상했다.

수안은 몇 개월 전이나 지금이나 달라진 것이 없는데 변한 것이 있다면 그녀의 마음이었다. 위장처럼 마음도 사람에 따라, 상황에 따라 그 용량이 달라지는 것일까? 너무 커져서 만족을 모르는 것이 아닐까 걱정이었다. 권태기라면 노력이라도 할 텐데, 남편에게 바라는 점이 점점 커지고 자상한 그에게 불만이 많아지는 맘 때문에 어떻게 해야 할지 갈피를 못 잡았다. 그래서 친한 막내이모에게조차 털어놓지 못했다.

"그게 뭐야?"

택배로 온 핑크빛 선물 상자에 소윤은 자신의 문제를 제쳐 두고 관심을 보이었다.

"선물 중 하나야."

인기 많은 현대 무용가인 혜주에게 간혹 선물들이 오지만 이번엔 달랐다. 이름을 확인하고 여성스런 새침한 미소를 지으며 만족스러워하는데도 눈치가 빠르지 못한 소윤은 이모의 말만 믿고 고개를 끄덕거렸다.

"사실, 데이트를 할까 생각하는 남자야."

"우와! 정말? 잘생겼어?"

"그럭저럭."

소윤도 막내이모의 그럭저럭이란 말이 잘생겼다는 뜻임을 안다. 그녀는 엄청 눈이 높은 사람이었다.

"뭐 하는 사람인데?"

"사업해. 돈도 많고, 명성도 있고, 봐줄 만하고."

혜주는 선물 받은 꽃다발과 함께 온 무용하는 아름다운 여자 조각상을 이리저리 감상하며 평점을 내듯이 객관적으로 말했다.

"사람은 인성이 중요해. 인성이 좋으면 얼굴은 잘생기지 않아도 잘나 보인다고. 그런데 아무리 잘생겨도 인성이 안 좋으면 볼수록 못나 보여."

혜주가 소리 내어 웃자 소윤은 어리둥절했다.

"네 남편처럼?"

"난 그냥 한 말이야. 그리고 울 남편 그만 하면 잘생긴 거야. 남자답잖아."

"걱정 많이 했는데, 울 소윤이가 나보다 어른인데? 난 결혼이란 것 답답해서 못할 것 같은데, 넌 딱 맞는 남자 만난 것 같다. 그러기 힘들다. 사실, 네 남편 매력있어. 너무 커서 그렇지."

소윤은 이모의 말에 동의하듯 활짝 웃었지만 고민은 더 깊어졌다.

집에 와서도 고민은 줄어들 기미가 보이지 않았다. 남편은 이미 퇴근해서 씻고 신문을 보고 있었다. 일주일에 한두 번 본가 아주머니의 도움을 받긴 하지만 소윤은 혼자서 식사 준비를 하려고 애를 썼다. 저녁식사 하라고 수안을 부르려다가 그의 등짝을 한참이나 바라보았다. 다가가 널따란 등짝에다 뭔가 쓰고 싶었다. 그러나 그녀는 살짝 건드리기만 했다.

"식사하라고요."

"수고했어요."

수안은 뿔테 안경을 벗어 안경집에 넣어두었다. 남편이 안경을 끼면 꽤 지적으로 보여서 마음에 들었지만 그는 평상시엔 잘 쓰지 않았다.

"안경 써도 멋져 보여요."

"난 안경 쓰면 불편해서 꼭 필요할 때만 써요."

"아, 그래요."

"……."

식탁을 앞에 두고 오간 대화는 끊기었다. 수안은 말이 없고 식사만 열심히 했다. 맛도 없는 음식을 얼마나 잘 먹는지 곰이 따로 없다는 눈으로 소윤은 쳐다봤다. 직접 한 음식이라 맛은 굳이 안 봐도 뻔했다. 그래서 분가한 후엔 입 짧은 그녀가 더욱 깨작거리게 되었다.

"맛있어요?"

"맛있어요."

'맛없는 음식을 먹는 남편이 불쌍하다. 아니, 그런 음식도 아무런 감정 없이 먹는 남편을 보는 진소윤이 더 불쌍하다. 묵묵히 매 순간 열심히 집중하며 행동을 하는 김수안인데, 어쩐지 열의가 없어 보인다는 생각이 왜 드는 것일까?

그의 행동 하나하나가 다 마음에 들지 않는다. 그러나 고개를 돌리면 그만인데 매번 남편에게 붙는 시선이 이상했다. 자꾸 모호해지는 모든 것이 마음에 들지 않았다. 이것이 권태기인가?

'아닌 것 같은데…….'

소윤은 내내 엄마에게 지적 받았던 식탁 위에 팔을 괸 상태로
생각에 빠져 있었다.

"식사 안 해요?"

"맛없어요."

수안이 아내의 투정에 신경을 쓰기 시작했다.

"사먹을 걸 그랬나?"

"나중에요."

수안이 소윤과 눈을 맞추었다.

"어디 아파요?"

"안 아파요."

심통이 나려 했다.

"오늘 모임 갔다 온다고 안 그랬나?"

"네, 갔다 왔어요."

"기분 안 좋은 일 있었구나. 왜, 누가 뭐라 그래요?"

"아니요."

"그런데?"

남편은 묵직한 표정으로 들어줄 준비가 끝났다.

"그냥, 피곤하고 괜히 짜증나고, 그럴 때가 있잖아요."

자상한 그에게 복잡한 맘을 설명하기가 더 힘이 들었다. 그래서
괜한 것으로 치부해 버리며 웃음을 지었다.

"쇼핑하고 싶으면 쇼핑하고 친구들이랑 놀러가고 싶으면 놀러
가요."

"막 외박해도 돼요?"

또 소윤은 괜히 욱하고 있었다. 그녀의 강아지처럼 약간 처진 동그란 눈이 위로 치켜떠졌다.

"그러고 싶어요? 친구들이랑 놀려면 며칠 자고 와야 되니까 그럴 수 있겠지."

"당신은요?"

"내 걱정은 말아요. 결혼했다고 하고 싶은 일 못하면 안 되잖아. 미리 말만 해주면 돼요. 알았죠?"

수안은 이마에 주름을 잡으며 말했다. 이 남자는 하늘이 보내준 정말 끝내주게 좋은 남편이었다. 하늘이 그녀를 예쁘게 생각하시는 거다. 그러니까 이렇게 돈 많고, 자상하고, 힘 좋고, 게다가 질투심까지 없는 무결한 사람을 가만히 있던 그녀에게 통째로 굴러오게 하셨으니. 그러나 정말로 운 좋은 여자임에도 소윤은 남편의 시원스런 자상함에 짜증이 일었다.

"알았어요."

수안은 식사를 마치고 TV를 보았다. 뉴스만 열심히 보는 남편 옆에서 소윤은 끈덕지게 같이 앉아 있었다.

"재미없겠다. 드라마 볼래요?"

그가 리모컨을 넘겨주며 물었다.

"같이 봐요."

"그러지 뭐."

수안은 일어나려다 다시 소윤 옆에 앉아 드라마를 보았다. 드라마에 관심도 없는 것이 분명한데 보조를 맞추어주었다. 이런 남편이 또 있을까? 그런데 같이 드라마를 보고 몸이 서로 닿아 있는데도 남편이 멀리 있는 듯한 기분이 들었다. 그녀의 신경은 그를 계속 의식하고 있는데 그는 그러지 않은 것 같아 간혹 심란해졌다. 지금처럼 마치 껍데기만 옆에 두고 있는 듯한 괜한 기분에 사로잡혔다.

"저기요, 드라마 그만 보고 우리 얘기해요."

"그러고 싶으면 그렇게 해요."

"오늘 회사에서 뭐 했어요?"

"궁금해요?"

소윤이 고개를 끄덕거렸다.

"오늘 회의가 두 개 있었고, 거기에 홍보에 대한 의견 조율이 있었어요. 끝나고 나서 공장에 가서 직접 확인할 것이 있어서……."

묻지 말 걸, 소윤은 남편이 정말 수준을 확 낮춰서 오늘 있었던 회사 일을 설명하는 걸 들으며 후회했다. 회의한 것과 현장 시찰, 그리고 행사에 간 것을 일목요연하고도 쉽게 말해주었다.

"바빴군요."

"응."

"피곤하겠어요?"

"그다지."

수안이 그녀의 얼굴에 무언가를 닦아주려고 자꾸 만지작거리었다.

"주근깨예요."

"아, 그렇구나."

"원래 흐려졌다 진해졌다 그래요."

불만스럽게 나온 입술로 설명하자 수안은 그녀의 얼굴을 들여다보며 확인한 후 낮은 소리로 잠깐 웃고 말았다.

"미안."

사과하는 그의 눈빛이 바로 코앞에 있었다. 가슴이 두근거리고 신경이 파닥거렸다.

"됐어요."

"화났구나."

수안이 달래준다고 살짝 안아주었다. 남편의 냄새가 좋았다. 그에겐 도회적이면서도 야생적인 냄새가 혼합되어 있다고 그녀는 제멋대로 생각했다. 그가 안아주면 저절로 그에게 몸의 중심을 맡겨 버리고 만다. 그것이 요즘 자연스러워졌다. 벌써부터 뺨이 화끈거렸다. 그러나 겨우 쳐다본 남편은 고요했다.

"나랑 살기 심심하죠?"

수안도 아내의 불만을 조금은 느꼈는지 새까만 눈동자를 들여다보며 물었다.

"아니요."

"나란 사람이 원래 재미가 없어요."

수안은 그녀의 말을 믿지 않았다. 위로해 주듯이 자상함 그 자체로 계속 안아주었다. 감촉이 좋았다. 그녀를 만지는 크고 투박하지만 거칠지 않은 그 손만으로도 마음이 살짝 떨리었다. 이렇게 남편에 의해 성적으로 마음이 파닥일 때는 소윤은 굵은 목을 바라보곤 했다. 그의 얼굴을 보면 뺨이 터질 듯이 빨개질 것만 같았기 때문이다. 기다란 눈도, 우뚝한 두터운 코도, 두툼한 입술까지 모두 인상적이었다. 그래서 굵은 목을 뚫어지게 보지만 그 목조차도 성적으로 안전하지는 않았다. 강한 그의 목은 아주 튼튼해서 자극적이었다.

수안은 뺨과 입술에 진하지 않은 키스를 한 후 아내의 손을 잡아주고 나서 일어났다. 아직 잠자리에 들 시간이 아니기에 더 진전을 하지 않았고, 그것을 당연시했다. 그에게 섹스는 오로지 잠잘 시간에만 가능한 것이다.

"차 미 실래요?"

"네."

진한 키스 대신 남편이 직접 타주는 차를 마시었다. 그렇다고 그가 잠자리를 소홀히 하는 것은 아니었다. 그러나 무언의 조건들이 살아 숨 쉬었다. 눈치 없는 소윤도 느낄 수 있는, 한 번도 논의된 적 없는, 남편이 제멋대로 세워둔 조건들이었다.

주워들은 바에 의하면 다른 남편들은 신혼 때 소파나 주방, 욕실 이런 데서도 안으려 달려든다는데 수안은 그런 일이 지금까지 한 번도 없었다. 그에게 소파는 느긋한 대화를 하거나 신문을 보거나 음악을 감상하거나 TV를 보는 장소이고, 주방은 식사를 하는 곳이며, 욕실은 일 보고 씻는 공간이었다.

지금도 그는 욕실에서 씻고 가운을 걸친 채 나왔다. 화장대에 앉아 거울을 보며 흥분하면 진해지는 주근깨를 세고 있는 소윤의 머리통에 입맞춤해 주고 어깨를 살짝 만지고는 침대에 누워 책을 집어 들었다. 그녀가 올 때까지 기다리는 것이다. 억지로 하자고 압박한 적도 없었다.

"점잖은 거다."

소윤이 작은 혼잣말로 평했다.

'조선시대 선비들의 주요 덕목인 점잖음을 김수안은 온몸으로 보여주고 있지 않는가! 행복한 것이다. 조금만 피곤한 기색을 보여도 절대로 만지지 않는 남편은 그뿐일 것이다. 복받은 거다.'

그녀는 침대로 갔다. 남편은 책을 읽다가 아내가 온 것을 뒤늦게 깨달았는지 고개를 들었다. 책이 재미있었나 보다며 소윤은 그 책 제목을 보려고 했지만 경제에 관한 것이었다.

"피곤해 보이네."

"괜찮아요."

수안은 정말 괜찮은지 살피는 것 같았다. 이 남자 전생에 의사였나 싶을 정도였다. 그래도 그녀에게 하는 키스는 참 부드럽고, 눈빛은 깊었다. 진지한 그의 모습에 다시 그녀의 마음도 불평 속에서 빠져나와 움직였다.

소윤에게 남자는 김수안이란 정의가 확립되어졌다. 그래서 남자란 이제 크다는 것이고, 묵직하다는 것이 제일 먼저 떠올랐다. 그의 몸은 단단한 근육질이고, 그렇게 덩치가 큰데도 여전히 배는 하나도 나오지 않고 엉덩이는 생각보다 작았다. 허벅지 역시 굉장히 굵고 탄탄하면서도 잘빠진 편이다. 빅 사이즈이긴 하지만 여하튼 조각상 같은 느낌이었다. 게다가 뭐든지 그녀에 대해선 서두르지 않았다. 항상 준비되었는지 확인했다. 그것은 그의 잘못만은 아니었다. 신혼 첫날밤에 그렇게 소란을 부리지만 않았다면 수안도 이렇게까진 조심하지 않았을 것이다.

그래도 그의 부드러움을 좋아하긴 한다. 아랫입술을 쓸어내리는 손과 입술, 그리고 따스하면서도 불이 붙는 듯한 느낌은 숨을 삼키게 했다. 하여튼, 섹스는 아찔한 것이었다. 그녀를 누르는 무게감은 항상 그가 조심하는 덕분에 짓누르지 않지만 커다란 바위가 강하게 누르는 듯한 기분이 들 때가 있었다. 어느 땐 그런 기분을 거리낌없이 만끽하고 싶어졌다. 그러나 수안은 그렇게 함부로 몰아가지 않았고, 늘 생각을 하며 섹스를 하는 사람 같았다.

그럼에도 그가 만지면 모든 세포가 곤두선 기분이다. 피가 빨리 돌아가고 정신이 아득해지고 만다. 신중하면서도 그녀의 민감한 부분을 정확히 알고 있었다.

수안과 중요한 부분이 맞물릴 때면 부끄러움을 넘어선 그 무언가가 소윤을 뒤흔들었다. 아마도 섹스란 자고로 대부분 그런 것인가 보다 하고 생각했다. 남녀가 이렇게 연결된 상태에서 미치지 않는다면 그게 더 이상하겠지, 정신이 혼미해지는 흔들림을 겪고 흥분에 빠져들었다. 그러나 정신이 들면 어느새 남편은 그녀에게서 빠져나왔다.

"괜찮아?"

"으응."

괜찮지 않았다. 몸 상태는 좋았다. 마음 상태가 문제였다. 소윤은 아직도 생생히 선 남편의 성기를 뚫어지게 바라보았다. 남편의 것이라도 오래 볼 수 없을 만큼 선정적인 그 성기를 이제 창피함을 걷어내고 보았다. 그는 막 사각팬티를 입었다. 불만이 가득한 그녀의 표정은 팬티가 튀어나온 것을 보고도 가시지 않았다. 수안은 절대로 두 번은 하지 않았다. 항상 한 번! 마치 그래야 하는 규칙 같았다. 아직도 솟아 있는 저것은 마치 비밀을 가지고 있는 듯 싶었다. 하지만 남편을 의심하는 일은 정말로 한심한 짓이었다.

의심할 이유가 전혀 없었다. 여성잡지를 보니 그것이 잘 서지 않을 때 의심을 하라고 했다. 딴 데 가서 헛짓하고 있다는 증거라는데 남편은 정반대가 아닌가? 수안이 얼마나 성실한지 그 누구보다 잘 알고 있다. 회사 일 때문에 바쁜 것 빼놓고는 가정적이었다.

널따란 등을 보며 소윤은 허전한 맘을 스스로 달래고 다독였다. 그래도 왠지 이유를 알 수 없는 섭섭한 맘에 그의 등에 손가락으로 무언가를 쓰고 말았다. 그러자 수안이 몸을 돌려 묻는 얼굴로 쳐다보았다. 은은한 스탠드 불빛에서 목석같은 표정이 두드러졌다.

"아무것도 아니에요."

수안은 아내를 품에 안아주었다. 그녀는 남편의 품에 휩쓸려 갔다. 그의 품은 참 크고 안전했다. 그녀 하나 숨어도 될 만큼 크고 따듯한데 뭐가 문제일까?

"피곤할 테니 얼른 자요."

수안은 잠들 때까지 그렇게 안아줄 모양이었다. 소윤은 눈을 감고 남편의 품에서 뒤척이다가 한참이 지나서야 겨우 잠이 들었다. 그러나 불만은 가실 줄 모르더니 드디어 스트레스가 되어 그녀를 공격했다.

다음날 아침, 남편이 뺨에 입 맞추고 출근하자 스트레스 지수는 드높아졌다. 뭔가 하지 않으면 폭발할 것 같았다. 행복해야 마땅한 진소윤은 자신의 마음을 몰라 고급스런 아파트 안을 그 작은 몸으로 어슬렁거리었다. 그러다가 눈에 띈 것은 거실 인테리어였다. 소파와 명화, 벽지, 바다색을 닮은 커다란 화병 등 사소한 장식품에 이르기까지 시어머니가 다 정해준 것이었다. 위치까지 정확하게, 구도와 풍수지리까지 맞추었다. 물론 마음에 들었다. 시어머니의 안목은 상당히 높아 전문가 수준이기에 그 점에 관해선 불만은 없지만 어린애처럼 무조건 따라 한 자신이 마음에 들지 않았다.

"바꿔야겠어."

또 욱하기 시작했다. 그러나 원래 강심장이 아닌 소심한 체질인 소윤은 옮길 수 있는 가구들의 위치만 다르게 하려고 마음먹었다.

먼저 탁자를 끙끙거리며 쭉 끌어 원래보다 왼쪽으로 붙였다. 그러다가 마룻바닥에 줄이 갔다. 니스 칠을 다시 해야겠다며 그녀는 집 앞 인테리어 가구에 가서 페인트까지 덩달아 사 왔다. 걱정은 했지만 계속 주위를 둘러보았다. 그러다 일이 벌어지기 시작했다.

"어떡해."

어쩌다 보니 거실 전체 분위기와 완벽히 어울리는, 복도의 디지털로 프린트된 포인트 벽지를 벗겨내고 페인트까지 사 와서 부분, 부분 칠을 하고 있었다. 두려움이 일기 시작했다. 불만이 폭발해서 집 내부를 엉망으로 만드는 자신이 무서웠다. 소윤은 이리저리 둘러보았다. 딱히 계획이 있는 것도 아니면서 마음이 발동되는 대로 손을 움직인 것이 잘못이었다. 그래도 마음을 다잡고 망친 것보단 좀 더 나은 모습을 보이기 위해 애를 쓰고 있을 때 발자국 소리가 들리었다. 돌아보니 남편이었다. 벌써 저녁이 된 것이었다.

"미안해요."

수안의 놀라는 얼굴을 보고 그녀가 말했다.

"하나만 고치려다가 이렇게 되어버렸어요. 어머니께서 해주시는 대로 내버려 둘 것 그랬나 봐요. 다시 복구도 안 되고, 그래도 약간 변화를 주고 싶었거든요."

수안은 걱정이 잔뜩 묻은 아내의 침울한 얼굴을 물끄러미 내려다보았다. 페인트가 묻은 작고 둥그런 뺨을 그는 만지작거렸다.

"당신 집이니까, 마음대로 해도 돼요. 걱정을 왜 해?"

소윤이 고마운 듯 웃음을 보이었다. 남편은 친절한 사람이니까 그렇게 말할 줄 알았다.

"그래도 내 서재는 안 돼요."

"네에."

"도와줄 것 있어요?"

"아니요, 나 혼자 할래요."

"그래요. 그래도 힘쓸 것 있으면 불러요."

"네. 밥 먹었어요? 잠깐만요. 기다릴 수 있죠? 마트에 갔다 올게요."

"천천히 해요."

소윤은 손 씻으러 욕실로 들어가서 거울에 얼굴을 비춰보았다. 페인트가 많이 묻어 있었다. 얼른 지우려고 했지만 잘 지워지지 않았다. 남편이 밉다고 생각할까 봐 좀 신경이 쓰였다. 머리도 헝클러지고, 옷에 먼지도 잔뜩 묻어 있었다. 새 옷으로 갈아입어야겠다고 생각하며 나오다가 수안의 냄새가 갑자기 맡고 싶어 서재로 갔다. 요즘 들어 바보처럼 그를 훔쳐보는 것에 재미 들렸다. 괜히 그렇게 보고 나면 서운한 마음이 조금이나마 줄어들곤 했다.

커다란 등짝은 두툼하니 볼수록 근사했다. 또한 그 긴 다리와 은은한 남성적인 냄새는 그녀의 마음에 무언가를 건드렸다. 멍하니 옅은 슬픔이 밀려왔다. 왠지는 모르겠다. 그를 보고 있잖니 좋으면서도 슬펐다. 무언가 가슴을 누르며 다 가질 수 없는 무언가가 느껴졌다. 뭔 소리인지 그녀도 모르면서 마음은 복잡해져만 갔다.

"페인트 냄새가 날 더 이상하게 만들어."

소윤은 방으로 가서 옷을 갈아입고 밖으로 나갔다.

"갔다 올게요."

"응."

남편의 '응' 하는 소리를 음미하며 나가다가 지갑을 놓고 왔다는 것을 깨닫고 툴툴거리며 아파트 앞마당에서 건물 안으로 내달렸다. 아직 그는 서재에 있는 것 같았다. 지갑을 깜빡한 것을 들키고 싶지 않아 발소리를 죽이며 안으로 슬그머니 들어왔다. 숨소리도 죽이고 조금 열려진 안방 문을 굳이 열지 않고 그 사이로 몸을 잔뜩 움츠려서 들어갔다. 그때였다. 전화가 따르릉 울리었다. 받지 않아야 했는데 바보처럼 그 시끄러운 소리에 놀라 무의식적으로 수화기를 들고 말았다.

"여보세요?"

남편이 일이 초 빨리 받았다. 소윤은 아예 숨을 쉬지 않았다. 남편이 끊을 때까지 기다렸다가 놓아야 눈치를 채지 않을 것 같아 본의 아니게 전화를 엿듣게 되어버렸다.

[끊지 말아요.]

육감적인 여자의 목소리가 술에 취한 듯 흔들리며 귓가에 닿았다.

"누구세요?"

[날 잊었군요. 그럴 테지. 당신이라면 충분히 그러고도 남겠지. 또 시간도 많이 지났고, 우린 아무 사이도 아니니까. 예상한 일이지만 섭섭하네요. 웃기죠? 알아요. 당신 목소리 무척 오랜만에 듣는군요. 여전해요. 변함이 없네요.]

잠시 몇 초뿐이었지만 굉장히 길게 느껴지는 침묵이 흘렀다. 그리고는…….

"다신 이따위 전화하면 가만히 안 둬. 죽고 싶으면 알아서 해."

소윤은 온몸이 굳어져 버릴 정도로 놀라 정신을 차릴 수가 없었다.

Chapter 6

전화는 뚝 끊기었다. 그러나 소윤은 한참 동안 수화기를 들고 멍하니 있다가 나중에야 놓았다. 너무 놀라서 입이 달라붙어 버렸다. 겨우 숨을 돌려 아직도 서재에 있는 남편을 두고 정신 나간 사람처럼 빠져나왔을 때에도 후들거리는 다리로 더 걸을 수 없어 화단 주변의 벤치에 그냥 주저앉아 버렸다.

장미향이 따스한 바람을 타고 돌았다. 남은 봄기운은 여름으로 다리를 놓고 있었다. 벌써부터 반팔차림의 사람들이 날리는 꽃들 사이로 휙휙 지나가며, 그 어떤 불행도 없을 것 같은 포근하고 온화한 저녁이었다. 소윤은 뒤편 나무들의 짙은 초원 냄새와 학원 차가 아이들을 내려놓는 활기찬 소란스러움에 깨어나 멍한 시선에 초점을 맞추었다. 방금 들은 것이 환청이 아니라는 듯 막 달라붙은 음성들을 돌이켜보았다.

[당신 목소리 무척 오랜만에 듣는군요. 여전해요. 변함이 없네요.]

여자 목소린 붕 떠 흔들린 채로 서글픈 분노와 짙은 그리움이 뭉클거리고 있었지만 소윤은 그 뒤에 들렸던 남자의 목소리에 더 놀랐다.

"다신 이따위 전화 하면 가만히 안 둬. 죽고 싶으면 알아서 해."

무척 냉정하고 단호한 남자의 목소리가 남편의 것이라고 믿어지지 않았다. 다른 억양, 다른 감정이 뒤흔들어져 마치 칼로 벨 것 같은 목소린 그에게서 한 번도 들어본 적이 없었다.

'누굴까? 누구이기에 그렇게 말하는 걸까?

감히 혼잣말로도 내뱉을 수 없이 생각으로 회오리쳤다. 당장 달려가서 무슨 일인지 확인하고 싶었다.

그녀는 자리에서 일어났다. 남편에게 따져야 한다는 생각에 발걸음이 빨라졌다. 그러나 문을 열기도 전에 망설여졌다. 예전 애인일 수도 있고, 게다가 다정한 속삭임이 아니었다. 그렇게 마음속 깊은 곳에서 터뜨리기를 주저했다. 남편의 저 한결같은 자상함이 깨지면 아무것도 남지 않을까 봐 갑자기 움츠렸다.

"마트 간다고 하지 않았나?"

안으로 들어서자 수안이 막 서재에서 나오며 물었다.

"갑자기 너무 피곤해서 저녁 하고 싶지 않아 그냥 왔어요."

소윤은 다가오는 남편의 시선을 마주치기 두려움과 동시에 화가 났다. 그런 감정이 고대로 행동으로 나와 그를 밀치려고 했지만 가까스로 제치기만 한 뒤 방 안으로 들어와 버렸다.

수안은 방문에 기대며 아내의 행동을 바라보기만 했다. 소윤은 지갑을 화장대에 던져 놓고 침대 위에 모로 누워버렸다.

웅크린 작은 몸이 분노로 응집되었다. 속 시원하게 입 밖으로 내뱉고 싶은 마음이 근질거렸지만 긁어 부스럼 만들까 봐 이 고요를 깨뜨리지 못하고 있었다. 그러나 남편을 보니 화가 부글부글 끓었다.

'이놈의 곰뚱이! 만약 조금이라도 뭔 일 저질렀으면 내가 아작 내 버릴 거야.'

소윤은 자신의 격한 감정에 놀라 눈을 떠버렸다. 그러나 더 놀란 것은 방문에 서 있던 수안이 어느새 곁으로 다가온 것이다. 그의 눈빛은 무덤덤하면서도 걱정이 깃들어 있었다. 순간 저 사람에게 자신은 어떤 의미일까. 아니, 의미가 있을까? 하는 생각이 들어 괴로웠다.

"아픈 건가? 아프면 싫은데."

"안 아파요."

소윤이 억지로 일어나 인상을 펴며 괜찮은 척했다. 수안은 아내의 얼굴을 턱에서부터 뺨까지 한 손으로 쥐며 살피었다. 소윤도 그를 정면으로 바라보았다. 그 감정적이던 김수안과 지금의 자상한 김수안의 두 모습이 일치되지 않았다.

"그럼, 외식합시다."

"피곤해요."

"나한테 화났어요?"

“아니요.”

소윤은 화난 표정으로 답했다. 억지웃음을 지어 보였지만 곧 사라졌다. 다행인지 불행인지 남편은 전화 받았을 때 그녀가 집에 없었다고 단정했는지 전혀 눈치를 채지 못했다. 그저 어린 사람의 변덕쯤으로 치부해 버렸다. 다행이라면 다행이었다. 그가 모르길 바랐다. 아무 일 아니라고 생각하고 싶었기 때문이다. 사랑의 밀어도 아니었으니까. 그런데 좀처럼 화가 가시지 않았다.

“나가서 식사해요.”

“피곤한데…….”

소윤은 지금 당장은 남편을 떼어버리고 싶었다.

“시켜먹을까?”

“네.”

“그럽시다.”

중국집에 볶음밥 두 개에 군만두를 시켜먹고 난 후 수안은 아내가 분노로 몸을 가끔씩 떨 때마다 초기 감기 증세로 오해해서 담요를 가지고 와 덮어주었다. 헛웃음이 나올 지경이었다. 그러나 내색하지 않으려 했다.

그는 아내를 살펴주는가 싶더니 바쁜지 밤엔 서재에 파묻혀 나오지 않았고, 소윤도 그런 남편을 내버려 두었다. 그렇게 며칠 동안 수안은 더 몰아치듯이 일을 했고, 게다가 출장으로 인해 그들의 냉정은 오로지 소윤만이 강하게 인식한 채 지나가고 있었다.

수안은 출장에서 돌아오자마자 회사에 잠시 들러 일을 마무리

한 후 집으로 왔다. 문을 열고 들어오는 그의 발걸음은 피곤함이 실렸지만 스스로에게도 내색하지 않았다. 시계를 보니 밤 열두 시가 넘었다. 그는 큰 소리 내지 않고 침실로 향했다. 예상대로 아내는 잠들어 있었다.

소윤은 아이처럼 일찍 잠들곤 했다. 그에 비한다면 더욱더 한 줌밖에 안 되는 작은 새 같은 아내를 수안은 무거운 표정으로 바라다보았다. 그의 아내는 침대 가장자리에 떨어질 듯이 누워 있어 그의 이마를 주름지게 했다. 이불은 다 차서 발치에 뭉텅이로 걸려 있었다. 그는 가운데로 조심히 옮겨주고 이불을 가슴까지 올려주었다.

어린 아내를 바라보며 수안은 생각에 잠기었다. 모든 것이 끝나버린 후, 근 육 년 넘게 한 번도 여자를 안은 적이 없던 그가 슬픔도 박제가 되어버린 채 장남이란 이유 때문에 누구라도 괜찮다고 생각하며 재혼한 여자가 이리 어리고 순진할 줄 몰랐다. 마치 작고 예쁜 강아지 한 마리가 품으로 와서 꿈틀거리는 것처럼 자꾸 신경이 쓰였다. 더 세상 구경을 해야 하는 사람이 덜컥 묶인 것 같아 불쌍했다.

그 동정심이 모르는 사이 무심한 마음을 조금씩 아내에게 이끌어냈다. 그렇게 신경을 써준다고 써주고 있었다. 그러나 아내는 요즘 들어 불행해 보였다. 그는 옆에 앉아 오랫동안 잠든 모습을 내려다보았다. 잠에 빠진 그녀는 더욱 예쁘고 무결해 보여 가슴 한쪽이 쓰라렸다.

'나한테 오지 말지.'

수안은 아내의 발이 살짝 보이자 그 작은 발을 만지다가 다시
이불 속으로 넣어주었다.

"이 나쁜…… 놈아, 내가 가만히……. 가만히……. 에잇, 씨이,
못된…… 놈……."

소윤이 힘겹게 잠꼬대를 하다가 몸을 다시 한쪽으로 돌려 잔뜩
움츠렸다. 수안은 아내의 잠버릇에 피식 웃다가 그녀에게서 손을
놓고 거실로 나왔다.

잠시 후, 소윤은 부스럭거리는 자신의 소리에 놀라 깨어났다.
가끔씩 악몽을 꾸기도 하지만 대부분 한 번 자고 가면 누가 업어
가도 모를 만큼 깊이 잠들었으나 요즘은 고민 때문에 얕은 잠에
허덕이었다.

소윤은 자리에 일어났다. 문득 무언가 익숙한 냄새와 누군가 방
금까지 옆에 있었다는 신경의 직감에 침대에서 내려와 조금 열린
방문 사이로 얼굴을 내밀어보니 검은 그림자가 보였다. 문을 살짝
더 열어서 문간에 기대어 살펴보다가 거실 소파에 고개를 숙인 채
앉아 있는 두툼한 어깨를 발견했다.

소윤은 우두커니 그의 피곤한 모습을 응시했다. 떨리던 마음에
옅은 슬픔이 내려앉는 걸 느꼈다. 이제 분노는 잦아들고, 그 자리
를 슬픔이 퍼지었다. 이유가 뭔지는 몰랐다. 그녀는 그에게 다가
갔다.

"뭐 해요?"

수안이 고개를 들고 아내를 보았다.

"방금 왔어요."

양복 차림이었다. 아직도 그 양복에선 서늘한 바깥바람이 묻어
났다.

"피곤해요?"

소윤이 그 앞에 선 채로 물었다.

"조금."

"오늘 일 많이 했어요?"

"응."

"이떤 일?"

그의 목소리를 무작정 듣고 싶어서 계속 물었다.

"계약 건 때문에 사람들 만나고, 행사에도 참여하고, 회의도 하
고."

"바빴겠군요."

"응."

소윤은 갑자기 그 자리에서 그대로 웅크리고 앉더니 남편의 실
내화 신은 발에 발을 포개었다. 그리고는 아무 말도 없었다. 뭔가
묻고 싶었지만 그것이 하고 싶은 질문인지 잘 몰랐다. 막상 폭풍
우가 오려고 하자, 고요함이 흔들리는 것이 두려워졌다. 그러면서
도 한편으론 무겁게 덮고 있는 이 고요를 쓸어내려야 한다는 생각
도 들었다. 그런 고민 속에 수안을 쳐다보니 자신이 부족하게 느
껴졌다. 그가 늙었다는 생각보다 그녀가 너무 어려서 무언가 그의
마음을 놓치고 있다는 생각에 한숨이 나왔다.

"어디 아픈 거지?"

수안이 반말로 물었다. 너무 걱정된다는 듯이. 소윤이 고개를

저었다. 그가 말을 놓자 가깝게 느껴졌다.

"나랑 결혼한 거 후회하는 건 아니죠?"

잠시 그들 앞에 놓인 침묵을 소윤은 일부러 농담으로 깼지만 심장이 두근거렸다. 다행히 어둠 속에서 그들의 표정은 많이 가려지고 있었다.

"당신같이 착하고 예쁜 여자 만나 것 행운이지. 감사하게 생각해요."

수안이 아내에게 손을 내주며 말했다. 그녀는 떨리는 마음을 숨기려는 듯 남편의 손을 만지작거렸다.

"젊고!"

"응, 그래. 과분하게 젊지."

수안은 전적으로 동조했다. 소윤은 씩 웃었다. 장난스럽게 보이는 웃음에 그는 아내의 뺨을 버릇처럼 다독였다.

"맨발이네."

수안은 아내의 맨발을 뒤늦게 어둠 속 달빛만으로 발견하고 소윤이 뭐라 하기도 전에 들어 올렸다. 그는 너무 힘이 세었다. 어떨 땐 깜짝 놀랄 때도 많았다. 지금도 단번에 안아 올렸고, 그녀는 그의 품에 안겨서 공중에 발이 붕 떠 있었다.

"집 안이라 괜찮은데."

"새벽이라 서늘해요."

수안은 침실로 그녀를 데리고 갔다. 소윤은 넓은 가슴팍에 머리를 기대었다. 그에게선 다른 냄새는 나지 않았다. 늘 쓰는 스킨 냄새와 비누 냄새, 그리고 남자 냄새. 또, 진소윤의 냄새가 조금씩 났다.

　수안이 조심스럽게 침대에 놓으려 했지만 소윤이 남편의 옷자락을 붙잡는 바람에 떨어지지 못했다. 그래서 그는 침대를 짚고 내려다보는 상황이 되어버렸다. 바로 눈가 아래 소윤이 있었다. 그들의 눈이 부딪쳤다. 마음을 파고드는 작은 불꽃이 일렁거렸다. 수안이 아내에게 천천히 고개를 숙여서 입술을 맞추었다. 마치 잘 자라는 인사같이 가벼운 것이었다. 그러나 그의 입술 감촉에 가슴이 떨려왔다. 매일 대하는 남편이고, 언제든지 만질 수 있는 유일한 남자지만 그가 다가오면 심장이 세게 뛰었다. 그 전화 후 혼란 속에서 남편을 더 많이 생각하곤 했다.

　소윤은 무작정 셔츠를 붙잡고 하고 싶은 대로 그의 입술에 깊숙이 키스해 버렸다. 수안의 눈빛이 진해져 버리더니 그녀에게로 무게를 얹으며 같이 반응하고 있었다. 혀가 감기고 호흡이 엉키었다. 수안은 순간 조심해야 한다는 생각을 잠시 놓은 사람처럼 본능대로 파고들었다. 점점 키스는 격렬해지고 참았던 모든 것이 한꺼번에 품어져 나왔다. 허벅지를 문지르며 거친 갈망의 신음 소리가 그에게서 나왔다.

　소윤은 남편에게 절실하게 매달렸다. 단단한 근육으로 뭉친 어깨를 두 손으로 붙잡으며 아무 생각도 나지 않았다. 오로지 온몸을 누르는 이 남자에게 모든 걸 내주고 싶은 마음이었다. 그리고 그란 남자를 속속들이 다 갖고 싶었다. 하나도 남김없이, 그 누구에게도 내주지 않고 전부 다 소유하고 싶었다.

　'헉!'

소윤은 남편을 밀쳐 버렸다.

"씻고 와요. 냄새 나."

수안은 잠시 멍한 눈빛이었다가 가라앉은 목소리로 답했다.

"미안, 씻고 올게."

소윤은 그의 냄새를 음미하며 거짓말에 떨어져 나가는 남편을 바라보았다. 그는 등을 보이고 욕실로 갔다. 그의 욕망을 처음으로 강하게 느꼈지만 그것보다 더 큰 자신의 갈망에 놀라 얼른 끊어버렸다. 다행이라고 생각했다. 격정적인 욕심에 갑자기 현기증이 일었다. 그녀는 무릎을 끌어당기며 혼란스러워했다.

수안은 씻고 와서도 화내지 않고 예전처럼 점잖게 안았다. 소윤은 그를 받아들이면서도 두려웠다. 그의 품에 잠들면서 요동치는 가슴을 어찌할지 생각해 보았다. 다 이게 그 이상한 전화를 들어서 이렇게 된 거라고 여기었다. 그의 과거가 혼란을 가져다준 것이다.

며칠 후, 남편은 늘 그랬듯이 성실한 가장의 모습 그 자체였다. 남편의 과거는 완전히 묻기로 마음먹었다.

'분명 과거일 테니.'

소윤은 남편이 그녀를 만나기 전에 살아왔던 모습을 들은 바대로 떠올려 봤다. 전처와 사별하고 근 육칠 년을 혼자 살았으니 그동안 애인 한 명 없다면 말이 안 된다. 잠자리만 봐도 그가 얼마나 건강한 남자라는 것을 알 수 있으므로, 다만 자제력이 너무 뛰어나 뭔가 비밀이 있는 것 같지만 그런 생각도 던져 버렸다. 아마도 그것은 남편의 성품인 것 같았다. 잘 참고, 잘 견디고, 내색하지 않는 것!

그때 다시 그 감정 어린 목소리가 몸에 감겨들었다. 무슨 일이 있었던 것이 분명하다는 소리가 파동을 일으켰다. 그러나 그녀는 눈을 감아버렸다.

"과거일 뿐이야, 과거!"

마음을 완전히 진정시키는 데 상당한 시간이 걸리었다. 그래도 괴기 시생활에 신경 쓰지 않으리라 결신했다. 소윤은 단정히 앉아 심호흡을 한 뒤 작은 책상 위에 노트를 펼쳐 놓고 열심히 무언가를 깨작였다. 이 일이 있은 후 작은 심경 변화가 있었다.

그것은 이제 아내로서 적극적으로 해야 할 일을 하겠다는 것이다. 그 결심의 첫 행동은 호칭 문제부터 시작했다. 그녀는 남편을 제대로 부르지 못하고 있었다.

여기요, 저기요 등등.

불확실한 호칭들이 어지럽게 머릿속을 흩어졌다. 이젠 아내로서 제대로 남편을 부르리라 소윤은 커다란 눈을 빛내며 마음먹었다. 그리고는 노트에 생각을 쥐어 짜내며 하나씩 적어보았다.

먼저 흔한 '여보'를 적었다. 이건 아니었다. '여봉' 이것도 아니었다. 그럼 다음으로 흔한 '오빠'를 적어보았다. 이건 더 아니었다. 어딜 보나 김수안은 오빠의 풍취가 전혀 나지 않았다. 그렇다면 오빠의 반대인 '아저씨' 그러나 그것은 남편의 개념이 아닌 데다가 수안은 털털한 아저씨 타입 또한 아니다.

소윤은 진지했던 마음이 풀어지자 수안을 떠올리며 닥치는 대로 호칭을 쓰기 시작했다. 혼자 웃다가 금세 진지해졌지만 쉽사리 하나를 선택하기 힘이 들었다. 게다가 요즘 잠도 잘 못 자서 낮인데도 졸음이 몰려왔다. 눈을 부비고 다시 여러 개를 적어보다가 그만 책상에 팔베개를 하고 잠이 들어버렸다.

수안은 오늘 모임에 같이 가기 위해 양복을 갈아입으려고 일찍 집에 왔다. 그는 아내를 찾다가 작은 책상에 몸을 웅크리고 자는 그녀의 모습을 발견했다. 참 신기한 것은 이렇게 불편한 자세에도 잠을 잘 잔다는 것이다. 그는 시계를 보며 시간이 있는 걸 확인하고 내버려 두었다. 그러나 연필을 어설프게 쥐고 있는 모습이 불안해 보여 다가가서 연필을 뺐다. 그러다가 노트를 보게 되었다.

〈여보, 여봉, 오빠, 아저씨, 영감, 곰퉁이. 여보세요. 수안 씨. 수안, 야, 수안아, 김수안, 곰땡이.〉

수안이 피식 웃었다. 그는 아내의 생각을 내버려 둔 채 간섭하지 않고 방을 나왔다.
곧 잠에서 깬 소윤은 남편이 거실에 앉아 있는 것을 보고 얼른 노트를 덮고 거실 공기를 살피었다. 다행히 본 것 같지는 않다며 안도하고 얼른 모임에 갈 준비에 들어갔다. 그가 기다리는 동안 미용실에 갔다 오기도 했다.
"왜요?"
소윤은 남편이 심각한 표정으로 쳐다보자 물었다.

"좋아하는 옷 입어요."

"좋아하는 옷이에요."

소윤이 누리끼리한 황금빛 정장을 내려다보며 억지 주장을 했다.

"그러면 입고."

"마음에 안 들어요?"

소윤은 남편을 슬쩍 보고 헐렁거리는 옷을 은연중에 추스르면서 물었다.

"난 다 좋은데, 당신 마음에 들어야지."

"내 마음에 들어요."

"그럼 됐어요."

수안은 중년 부인의 둥그런 머리 스타일과 좀 커 보이기까지 한 점잖은 정장 차림을 한 소윤을 바라보다가 어깨를 살짝 안아주었다.

"갑시다."

"네."

소윤은 모임에서 남편과 잘 맞는 아내로 보이려고 애쓰고 있었지만 지금 그런 행동들이 더 어리게 보여서 역효과를 내고 있다는 걸 모르고 있었다. 그저 뒤에서 김수안의 아내가 너무 어리다고 수군거리는 것이 싫었다. 수안은 절대 동안이 될 수 없는 의젓한 사람이니 그녀가 그의 나이에 맞춰야 한다는 생각이 강하게 들었고, 어울린다는 말을 듣고 싶기도 했다. 성숙미가 풍겨야 어울릴 수 있을 것 같았다.

"엄마 옷 입었어요?"

그러한 노력은 남편과 어릴 때부터 오빠, 동생으로 친한 주노 그룹의 후계자인 강해신의 직접적 놀림과 다른 이들의 소곤거리는 웃음만이 뒤따랐다. 그래도 소윤의 노력은 거기서 그치지 않았다. 정말 가기 싫어하는 궁중 요리 학원이나 모임들에 꾸준히 다녔다. 그러나 실수가 많아 스트레스도 거기에 준하여 늘어만 갔다. 풀이 죽은 얼굴로 있던 소윤은 막내동서의 전화를 받고는 미소를 찾아 동서네 집으로 갔다.

수창은 드디어 몇 개월 전에 결혼을 했다. 첫 번째 결혼의 실패를 딛고 그가 다시 선택한 사람은 다름 아닌 첫 번째 아내 오연주였다. 두 사람은 어머니의 결사적인 반대에도 결혼해서 '행복하게 살고 있습니다'의 전형적인 동화를 보여주고 있었다. 소윤은 그런 행복한 얘기에 취해 그들을 보면 우울했던 기분이 좀 나아졌다.

두 번씩이나 수창의 아내가 되었다는 사실만으로도 오연주가 대단해 보였다. 그녀는 편하고 소탈한 품성이었지만 얼굴은 절대로 소박하지 않았다. 눈이 번쩍 뜨일 정도로 균형미 있고, 성숙하며 아름다웠다. 그러고 보면, 수안의 두 형제들이 무척이나 눈이 높은 편이라고 소윤은 생각했다. 둘째 동서인 최이연도 매우 아름다운 사람이었다. 그러나 소윤은 이연을 불편해하는 반면 연주는 처음 볼 때부터 마음에 들어서 막내동서라는 것도 곧잘 잊고 언니처럼 잘 따르는 편이었다.

"처음에 나이트클럽에서 만났을 때 이 남자다 싶었어요?"

소윤은 거실에 앉아 연주와 도란도란 얘기를 나누었는데, 특히 연애 얘기를 듣는 것이 즐거워 전에도 대강 들었던 얘기인 그들의 연애담을 꼬치꼬치 캐물었다.

"뭐 이런 놈이 다 있나 싶었죠. 다짜고짜 웨이터 시켜서 끌고 왔다니까요. 뭐, 멋있는 면도 없잖아 있었지만."

"도련님이 첫눈에 반한 거네."

"그랬다나 봐요."

연주가 어깨를 으쓱하면 잘난 척하는 시늉을 하다가 웃어버렸다.

"졸졸 따라다녔어요?"

"졸졸은 아니지만 제멋대로 학교도 찾아오고 그랬어요. 참 난감했었죠. 그런데 내 남편이지만 때깔은 참 좋아요."

연주가 찐 고구마를 먹으며 추억에 잠기면서 나른한 표정이 되어버렸다.

"좋겠다."

소윤은 부러웠다. 아무리 생각해도 수안이 자신을 따라다니고 첫눈에 반해서 꽉 안는 일은 없을 것 같았기 때문이다.

"한때뿐이지. 그리고 내내 힘들었는데요 뭐."

연주가 안 좋은 기억들을 건너다보는 표정으로 말했다. 이젠 그때의 감정과 연결됨없이 가끔씩 꺼내 보는 사진처럼 느껴지는 모양이었다.

"사랑해서 결혼했으니까, 볼 때마다 좋아요?"

"그건 아니고요. 참, 말 놓으세요, 형님."

소윤은 자신보다 나이가 조금 많은 막내동서에게 말을 놓지 못하고 있었다.

"음, 차차 놓을게요."

"그게 그렇게 힘들어요?"

"언니 같아서."

연주가 웃었다.

"대답 안 해줄 거예요?"

"질문이 뭐였죠?"

"매번 가슴이 뛰어요?"

"아, 그렇지 않아요. 미울 때도 많고, 예쁠 때도 있고. 근데 확실히 무덤덤해지지는 않는 것 같아요. 솔직히 울 남편이 잘나기도 했지만 늘 신경 쓰이게 하는 면이 있어요. 그래서 좋아요. 이게 사랑인 것 같기고 하고."

'그건 나랑 같네.'

소윤 역시 요즘 수안이 늘 신경에 걸려서 매번 생각났다. 그녀는 속으로 연주의 말을 동감하면서도 행복한 기분은 아니라는 생각이 들려 할 때 갑자기 벨이 울렸다. 수창이 퇴근한 것이다. 아내만 보이는지 키스하고 만삭인 배에 뽀뽀하다가 소윤을 발견했다. 그래도 그다지 어색해하지 않을 정도로 그는 그런 행동에 익숙해져 있었다.

"아마 형도 왔을걸요."

그 말이 끝나자마자 소윤은 인사를 남기고 바람처럼 집으로 달려갔다. 정말 수창의 말대로 남편이 와 있었다.

그는 주방에서 라면을 끓여 먹고 있었다.

"라면 싫어하잖아요?"

소윤은 옷도 갈아입을 새 없이 수안이 식탁에서 라면을 냄비째 먹는 모습을 보며 물었다.

"가끔은 먹어요. 밥 먹었어요?"

그녀가 고개를 저으니 그가 일어나 젓가락과 수저, 그리고 조그만 그릇 하나를 가지고 왔다.

"같이 먹어요. 두 개 끓었으니까."

소윤은 남편이 덜어준 라면을 보다가 먹기 시작했다.

"잘 끓이네요."

"급하면 다 하는 거지. 군대에서 많이 해봐서."

"군대 갔다 왔어요?"

"그럼요. 나랑 수호는 현역으로 갔다 오고, 수창이만 면제. 남자가 아니지."

소윤이 쿡쿡대고 웃었다. 그녀는 남편이 후루룩 먹는 모습을 보면서 같이 후루룩 먹으며 이런대로 만족하며 살아가자는 생각을 했다. 이만 하면 괜찮은 편이다.

'그래, 괜찮아.'

이렇게 평온한 일상이 계속될 것이다.

Chapter 7

평온한 시간이 지나고, 그 욕심을 덜어낸 일상의 고요함이 계속 이어질 것만 같았던 어느 날 갑자기 무참히 깨져 버렸다. 집안을 발칵 뒤집어놓은 일이 벌어졌다. 그것은 교통사고로 시작되었다. 소윤은 한밤중에 불길하게 울리던 전화 벨소리에 일어나 정신없이 남편을 뒤따라 병원으로 갔다.

그곳엔 이미 굳어버린 수호가 말을 완전히 놓아버린 채 서 있었고, 이연은 전신을 다친 채 중환자실에서 생사를 헤매고 있었다. 그때는 그저 끔찍하고 불행한 사고만이 전부인 줄 알았다. 더 큰 일이 그 뒤에 도사리고 있다는 것을 소윤은 미처 생각도 하지 못했었다. 그러나 불행은 꼬리를 물고 찾아들었다. 그것이 얼마나 커다란 불행인 줄 실감도 하기 전에 연이어 터져 버렸다.

소윤은 병실에 앉아서 아직도 몇 달 전에 벌어진 일들을 믿기 어려웠다. 마치 꿈을 꾸는 것만 같았다. 믿을 수 없는 사실을 처음 접했을 때 그것은 이미 세상에 모두 다 퍼지고 있었다. 지금도 그 폭풍 같은 일만 생각하면 심장이 벌렁대며 마구 뛰었다.

완벽한 이연이 남편인 수호를 배신하고 그의 동창이자 유망한 사업 후계자인 장우현과 불륜을 저질렀다는 것이, 누가 그들을 모함하기 위해 만들어낸 추악한 이야기처럼 느껴졌다. 그러나 세상이 떠들어대고 난 후 이제 그 세상이 잠잠해지자 그 일은 아무도 손댈 수 없는 진실이 되어 깊이 가라앉아 가족들을 무겁게 짓눌렀다.

누가 뭐라고 말을 하지 않아도, 하물며 눈치가 전혀 없는 소윤 조차도 그들의 무거운 침묵 아래 모든 것이 진실이란 걸 느낄 수 있었다. 그것은 소윤에게 엄청난 충격이었다. 해피엔딩이 깨지고 있었다. 무서운 일이었다. 드디어 행복해졌다는 말이 흔들리고 있는 것이다.

두 사람은 꽤 어울렸다. 다 안 어울린다고 해도 그들이 언젠가는 근사한 사랑에 빠질 것이며 지금은 그러기 위한 준비 단계에 있다고 상상하곤 했었다.

잘생겼지만 일 중독자인 수호와 그의 주변을 하나하나 신경 써 주던 아름다운 이연은 소윤이 보기엔 완전한 한 쌍이었다. 관찰하기 좋아하는 그녀의 눈에는 그렇게 보였다. 그러나 가끔씩 두 사람은 어긋나 보일 때도 있었다. 그것이 뭔지는 잘 알지 못했지만 수호란 사람이 너무도 자존심이 세고 어두워서 그런지 밝은 이연이 그런 어둠을 위로할 때마다 그가 더욱더 굳어지는 거라고 생각했다.

예전에 봤던 장면이 이제야 선명하게 떠올랐다. 마치 예시였던 것처럼.

시댁에서 하루 머무르려고 왔던 수호 부부의 모습을 본의 아니게 몰래 훔쳐본 적이 있었다. 수호가 그날 저녁 아버지와 부딪친 후, 한밤중에 정원에 서 있는데 이연이 뒤에서 다가가 안은 적이 있었다. 그러나 수호는 그런 아내에게 의지하거나 기대지 않고 뭐라고 대화를 한 후 먼저 들어와 버렸다. 그 모습이 참 쓸쓸했다. 혼자 남겨진 이연도, 그런 이연을 두고 가버린 수호도.

그래도 그들이 서로 사랑해서 아름다운 커플이 될 거라고 믿어 의심치 않았다. 소윤은 그들도 수창과 연주처럼 될 거라고 보았다. 그들의 이야기를 너무 좋아한 나머지 모든 사람들이 다 그렇게 될 수 있다고 믿었다. 서로 사랑하는 사람들에겐 위기가 있기 마련이고 그 위기를 당장 넘어서지 못해도 오랫동안 그리워하면 다시 사랑이 찾아와 그들을 하나로 만들어줄 거라고.

"지긋지긋한 인연인가 보죠. 그동안 통 잊고 있었는데 생각해 보니 그게 아닌 것 같기도 하고. 둘 다 모자라서 한 사람과 두 번이나 결혼한 거니까요."

아무리 연주가 낭만적인 것과 거리가 먼 표현을 해도 그들의 사랑은 아름다웠다. 그런데 지금 그 아름다움이 철저히 깨지고 독소가 퍼지는 비극이 일어났다. 소윤은 그것이 더 견디기 힘들었다. 물론 자꾸 아프다고 중얼거리는 이연을 보는 것이 무섭고 힘들긴 해도 세상에 비극이 흐른다는 것은 더 견딜 수 없을 만큼 덜컥 겁이 났다.

소윤은 고개를 들어 아픈 사람을 바라보았다. 이연의 눈빛은 꺼져 버렸다. 침상에서 죽은 듯이 누워, 아직 일어나 걸을 수 없다 하더라도 몸을 가눌 수는 있었으나 아프다는 말만 할 뿐 다른 말은 모르는 사람 같았다. 그런 그녀를 위로해야 하지만 선뜻 그런 맘이 생기지 않았다. 그래서 넋 나간 사람처럼 허공을 응시하는 이연에게 다가서지 못하고 거리를 둔 채 말을 섞지 않았다. 배우자를 두고 불륜을 저지르는 것은 용납이 되지 않았다. 소윤의 눈빛에 자신도 모를 엄정함이 들어섰다.

그러나 그런 비난 어린 시선은 믿을 수 없는 마음에 다시 꺼져가고 있었다. 누군가 사실이 아니라고 말해주었으면. 소윤은 이 상황을 받아들이지 못해 안절부절못하며 자꾸 울상이 되는 얼굴에 손이 갔다. 이런 끔찍한 일들은 그녀가 아는 사람들에게는 절대로 일어나선 안 되는 일이었다. 드라마에서만 일어나야 했다. 아니면 모르는 먼 사람들 이야기이어야 한다. 그러나 이미 주변에서 일어난 적이 있었다.

아버지 또한 한때 엄마를 두고 다른 여자들과 지저분한 정분이 나서 주위를 힘들게 했다. 못된 일의 결과물이 작은오빠들이었으나 소윤은 그 오빠들을 큰오빠들보다 더 좋아했다. 서로 마음이 잘 맞았다. 큰오빠들은 흔하게 마음을 내주는 편이 아니었다. 이미 아버지는 마음을 고쳐먹고 가정에 충실해서 그나마 다행이지만 아무리 그래도 그런 일들은 생각하는 것만으로도 끔찍했다.

소윤은 그런 생각들로 더 우울해 이연 옆에 있고 싶지 않아 간

병인이 들어오자 얼른 나와 버렸다. 그러나 대기실에 머물러 완전히 벗어나지 못했다.

소윤이 식사하라고 겨우 밖으로 내보낸 수호가 금세 돌아와 병실로 들어갔다. 그 안에서 울음소리가 새어나왔다. 이연의 눈물인 듯싶었다. 착잡한 마음에 소윤은 눈을 감았다가 떴다. 수호는 한참 후 대기실로 나왔다.

소윤은 전혀 괜찮아 보이지 않는 수호에게 아무런 도움도 못 되는 자신을 느끼며 우두커니 바라보았다. 그는 꿈쩍도 않고 자리를 지키었다. 그 앞에선 그 누구도, 하물며 죄지은 며느리를 격렬하게 욕하던 시아버지도 추악한 말들을 삼가했다. 펄쩍 뛰던 수창도 더 이상 분노를 분출하지 못했다. 수호는 아무 생각이 없어 보였다. 오직 아내의 보호자로서 할 일을 지독하게도 열심히 하고 있을 뿐이었다. 그럴수록 그가 무서웠다. 그렇게 하나씩 감정이 죽어가는 것 같았기 때문이다.

소윤은 비극을 막을 수 없다면 그 분위기 속에서 나오고 싶었다. 그러나 남편의 당부 때문에 이 자리를 떠날 수도 없었다. 수안은 여전히 평정심을 유지한 채 이 상황을 지켜보고 있었지만 그 무심한 그늘 한쪽에선 슬픔이 있었다. 느껴졌다. 동생의 불행을 속으로 힘들어하고 있었다. 더군다나 그런 남편의 부탁이라 이곳의 아픈 분위기를 피할 수 없었다.

"수호가 조금이라도 쉴 수 있도록 우리가 교대하면서 병실을 지켜야 돼요. 힘들어도 조금만 참아줘요."

수안의 당부에 염려 말라고 했으니 소윤은 꾹 참을 수밖에 없었다. 그래도 수호가 싫지는 않았다. 그는 좋은 사람이니까.

소윤은 형수로서 위로하려고 일어서다가 맞은편 거울 속에 비친 겁먹은 자신의 모습을 보고 다시 앉아버렸다. 이런 모습으로 어설프게 위로해 주는 것은 괴롭히는 것과 다름없다는 생각에 그를 놔두며 앉아 있다가 깜빡 잠이 들었다.

"형수님!"

"어, 죄송해요."

"피곤하시죠. 가서 쉬세요."

"괜찮아요. 잠시 바람만 쐬면 돼요."

소윤은 수호에게 미소를 보낸 후 병실에서 나와 병원 앞마당까지 갔다. 초록이 진해지고 있었다. 병원 건물을 휘두르는 길고 작은 정원들에선 이를 모를 꽃들이 제각기 색들을 지키며 한가득 피어났다. 산책 나온, 환자복 입은 창백한 아이와 그 보호자가 환한 웃음을 짓는 모습이 눈에 들어왔다. 내내 아팠을 텐데, 아름다운 꽃과 온화한 바람에 순간 행복해하는 모습에 소윤도 눈길이 마주치자 같이 미소를 보냈다.

시간은 변함없이 똑같은 초침을 가지고 돌고 있었지만 그 안의 사람들 감정은 자꾸 변한다. 아프게, 슬프게, 때론 기쁘게.

소윤은 바닥 계단에 주저앉아 버렸다. 마음의 의지가 되는 연주를 부를까 하는 생각을 아예 접었다. 본가로 들어가 큰살림을 도맡아하고 있는 막내동서에게 그럴 수는 없었다. 며칠 전에도 잠시 들렀다 가고 어제는 통화도 했는데 그사이를 못 참고 또 전화한다는 것은 큰형님으로서 염치없는 일이었다. 그러나 아무리 생각해도 큰형님으로 보이지는 않았다.

소윤은 어른스럽게 굴어야 한다고 마음먹곤 자리에서 일어나 유리문에 비친 모습을 응시하며 남편처럼 무표정을 연습해 봤지만 금세 울상이 되었다. 울상은 억지로 펴지지 않았다. 좋은 상상을 해야 한다. 그러나 지금은 즐거운 일이 흔치 않았다. 여러 기념일도 올해는 다 잊어버려야 한다고 소윤은 생각했다. 작년 생일에 남편의 고생이 떠올라 웃음 한 톨이 나왔지만 얼른 참았다. 감정적일 때가 아니었다.

좀 더 의젓하고 좀 더 무심하게 이 모든 비극을 대하자고 마음먹고 돌아서는데 남편이 막 병원 건물로 들어서고 있었다. 온화하지만 약간 찬바람에 볼이 빨개진 소윤을 발견한 그의 걸음이 멈춰지자 그녀가 먼저 뛰어갔다.

"여기요!"

소윤은 여보라고 마음먹었던 호칭을 어느새 까먹어 버렸다. 입에 붙지 않아 결심에 그쳐 버리고 말았다.

"피곤하죠?"

남편은 회사에서 막 돌아온 차림새였다. 짙은 양복을 입은 그에게 휴식이 느껴지지 않았다. 어디 쉴 데도 없는 사람 같아 그녀는 남편의 먼지도 묻어 있지 않은 깨끗한 양복을 열심히 털었다.

"괜찮아요. 피곤하구나! 가엽게도……."

수안이 아내의 추위에 붉어진 뺨을 보더니 만져 주었다.

"난 괜찮은데……."

그러면서도 소윤은 남편의 듬직한 가슴에 슬며시 기대었다. 수안이 아내의 머리를 쓰다듬어 주었다.

"밥 먹었어요?"

"아니요."

"먹으러 갑시다."

가끔씩 아이 취급하는 못마땅한 면도 있고 뭔가 그 속을 다 알 수가 없음에도 불구하고 소윤은 남편만은 의심하지 않고 무조건 믿을 거라고 다짐했다. 그 이상한 전화가 있음에도 과거의 일이라고 생각했다. 그가 보여주는 모습만 보기로 했다. 소윤은 수안의 손을 꽉 잡고 병원 밖으로 나갔다. 그들은 순두부찌개 백반을 같이 맛있게 먹고 나서 다시 병원으로 향했다.

"이렇게 웃어도 되나? 너무 좋아하면 못써."

소윤은 올해 기념일은 그냥 지나칠 줄 알았는데 결혼기념일을 기억한 수안이 출근할 때 호텔 레스토랑을 예약했다는 말에 들떠 있었다. 그래서 보랏빛 정장을 점검한 그녀는 노래를 흥얼거리며 괜히 웃다가 약간 죄스러웠다.

소윤은 입술을 꽉 다물었다. 그도 그럴 것이 그 짧은 시간 동안 많은 일이 그치지 않고 생기었다. 재활 훈련이 거의 끝날 무렵 수호와 이연은 갑작스런 이혼을 했다. 헤어질 거라고 생각하고 있었지만 수호가 끝까지 감싸며 간병을 도맡아하자 다시 합칠 거라고 추측해 왔던 무렵이라 더욱 놀랐다.

신속한 이혼 뒤 수호는 완전히 잠적해 버렸다. 다행히 요 며칠 여행 갔다는 소식을 해신으로부터 전해 들었지만 여전히 집안은 그에 대한 걱정을 놓지 못했다. 동생을 걱정하는 수안의 마음이 옆에서 깊이 느껴져 낙천적인 소윤이라도 요즘 마음이 항상 우울했었다. 그런데 그가 그들의 결혼을 기억해서 오붓한 저녁식사를 하자니까 기분이 너무 좋아 미안한 맘까지 들었던 것이다.

그래도 어쩔 수 없었다. 소윤은 슬픈 일이 있어도 오랫동안 슬퍼하지 못하기 때문에 기분 좋은 일에 자꾸 웃음이 나온 것은 천성이었다. 그런 천성을 고치려고 얼굴을 스스로 때리기까지 했으나 그것도 소용없이 휴대폰으로 남편이 내려오라고 하자 미소를 활짝 머금으며 바람처럼 내려갔다.

차 문을 열고 조수석에 타니 수안이 인상을 쓰고 있었다. 너무 좋아해서 화가 났나 싶어 염려가 되어 조심스럽게 물었다.

"무슨 일 있어요?"

"응?"

"화난 것 같아서."

소윤이 굳은 표정을 이리저리 살펴었다. 그러자 그가 두툼한 남성적인 얼굴에 웃음을 보이려 애쓰며 아니라고 말했다.

"무슨 일인지 안 말해줄 거예요?"

물어보면 수안이 거의 답변해 줄 것을 알기에 재차 물었다.

"수호가 많이 아팠다고 해서. 그 생각 했더니 그런가?"

수안이 좌회전하며 무뚝뚝한 음성을 부드럽게 풀어나갔다. 아내가 작은 것에도 신경 쓰기 때문이었다.

"어디가 아프신데요?"

"지금은 괜찮대요. 그냥 심하게 아팠다고 해서. 쓰러졌던 걸 해신이 잘 간호해 주었다고 하니까 걱정하지 말아요."

"정말요?"

"응. 전화통화도 하고 잠깐 얼굴도 봤는데. 멀쩡하더라고. 혼자 아팠나 봐요. 모든 걸 혼자 알아서 했나 봐."

수안이 씁쓸하게 말했다. 그의 얼굴에 짧은 슬픔이 지나가더니 박제되어 버렸다. 소윤은 그 숨어버린 슬픔을 발견했다. 남편이 슬프니 그녀에게도 슬픔이 몰려들었다.

"도움이 안 되는 것 같아서 화나요?"

소윤은 누가 가르쳐 주지 않았는데도 수안의 마음을 조금씩 읽고 있었다. 수안의 눈썹이 눈과 닿으려는 듯 꿈틀거렸다.

"도련님에게 큰 도움이 되고 있어요. 너무 자책하지 말아요. 당신이 할 수 있는 일은 모두 하고 있잖아요. 당신처럼 좋은 형은 없어요."

"그렇지 않은데."

수안이 부인하자 소윤은 어떻게든 그에게 힘을 주려다 보니 마음속에 있는 그라는 사람에 대한 정의를 늘어놓기 시작했다.

"난 알아요, 당신은 정말 근사한 사람이란 걸. 당신처럼 책임감 강하고, 일도 잘하고, 불평도 없고, 그런 사람은 흔치 않아요."

그가 대놓고 칭찬하는 아내 때문에 쑥스럽게 웃었다.

"나랑 살더니 거짓말이 늘었어. 미안하네."

"진짜라고요."

소윤은 그냥 기분 좋으라고 얹어주는 말이 아니라는 듯이 강조했다. 차가 신호 대기에 걸리자 수안이 소윤을 빤히 쳐다보았다.

"당신이 착해서 그렇게 보이는 거지. 난 그리 좋은 사람이 못 돼
요."

다시 운전하는 그를 보며 소윤은 문득 그 전화 내용이 마음속을
비집고 떠올랐다. 이젠 많이 잊으려 하고 어느 때는 정말 없었던
일처럼 느껴졌지만 잠이 드려는 순간이나 가만히 혼자 있을 때 문
득문득 떠올랐다. 아무 일 아니라는 안일한 생각으로 애써 지워 버
리곤 했지만 불편함은 가시지 않았다. 소윤은 눈을 감았다 떴다.

"무슨 생각 해요?"

"당신과 같이 있으니까 좋다는 생각. 그러니 꼭 레스토랑 안 가
도 돼요. 집안도 편치 않은데 집에 다시 가요. 아니면 근처 가까운
데서 식사해도 되고."

소윤이 동생을 걱정하는 남편을 먼저 생각했다. 그녀는 두 손을
포개어 무릎 위로 올려놓고 의젓하게 허리를 편 채 말했다.

"어린 아내 실망시키기 싫은데."

"어리지 않아요."

"나중에 울려고?"

남편의 장난 섞인 진심에 소윤이 눈을 동그랗게 떴다.

"그땐 그냥 눈물이 나온 거라구요."

일 년 전 그녀의 생일날 남편 없이 지낸 것에 대해 소윤이 눈물
흘렸던 것을 아직도 잊지 않고 있었다.

"알았어요. 놀려서 미안. 사실 운 게 창피한 것은 아닌데. 자연
스러운 거지."

“자연스러운 건 아니죠. 당신은 그러지 않잖아요.”

“우린 비교 대상이 아니에요. 난 나이를 많이 먹었잖아, 당신은 나보다 훨씬 어리고.”

“당신보다 그리 어리지 않아요. 겨우 열세 살밖에 차이 안 나는데요 뭐.”

“겨우?”

수안이 되물었다.

“남자는 여자보다 열 살 정도 정신연령이 낮다는 설도 있고, 들려오는 얘기들로 보면 꽤 믿을 만하다고요.”

막내동서인 연주가 항상 주장한 것이었고, 막내이모도 같은 말을 했었다. 남자들은 여자들보다 어리다고. 그러나 아무리 생각해도 수안과 그녀는 그 설에 합당치 않다는 걸 깜박했다. 모든 설에는 예외가 있다는 걸 간과한 것이다.

“그럼 우린 세 살 차이밖에 안 나는 거네.”

그가 무심하면서도 놀리듯이 말했다.

“물론 꼭 맞는 것은 아니죠.”

소윤은 괜한 말을 꺼냈다는 듯이 눈을 내리깔며 중얼거렸다.

“오늘 하루 걱정하지 말고 근사하게 식사하고 재미있게 지냅시다. 응?”

“네에.”

수안은 소윤이 몇 시간씩 참아가며 미용실에서 한 정성 들인 머리를 한 번에 흩어놓으며 말했다. 그녀는 얼굴에 불만이 덕지덕지 묻어버렸지만 이상하게도 그의 커다랗고 두툼한 손이 뺨을 스치자 그만 웃음이 나오고 말았다. 그의 손바닥이 좋은 것일까? 모를 일이었다. 물론 그의 냄새는 무지 좋아했다. 소윤은 남편을 바라보았다. 그 역시 소윤을 보더니 바위 같은 얼굴에 희미한 미소를 보냈다. 소윤은 그 미소를 소중히 생각했다.

그의 말처럼 그날 저녁은 걱정을 놓고 근사하고 재미나게 보내고 있었다. 약간은 어둑하지만 세련된 인테리어로 꾸며진 레스토랑은 귓가를 적시는 재즈 선율에 테이블 램프의 은은한 조명까지 더해서 환상적인 분위기를 불러일으켰다. 게다가 바로 옆의 통유리에서 전해져 오는 야경까지 덧입혀 그들을 아름다운 연인처럼 보이게 했다.

소윤은 고개를 돌려 광화문 거리의 불빛을 밝히는 차들을 내려다보며 좋은 전망에 만족스런 미소를 지었다. 그렇게 기분이 좋아지자 와인 전문가 출신의 지배인이 직접 추천해 준 와인과 코스 요리를 먹으면서 남편이 해야 하는 말까지 다 해버리며 즐거운 시간을 만끽했다. 너무 기분이 좋으면 그녀의 입은 좀처럼 쉬지 못한다. 수안은 아내의 재잘거림이 싫지 않은 표정이었다.

그의 선물에서부터 여러 가지 사소한 일들이 그녀가 말하는 주 내용이었다. 소윤은 했던 말들도 반복하다가 문득 재미난 현상을 발견한 듯 다시 입이 벌어졌다.

"저기요, 저쪽 아저씨 머리 가발인가 봐요. 비뚤어졌어. 히히히. 다시 쓰고 있잖아요."

소윤이 수안에게로 몸을 내밀며 속닥였다.

“어디?”

“저쪽.”

소윤이 가리키자 수안은 웃지도 않고 보다가 그 남자와 눈이 마주치자 인사를 했다.

“헉, 아는 사람이에요?”

“응, 친하진 않지만 안면이 있어요.”

그 남자가 다가와 친한 척하면서 그들의 대화는 잠시 끊기었다. 다시 그 남자가 자리로 돌아가자 소윤은 더 목소리를 낮추었다.

“저 남자 분 엄청 나이 들어 보인다.”

“나랑 동갑일걸.”

“헉, 정말로요? 그거밖에 안 됐다고요?”

“응. 당신 남편 나이 많아. 이제 마흔이 다 되어가잖아.”

“서른일곱이잖아요. 하여튼, 당신과 너무 다르다.”

수안은 소윤의 예쁜 표정을 가만히 보더니 웃어버렸다. 소윤은 남편의 짙고 풍성한 머리숱을 황홀하게 바라보았다. 그러다가 눈이 딱 마주쳤다. 오늘따라 남편이 자신한테 집중하는 것 같아 기분이 꽤 좋았다. 쳐다보기만 하면 눈이 마주치는 걸 보면 남편은 내내 그녀를 보고 있는 것이다. 근사한 느낌이었다. 말은 거의 그녀가 했지만 수안은 간간이 반응을 보여주며 시선을 계속 맞추고 있었다.

“당신 참 눈이 예뻐.”

“정말로요?”

“응, 예뻐요.”

소윤은 수안이 반한 표정으로 말하진 않았지만 만족스러웠다.

그러다가 남편이 열렬하게 사랑한다고 말하며 새침한 자신 때문에 애를 태우는 상상을 하다가 그만 픽 웃어버렸다.

"왜?"

"아니에요."

요즘 부쩍 그런 상상을 왜 하는지 모르겠지만 재미는 있었다. 와인 잔을 놓고 터지는 웃음을 참으려 시선을 딴 데로 돌리다가 막 들어온 아름다운 여자를 보고 감탄사를 터뜨렸다. 볼륨감 있는 단발머리 스타일에 무릎 아래까지 내려오는 브이넥 녹색 원피스는 꽤 자유로우면서도 섹시했다. 은색 힐을 신은 그녀는 마치 맨발로 걷는 것처럼 가볍게 걸었다. 그다지 멋을 내지 않은 것 같은데도 한눈에 아름다움이 손에 잡힐 듯했다. 화장을 가볍게 한 얼굴은 이목구비가 무척 크고 뚜렷했다.

"예쁘다."

그곳에 있는 다른 남자들은 모두 돌아보는데 수안은 소윤의 감탄에도 꿋꿋이 식사만 열심히 했다.

"낯이 익네. 맞다. 저 여자, 배우 박지민이다. 그렇죠? 지금은 미국에서 많이 활동하고 있는……."

소윤은 유명한 여배우를 봤다는 즐거움에 남편이 손에서 포크를 놓으며 참기 힘들 정도로 얼굴이 굳어지고 있다는 걸 몰랐다. 삼십대 중반의 박지민은 마치 이십대 중반처럼 보이는 젊음을 가졌다. 교포 출신이라 지금은 미국에서의 활동을 더 주력한다는 걸 신문에서 본 적이 있었다. 한때 정말 잘나가던 배우이고, 지금도 너무 예쁜 박지민을 소윤은 감탄하며 쳐다보았다.

“되게 예쁘다.”

“차는 나가서 합시다.”

수안이 손을 들어 계산을 하겠다는 뜻을 웨이터에게 밝히었다.

“아직 디저트도 안 먹었는데요?”

“나가서 먹어요.”

그가 말리기도 전에 자리에서 일어났다. 바로 계산도 마치고 큰 걸음으로 서둘러 빠져나갔다.

“내가 뭐 잘못한 것 있어요?”

소윤이 차 안에서 묻자 수안이 찡그려진 미간을 둔 채 아니라고 말했다.

“참, 선물 놓고 왔어요.”

소윤이 남편 따라 급히 나오느라 깜빡 놓고 온 걸 손이 허전해서 확인했다. 수안이 레스토랑에서 준 스카프와 보석이 박힌 브로치였다. 그가 건넨 쇼핑백 그대로 그녀가 앉았던 옆 자리에 그대로 있을 것이 분명했다. 소윤은 얼른 내려서 갔다 올 생각이었는데, 한 번도 그녀의 실수에 인상을 쓰지 않던 사람이 이번엔 제대로 화난 듯 보였다.

“그냥 갑시다. 나중에 또 사줄게.”

당황하던 소윤은 남편의 말에 놀라서 같이 화가 났다. 소중한 선물을 그렇게 가차없이 버리자는 그 말에 상처를 받았다.

“싫어요. 얼른 갖다줘요.”

그래서 고집을 부렸다. 수안은 아무 말 없이 정면을 보며 앉아 있다가 마지못해 차에서 내려 레스토랑으로 올라가는 출입구 쪽으로 들어갔다. 굳어버린 뒷모습이 계속 아른거렸다.

기다리던 소윤은 너무했나 싶은 맘에 미안해져 그를 따라갔다. 먼저 귀중한 선물을 놓고 오는 실수를 해놓고는 화를 냈으니 남편이 황당했을 것이다.

"갑자기 왜 이렇게 됐지?"

결혼기념일이기 때문에 남편에 대한 선물도 준비해 놓은 소윤은 갑자기 변한 상황에 당황했다. 고르고 고른 멋진 시계를 샀는데 아직 건네주지 않았다. 그것은 집에서 무드 잡고 줄 생각이었다. 남편에게 속상한 점은 물으려 마음먹고 엘리베이터를 타려다가 내려오질 않자 급한 마음에 계단으로 올라갔다.

"아는 척도 안 해요? 오래간만에 만났는데……. 인사 정도는 해야 되는 것 아닌가요? 무정한 사람!"

"이거 놔."

헉헉거리고 겨우 올라간 계단 끝에서 어두운 복도 쪽으로부터 휘청대는 감정적인 목소리가 들리었다. 아까 그 여배우였던 박지민의 목소리가 분명했고, 그 목소린 전화 속 목소리와 많이 닮아 있었다. 소윤은 가슴이 철렁 내려앉았다. 박지민은 벽에 기댄 채 커다란 남자에게 반쯤 가리어져 있었다. 그녀는 남자의 팔목을 잡고 있었고, 남자는 그것을 뿌리치기 일보 직전이었다. 그 넓은 등을 가진, 많이 화난 남자는 바로 김수안, 남편이었다. 그의 손에는 소윤에게 줬던 작은 쇼핑백이 들려 있었다. 막 들고 오려다가 마주친 모양이었다. 엿보던 소윤은 두 사람의 대화에 얼어붙어 버렸다.

Chapter 8

소윤은 심장이 쿵하고 거듭 내려앉는 느낌에 가슴을 부여잡았다. 밟고 있는 바닥이 몹시 흔들리는 것 같아 중심을 잡기 힘들었다. 눈가도 충격으로 시력이 희미해졌는지 자꾸 여배우의 모습이 흐릿하게 보였다. 수안은 여자의 손을 털어버리듯 떨어뜨렸다. 그 바람에 여자가 더 휘청대었다. 뒤에 벽이 있다는 것이 그나마 다행이었다. 그렇지 않았다면 쓰러졌을 것이 분명했다.

"당신은 감정이 없어."

"아무것도 아니니까."

"아무것도 아닌 게 나한테 너무 오래가서 문제군요. 당신은 멀쩡하지만, 난 당신 때문에 아직도 힘들 때가 가끔씩 있어 미칠 것 같은데."

"안됐군. 내가 상관할 바가 아니야. 그리고 우리가 언제 사귀기라도 했나?"

수안의 목소리는 너무도 차갑고 한 치의 흔들림도 없었다.

"그 뜨거웠던 감정이 아무리 조각났다고 해도, 아무것도 아니라고?"

여자의 괴로운 듯한 웃음이 비틀어졌다.

"당신만이 가졌던 감정이었잖아."

"그렇지, 맞아. 하지만 당신도 조금은, 아주 조금은 흔들렸어."

"그런 쓰레기 같은 욕망은 아무것도 아니야."

수안의 뒷모습은 몸에 모든 털들이 바짝 설 만큼 냉혹했다. 소윤에게 보이지 않았지만 그의 얼굴 또한 그럴 것이 틀림없었다.

소윤은 손발이 너무 떨려서 더 그 자리에 머물 수가 없었다. 주저앉을 것만 같아 서둘러 그곳을 빠져나왔다. 두 사람은 다른 이가 보고 있다는 걸 전혀 모른 채 서로 다른 심각한 분노에 빠져 있었다.

소윤은 차 안에서도 진정이 되기는커녕 심장이 들썩거리고 견딜 수 없을 정도로 박동이 거세게 뛰어 괴로웠다. 몸을 웅크리며 정신적 외상보다 더 심각한 육체적 고통에 얼굴을 잔뜩 찡그렸다. 손발은 떨리고, 얼굴엔 경련이 일며, 머릿속은 너무도 많은 생각이 일시에 몰려들어 심한 두통까지 왔다. 마음이 아프면 몸까지 따라 아픈 적이 많았다. 물론 소심한 낙천성이 곧잘 행복하게 만들었지만 그럼에도 몇 번 앓은 적은 있었다.

그렇게 울상이었다가 얼이 빠진 모습으로 앉아 있을 때 수안이 왔다. 그는 차에 타기 전 분노를 가라앉히기 위해 큰 숨을 몰아쉬었다. 그 여자를 죽일 뻔했다. 소중한 것을 빼앗은, 그러나 그 여자를 죽이기 전에 자신을 죽여야 한다. 소중한 것은 바로 그의 잘못으로 잃었으니까. 그 여자는 핑계일 뿐이다. 문제는 그에게 있었다. 수안은 기억을 밀어내 버리고 차에 올라탔다.

소윤은 그의 얼굴을 제대로 볼 수가 없었다. 다행히 운전 중에 회사에서 호출이 와서 집에 도착하자마자 급한 출장을 가야 했다. 남편이 알아서 준비를 했기 때문에 그녀는 아무 일도 안 하고 서 있다가 넋이 빠진 채 남편의 포옹을 받으며 배웅만 하면 되었다. 수안이 아파트를 빠져나가는 모습을 베란다에서 본 후 힘이 빠져 소파에도 앉지 못하고 마룻바닥에 그대로 쓰러져 버렸다.

그렇게 누운 채로 몇 시간이고 자신을 내버려 두었다. 조금만 움직여도 몸 어딘가가 터질 것 같았기 때문이다. 머리는 제대로 작동을 하지 못하고 벌써부터 커다란 괴로움에 젖어들기만 했다.

"정신을 차려야 돼. 정신을!"

몇 시간 후 겨우 그 말을 내뱉었다. 소윤은 이 상황에 잠식되지 않으려고 정신없는 속에서 힘을 모으려 했지만 그녀의 말은 허공 속에서 갈 길을 잃고 힘을 발휘하지 못한 채 펑하고 터져 버렸다.

"여보세요?"

[나예요.]

"네에."

남편 전화임을 알면서도 소윤은 낯선 사람 대하듯이 물었다. 남편은 그게 하나도 이상하지 않은지 시원스럽게 대답했다.

며칠 동안 마음을 다스리려 애쓴 결과는 없었다. 계속되는 일상 속에서 그녀 혼자 정지되어 버렸다. 도무지 뭐라도 할 수가 없어 집 안에 쿡 박혀 있었다. 학원과 모임도 모두 몸살 났다고 안 가버렸다. 그러다가 받은 전화가 남편한테서 온 것이었다. 낮고 굵은 그 목소리는 지금 제일 듣기 싫고 꺼리는 음성이었다. 그럼에도 평상시와 다름없이 대화를 주고받으며 통화를 하고 있었다.

"언제 돌아와요?"

[좀 더 늦어질 거예요. 한 삼 일 정도. 그러니까 일주일 후에 가게 될 것 같은데, 그동안 혼자 지내기 싫으면 친정에 가 있어요.]

"괜찮아요."

[잘 지내는 거예요?]

친절한 남편의 목소리가 가시가 되어 소윤의 머릿속과 마음을 날카롭게 찔러대며 상처를 냈다.

"네. 당신은요?"

[좋아요.]

'좋다.'

소윤은 남편의 좋다는 말에 신경이 어긋나 버렸다. 그래도 입술에선 속마음과 달리 평온한 말들이 흘러나왔다. 겨우 전화를 끊고 나서 다시 그 자리에 웅크리고 앉아 세운 무릎에 얼굴을 박았다. 평온함이 깨지는 소리가 머릿속을 계속 울리었다. 그러는 가운데 거실 베란다 창가에서 해가 지며 어두워지더니 날이 저물었다. 깜깜한 밤이 되어 가로등이 켜지고 달빛도 안으로 희미하게 흘러들어왔지만 여전히 불을 켜지 않은 아파트 안은 컴컴했다. 소윤은 꼼짝도 않고 마구 흔드는 생각에 빠져 있었다.

막막하고 두려웠다. 그와 싸울지 아니면 묻을지 아직 결정을 내리지 못했다. 이미 평온함은 깨져 버렸는데 뭐가 두려워 허상을 잡고 있는지 자신이 우습게 느껴졌지만 하루에도 24시간이 모자랄 만큼 오직 그와 그 여자 배우와의 관계만을 생각하는데도 답이 나오질 않았다. 머리도 감지 않고 씻지도 않은 채로 오직 그 생각에민 매달렸다. 오늘도 거실 바닥에서 몸을 웅크린 채로 누워 잠들 때까지 답을 찾아 헤매었다.

수안이 오기 전에 뭔가 결심을 해야 하는데 소윤은 일주일이 다 지나가 버렸을 때조차 남편의 과거가 주는 균열 속에서 어떤 진척도 보이지 못했다. 자꾸 그냥 잊어버릴까 하는 어리석음이 고개를 들었다. 그러나 그런 바보 같은 결정도 쉽게 내리지 못하는 것은 지금껏 김수안의 무던한 남편 노릇도 다 거짓이란 사실이 마음을 뒤흔들었기 때문이다.

소윤은 이런 불안한 상태로 이번 자선 파티에도 참여하지 않으려고 했지만 집 안에만 너무 오래 있었더니 숨도 막히었고, 이번 파티는 시어머니의 귀에도 들어가는 거라서 나가기로 마음먹었다. 오래간만에 머리를 감고 치장을 했다. 많은 옷들 중에 잡히는 대로 하나 걸쳐 입었지만 그런대로 그녀에게 잘 어울리는 복고풍, 붉은색에 허리라인을 강조한 재킷과 길게 퍼지는 연한 색의 스커트 차림이었다.

호텔에 도착해 프런트에 가서 초청장을 보이고 연회장 안으로 향했다. 그곳엔 벌써 많은 사람들로 소란했다. 사람들 사이로 지나가는 웨이터가 샴페인을 권하자 소윤은 고개를 저으며 사람들 속에 섞여 들어갔다. 몇 발자국 못 가서 아는 얼굴들과 쏟아지는 안부인사를 하느라 정신이 없었다. 이름을 잘 기억하지 못하는 그녀라 실수해서 수안에게 해를 끼칠까 봐 눈이 더 동그래졌지만 안내 받은 자리에선 분위기를 잘 맞추었다. 대부분 듣는 쪽을 선택해서 다행히 실수는 없었다.

자선기금을 모으기 위한 행사라서 그런지 꽤 거창했다. 패션쇼도 기획되고 연주회도 있었다. 패션쇼는 이미 끝난 뒤라 소윤은 사람들과 어울리며 수안의 아내로서 제역할을 했다. 그러나 점점 웃으며 대화하는 것이 너무 피곤하고 힘이 들었다. 표현과 감정이 겉돌았다. 혼자 길을 잃은 기분에 빠져들었지만 사람들의 시선을 의식하지 않을 수 없었다. 어두운 표정은 바로 무슨 문젯거리로 퍼질 거라는 것 정도는 그녀도 알고 있어서 더 활짝 웃었다.

웃으면서도 지루함을 이기지 못하고 있을 때 뺨 한쪽이 무척 간지러워서 무심코 긁었다. 자꾸 뺨에 시선이 닿는 느낌이었다. 누군가 관찰하는 듯한 기운에 고개를 돌아다보니 거기에 박지민이란 배우가 와인을 연거푸 마시며 소윤을 노려보고 있었다. 눈이 마주치자 박지민은 언제 봤냐는 듯이 시선을 횡하니 피하면서 그냥 가버렸다.

순간 과거의 일만은 아니라는 생각이 들었다. 수안의 과거에 소윤은 없었지만 지금까지 영향을 주었다. 속이 부글부글 끓고 있어

가만히 지나칠 수 없던 소윤은 무작정 일어나 그 여자를 쫓아갔다. 그들의 걸음은 계단 쪽으로 가서야 멈추었다.

"나한테 할 말 있어요?"

긴 드레스 자락 끝에 소윤이 서 있는 것을 발견하자 도전적으로 경멸하듯 박지민이 물었다. 술로 인해 얼굴이 붉고 걸음이 무척 불안정하게 흔들리면서도 그녀의 손에는 여전히 와인 잔이 들려 있었다.

"당신이 나한테 할 말이 있는 거 아닌가요? 뒤에서 훔쳐보지 말고 앞에서 말해요."

소윤은 속이 뒤숭숭하고 심장이 팔딱거리면서도 물러서지 않았다.

"김수안 아내다, 이건가? 어리석은 여자를 보면 불쌍해. 당신이 김수안 아내라고 해서 그 남자가 당신 것은 아니야. 소유권 주장하지 말라고. 불쌍하게 그걸 모르다니. 아니야, 당신 잘못이 아니지."

박지민 시선은 소윤에게서 떨어져 허공으로 분산되며 마치 연극 무대에서 독백하는 것처럼 말을 이어나갔다.

"당신 잘못이 아니야. 김수안, 그놈 잘못이지. 그 못되고 무정한 놈 때문이야. 그 놈의 자식은 마음속에 사람에 대한 애정이 애당초 없는 놈이니까. 그래, 그런 놈이야. 내 잘못이 아니야."

복도에서 횡설수설하는 그녀의 말 전부가 김수안 욕으로 채워졌고, 점점 더 강도가 심해져 갔다.

"그만 해요."

소윤은 이 여자에게서 남편의 욕을 듣고 싶지 않았다. 아니, 그 누구에게도! 수안에 대한 욕은 자신만 할 수 있다고 소윤의 내부가 소리 없이 외치었다.

"그만 하라구요."

계속 그만 하라고 말해도 박지민은 고장난 녹음기처럼 계속 욕을 해대었다. 소윤의 작은 얼굴이 마구 찡그려져 갔다. 박지민에게서 남편의 이름이 이렇게 손쉽게 나오는 것도 견딜 수가 없는데 욕은 더군다나 마음에 차고 넘치는 분노를 위험하게 건드렸다.

"이제 됐어요."

그래도 소용이 없자 소윤 또한 이성을 잃고 어떻게든 멈추게 하겠다는 생각만을 가지게 되었다. 그리고 짝…… 하는 소리가 두 사람만이 있는 계단으로 가득 찬 공간을 크게 울리었다.

소윤은 여배우, 박지민을 때린 것을 얼얼한 손바닥과 더 빨개진 그녀의 뺨과 짧은 정적으로 알았다. 복도 끝, 문으로 닫혀진 계단이 이어지는 작은 공간이라 그들의 모습은 거의 사람들 눈에 노출되지 않았다. 그러나 유명한 여배우를 때렸다는 것에 더 놀랐다. 죄의식이 들기도 전에 상대가 소윤의 작은 뺨을 맞받아쳤다. 그 반동으로 눈이 감겨 버렸다. 순간 아프고, 순간 마음이 편했다.

"미안해요."

이미 맞아놓고 소윤이 붉어진 뺨으로 중얼거렸다.

"그러니까 내 남자 욕하지 마요."

"내 남자?"

박지민의 얼굴이 슬퍼졌다. 그녀는 소윤을 가만히 응시했다. 그 눈빛엔 잘난 척은 사라졌다. 그저 쓸쓸한 기운만 퍼져 갈 뿐이었다.

"그 남자는 누구의 것도 아니야. 그 누구도. 생명이 있는 것들을 마음에 담지 못하는 냉정한 사람이 김수안이니까. 그 사람 사랑하지 마요. 그럼, 나처럼 돼."

박지민은 술 취한 부정확한 발음으로 언짢은 충고를 남기고 옷자락을 스치며 소윤을 혼자 덜렁 남겨두고 성급히 가버렸다.

그러나 다음날, 박지민은 전화를 걸어왔다. 어제 그 호텔 커피숍에서 기다리겠다는 것이었다. 그녀가 어제와 사뭇 다른 목소리로 잠시 만나자고 해서 소윤은 그 자리에 혼란스러운 맘으로 나오고 말았다.

박지민이 미리 예약해 놓은 커피숍의 룸으로 안내 받아 들어간 소윤은 미리 기다린 것을 보고 움찔하다가 자리에 앉았다. 사람들의 시선을 피하기라도 할 듯 그녀는 어제와 달리 조심스러웠다.

"박지민이에요."

처음 만난 것처럼 자기소개를 했다. 박지민은 긴 셔츠에 검은색 바지 차림이었다.

"진소윤입니다."

소윤은 자신이 이 자리에 왜 나왔을까, 생각하며 바보 같은 느낌을 받은 채 자기 이름을 말했다. 웨이터가 주문을 받고 곧 소윤에게는 진한 한방차와 박지민에게는 커피와 함께 다양한 과일과 쿠키를 세트로 가져온 후 문을 닫고 나갈 때까지 두 사람은 서로 시선이 엇갈린 채로 묵묵히 있다가 박지민이 먼저 입을 열었다.

"소윤 씨, 이렇게 만나게 되어서 죄송해요. 오늘 꼭 사과하고 싶었거든요. 어제 술에 취해서 제정신이 아니었어요. 뺨 맞을 짓을 한 것 같은데, 맞받아친 것 같더라고요. 미안해요. 그동안 술을 끊었는데, 어제 자선회가 너무 지루할 정도로 재미있다 보니 와인을 많이 마신 것 같아요. 다신 그런 일 없을 거예요. 아니, 만나는 일도 없겠죠. 텔레비전에서 보게 되면 채널 돌리세요."

박지민의 화려한 얼굴에 정중한 후회가 어른거렸다. 소윤은 무릎 위에 놓인 두 손을 만지작거리었다. 그렇게 혼돈스러운 시선이 떠돌다 박지민에게 맞춰졌다.

"남편과 무슨 관계인지 물어도 될까요?"

소윤은 사과까지 하러 온 이 유명한 여배우에게 심상치 않은 남편의 과거가 느껴졌다. 무슨 일인지 다 알아야 한다는 생각이 들었다.

"별다른 관계 아니에요. 예전에 부딪혀 깨진 조각 같은 과거가 있을 뿐이에요."

"그래서 집에 전화했나요?"

커피를 마시려는 박지민의 동작이 딱 멈추었다. 잠시 후 긴장된 눈빛으로 소윤을 바라보았다.

"미안해요. 아주 오래간만에 한국에 오는 거라서 기분이 풀어졌나 봐요. 술까지 마시니까 뜬금없이 안부인사나 할까 하다 실수한 거예요, 미련한 짓이죠. 다신 그러지 않을 겁니다. 이젠 술 완전히 끊으려구요. 정말 사과하고 싶어서 왔어요. 앞으론 이런 일 없을 겁니다."

박지민은 진심으로 말하는 듯싶었다. 괴롭히는 일은 하지 않겠다는 말을 소윤은 믿었지만 웬일인지 신경은 더욱더 예민해지고 날뛰었다.

"사과 받아주지 않아도 돼요."

그녀는 커피를 다 마시고 더는 소윤을 응시하지 않은 채 자신의 일은 끝났다는 듯 일어섰다.

"그럼, 먼저 일어설게요."

"두 사람 사랑한 사이였어요?"

소윤이 자리에서 막 빠져나가려는 지민에게 충동적으로 물었다. 못되게 굴 줄 알았는데 그러지 않자 자신이 그 두 사이를 끼어든 것 같은 아주 기분 나쁜 생각이 들었다. 박지민은 다시 자리에 앉아 소윤을 바라보았다.

"당신 남편은 사랑이란 걸 몰라요. 솔직히 말하자면 내가 사랑했죠. 아주 옛날에."

"깊은 사이였군요."

"아니요, 아니에요. 소윤 씨와 먼 과거니까 그만 말할래요."

"……."

"미안해요."

그 미안하다는 소리가 거듭될수록 소윤의 마음은 황량해져 갔다. 소윤의 휴대폰이 울리자 오히려 박지민이 반응하며 일어났다.

"그럼, 이만 갈게요."

박지민은 간단한 목례를 하고 나갔다. 그녀는 자신을 기다리는 검은 차에 올라탄 후 무거워진 머리를 창가에 기댄 팔에 의지했다.

'한 번의 잘못이면 족하다. 두 번은 해선 안 된다.'

그래서 이런 우습고도 거창한 자리까지 만든 것이었다. 그녀의 눈에 생생한 기억이 또 어른거렸다. 잡혀지지 않으면서도 숱하게 지나가 잊혀지지 않는 일들이 맘속에 존재했다.

첫눈에 반하기 힘든 얼굴이라 하지만 박지민은 김수안의 남자다운 매력에 반했다. 그건 흡사 섬광 같은 느낌이었다. 강건하고, 무뚝뚝하고, 무심한 그의 태도에 휘말려 버렸다.

"불륜!"

그녀가 짓이기듯이 그 말을 내뱉었다. 그러나 완성된 불륜이 아니었다. 아니, 어쩌면 짝사랑이란 감정에 더 맞아떨어졌다. 그와의 감정은 혼자만의 번쩍임이었고, 한 번도 육체적으로 소유해 보지 못했다. 그라는 남자를 가져보지도 않고 커다란 죄의식에 빠져 아직도 영향을 받고 있는 자신이 불쌍할 지경이었다.

박지민은 김수안을 보자마자 무언가에 사로잡혀 그를 갖고 싶어했던 것을 떠올렸다. 잠깐이라도 보고 싶어 안달이 나고, 그라는 남자를 사로잡을 수 있다고 턱없이 믿었던 때가 있었다. 그 믿음은 고집으로 이어졌고, 우연을 가장한 만남이 잦았다. 그럴 때마다 김수안은 냉정하게 지적했었다.

"딴 데서 알아봐요. 난 결혼했으니까."

그때 지나쳤어야 했다. 그러나 새겨들어야 할 것은 흘리고 귀를 쑤시는 것은 정략결혼이란 사실이었다. 그것도 여자 쪽이 엄청나게 남편을 싫어한다는 소리는 공공연한 소문이었다. 사업을 위해 억지로 한 결혼이란 수군거림은 첫눈에 김수안에게 반한 마음에 독을 부어 넣었다. 수안을 사랑하지 않으면서 갖고 있는 그 여자를 미워하는 것이 당연시할 정도로 미쳤다. 그러나 지금은 그 여자가 이해되었다. 김수안은 누구도 사랑하지 못하는 사람이니까. 아마 아내에게도 항상 냉정하게 굴었을 거라고 확신했다. 자신한테 그랬던 것처럼.

그러나 딱 한 번 그 무쇠 같은 남자도 흔들린 적이 있었다. 그 기억에 먹구름이 짙게 깔린 듯이 지민은 어두운 표정이 되었다.

"당신을 사랑해요."

그 말을 해도 못하게 하거나 일어서지 않고 수안은 바에서 계속 술만 마시었다. 그를 실컷 바라봐도 저지하지 않았다. 그런 수안을 이끌어내어 그녀의 차로 무작정 호텔까지 갔었다. 키스도 여느 때와 달리 거부하지 않고 허락했다. 그러나 그를 잡아당기며 침대에 눕자 손으로 매트를 짚으며 거리를 둔 채 버티었다. 그렇게 엎드린 채 쳐다보던 수안의 눈빛은 참으로 복잡했다. 넥타이가 누운 그녀의 몸 위로 길게 늘어졌다. 하지만 더는 다가오지 않은 채 일어서고 말았다. 그리고 한 말은…….

"이상해."

그것이었다. 이 감정이 이상하다는 것일까? 아니면 무엇일까? 그의 혼잣말은 그러나 거기서 그쳤다.

"난 결혼했어요."

수안은 나가 버렸지만 휴대폰은 남았다. 그의 휴대폰이 울리었다. 오간 것은 단 몇 마디였다. 박지민이고, 여기가 호텔이란 것뿐이지만 무척이나 큰 효과를 주었다. 지민은 죄의식에 사로잡혀 있으면서도 아직도 김수안을 못 잊는 자신이 우스웠다. 아니, 괴로웠다.

'그를 잊자. 감정도 없는 그런 인간을!'

다음날 수안의 부인이 사고로 죽었다. 죄의식과 함께 그녀는 김수안 탓을 하고 있었다. 그러면서도 혼자 괴로워했다. 그날 그들에게 무슨 일이 있었는지는 까마득하게 모르지만 아마도 자신 때문에 싸웠을 거라고 짐작은 했다. 자기 때문이 아니라고 머리를 흔들면서도 그 남자의 두 번째 아내에게는 같은 잘못을 저지르고 싶지 않았다. 그러나 아무래도 그 어린 여자는 김수안 때문에 숨막혀 죽을지도 모른다. 절대로 그 누구한테도 마음을 열지 못할 테니까. 박지민은 다시 김수안 탓을 했다.

"그래, 더는 신경 쓰지 말자."

그렇게 그녀는 끔찍한 기억을 완전히 떠나보내지 못하면서도 그 중심에 있지도 못했다.

"피곤해."

출장에 돌아온 수안이 피곤하다며 아파트 안으로 들어왔다. 소윤은 소파에 앉아서 그 모습을 보다가 번뜩 자리에서 일어났다. 그 피곤하다는 말에 갑자기 화가 난 것이다. 화가 범람할까 봐 그녀는 뒤돌아 방으로 들어와 버렸다.

"왜 그러는 거예요? 얼굴도 안 보여주고."

수안이 섭섭하다는 듯이 다가와 소윤의 어깨에 손을 짚고 돌리었다.

"보고 싶었어요."

"당신, 바람피워요?"

평상시와 다른 남편의 감정적인 모습에 소윤은 덮겠다고 마음먹어놓고 벌컥 묻고 말았다.

"무슨 말이에요?"

수안의 안색이 달라졌다.

"지금은 누구랑 사귀어요?"

"무슨 말 하는 거냐고!"

수안의 무심한 표정이 균열을 일으키며 언성이 올라갔다.

"예전에는 박지민이고, 지금은 누구예요? 당신 마음은 여기 없잖아요. 그 마음을 누구한테 줬냐구요! 지금도 그 사람인가요? 두 사람 어떤 사이였어요?"

소윤은 앞뒤 가리지 않고 마음속 찌꺼기 같은 말들을 토해냈다. 박지민과 지금 연관 없다고 생각하면서도 속상한 대로 풀어버렸다. 그러나 외려 균열이 지고 수안은 극도로 차가워졌다. 바로 코앞에 남편이 있는데도 깊은 거리감이 들어서 절망적인 기분이었다.

"당신이 알 것 없어."

처음 대하는, 서늘한 눈빛과 냉정한 목소리에 소윤은 두려움과 함께 울컥했다.

"아내잖아요."

"바람피운 적 없으니까."

그가 너무 비밀이 많다는 생각에서 벗어날 수가 없었다.

"당신은 솔직하지 않아."

"당신을 속인 적 없어. 지난 얘기 구태여 하고 싶지 않을 뿐이야."

수안은 무뚝뚝하게 설명했지만 눈빛은 꿈틀거렸다.

"듣고 싶어요!"

소윤은 고집을 꺾지 않았다. 그에게 소리를 지르느라 목이 쉬어가고 있었다. 그래도 물러서지 않았다. 흐트러진 마음으로, 흐트러진 모습으로 남편의 닫혀진 문을 열려고 상처도 불사했다.

"말하고 싶지 않아."

수안은 그 말이 나온 것조차 불쾌해했다.

"말해줘요."

소윤의 음성은 점점 애원조가 되어버렸다.

"왜 말해야 되지?"

소윤은 저절로 한 발짝 물러나고 말았다. 수안의 그 말은 마치 진소윤이란 사람은 그에게 어떤 존재 가치도 없다고 말하는 것과 같았다. 마음도 없는 정략결혼에 그런 것까지 내보일 필요 없다는 선명한 암시는 소윤을 서럽게 했다. 그라는 남자의 일거수일투족 때문에 신경이 쓰이는데 그는 그렇지 않다는 것이 마음을 아프게 했다.

"그래요, 그럼. 각방 써요. 솔직하지 못한 당신과 같은 방에서 한시도 있고 싶지 않으니까. 당신의 과거라고 해도 지금까지 영향

을 미친다면 난 알아야 해요. 친절하기만 하면 다 되는 게 아니라
고. 난 허수아비가 아니에요.”
　소윤은 외치었다. 그러나 수안은 표정 하나 변하지 않았다.
　“그러고 싶으면 그렇게 해.”
　수안은 먼저 그녀를 지나쳐 그들의 방을 나가 서재로 들어가 버
렸다.

Chapter 9

냉정한 남편의 뒷모습이 아프게 눈에 박히었다. 아무런 미련 없다는, 자로 잰 듯한 행동에 소윤은 한구석으로 떨어진 기분이었다. 차가워진 무쇠 같은 등을 마구 때리고 싶었다. 자신한테 이럴 수 없다며 소리치고 싶었다. 그러나 아무 소리도 나오지 않았다. 어쩌면 그녀에게 그런 자격이 있나 싶은 생각에 속이 더 상했다. 그날 밤 소윤은 침대에 올라가지도 않고 등을 기대고 앉아 뜬눈으로 지새다가 새벽에야 겨우 잠이 들었다.

수안은 서재에서 나와 출근 준비를 하려 안방으로 들어오다가 발치에 걸리는 소윤을 바라보았다. 그의 눈이 여전히 차가웠다. 그는 넥타이를 고르지 않고 아무거나 맨 후 짙은 색 계통만 있는 양복 중 하나를 꺼내 다른 행동 없이 나오다가 문득 멈추어 돌아섰다. 바라보는 곳에 처량한 모습의 소윤이 있었다.

수안의 눈빛이 가라앉았다. 자꾸 마음에 거치적대는 소윤이 차가운 가슴에서도 느껴졌다. 지친 잠에 빠져 고개를 침대에 기대고 잠든 불쌍한 모습을 무표정하게 바라보았다. 그러나 그 무심한 눈빛은 오랫동안 아내에게 머물렀다.

수안은 소윤을 안아 들고 침대 위에 올려놓았다. 그의 품 안에서 꼼지락거리는 움직임이 느껴졌다. 문득 출장 갔을 때 그 작은 여삼각형 얼굴이 보고 싶었던 것이 마음에 스쳤다. 그녀의 웅얼거리는 목소리까지 듣고 싶어 휴대폰도 여러 번 꺼내어본 것도 기억났다. 그러나 생각은 진전되지 않았다. 무언가 괴로움이 몸에 닿는 듯이 긴 눈이 가늘어졌다. 그는 아내가 잠결에 손을 허우적대는 걸 잡아주지 않고 일어나 버린 채 방을 나와 버렸다.

"식사해요."

"……."

아무런 소리도 없었다. 소윤은 서재도 열어보고, 거실에도 가보고, 하물며 욕실까지 다 문을 젖혀보았지만 남편은 어디에도 없었다. 이미 출근한 것이다.

"간다는 말도 없이 출근했어."

소윤이 속상한 듯 혼잣말을 하다가 소파에 푹 주저앉아 버렸다.

"후, 어떡해."

친절했던 행동이 모두 가식이었는지 수안은 완전히 달라졌다. 서재에서 자고, 안방에 붙은 욕실이 아닌 다른 쪽 욕실을 사용하

며 아예 방엔 코빼기도 보이지 않고 아침도 나가서 먹었다. 그것
보다 더 심한 것은 눈도 맞추지 않고, 말도 섞지 않은 데다 일만
열심히 했다. 되레 외박하지 않은 것이 신기할 정도였다.

소윤은 자리에서 일어나 아침밥을 먹으려 식탁 앞에 앉았지만
도무지 먹히지 않아 깨작거리다 도중에 수저를 놓고 말았다. 빨래
라도 할까 하고 일어섰으나 세탁기 앞에서 빨래가 물살에 돌아가는
것을 멍청하게 바라보다가 다 되었어도 우두커니 앉아만 있었다.

요즘 들어 일이 손에 잡히지 않아 자꾸 시간 속에 떠돌았다. 그
러나 남편은 자기 일을 뭐 하나 놓치지 않고 딱딱 처리한다고 생
각하니 속이 상해 견딜 수가 없었다.

"너무 속상해. 자기가 잘못해 놓고 눈 하나 깜박하지 않는다니
까. 일만 열심히 해. 난 안중에도 없어. 바람은 자기가 피워놓고,
어떻게 나한테 이래."

소윤은 집을 박차고 나와 만만한 막내이모에게 마음속에 쌓여
있던 것을 모조리 하소연하고 있는 중이었다. 그녀의 얼굴에 눈물
자국까지 얼룩졌다. 감정에 치여 둑이 무너지듯 허물어져 제 속을
다 보이고 있었다.

"바람난 것은 아닌 것 같은데?"

소윤이 두 손으로 얼굴을 가리며 우는 소리를 내자 혜주는 안타
까운 듯 달래주었다.

"바람난 게 아니라고?"

소윤은 화가 난 것처럼 두 손을 얼굴에서 치우며 되물었지만 혜

주의 그런 말에 힘을 얻고 있었다. 누가 아니라고 말해주길 기다렸던 듯 눈동자에 그 말의 의미가 어른대었다. 사실, 그녀도 바람까지는 아니라고 보았다. 다만, 남편이 속 시원하게 말해주며 위로해 주길 바랐던 것이다.

"그래, 네 말 들어보니 서로 다정하게 말한 것도 아니고, 아주 예전에 있었던 일 같은데 뭐. 과거에 여배우와 진하게 놀았나 보지. 너와 결혼하기 전에 말이야. 야, 내가 보기에도 네 남편 힘 좋게 생겼는데 그런 일 없겠니?"

막상 막내이모의 현실적인 위로에 아무런 도움도 받지 못했다. 자신하고는 그렇게 덤덤한 남자가 다른 여자와 폭발적인 감정을 느끼고 교류했다는 것이 가정만으로도 참을 수가 없었다.

"그럴 수 있어. 결혼 전에 그렇게 놀 수 있어."

"그게 더 화가 나!"

소윤이 붉어진 얼굴로 부들부들 몸을 떨며 크게 외쳤다. 놀란 혜주가 소윤에게 먹이려고 내밀던 과자를 떨어뜨릴 정도로 강도가 컸다.

"나한테는 얼마나 덤덤하고 또 그렇게 조심했으면서. 그런 과거가 있다는 것이 너무해. 재혼에 여배우까지 사귀고. 정말 속상해. 난 남자라곤 김수안밖에 모르는데. 불공평해. 그러면서 냉담하게 굴고. 미워. 너무 너무 미워, 못됐어. 씨이, 밉다고."

감정을 분출하며 다시 소윤은 울기 시작했다. 그것도 흐느끼는 것이 아니라 분하고 원통하다는 듯이 엉엉 소리 내었다.

남녀 관계에서 많은 헤어짐을 겪어봤지만 눈물 흘린 적도 없고,

그렇다고 이렇게 코가 빨개지고 눈이 안 보일 정도로 겁나게 우는 사람을 본 적도 없던 혜주는 서럽게 우는 조카 때문에 안절부절못했다.

"소윤아, 남자 때문에 우는 거 아니야. 것도 미운 남편 때문에."

소윤이 이모를 보며 울음을 참으려고 입술을 다물었지만 얼굴이 몽땅 찡그려지며 잘되지 않자 다시 입을 벌려 울음을 터뜨렸다. 혜주는 말리는 대신 휴지를 통째로 갖다 주었고, 소윤은 휴지를 뽑아 소리 내어서 팽하고 코를 풀어버렸다.

"미안해, 이모. 나도 내가 왜 이러는지 모르겠어."

울고 나니 시원함보다 지치는 것이 더 많은지 불쌍하게 축 처져 있었다.

"괜찮아. 울고 싶으면 우는 거야. 넌 특별히 내가 봐준다."

소윤이 울상으로 웃었다. 그 모습이 짠해서 혜주는 무릎을 바닥에 짚은 채 안아주었다.

"그냥 용서하고 넘어 가. 원래 예쁜 사람이 너그러이 봐주는 거야. 솔직히 네 남편 너보다 안 예쁘잖아. 알았지?"

"……."

아기 다루듯 다독여도 소윤이 아무 말 없자 혜주가 조카의 얼굴을 들여다보며 눈물로 인해 뺨에 붙은 머리카락을 떼어주었다.

"네 남편 그렇게 미워?"

소윤은 울음이 그친 얼굴로 남편을 생각했다.

"근데, 참 이상하지. 미운데 자꾸 보고 싶어. 요즘은 더 그런 것 같아. 괜히 그립고. 터뜨리지 말고 숨길 것 그랬나 싶기도 하고.

나 바보 같지? 분명 내가 기분 상한 것이 먼저인데 지금은 자꾸 그 사람 기분에 좌우돼.”

혜주도 소윤의 불쌍한 표정을 따라가기 시작했다.

“예전에 안아달라고 하면 무조건 안아주고, 비위도 많이 맞춰 주고 그랬는데. 지금은 그런 것도 아예 없고 쳐다보지도 않아. 나한테 머무는 시선이 없어. 출장 갔다 왔을 때 보고 싶었다고 한 것 같은데 내가 막 몰아붙여서 정 떨어졌나 봐. 속상해.”

“너, 네 남편 사랑하는구나!”

혜주는 아이 같은 소윤이 사랑을 깨우친 것에 놀라움을 느꼈다.

“사랑은 개뿔!”

소윤이 갑자기 소리치자 혜주는 깜짝 놀라 뒤로 자빠질 뻔했다. 무슨 롤러코스터도 아니고 혜주는 감정 기복이 심한 소윤에게 충격을 받았다.

“내 사랑이 아까워. 그런 남자 절대로 사랑 안 할 거야. 약속할게.”

“소윤아, 감정 갖고 장담하는 거 아니야. 그리고 너 지금…….”

혜주는 설명하려다 멈추었다. 소윤은 이미 알고 있는지도 모른다. 다만, 지금 이 시점에서 인정하고 싶지 않은지도. 진소윤은 쿨하고 똑똑한 현대적인 여자들처럼 끊고 맺음이 확실하지는 않으나 어리고 작은 세계에서 솔직한 감정에 막 눈뜨고 있는 중이었다. 내버려 두는 것이 나을 것이라고 혜주는 생각했다.

“다 울었어?”

“응.”

소윤은 울음이 수그러들면서 점차 평정심을 찾게 되었다. 그러나 그녀의 뺨엔 붉은 기운이 여기저기 떠돌아 남았다. 격한 감정 속에 내뿜었던 폭발이 잦아들자 우울한 속에서도 부끄러운 기색이 엿보였다. 휴지 대신에 수건을 건네자 한동안 그것에 얼굴을 파묻고 고개를 들지 못했다.

"언제든지 속상하면 이리로 와. 아니다. 당장 며칠 집에 들어가지 말고, 나랑 같지 지내자. 네 남편도 혼내줄 겸."

혜주가 소윤의 얼굴에서 수건을 치우며 말하자 소윤은 곤란한 표정이 되어버렸다.

"오늘 약속 있어. 동서들과 만나기로 했거든."

"그 바람피워 이혼한 동서도?"

"응. 그 동서가 만나자고 했어. 아마도 작별인사 할 것 같아."

소윤은 무거운 한숨을 쉬었다. 이혼 후 이연은 더 이상 가족은 아니었지만 그녀를 생각할수록 슬프고 보면 더 슬퍼질 것 같았다. 그래도 작별인사를 해야 한다고 자리에서 일어난 뒤 화장실로 가서 세수까지 마치고 이모가 건네주는 스킨과 로션을 바른 후 머리를 대강 매만지었다.

"작별인사 하고 다시 와."

"남편 퇴근한단 말이야. 늦어도 외박은 안 해."

"미운 남편은 좀 내버려 둬."

"오늘은 들어가고 싶은데."

소윤은 운 흔적이 역력한 얼굴로 집에 들어가고 싶다는 말을 하고 있었다.

“진소윤, 내가 제일 싫어하는 여자 스타일 뭐였지?”

혜주가 갑자기 정색을 하며 다그쳤다.

“남편 흉 있는 대로 다 보고 남편 밥하러 가는 여자.”

“너도 그 스타일이야?”

“난 정당한 흉을 본 거고, 밥해주러 가는 게 아니라 내 집에 그냥 가는 거야.”

“그래, 마음대로 해라.”

소윤의 옹색한 변명에 혜주는 어이없어하며 두 손을 높이 쳐들어 포기를 선언했다.

“미안해, 이모. 다신 불평 안 할게.”

소윤이 눈치 보며 말꼬리를 내린 채 나가려 하자 혜주가 그런 조카를 잡았다. 다시 한소리 하려 했으나 약간 처진 커다란 눈가의 불쌍한 표정을 보니 뭐라 할 말도 없어서 그냥 안아주었다.

“진소윤, 언제든지 오고 싶으면 와. 알았지? 다른 여자들은 절대 봐주지 않지만 너 하나는 뭐, 애교로 봐줄게.”

“고마워, 이모.”

“소윤아, 네 남편이 좀 먹통같이 대화는 안 되는 타입이지만…….”

“꼭 그렇진 않아. 지금은 내가 많이 감정적으로 오해를 해서 화가 난 것…… 알았어.”

소윤은 말끝을 흐리다가 고개를 끄덕였다. 자꾸 이모가 가장 싫어하는 여자 타입에 가까워지고 있었다. 남편 욕할 땐 언제고, 남편 욕은 또 듣기 싫은 중증에 빠진 여자가 된 것이다.

"남편이랑 재미없는 일방적 대화 말고 소통 좀 하고 살아. 그때그때 감정들을 말하면서 살라고. 작은 것부터 그래야지, 참다가 큰 데서 펑하고 터지면 어떻게 메우니? 내 친구들도 그런 애들 많아. 그리고 과거는 과거일 뿐이야. 현재로 이어지지 않는 한 대강 모른 척해줘."

과거가 많은 혜주는 과거가 전혀 없는 소윤을 이해시키려 노력했다.

"알았어. 그렇게 할 거야. 고마워, 이모. 또 올게."

"그래. 야, 너 약속 장소 가기 전에 미용실에 꼭 들러. 그 꼴로 못 간다."

"응."

소윤은 부은 눈으로 이모 작업실에서 나와 약속 장소로 가기 전에 미용실에 들러 약간의 단장을 받았다. 그렇게 운 흔적을 겨우 지우고 화장한 뒤 머리 스타일도 단정하게 한 다음 늦게 않게 도착했다.

약속 장소인 자그마한 찻집은 시간 가는 줄 모르는 곳처럼 느린 공간이었다. 수작업으로 만든 듯한 갓으로 씌운 전등은 아늑한 느낌을 퍼뜨렸다. 여기저기 장식된 초와 직접 만든 것 같은 비뚤어진 도자기들도 앙증맞게 놓여서 편안함을 자아냈다. 벽 한쪽에 있는 명함판엔 빼곡히 사람들의 흔적이 남겨져 있었다.

그곳에 이연은 미리 와 기다렸고, 연주도 곧 합류해서 세 사람이 약속대로 모였다. 연주는 소윤과 함께 같이 앉았고, 이연은 혼자 앞에 초췌하고 홀가분한 모습으로 그들을 마주했다.

"건강은 괜찮으세요?"

"네."

연주가 묻자 이연이 창백한 얼굴로 미소를 지으며 대답한 후 안부를 물었다. 그들은 서로의 안부를 확인하고 잠시 침묵을 가지었다. 이연은 창가 쪽으로 고개를 돌리며 봄꽃이 한창 날리는 모습을 덧없이 바라보았다. 매서움이 사라진 봄 공기 속에서 온화한 훈풍에 날아다니는 봄꽃들은 참 예뻤지만 그 모습을 보는 이연의 눈빛은 텅 비었다. 그러나 다시 채울 수 있는 본능적인 삶의 의지는 죽지 않았다.

소윤은 이연을 보지 않으면 그녀가 불쌍하면서도, 병실에서도 그랬지만, 이상하게 막상 보기만 하면 불편했다. 결혼을 부정하는 짓은 지금 소윤에게 가장 못되고 끔찍한 적이었다. 그래서 이연을 보는 마음이 자꾸 뾰족해지는 것 같아 의식적으로 숨겼다. 그리고 그녀를 마지막으로 따스하게 보내려 애를 썼다.

"그동안 고마웠어요. 저 때문에 많이 힘드셨을 거예요. 고마웠다는 말 정말 하고 싶었어요."

이연은 말이 짧아졌다. 그러나 많이 덜어냈음에도 지나간 시간의 흔적이 남아 있었다. 회한, 홀가분한 맘, 후회, 기쁨, 슬픔, 아픔 등 같이 어울리지 않을 것 같은 감정들이 온통 하나로 뭉쳐져 버렸다. 그런 감정에 더 이상 깊이 빠져들지 않고 이젠 그냥 내버려 둔 사람의 처연함이 보였다.

연주는 분위기를 좋게 하려고 불편하지 않은 여러 소소한 얘기를 하다가 마지막엔 잘살라는 말을 덧붙였다. 그러자 이연이 고개를 숙이며 그 말을 앞에다 놓고만 있었다. 이제 소윤의 차례인데, 이연을 보며 왜 망쳤냐고 소리치고 싶은 울림을 꾹 눌렀다.

"행복하게 살아요."

그 당부 역시 받아들지 못하고 바라만 보았다. 이연 역시 그들의 행복을 기원하고 다시 만나자는 기약없이 일어났다. 소윤과 연주는 그녀를 떠나보내고 다시 자리에 와서 앉아버렸다. 그들은 심란한 마음에 따스한 분위기를 풍기며 보듬어주는 이곳에서 시간을 더 축내고, 따끈한 유자차를 마시며 착잡한 마음을 달래었다.

"참 안타까워요. 좋은 사람이었는데……. 좋은 사람도 잘못을 저지르고 상처를 주는구나. 행복했으면 좋겠어요. 그렇죠, 형님?"

"불공평해."

"네?"

"예?"

갑자기 튀어나온 말에 연주가 되물으며 쳐다보자 소윤은 깜짝 놀라고 말았다. 그러나 자신의 마음을 모르고 있었던 것은 아니었다.

"뭐가요, 형님?"

"그, 그냥요. 도련님의 마음 아프게 했는데 행복해지면…… 불공평하잖아요."

소윤은 자기가 말해놓고도 너무하다 싶었는지 우물거리었다. 연주는 웃으면서 그 말뜻의 의미를 새기며 생각에 잠기었다.

"세상은 원래 불공평하잖아요. 많이 아팠으니까 조금씩 행복해져도 괜찮지 않을까요?"

　"그래요. 조금 행복해지는 건 괜찮을 거예요."

　두 사람은 찻집에서 나와 친구처럼 팔짱을 끼며 산책하듯 편안히 발걸음을 옮기었다. 한적한 느낌을 주는 상점들을 지나치며 일상적인 대화를 나누었다. 여기저기 봄의 향기가 흘러나왔다. 돌담에 치렁치렁 아래로 기울어진 나뭇가지들에 듬뿍 피어난 개나리는 기분을 좋게 만들기에 충분했다. 좀 더 걸으니 청초한 목련이 아름다움을 드러내며 시선을 끌었고, 노랗고, 빨갛고, 하얀 꽃들이 번지듯이 허공을 날리었다.

　"우리 집안 남자들은 모두 첫 결혼에 실패했네요."

　연주의 말에 소윤도 생각해 보니 그러했다.

　"다 못나서 그래요."

　꽃에 취했는지 소윤은 오늘따라 너무 솔직했다. 그러나 그것이 마음에 들었는지 연주는 재미난다는 듯 웃었다. 소윤은 얼른 미안하다고 했지만 연주는 손을 저었다.

　"형님 말씀이 전적으로 옳아요. 내 남편만 놓고 볼 때, 겉모양은 잘나도 다른 데는 못났거든요. 그런데 그의 첫 번째 아내가 나니, 나 역시 못난 거죠."

　"좋겠다."

　"뭐가요?"

　뜬금없는 소윤의 부러움에 연주가 의아해했다.

　"그냥, 젊은 시절에 만났잖아요. 난 남편 젊은 시절은 너무도 모르니까."

소윤은 자신도 모르게 나온 감탄사에 대강 얼버무렸지만 말해놓고 보니 진심이었다.

"앞으로 시간이 많잖아요."

"그래요."

소윤은 고개를 끄덕이며 연주의 말에 힘을 얻었다. 그들은 부부고, 많은 시간이 주어졌으니 노력만 한다면 그의 마음을 들여다볼 수 있을 거라고, 희망을 가지려 했다.

"참, 그러고 보니 곧 있으면 기일이네요."

"기일?"

"아!"

연주는 무심코 나온 말에 후회하는 표정이었다.

"누구 기일이요?"

"아주버님의 그 돌아가신…… 분의 기일이요. 저도 남편한테 들었거든요."

"아! 그렇구나."

소윤도 날짜는 알고 있었다. 봄이 한창일 때 불의의 교통사고로 죽었다고 했다. 봄의 향취가 코끝을 맴도는 이 포근한 날씨에 불행이 찾아들었다는 것이 믿어지지 않았다. 소윤은 아름다운 꽃들을 보며 우울한 맘이 들었다. 게다가 작년에는 지나고서야 알아서 올해는 챙겨야 할지 갈피를 못 잡고 있었다.

"본 적 있어요?"

"아니요. 제가 처음 남편이랑 결혼할 때 그분은 이미 돌아가신 뒤였어요."

"그렇구나."

물밀듯한 생각에 무거워진 소윤의 발걸음이 늦춰지자 연주는 그녀가 피곤한 것으로 판단한 데다 더군다나 부은 눈 때문에 잠을 못 잤다고 생각했는지 얼른 택시를 잡았다.

연주와 헤어지고 집에 와서도 소윤의 생각은 계속되어졌다. 그녀가 남편의 예전 결혼생활에 대해서 아는 것이라곤 전처와 사별했다는 것뿐이었다. 그런데 까맣게 의식하지 않았던 그 일이 고개를 내밀자 머릿속에 남았다. 소윤은 집안 청소를 하며 다시 일상으로 들어가려 했지만 잘되지 않았다. 수안은 오늘도 일로 늦었다. 싸우고 나서 회사에서 늦게 퇴근하는 경우가 많았다. 그래도 외박은 하지 않았다.

소윤은 청소하다 말고 걸레를 거실에 내던져 놓고 남편의 공간인 서재로 무작정 들어갔다. 그는 휴식이 필요할 때나 일해야 할 때 서재에 오랫동안 머물곤 했다. 이곳에 있을 때 부르면 거의 들리지 않는 사람처럼 대답을 안 해서 답답했던 적이 한두 번이 아니었으나 그저 내버려 두었다. 왜냐하면, 그녀와 비교할 수 없을 정도로 어른인 남편의 사적인 공간은 유지돼야 한다고 느꼈기 때문이다.

소윤은 수안의 시간을 이제껏 방해하지 않았지만 차라리 방해할 것 그랬다는 생각을 했다. 그랬다면 남편과 벽에 부딪힌 듯한 기분으로 싸우지 않고도 해결책이 있었을 텐데, 하는 후회가 들었다. 그만큼 그에 대해서 아는 것이 많지 않았다. 그래서 그런지 서재에 들어오면 빨리 나가던 예전과 달리 쉽사리 나가지 않고 머물렀다.

가죽 회전의자에 편한 대로 앉아 남편을 닮아 무뚝뚝한 회색 공간을 휘둘러보았다. 필요한 것만 있고, 장식적인 것은 하나도 없이 무채색의 향연이었다. 그녀는 장난처럼 남편의 크고 멋대가리 하나도 없는 책상을 발로 툭툭 쳤다.

수안이 혼자 있을 때 무슨 말을 하고 무슨 생각을 할까 문득 궁금해하면서 책상에 엎드렸다. 혹시 사물에 흡수된 그의 음성이 이렇게 귀를 대면 들리지 않을까 하는 말도 안 되는 상상에 열중하다가 남편의 안경을 발견하고 써보기도 했다. 안경이 너무 커서 콧대 없는 콧망울 끝부분에 아슬아슬하게 걸리었다. 그러다가 다시 서랍 속에 넣어두려고 열었는데 깊숙한 곳에 일기장 같은 것이 보였다.

여자 일기장인 것이 분명한 분홍빛이라 깜짝 놀라서 들여다보았다. 이 방과 너무도 안 어울리는 색상이었다. 표지엔 구름 위에 소녀가 엎드려 책을 보는 그림이었다. 끝부분엔 '은성'이란 글자가 굵은 펜으로 약간 번져 있었다. 소윤은 뭔가 불길한 생각에 휩싸였다. 가슴이 마구 뛰었다. 그래도 그 노트에 무엇이 써져 있는지 확인하고 싶었다. 일기장을 넘기자 작고 단정한 글씨체가 보였다.

그 순간 뒤에서 커다란 그림자가 드리우더니 갑자기 보고 있던 일기장이 거칠게 빼앗겨졌다. 그 반동으로 소윤은 한쪽으로 밀려 넘어지고 그 위로 누군가 막 들고 온 듯한 색색의 장미와 소국 등으로 된 꽃다발이 우수수 떨어졌다.

Chapter 10

소윤은 머리 위를 비롯해 몸 사방으로 흩어진 꽃잎을 털어 낼 버릴 사이 없이 멍하게 남편을 쳐다보았다. 수안은 그녀를 보고 있지 않았다. 번진 동공 안으로 소중한 물건인 양 일기장을 꽉 쥐고 있는 남편이 들어왔다. 소윤은 아픈 것도 잊은 채로 남편의 흔들리는 형체를 눈으로만 잡고 있었다. 고작 그 물건 하나보다 자신이 못하다는 걸 목격하는 순간이었다. 충격이었다.

수안은 여전히 책상에 한쪽 손을 짚은 채로 서 있었다. 그 일기장이 타인에게 보여지는 것에 대한 심한 거부감이 그 커다란 몸에서 흘러내리었다. 소윤은 입을 벌렸지만 아무런 말도 음성을 타고 돌지 못했다. 그녀는 몸 위에 아직도 걸려 있는 사과 카드를 발견했다.

〈미안해요. 심각한 일이 아니니까 없던 일로 합시다. 수안.〉

'심각한 일이 아니다.'

수안이 직접 쓴 내용과 지금의 모습은 참으로 큰 괴리감을 느끼게 했다. 소윤은 그로부터 완전한 남으로 밀려난 자리에서 일어났다. 그 바람에 카드도 꽃잎과 함께 뚝 떨어져 더 이상 어떤 시선도 받지 못했다.

"그게 뭐예요?"

소윤의 목소리는 여러 감정으로 떨리었다. 수안은 복잡한 생각에 휩싸여 있었던 듯 그녀의 목소리에 등이 꿈틀거리더니 서둘러 일기장을 서랍 속에 집어넣었다.

"여긴 내 방이야. 다시는 내 물건 함부로 뒤지지 마."

그가 화를 냈다. 눈동자는 더 딱딱해지고, 얼굴 빛깔은 어두워졌으며, 턱은 경직되었다. 그러나 언성은 높거나 일렁대지 않았다. 그럼에도 그 음성은 평상시와 다른 색이었다. 감정이 드러나서 더 그렇게 느껴졌다.

"그게 뭐예요?"

소윤은 같은 말을 반복했다. 그가 말해줄 때까지 계속 말할 수 있었다. 그러나 그럴수록 무서운 현실이 그녀에게 달려들었다.

"아무것도."

그가 몸을 돌렸다.

"제발 나를 봐요. 알아야겠어요."

"나가줘."

수안은 괴로운 듯이 거의 묻히는 소리로 말했다. 무언가 그를 몰아치는 것처럼 많이 흔들리는 모습이었다. 소윤은 자신을 내치는 그의 모습에서 진심을 보았다.

"그렇게 말하지 마요. 그런 표정으로 말하지 마요. 내가 옆에 있는 것이 끔찍하다는 듯이……."

"그런 적 없어."

"난 당신의 아내란 말이야. 뭐든지 내가 보고 싶으면 다 볼 거라고요. 그거 내놔요."

소윤은 수안의 목소리가 하나도 들리지 않았다. 표정만이 다가왔다. 그녀를 보는 그 시선이 찡그려지고 비틀어진 균열만이 부딪쳤다. 떨리고 아픈, 그 모든 감정보다 소윤은 분노가 앞섰다. 작은 주먹을 쥐고 갈라지는 목소리에도 개의치 않은 채 소리쳤다. 그러나 그녀의 분노가 거셀수록 수안은 다시 차가움 속에 숨어버렸다.

"난 당신 물건 허락없이 만진 적 없어."

"내 물건 중 당신이 봐선 안 되는 것은 없으니까. 날 아내로 생각한다면 그것이 뭔지 설명해 줘요. 얼른요."

그를 이기기 힘들다는 사실이 자꾸 맘속에 커져만 갔다. 벽에 부딪히는 싸움, 오로지 한 사람의 피만이 흥건하게 고일 거란 생각이 그녀를 힘겹게 했다.

"내 물건이야. 누구도 보여주고 싶지 않은 것이 있어."

거친 숨결은 잦아들고 습관화된 무서운 차분함이 벌써 그에게 들어앉아 있었다. 소윤은 그 차분함에 말라 죽을 것만 같았다.

“아!”

소윤은 이 모든 것이 현실처럼 느껴지지도 않으면서도 너무 끔찍해 갑자기 소리를 질렀다. 그 외침에 수안이 소윤을 부르는 것이 묻혀 버렸다.

“당신이랑 사는 것은 물건이 아니고 사람이란 말이야. 뭐라고 말을 해줘야 하잖아요. 변명이라도 해요.”

“할 말 없어.”

“난 당신 같은 돌덩이가 아니라서 그렇게 하면 못 살아.”

“그만 해.”

소윤의 축이 흔들렸다. 차가운 눈빛이, 굳게 다물어진 입매가, 안을 들여다볼 수 없는 무정한 표정이 외침을 별안간 멈추게 했다. 그의 한숨 소리가 들렸다. 소윤은 서재에서 나와 버렸다. 더 있을 필요를 못 느꼈다. 그의 말처럼 나가 버렸다. 그러나 고립된 서재에서 나왔음에도 발걸음은 멈춰지지 않았다. 그렇게 계속 걸으니 아파트까지 나오게 되었다.

비가 내리기 시작했다. 막 아파트를 나서는 사람들이 하늘을 올려다보고 손바닥을 내밀어 흐린 하늘로 더욱 몰려드는 먹구름을 가늠하며 날씨가 갤 가능성은 한동안 없고 빗방울이 점차 굵어질 것을 예감하는 동안 소윤은 곧장 앞으로 걸어나갔다. 멈출 수가 없었다. 남편의 눈빛이 말하고 있었다. 당신 자리는 여기에 없다고.

갈 곳을 정하지 못하고 미친 듯이 걸었다. 사람들 사이로 그녀는 떨어져 나간 연처럼 남편에게서 자꾸 멀어졌지만 생각은 오히려 그곳에 메여져 있었다. 그러나 혼자 동동거리던 마음은 남편의 가슴에서 멀리 떠내려 갈 뿐이었다.

비는 점차로 거세지고 있었지만 소윤은 막막한 슬픔 때문에 개의치 않았다. 발걸음이 지쳐 무거워지는 것도 마음이 더 무거워 깨닫지 못했다. 질척이는 걸음에 홀딱 젖은 바지는 흙탕물로 엉망이 되어버렸다. 그러나 상관없이 걸음은 더 빨라지고 있었다. 남편이 준 상처가 따라 붙지 못하게 달리듯이 걸었지만 곧 따라잡혀 그녀를 넘어서고 말았다.

문득 걸음을 멈추었다. 아무리 걸어도 그가 준 상처를 떨어낼 수 없다는 걸 알았다. 아무리 그와 멀어져도 소용이 없었다. 이젠 그 이유를 피할 수도 없었다. 아니라고 말할 수가 없었다. 미친 듯이 소리 지르고 때리고 애원하고 싶은 이 마음은 그에게 잡혀 있기 때문이란 걸 모르지 않았다.

"김수안을 사랑하는 것이 이리 쉽다니, 난 바보인가 봐. 그 냉정한 사람에게 덜컥 마음을 내주고."

'준 마음을 소중하게 여길지도 모르고 마구 내버려 두는 사람에게.'

소윤은 울 듯 말 듯한 표정으로 남편에 대한 사랑을 인정해 버리고 보답없는 사랑에 허망해져 멍하니 하늘을 바라보았다. 빗방울이 얼굴에 떨어져 흘러내렸다. 그동안 시간이 많이 흘렀는지 빗줄기는 약해지고 뜨거워지기 시작했다. 소윤은 그저 빗물인 양 닦아내지 않았다. 빗물에 섞여 복잡한 감정들이 씻어내려 갈 때까지 그렇게 서 있었다.

따끔거리는 빗물은 아프지 않은 채 그쳤지만 마음은 여전히 쓰실 듯이 아파왔다. 아주 큰 병이 날 것처럼 몸이 후들거리고 덜덜 떨리었다. 그러나 절대로 비 때문이 아니었다. 이 모든 것은 김수안 때문이라고 온몸이 부르짖었다. 그럴수록 힘이 빠져 제대로 걸을 수가 없었다.

수안은 서재에 오래 묶여 있었다. 누군가 붙잡은 것도 아닌데 방 안에서 한 발짝도 움직이지 못했다. 그의 시선이 서서히 일기장이 있는 두 번째 서랍장으로 치우쳤다. 그러나 꺼내 만지지는 않았다. 소중한 물건을 감히 버리겠다는 생각을 며칠 전 하지만 않았어도, 박지민에 대한 분노와 자신의 잘못마저 모두 지워 버리고 현실에만 충실하겠다는 생각을 바로 버리지 못한 채 붙잡고 있지만 않았더라도 그렇게 차분함을 잃지는 않았을 것이다.

수안은 서늘한 맘속에 갇혀 있음에도 죄의식이 일종의 분노로 변형되어 분출된 것을 희미하게 후회했다. 뭣 때문에 심장이 아픈지도 살피지 않은 채 겨우 서재에서 나오다가 발끝에 걸린 카드를 내려다보았다. 그가 직접 쓴 사과 글귀였다.

<미안해요. 심각한 일이 아니니까 없던 일로 합시다. 수안.>

형편없는 사과였다. 얼굴이 저절로 찡그려졌다. 거실에 나오자 아내가 없다는 걸 금세 느끼었다. 열려진 현관문으로도 확인이 되었다. 빗방울이 흘러내린 자국이 가득한 베란다 창문을 바라보던

눈빛이 흐려졌다. 무언가 가슴속을 헤집는 서늘함이 눈을 찡그리게 했지만 수안은 그것이 뭔지 몰랐다. 비 오는 거리로 아내가 무작정 나갔다는 생각이 들자마자 밖으로 찾으러 가려다가 거실 탁자에 덩그러니 놓여 있는 소윤의 휴대폰 신호를 발견하고 집어 들었다.

〈나한테 전화했다면서? 지금 어디 있어? 그냥 내 집에 가 있어라. 나 지금 방송 타느라 연락 못하거든, 끝나면 갈 테니까 뭐라도 시켜 먹고 있어. 알았지? 그런데 이 시간에 웬일이야? 또 운 거 아니야? 미운 남편 때문에 우는 거 아니야, 진소윤! 곧 간다. 혜주 이모.〉

아내한테 가야 할 문자가 도중에 덜컥 잘못 찾아든 것처럼 그에게로 왔다. 수안은 그 문자를 보며 입 언저리가 굳어졌다. 아내를 울렸다. 소윤이 울었다는 것에 그의 뺨 한쪽이 경련이 일듯 꿈틀거리었다. 성급히 소윤의 이모 집 전화번호를 찾아내어 연락했다.
[여보세요.]
"……."
[구혜주 씨는 안 계십니다. 다음에 하세요.]
"……."
수안은 물기 어린 지친 목소리를 듣기만 한 채 수화기를 내렸다. 집에서 한 전화인 줄 모르는 것 같았다. 다시 수화기를 들려다가 멈칫했다. 소윤에게 줄 수 있는 것이 하나도 없다는 생각이 들었다. 자꾸 상처만 내고 있었다. 그렇게 어리고 예쁜 아내를! 그의 눈빛이 아득해졌다. 잘해주고 있다고 믿었는데 이상하게 지금 이 순간 소윤을 망치고 있다는 생각에 괴로웠다.

방으로 가려다가 여기저기 흩어져 버린 꽃잎들을 바라보았다. 자신이 한 짓이 고스란히 담겨져 있었다. 눈가가 찌푸려졌다. 모든 것을 덮을 수 있다고 믿은 것이 어리석었다. 손쉽게 아내의 웃음을 보려고 했다, 아무것도 내주지 못한 채. 수안은 누군가 가슴을 찌르는 것 같은 통증을 오랜만에 느끼었다. 그동안 모든 감정을 무심함에 넣어 생존 의지를 이어왔다. 그래서 재혼까지 할 수 있었는지 모른다. 살기 위해 무정함에 기댄 맘이 아무래도 좋았으니까. 그러나 지금 맘이 자꾸 아파지려고 한다. 그는 꽃잎을 하나 쥐어들고 깊은 생각에 잠기다가 일어났다.

소윤은 공중전화가 보이자 무작정 들어가 구조신호처럼 번호를 되는 대로 눌렀더니 이모 휴대폰이었다. 다른 사람이 받으면서 지금 구혜주 씨가 바빠서 전화 받을 수 없으니 메모를 남기라고 해서 이름만 말하고 공중전화 박스를 나왔다. 다시 걷다가 주머니 속에 있는 만 원으로 택시를 잡아타서 이모의 아파트까지 갈 수 있었다. 비밀번호를 누르고 문을 열어 안으로 들어가서 젖은 옷 그대로 가죽 소파에 쓰러지듯이 엎어졌다.

몸이 그녀의 상태를 알고 저절로 잠에 빠져들려 했다. 괴로워서, 더 이상 멀쩡한 정신으로 있을 수 없어 그저 당분간은 잠들어 모든 걸 잊으려 했다.

그때 전화가 울리었다. 소윤은 보지도 않고 무의식적으로 무선

전화기를 빼 들었다. 아무것도 생각하고 싶지 않은 그녀의 감각은 잠시 정지되어 있었다. 남편이 낯선 일기장만을 지키려고 보이던 그 모진 행동이 자꾸 반복되어 머리 속을 파고들기 전에 죽은 듯이 잠을 자야 했다. 그 잠을 방해하는 전화에 빨리 끊을 생각뿐이었다.

"여보세요?"

[…….]

"구혜주 씨는 안 계십니다 다음에 하세요."

[…….]

전화기를 손에서 떨어뜨리듯 놓아버리고 쿠션에 얼굴을 묻고 그대로 잠들어 버렸다. 그녀는 깊은 수면 아래로 자신을 묻어버렸다. 그리고 다시 눈을 떴을 때 눈꺼풀이 너무 무겁고, 손가락 하나 들어 올리기 힘들 정도로 몸이 아래로 깔아 앉아 작은 움직임에도 심한 현기증이 일었다. 기운을 겨우 끌어 모아 눈을 깜박였지만 완전히 떠지지는 않았다.

"일어났어? 괜찮니?"

이모의 걱정스러워하는 표정이 흐릿하게 어른거렸다.

"뭐가?"

소윤은 그렇게 물었지만 목소리가 너무 생소하게 나와 깜짝 놀랐다. 가라앉은 채 갈라진 데다 쉰 목소리에 목도 따끔거리며 아파왔다.

"내 목소리가 왜 이래?"

"너 지금 아파."

혜주가 소윤의 이마에 손을 얹으며 열을 점검했다.

"내가 아파?"

"너 정신 못 차리게 아팠어."

그러고 보니 열이 많은지 온몸이 욱신거리며 초점을 맞추기 힘들고 계속 한기가 느껴져 움츠러들었다. 혜주는 얼른 소윤에게 이불을 턱 밑까지 끌어당겨 찬바람이라도 들어갈까 봐 단단히 여미며 주었다.

"무슨 병인데?"

"감기몸살."

"겨우?"

소윤은 감기몸살로 설명할 수 없을 만큼 몸 상태가 심한 것이 분명하다고 생각했다. 그렇지 않으면 이렇게 눈이 쏟아질 듯 부어오르고, 얼굴은 까칠하고, 입술은 말라서 침 삼키기도 버거운 데다, 손과 발은 떨리고, 심장은 크게 두근거린 채 쿵하고 내려앉으며 머리는 아무 생각도 못할 만큼 지끈거렸다. 결코 작은 병이 아닌 것이다.

"야, 이 멍청아. 겨우, 라는 말이 나와? 비 맞고 왔으면 옷을 갈아입고 자야지. 입은 채로 잠들곤 안 아프길 바랐니? 의사까지 부르고. 난 너 폐렴까지 간 줄 알았다. 얼마나 걱정한 줄 알아? 삼 일 동안 정신을 못 차리니 지켜보는 사람 맘이 어떻겠어?"

"삼 일 동안?"

"그래."

"그렇게 많이 잤다고?"

"잔 게 아니라 아팠다니까. 네 남편이 와서 의사 부르고 여러 조치하고 그러더니 열이 조금씩 내려가더라. 난 너무 놀라서 아무것도 못했어. 시키는 대로 했지."

소윤이 벌떡 자리에서 일어났다. 머리 전체가 소리를 내며 크게 울려 신음 소리를 흘리면서도 주위 상황이 눈에 들어왔다. 분명 잠든 것은 소파였는데 지금은 이모의 여성적인 분위기가 물씬 풍기는 편안한 침실이었다.

"남편이 왔다고? 김수안이?"

"그러면 김수안 말고 다른 남편이 또 있어? 어? 엇따 숨겼어?"

"어떻게 왔는데?"

소윤이 혜주의 장난에 힘없이 웃다가 다시 물었다.

"내가 화나서 전화했어. 그랬더니 오더라. 근데 네 남편 가까이서 보면 볼수록 너무 좀 뭐랄까? 무서운 거 있지. 전화로는 막 쏘아붙였거든. 어떻게 애가 비를 홀딱 맞고 이 시간에 바깥을 헤매게 하냐고 따졌지. 완전 정신 잃고 쓰러졌다고. 쉽게 잘 웃는 애를 불행하게 만든다고, 당장 오라고 했는데 딱 면전에서 보니까 네 남편 너무 큰 거 있지. 게다가 그 딱딱한 표정에 별말도 못했다니까. 어서 오세요. 이랬다니까. 아, 쪽팔려. 조카사위다운 만만한 데가 하나도 없어요. 얼굴 보고는 도저히 말을 놓을 수가 없더라."

혜주는 김수안이 왔을 때의 그 위압감에 입이 딱 달라붙은 걸 기억하고 고개를 내저었다. 관객들이 가득 찬 공연장에서도 떨리지 않는 끼와 담력의 소유자인 그녀가 사람 하나 때문에 주눅이 든 것은 거의 드물었다. 그만큼 존재감만으로 좀 무서웠다. 그런 남자를 사랑하는 소윤이 신통해 보이기까지 했다.

"깨우지?"

"정신을 못 차리는데 어떻게 깨우니?"

"막 흔들어서라도."

"네 남편이 못 깨우게 했어. 그런데 어떻게 깨워? 뭔 소리 들으려고. 무섭다니까."

"얼마나 있다 갔는데."

"응. 두어 시간 훨씬 넘었지. 너만 보다 갔어. 차도 안 마시고 나하고 거의 말도 안 하고. 그냥 너만 주구장창 보더라."

혜주는 잠시 머뭇거리다가 덧붙였다.

"네 남편 너한테 무심한 것 아닌 것 같던데."

그 말에 소윤은 다시 여러 생각들이 달라붙는지 우울한 얼굴로 고개를 저으며 자리에 쓰러지듯이 다시 엎어졌다.

"한 사람을 그렇게 오랫동안 계속 보는 것이 어디 쉬운 줄 아니? 그거 보통 맘으로는 절대 안 돼. 특히 남자는."

"미안해서 그러겠지."

"단지 미안해서? 말도 안 되는 소리 말아라. 남자들이 미안하다고 그리 쳐다 못 봐."

"그 사람은 보통 남자가 아니잖아. 김수안은 겉으론 자상한 사람이니까. 속은 복잡하고 비밀이 많아도. 날 아프게 해서 그저 미안한 거야."

"널 어떻게 아프게 한 건데? 혹시 때렸어?"

혜주는 물으면서도 소윤의 얼굴이나 몸에 어떤 상처도 없는 걸 기억해 냈다.

"아니야."

"그럼, 뭔데? 그 여배우 말고 또 뭔 일이 있어?"

소윤은 입을 열려 했으나 막상 설명하기가 어려웠다. 입 밖에 나오기 싫은 말들이 있었다. 그저 밖으로 내보내지 못하고 가슴에 쌓이기만 하는 것들이 그녀에게 존재하기 시작했다.

"그냥 부부싸움이야. 심각한 것 아니야."

"어른처럼 말하네. 그것은 배우지 말지, 좋은 거 아닌데, 아프면 아프다고 말하는 거야. 진소윤, 너 그래 왔잖아."

"괜찮아, 걱정하지 마."

"비밀 생긴 거야?"

"으응."

"그래, 네가 원하는 대로 해라. 마음이 그러면 어쩔 수 없지. 그것도 봐준다. 근데 네 남편 정말 너한테 관심없는 거 아니야. 나만 믿어. 내가 사람 보는 눈이 있잖아. 딱 보면 안다니까."

혜주는 그 느낌을 어떻게 설명할까 잠시 고심했다. 말로 하기가 힘들었기 때문이다. 김수안이 안으로 들어와 소파에 있는 소윤에게 성큼성큼 다가가 심각하게 바라보더니 혜주의 기죽은 재촉에 단번에 안아 들고 침대로 옮기었다. 그리고는 침대 옆 의자에 앉아 한참 동안 거의 자기를 위한 움직임없이 무의식 속에 소윤의 뒤척임을 따라가는 그의 모습은 보통 마음으로 할 수 있는 것이 아니었다.

아내만을 응시하는 그 형체를 깨뜨리는 것은 못할 짓으로 느껴질 정도였다. 그리 어리석은 남자가 아니라면 자신의 맘을 스스로도 알 것이 분명했다. 그러면 일은 그리 어렵지 않게 풀릴 거라는 것이 혜주의 판단이었다. 그들이 조금만 서로의 맘을 들여다본다면, 다시 별 탈 없이 행복한 가정을 꾸려갈 것이라고 보았다.

"네 남편 너한테 관심 무지 많아. 믿으라니까. 곧 있으면 너 데리러 올 거야. 무슨 일인지는 모르겠지만, 미안하다고 하면서 말이야."

"그럴 리 없어."

소윤의 눈빛은 말과 다른 색을 띠었다. 자신이 본 것보다 막내이모가 본 것에 더 의존하고 싶은 모양이었다.

"네 남편이 큰 잘못 저지른 것 아니지? 나한테 말한 것 말고 말이야."

"아니야."

분명 큰 잘못이지만 그를 잃어버리고 싶은 만큼은 아니었다.

"그런데 왜?"

"응?"

소윤이 혜주를 쳐다보았다.

"왜 이렇게 절망적인 표정을 지어. 재수없게. 그런 표정 지으면 복이 안 붙어."

"아파서 그래."

"지가 아픈 것도 몰라놓고."

"이모, 나 아프단 말이야."

소윤은 다시 이불 속으로 파고들며 얼굴을 침대 시트에 묻었다.

"그래, 너무 많이 얘기했다. 더 쉬어야 돼. 의사도 그랬으니. 뭐 필요한 것 있으면 즉각 말해."

소윤이 고개를 끄덕이다가 이모의 등을 보며 불렀다.

"이모."

"왜?"

"그 사람 오면, 문 열어주지 마."

"정말?"

"응. 기다리게…… 해. 한참 있다가 열어줘."

"그래."

혜주는 미소 지었다.

"정말, 오긴 올까?"

"나만 믿어."

혜주의 장담에 소윤은 다시 누웠다. 그러나 용서해 주는 것도 겁이 났다. 아무것도 풀리지 않은 채로 덮어지는 것이 지금으로서는 더 무서운 일이었다. 그래도 소윤은 공기 속에 떠도는 수안의 체취를 맡으며 이모의 말만 따라가기로 했다. 그것이 길인 양!

"진소윤, 너 정말 밥 안 먹을 거야!"

"입맛이 없어."

"남편, 그만 기다려."

"안 기다려."

거짓말이었다. 혜주의 장담이 무참히 깨지었다. 일주일이 지나도 흔한 안부전화 없었고, 데리러 오기는커녕 코빼기도 보이지 않

았다. 소윤은 겉으론 단단히 화나 있었지만 내부 깊숙한 곳에선
어쩔 줄 몰라 했다. 지금도 거실 소파에 앉아 이모가 사준 편한 잠
옷 바지를 입은 채로 팔짱을 끼고 현관문을 바라보고 있었다. 시
간이 지나가는 소리가 너무도 빠르게 들리어 움찔거리면서.

"네 얼굴 좀 봐라. 반쪽이 다 됐잖아. 그렇게 기다리지 말고, 잘
먹고 나서 네가 쳐들어가. 그 방법이 빠르겠다."

"안 가. 안 기다려. 안 먹어."

소윤이 고집불통이 되어 꿈쩍도 하지 않았다.

"진소윤, 남의 힘에 기대지 마, 이것아! 네 남편도 남이야. 헤어
지라는 소리가 절대 아니고, 네가 헤쳐 나가라고. 어떻게 해줄 때
까지 기다리지 말고."

"……."

혜주는 확신했던 예상이 빗나가자 머쓱해져서 떠오른 대로 충
고를 해주었다. 그러나 대답이 없었다.

"너무 힘들어하지 마. 내가 옆에 있을게. 너도 나 아플 때 옆에
늘 있어줬잖아. 내가 보답하마."

"……."

"밥 먹자."

"먹기 싫어."

"야! 너 정말 조금도 안 먹을 거야? 그래, 네 마음대로 해. 나도
몰라."

혜주도 화가 나서 툴툴거리며 주방으로 가버렸다. 소윤은 방으
로 가 양반다리로 앉아서 남편을 기다렸지만 마음속은 쪼그라들

었다. 잠시 후, 전화 소리가 들렸다. 이모가 수안에게 전화하는 것이었다. 절대 하지 말라고 펄쩍 뛰던 소윤은 이모의 도움을 모른 척하고 있었다.

"왜 없어. 아, 녹음기에다 읊어대는 거 싫은데. 저기요, 이 통화 확인하면 이리로 좀 와요. 소윤이 데려가야지. 이보게, 이게 아닌 가. 하여튼 빨리 와요. 아니, 오게."

혜주는 이제 김수안을 보지 않아도 압도되어 말이 자꾸 걸리었다.

'나이가 위라도 아무튼, 조카사위가 아닌가. 그럼 한참 아래인데.'

그럼에도 불편해서 물을 벌컥 마시었다.

한편, 소윤은 자꾸 기다리는 맘이 벽에 부딪히자 한계에 이를 때까지 몰아붙였다. 그렇게 하루해가 저물고 있었다.

"바보야. 그만 기다리고 자."

혜주는 잠자다가 나와 아직도 기다리는 소윤을 발견하고 소리쳤다. 그녀는 베란다 문턱에서 지금껏 해가 저물고, 깊은 밤이 되어 새벽으로 갈 때까지 멍하니 앉아 밖을 바라다보았다. 혜주는 다시 자러 가지 않고 주방에 들러 음식을 가지고 와 소윤의 입에다 조금이라도 넣어주려고 옆에 앉았다가 같이 기대어 바깥을 내다보았다. 두 사람은 서로 한 뭉텅이처럼 하나가 되어 아무 말 없었다. 끝내, 수안은 오지 않았다.

소윤은 이제 남편이 오랫동안 바라봤다는 것도 믿지 않았다. 형클어진 머리, 넋이 빠진 얼굴로 이모가 일이 있어 나간 뒤에도 한 자리를 지키다가 한계가 왔다. 신경이 뚝 끊어지는 듯한 느낌에 더 이상 참을 수 없어 전화기를 무작정 들고 수안의 휴대폰 번호를 눌렀다. 통화가 되지 않자 회사로 전화했다. 비서가 지금 회의 중이란 말을 하자 소윤은 계속 기다리겠다고 고집 부렸고, 드디어 남편의 목소리를 들을 수 있었다.

[여보세요.]

김수안이었다. 차분하고 침착하면서 무정한 음성은 그의 것이었다. 아무 일도 없다는 듯이 매정한 태도가 눈에 보이는 듯했다.

"당신이 그렇게 잘났어? 날 찾아와서 뭐라고 말이라도 해줘야 되는 거 아니야? 이런 식이라면 그 누구하고도 살 수 없어. 답답하고 질려서 한순간도 살 수 없다고. 당신하고는 끝났어!"

소윤은 있는 대로 소리치고 끊어버렸다. 그 누구한테도 이렇게 소리 질러본 적이 없던 터라 기운이 한꺼번에 소진되자 자리에 그대로 까무러질 것 같았다. 기절은 하지 않았다. 울지도 않았다. 그러나 바보답게 다시 전화기를 만지작거리며 그가 뭔가 응답해 주길 기다렸다.

응답은 왔다. 그날 저녁 문자가 온 것이다. 소윤은 그 문자를 계속 들여다보며 분을 삭이지 못했다.

〈당신이 원하는 대로 해줄게. 미안해. 수안.〉

만약 종이에 쓰여진 글자였다면 벌써 갈기갈기 찢어버렸을 것이다.

소윤은 자리에서 일어났다. 속으로 계속 울고 있던 것도 그치고 무작정 몸을 움직였다. 대청소를 해서 이모가 왔을 때는 집 안이 더 어수선해졌지만 그래도 깨끗한 구석도 있었다. 걸레질을 하던 소윤은 갑자기 고개를 쳐들고 말했다.

"이모, 나 맛있는 것 좀 아무 거나 많이 시켜줘. 너무 배고파."

"어? 어. 아, 그래. 시켜줄게."

그동안 거의 먹지 않았기에 혜주는 갑자기 심경변화를 가져온 것을 물으려다가 얼른 전화기를 들었다. 옆에서 소윤이 '더 많이'를 외치는 바람에 단골 중국집이 가져온 것은 실로 엄청났다. 자장면 곱빼기에 삼선 국밥, 그리고 잡채, 탕수육에 서비스로 나온 군만두와 샐러드, 콜라까지 한 상을 가득 채웠다.

"천천히 먹어. 체한단 말이야. 아픈 다음에 체하면 잘 안 나아."

혜주가 아무리 뜯어 말려도 소용이 없었다. 소윤은 걸신들린 사람처럼 무섭게 먹어대었다. 왼손으로 수저를 잡아 삼선 국밥을 떠먹고 오른손으로 젓가락질하며 잡채를 먹었다. 그리고 손으로 만두를 집어 입에다 쑤셔 넣었다. 그렇게 마구마구 구겨 집어넣으며 입 안이 터질 듯이 먹다가 갑자기 왈칵 눈물이 쏟아졌다.

"소윤아!"

혜주가 소윤의 어깨에 손을 대고 들여다보자 움츠렸던 몸을 펴고 손등으로 눈물을 대강 훔친 후 다시 먹기 시작했다.

"너무 배고파."

그러나 배가 고픈 것이 아니라 다른 곳이 허한 것 같아 혜주는 마음이 안 좋았다.

거의 다 먹고 나자 며칠 동안 먹지 않은 마른 몸에 배만 톡 튀어 나왔다. 그러나 그것도 오래지 않아 먹은 것을 화장실로 가서 다 게워내 버렸다. 빈속에 그 많은 음식을 제대로 소화시키기에 역부족이었던 것이다.

"괜찮아?"

"난 아무렇지 않아. 그리 끝내고 싶다면 나도 미련없어. 사랑은 또 하면 돼."

혜주는 소윤의 떵떵거리는 말속에서 큰 슬픔이 소낙비처럼 쏟아지는 걸 느꼈다.

"네가 하고 싶은 대로 해. 그리고 친정에서 받아주지 않으면 나한테 와. 나하고 살자, 꼬맹아."

"고마워, 이모."

"응."

혜주는 안겨오는 소윤의 등을 쳐주고 나서 씻고 나오게 한 다음 수건으로 직접 얼굴을 닦아주었다. 가정으로 보낼 방도를 찾아야 하는 것이 아닌가 하는 생각은 잠시 뒤로 접어두었다. 그러나 아직도 소윤을 바라보던 수안의 그 깊은 시선을 믿고 있었다. 오랫동안 시간 가는 줄 모르고 보는 것은 그렇게 쉬운 감정이 아닐 거라고 생각했다.

이모가 아파서 간호해 줘야 한다는, 뒤바뀐 말로 주위 사람들에게 대강 둘러댄 며칠이 흐른 후, 기력을 억지로 찾은 소윤은 집으

로 향했다. 심장이 덜컥거리고, 마음이 아릿해지면서 발걸음은 무
거웠지만 상관하지 않았다. 수안을 사랑한 만큼 그 배로 화가 났
고, 그가 한 만큼 상처를 막 내고 싶은 무모한 충동에 빠져들었다.
그래서 뭐든 하고 싶었다.

소윤은 눈앞의 미래는 조금도 생각하지 않고 지금 당장 끝내겠
다는 생각뿐이었다. 그렇게 아파트 안으로 들어왔는데, 너무 썰렁
해서 깜짝 놀랐다. 온기도 느껴지지 않고, 방은 너무도 깨끗했다.
주방은 음식을 해 먹은 흔적 하나 없었다. 그녀는 서재를 우연히
바라보다가 고개를 돌려 버렸다.

마치 손님처럼 방에도 들어가지 않고 거실 소파에 앉아 수안을
기다렸다. 연락도 없이 들이닥쳐 화나는 대로 처리해 버리고 싶었
다. 그러나 퇴근 시간이 가까워졌음에도 그가 오지 않자 마음이
불안해졌다. 외박이라도 할까 봐 더 그러했다.

소윤은 같은 자세로 앉아 있는 것이 힘들어 몸을 풀고 왔다 갔
다 하기 시작했다. 그러다가 달력을 보았다. 아무런 표시도 없었
지만 문득 오늘이 남편 전처의 기일임을 기억했다.

가슴이 쿵하고 내려앉았다. 소윤은 무슨 일인지 도통 모를 일들
이 점차 정체가 드러나기 시작한 듯한 묘한 두려움에 휩싸였다.
그녀는 멍청하게 그 날짜를 보다가 휴대폰을 꺼냈다.

"여보세요! 동서?"

소윤은 연주에게 전화해서 남편의 전처, 산소를 물으려 했다.
그러나 휴대폰을 꺼놨는지 통화가 안 되자 본가 이층으로 전화를
했다. 신호음이 들리고 곧 연결이 되었지만 연주 대신 수창이 받

았다.

[연주 없어요. 친구들과 오래간만에 논다고 눈치 보다 나갔어요. 곧 올 거예요. 지금 마중 나가려던 참인데, 무슨 일이세요?]

"아니, 저기, 오늘 기일이잖아요. 그래서 그분 산소가 어딘지 궁금해서……."

소윤이 작은 소리로 우물거리며 물었다.

[누구요? 아! 돌아가신 분 얘기예요? 왜요? 형수님이 가게요?]

"그냥요."

[형은 어디 있어요?]

"몰라요."

[형이 거기 갔나 싶어서 그래요? 울 형은 거기 안 가요. 잊었을 텐데, 사고 난 지가 언젠데…….]

"가르쳐 주세요."

[잠깐만요.]

수창은 뭔가 찾는지 부스럭거리는 소리가 전화기 속을 타고 들리더니 곧이어 주소를 말해주었다. 그리고는 이상한 분위기를 느꼈는지 슬쩍 물었다.

[형수님, 울 형 재미없죠?]

"……."

[싸웠어요?]

"……."

[울 형은 그냥 무난한 사람이에요. 썩 멋진 사람은 아니지만, 그래도 형수 힘들게 하는 일은 없을 거예요. 성실하니까. 지금 형수

있는데, 뭐 하러 거기 가겠어요?]

"네에."

수창은 둘째 형수의 큰 사건 후 부쩍 집안일을 챙기고 나섰다. 전 같으면 이런 얘기 한 마디도 꺼내지 않았을 그였지만 싸운 기색이 보이자 큰형수 달래기에 시간을 할애하고 있었다.

"도련님."

[네?]

수창의 긴 말이 끝나자 소윤이 갑자기 불렀다.

"어떤 분이세요?"

[나요?]

수창이 알아들었으면서도 얘기를 건너가려고 장난을 쳤다.

"아니요, 돌아가신 분이요."

소윤이 너무 진지해서 답변하지 않을 수 없었다.

[음, 옛날 일인데…… 괜찮은 사람이었어요. 집안도 좋고, 근데 결정적으로 울 형을 너무 안 좋아했어요. 연애해서 한 결혼이 아니니까. 김수안이 워낙 무난해서 잘 넘어갔지만, 나 같으면 나 싫다는 사람하고는 한시도 못 살죠. 그래도 나쁜 사람은 아니었는데, 점점 적응하고 잘살았는데, 갑자기 갔죠. 안됐어요.]

"은성?"

갑자기 그 이름이 입 밖으로 막을 새 없이 나왔다. 어디선가 본 그 이름이, 점점 선명해지는 일기장의 파편이 그녀의 마음속에서 떠돌았다.

[아, 맞아요. 이은성!]

"그렇구나……."

넋이 빠진 채로 중얼거렸다. 통화를 어떻게 마쳤는지도 기억이 나지 않았다. 소윤은 더 생각할 것도 없이 뭔가에 이끌리듯이 수창이 말해준 대로 택시를 타고 납골당으로 향했다.

그곳에 도착했을 때는 꽤 시간이 흘러 더욱 어두워졌다. 잔디와 자갈밭을 지나 경비실을 거쳐서 소윤은 넓고 웅장하기까지 한 커다란 건물 안으로 걸어갔다. 주변은 자연석과 나무들로 이루어진 공원의 모습이 잘 어우러져 있었지만 거의 안 보였다. 주위가 어둡기도 했지만 그녀의 맘 또한 흐릿해서 다른 것은 눈에 들어오지 않았다.

추모관은 자동 항온항습 시스템을 가지고 있다는 문구가 쓰여 있었다. 소윤은 남편이 이곳에 오지 않았을 거라는 수창의 말을 믿고 싶었다. 그 사람이 무심한 것을 굳이 끄집어내며 거기에 기대었지만 이미 마음은 알고 있었고 눈으로 확인했다. 남편은, 그곳에 있었다.

안치단의 내부를 바라보는 그의 눈은 무심한 빛이 아니었다. 항상 한 단계 걸러 세상을 봐서 별 느낌 못 봤던 둔탁함의 껍질이 벗겨졌다. 요동치는 아픔이 흘렀다. 한 치 앞이 안 보이는 자욱한 안개 속 몇 겹의 슬픔이 그의 맘속에, 눈 속에, 머릿속에 가득 맴돌았다. 소윤은 분노도 모두 내버린 채 그의 슬픔에 부딪혀 휘청거렸다.

Chapter 11

소윤은 안치단의 내부를 응시하는 수안을 계속 바라다보았다. 다른 것은 하나도 의미없이 스러지고 오직 슬픔에 잠겨 있는 남편만이 시야를 가득 채웠다. 그가 고개를 돌릴 때까지 시선은 박혀 있었다. 그리고 두 사람의 시선이 정확히 마주쳤다. 수안은 아내의 조용한 모습에 놀랐다. 소윤은 아무런 말도 하지 않았다. 남편의 강한 슬픔에 다른 모든 것은 밀려가고 숨이 턱 막히었다. 자신의 존재까지 무방비하게 흔들렸다.

그녀는 발길을 돌리었다. 달아나지 않고 천천히 걸어나갔다. 대리석으로 된 바닥을 지나 문을 나와서 계단으로 내려왔다. 군데군데 택시들이 손님들을 태우려고 주차해 있었지만 눈에 보이지 않았다. 검은 숲에 갇힌 듯 빛없이 걷기만 했다.

"타요."

수안은 차를 끌고 와서 소윤을 태우고 그곳을 떠나 집으로 향했다. 가는 동안 침묵에 잠겨 있었다. 그녀의 얼굴은 생동감이 사라지고 작은 일에 반응하던 눈빛도 경직되어 버렸다. 무거운 생각에 짓눌려 숨을 쉬는 것까지 힘들어 보였다. 수안은 그런 소윤 때문에 두터운 손이 조금씩 떨리었다.

"당신을 떠날래요."

그 손이 닿기도 전에 집에 도착한 소윤이 조용한 목소리로 말했다. 순간 그의 표정이 흔들리고 마음도 따라 덜컹거리었다.

"……."

수안은 아무 대답도 하지 못했다. 그렇게 하라는 말이 좀처럼 나오지 않았다. 그녀가 가고 싶다면 떠나보낼 수 있다는 것이 문자로는 할 수 있었지만 마주 보면서는 할 수 없었다. 마치 가시처럼 느껴졌다. 그의 눈빛이 분산되었다.

"대신, 솔직히 말해줘요. 어떤 일이 있었는지……. 당신을 탓하지 않을 거예요. 알려줘요."

"……."

여전히 대답이 없었다. 조명을 켜지 않은 어둑한 속에서도 그가 어디에 있는지 알았다. 소윤은 그를 바라보면서 흔들리는 실루엣은 자기 때문이라고 생각했다. 자신이 지금 떨리고 있기에 그렇게 보인다고 여기었다.

"나, 당신에게 그 정도도 안 돼요?"

어둠 속에서 들리는 작고 애처로운 목소리가 수안의 가슴을 후

벼 팠다.

"말해줘요, 제발!"

소윤의 말이 굳게 닫혀진 과거의 철문을 열고 있었다. 수안은 그 문을 지나 급속도로 과거의 회상으로 빨려 들어갔다.

수안은 집안이 원하는 결혼을 담담하게 받아들었다. 여러 가지 사업적으로 얽히는 완전 정략결혼이었으나 개의치 않았다. 두 집안이 공동 지분을 갖고 있던 것을 공고히 하기 위한 미리 예정되어 왔던 절차일 뿐, 사랑에 일체 감상이 없던 그인지라 괜찮은 사람 만나서 가정을 꾸려가면 그만이었다. 회사의 주축 일원으로 커나가야 하기 때문에 회사와 가정 이외에 그다지 영향받지 않기를 바랐다.

그러나 처음 나간 맞선 자리에서 그 여자에게 호감을 가지게 되었다. 크지 않은 눈이지만 꽤 활발함이 살아 있었고, 반듯한 이목구비와 매력적인 표정은 남자의 관심을 끌게 했다. 점잖은 수안이었지만 그는 배우자가 될 사람에게 만족했다. 잘살 수 있을 거라는 생각이 마침 들어설 때 여자의 굳게 다문 입술이 열리었다.

"안녕하세요. 이은성이에요. 난 결혼할 생각이 없어요. 당신이 마음에 들지 않거든요. 억지로 나왔어요. 우리 부모님은 회사 안위에 사로잡혀 있지만 난 그렇지 않아요. 이미 사귀는 남자 친구도 있어요."

여자는 단호했다. 수안의 호감은 진전되지 않았다. 그렇다고 불쾌감이 든 것은 아니었다. 인상 쓰지 않고 외려 미소까지 지었다.

젊고 아름다운 여자가 그를 싫다는 것은 어쩌면 이해가 되는 일이었다. 수안은 덩치와 항상 굳어 있는 인상으로 인해 별다르게 모나지 않은 이목구비에도 첫 인상이 그리 좋지 않은 편이란 걸 알고 있었다.

"그래요."

동감해 주었다. 그러나 이 결혼은 이미 복잡하게 엉켜들어서 수안도 풀 수가 없었다. 사업이 한두 차례 휘청할 때였다. 상대 업체가 공격적인 인수합병으로 주류 업체를 넓히는 가운데, 산호 또한 위협을 받고 있어 몇몇 공동 지분을 확실히 묶어둘 필요가 있었다. 또한 여자 측 집안에서도 상대 측에게 일방적으로 먹히는 것보다 사업적 파트너 자리를 유지하기 위해 더욱더 적극적으로 그들과 한 배를 타길 원했다. 여러모로 단단하게 하려는 것 중 가장 고전적이고 상투적인 것은 집안과의 결합이었다. 서로를 너무도 원하는 두 집안은 사돈을 맺는 것에 박차를 가했다. 수안은 아버지에게 이 결혼을 원치 않는다며 최대한 지연시키었다. 그러나 아버지의 성난 외침은 지나쳐도 할아버지가 일으킨 사업이 축날까 봐 전전긍긍하며 술주정을 하는 모습은 모른 척할 수 없었다.

"김수안, 넌 김인산만큼 강해져야 돼. 알았냐? 알았어?"

어릴 때부터 들어왔던 그 말에 수안은 맘을 돌리었다. 그리고 여자를 설득시키었다. 그 역시 자신을 싫어하는 사람 맘 돌리는 일이 내키지 않았고, 여자에게도 못할 짓이었다.

"난 사랑하는 사람이 있다구요. 못 알아들어요?"

"알아들어요. 그래도 지금 우리가 어쩔 수 없어요. 결혼은 하게 됩니다.”

“상관없어요. 난 도망가면 되니까.”

“가족을 생각합시다.”

“내 행복만을 생각할 거예요.”

“결혼 안 하는 거 말고 원하는 거 뭡니까? 들어줄게요.”

“난 당신이 싫어. 내 스타일이 아니라구요. 끔찍해.”

“내가 해줄 수 있는 걸 말해요.”

여자는 수안의 무덤덤한 설득에 몸서리를 쳤지만 결국 결혼하고 말았다. 수안은 아내를 내버려 두었다. 결혼 전날 도망가려다가 잡혀온 것까지도 알고 있었지만 모른 척했고, 만지는 것도 조심해 주었다. 그러던 어느 날, 늘 우울해하던 아내가 우는 모습을 퇴근하는 길에 발견하고 수안은 쪼그리고 앉아 있는 그녀를 가만히 들여다보며 한숨을 쉬었다.

“휴우, 이를 어쩌지. 내가 잘못 생각했나 봐. 난 워낙 가족이 소중하고 회사가 큰 의미니까. 못할 일이네. 그렇게 힘들면 몇 년 후에 떠나게 해줄게요. 그때 되면 무난히 헤어질 수 있을 거야. 독립할 수 있게 지원도 해주고. 난 원래 여자를 잘 살피질 못해. 여자와 자본 적은 있어도 사귀어본 적이 없어서. 원하는 대로 해줄 테니까, 그렇게 포기한 듯이 살지 말고 뭐라도 배우고, 그래요. 응?”

은성은 수안의 말에 물기 어린 얼굴로 쳐다보다가 웃고 말았다.

“여자랑 많이 자봤다구요?”

“응, 난 남자잖아.”

“사귀어본 적은 없고?”

“응. 비위 맞춰줄 시간이 없어. 여자들은 너무 복잡해.”

“치이.”

은성은 그날 처음 수안을 보며 수그러들었다. 그녀는 충동적인 면도 많았는데 수안은 그런 점을 묘하게 건드렸던 것이다.

“당분간은 당신의 아내로 살래요. 하지만 떠나고 싶으면 언제든지 떠날 거예요.”

“그래, 그렇게 해요. 그러니까 마음을 좀 풀어요.”

“당신은 참…… 독특한 사람이야.”

“둔하지?”

“다른 남자 같으면 가만 안 있을 텐데.”

“다른 남자 같으면 이런 결혼 안 했겠지. 그러니까 어쩔 수 없어요. 내가 책임질 일이니까.”

“고마워요.”

“그래요.”

이상하게 끝장을 약속한 그들 사이에서 약간의 변화가 생기었다. 말도 섞게 되고 몸도 섞게 되었다. 그러면서 은성은 수안의 아내가 되어갔고, 빠르게 적응해 갔다. 은성이 그렇게 살림을 잘할 줄 수안은 몰랐다. 집안은 그녀의 손길이 안 닿은 곳이 없었다. 아내의 웃음소리가 그렇게 맑은 줄 그때 알았다. 어느 때부터 은성은 큰 소리로 웃기 시작했다. 마치 사춘기 소녀처럼 아무것도 아닌 일에도 웃음을 터뜨려 수안이 당황할 때도 있었다.

“뭐가 웃겨?”

“당신 셔츠 너무 조여서.”

"그게 웃겨?"

"웃기잖아."

"울 어머니 선물이에요. 섭섭하지 않게 입는 모습 보여 드려야
지."

"너무한다. 당신 치수도 모르시고."

"울 어머니가 예전에…… 우울증이 심하셨어. 그래서 그래. 그
러니까 내색하지 마요."

"그래요."

은성이 수안의 말투를 흉내 내자 그가 가볍게 웃다가 갑자기 울
리는 전화를 자연스럽게 받았다. 과거 속 수안을 보는 현실의 수
안의 호흡이 거칠어졌다. 그때, 그 일이 일어났다. 엇갈림이 그렇
게 시작되어졌다.

"여보세요?"

수안은 그 한마디 후 별말이 없이 통화 속 상대의 말을 듣더니
아내에게 넘기었다.

"누구예요?"

"당신 친구래. 받아봐."

은성은 받자마자 놀라는 빛이 역력했다. 전화를 끝내고 남편의
눈치를 살피었다.

"별 친구 아닌데, 그냥 유학 갔다가 오래간만에 전화한 학교 친
구데, 저기……."

"알았어."

"신경 쓰지 마요."

"그래요."

수안은 자꾸 무언가 말을 하려다가 마는 은성의 어깨를 툭툭 치고 출근 준비를 마저 했다. 학교 친구였다는 남자의 당당한 통화 요구에 수안은 기분이 상했지만 표현하지 않았다. 어떻게 한 결혼인지 머리에 떠나지 않았기 때문이다. 그래서 사이가 많이 좋아진 지금에도 많은 것을 이해하고 있었으나 어딘가 들어본 목소리라는 생각이 남았다.

그러던 어느 날, 아내와 모임에서 돌아오던 길이었다. 은성은 수안의 팔짱을 끼고 그날 있었던 일들을 도란도란 얘기하고 있었다. 모임에서 들은 얘기를 더 재미있게 할 줄 아는 재능이 그녀에게 있었다. 눈을 맞추려 올려다보는 은성의 시선을 받으며 수안은 달빛에 비친 아내의 얼굴이 참 예쁘다는 생각을 했다.

"당신 얼굴 예쁘네."

"그런 얘기를 그렇게 덤덤하게 하는 사람은 당신밖에 없을 거야."

"그래."

은성은 뭔가 생각에 잠기다가 웃음을 터뜨리며 남편의 팔뚝을 쓸어내렸다.

"그거 알아요? 사람 마음이 참 우습다는 거."

"뭐가?"

"장담할 수 있는 것은 없다는 거. 난 말이지, 내가……."

그녀의 고백 같은 말은 뭔가의 소란에 묻히었다.

“누가 술주정을 하나 보네. 미쳤군.”

“헉.”

“왜 그래?”

수안은 놀란 숨을 내쉬며 바닥에 발이 달라붙은 것처럼 한 걸음
도 내딛지 못한 채 창백해진 은성을 쳐다보았다.

“이은성! 널 아직도, 아직도 못 잊었어. 난, 우리가 서로…….”

남자는 술 취해서 몸을 흐느적거리며 아파트 화단에 주저앉아
무슨 말인지 잘 알아들을 수 없는 말들을 주절거리었지만 이름은
확실히 수안의 귓가에 들어왔고, 남자의 얼굴도 안면이 있었다.
결혼 전 아내의 애인이었다.

“준호야, 여기 왜…….”

“올라가.”

“여보!”

“올라가.”

수안의 거듭된 명령에 은성은 위로 올라갔고, 수안은 바로 택시
를 불러서 남자를 태워 그냥 아무 데나 보내 버렸다. 그리고 아파
트로 올라왔다. 은성은 남편이 느낀 불쾌함을 그의 표정이 아니라
자신의 불편한 마음으로 더 느끼었다.

“난 몰랐어요. 정말이에요. 유학 간 후 만난 적도 없어요. 방학
때 잠시 온 모양이에요. 미안해요. 정말, 미안…….”

“당신이 사랑했던 사람이지, 그 준호라는 사람?”

수안이 화내지 않고 묵직한 얼굴로 무언가를 생각해 내더니 물
었다.

“그때 일이에요. 지금은 아니에요.”

“그 사람이랑 떠나고 싶어했던 거야?”

“그때 일이라구. 몇 번을 말해요. 지금은 그러고 싶지 않아!”

은성은 설명하다가 답답해지자 소리를 쳤고, 수안은 그것을 변명으로 치부해 버렸다.

“그래, 됐어.”

“기분 나쁜 것 알아요. 하지만 아무 일도…….”

은성은 남편의 나쁜 기분을 사라지게 할 말들을 찾으려 했다.

“만나지 마. 알았지?”

“네.”

“언제든지 내 곁을 떠나도 되지만 그때까진 내 아내니까 당신이 나 아닌 다른 남자 만나는 거 불편해. 그러지 마.”

“그렇게 할게요. 그리고 난…… 당신 곁을 떠나지 않을 거예요.”

“그래.”

은성의 고백 같은 결심은 이미 마음이 어지러운 수안에게 깊이 들어오지 않았다. 그날 일은 그렇게 마무리없이 급히 봉합되듯 넘어갔고, 은성은 수안에게 더 충실했다. 어느 땐 수안이 미안해질 정도로 남편을 챙기고 살림과 집안일, 그리고 모임에 열중했다. 수안은 은성의 그런 태도를 눈여겨보지 않고, 다만 그녀가 미안해한다고 생각했다.

사실, 그는 아내가 다른 남자를 사랑했다는 사실에 마음이 아팠다. 그러나 그런 생각들을 어렸을 때부터 길들여진 버릇처럼 꾹꾹 눌러놓았다. 아버지와 어머니의 커다란 싸움과 어머니의 자실 기도와 그로 인한 깊고 오랜 우울증!

다행히 막둥이 동생 수창의 애교와 밝음에 어머니도 달라졌지만, 어릴 적 수창은 병치레가 심해서 항상 보살핌을 받아야 했고, 수호는 부모의 미움에 노출되어 몸은 건강하나 맘이 병들어서 늘 챙겨야 했다. 그러나 타고나길 무뚝뚝한 면이 많아 세세하게 보살핀 것보다 장남으로서 해야 할 일만 하는 것으로 의무를 다했다. 그러다 보니 자신의 감정 따위는 중요하지 않았다. 맏이인 그까지 감정을 노출했다가는 안 된다는 무언의 압력에 아주 어릴 때부터 어리지 않았고, 점잖았으며, 심사숙고했다.

수안은 아내에게 내색하지 않았고, 그녀에게 뭐라고 욕할 자격이 없다고 느끼기까지 했다. 자신을 사랑했다면 정당한 권리를 주장하겠지만 그렇지 않으니 마음 안쪽을 외롭게 하고, 쓰리게 하는 것을 내버려 둬야 한다고 생각한 것이다. 그것이 염증이 되어 곪아버릴 수 있음을 간과했다.

그렇게 시간이 흘러갔다. 더 이상은 문제가 생기지 않고 있었다. 수안은 결혼생활 내내 성실했고, 그 충실함은 가장으로서 몸에 배었다. 갑자기 찾아든 유혹에도 끄떡하지 않을 정도였다. 첫눈에 반했다는 여자의 유혹에 기분이 묘하긴 했어도 겉으론 아무런 변화가 없었다. 다만 그렇게 아름다운 여자가, 그것도 유명한 배우가 그의 겉모습만 보고 반한다는 것은 있을 수 없는 일이었기 때문에 신경에 걸리었다.

수안은 나풀거리는 긴 머리카락과 아름다운 눈동자 속, 사랑에 빠진 빛으로 아무것도 염두에 두지 않고 저돌적으로 다가오는 박지민의 행동에 놀라웠다. 그녀의 사랑에 순간 반응하는 감각을 느꼈지만 그러나 결코 드러내진 않았다. 그는 고지식할 정도로 성실한 일면이 있었다. 아내가 있고, 곁을 떠나지 않는 한 절대 다른 여자를 볼 맘이 없었다. 또한 은성에게 안주하는 마음이 전혀 흔들림이 없기도 했다.

그는 박지민을 거절하고 무시해 버렸다. 그러나 그날은 그러지 못했고, 그것이 비극의 시작이었다. 그날 아침, 수안은 아내의 배웅을 받으며 출근하기 위해 밖으로 나왔다. 은성은 남편의 양복을 만지작거리며 뭔가 할 말이 있어 보였다.

"무슨 할 말 있어?"

"아니. 오늘 일찍 올 거죠?"

"응."

"빨리 와요. 내가 맛있는 거 많이 해줄게요."

"나가서 먹을까? 힘들잖아."

"당신과 단둘이 먹고 싶어요. 사람 많은 데는 무드가 없어."

"그래, 그럽시다."

수안이 차를 운전하고 떠날 때까지 룸미러로 아내가 계속 서 있는 모습이 보이었다. 왠지 다시 돌아가고 싶다는 생각이 들었다. 일을 하루쯤 밀어두고 은성 옆에 있고 싶다는, 그러나 그런 적은 없었다. 그렇다고 아내에게 그리 소홀한 적은 없었지만 그녀가 힘들 정도로 귀찮게 하지 않겠다는 생각은 결혼 시작부터 쉽게 변하지 않은 생각이었다.

점심시간에 아내에게 전화를 걸려고 할 때, 누군가 찾아왔다. 그리고 너무도 당당한 모습으로 김수안 앞에 서 있었다. 수안은 누구인지 바로 알아봤다. 자신이 택시로 태워 보낸 홍준호였다.

"무슨 할 말이 남았나요?"

홍준호는 분을 이기지 못한 채 소파에 앉아 있는 수안을 쳐다보다가 자리에 풀썩 앉았다. 앉고 난 후 그의 모습은 당당했던 기상은 어디로 다 빠져나갔는지 품이 많이 죽어 있었다, 얼굴 또한 창백하니 맥아리가 없었다.

"제발 부탁입니다. 은성을 놓아주세요. 그런 결혼은 그 애를 불행하게 해요. 자유롭게 좋아하는 여행하면서 글 쓰고 살 사람이에요."

애원하는 남자의 처량한 태도를 덤덤히 바라보았지만 수안의 마음은 깊이 가라앉아 버렸다.

"아직도 내 아내를 사랑합니까?"

수안은 차가운 어조로 물었다.

"이것은 사랑과 무관해요. 난 그녀를 가지고 싶어서 그런 것이 아니라…… 그녀가 힘든 것을 도저히 볼 수가 없어서 그런 겁니다."

준호라는 남자는 자기 뜻을 나타내는 데 말이 따라주지 않자 더 듬거리며 흐르는 땀을 닦아냈다. 그러나 부정확하게 얼버무리는 말을 멈추지 않았다.

"당신이 그 앨 죽이고 있어요. 며칠 전 마지막으로 본 은성의 모습은 내가 아는 은성이 아니었어요. 삶에 열망이 없었다구요. 집안 때문에 억지로 한 결혼에 얽매여 삶을 죽여가며 살 수 없는 여자예요. 은성은…… 당신 아내를 봐요. 당신이 죽이고 있어요.”

수안은 비릿한 웃음을 지었고, 그 웃음에 준호라는 사내는 드디어 말문이 막히었다.

“은성은 내 아내고, 내 아내의 이름을 딴 놈에게 듣고 싶지 않아요. 그러니까 더 이상의 충고는 사양합니다. 아직도 내 아내를 사랑하는 것 같은데, 단념하는 것이 좋을 거예요. 난 아내와 이혼할 생각이 추호도 없으니까. 그리고 홍준호 씨도 얼른 자기 인생에 충실하는 것이 좋을 겁니다. 이렇게 바보짓 하며 헛된 생각하지 말고. 이것이 치기 어린 당신이란 사람에게 보내는 내 충고이니 흘려듣지 말기를 바랍니다.”

홍준호는 반박이라도 할 듯이 입을 열었지만 수안이 몸을 일으켰다. 그의 커다란 몸은 거의 모든 사람들에게 위협이 되었고, 준호에게도 마찬가지였다.

“공부 잘 끝내고 열심히 살기를 바라요. 더 이상 내 아내 힘들게 하지 말고. 앞으로 또 내 앞에 나타나면 그땐 말로 끝나지 않을 테니, 어서 당신의 자리로 돌아가요. 당장!”

타이르면서도 인내심이 바닥을 치는 듯한 굵고 낮은 목소리에 가슴 가득 높여왔던 무모한 용기가 푹 꺼진 채로 준호는 뒷걸음치다가 나가 버렸다. 그러나 수안의 하루 컨디션을 완전히 깨는 데는 충분했다. 그는 계속 업무를 봤지만 제 속이 아니었다.

수안은 일찍 집에 오겠다는 아내와의 약속을 지키지 않았다. 대신 바에 갔다. 잘 가는 곳은 아니었다. 그가 잘 가는 곳은 이렇게 어둡지도, 그렇다고 화려한 곳도 아닌 그냥 일반 주점이었다. 그러나 지금 늘 가던 곳에 마음이 끌리지 않았다. 가기 싫었다. 익숙하고 몸에 밴 패턴을 이 순간만큼은 깨뜨리고 싶었다.

말없이 술을 마시었다. 상당히 독한 위스키를 물 마시듯 무표정으로 연달아 마셨다. 그럼에도 미동 없이 반듯했다. 술이 그의 몸 어디에도 스며들지 않고 밖으로 빠져나가는 듯했다. 수안은 취기가 오를 때까지 마시는 속도를 줄일 생각이 없어 보였다.

그때, 술병이 누군가에 의해 술을 따르는 본연의 의무를 방해받았다. 동시에, 그의 코에 진한 향수가 흘러들어 왔다.

"무슨 술을 그렇게 열심히 마셔요?"

검은 실크 원피스를 입은 박지민이 수안의 옆 자리에 미끄러지듯이 부드럽게 앉아 술병을 바로 세웠다.

"그것도 혼자서."

박지민은 어두운 조명 아래서 남성적인 얼굴 선을 쫓으며 수안을 응시했다. 두툼하고 입체적인 얼굴에 어떤 표정도 떠돌지 않았지만 그의 주위엔 이상하리만큼 깊은 정적이 감돌았다.

"응대해 줄 사람이 필요한가요?"

김수안의 대답을 기다리며 자연적으로 경직되었다. 그의 차가움이 당연하게 내려칠 것임을 알았기 때문이다.

"……."

그러나 응답이 없었다.

‘나, 결혼했어요.’

‘딴 데서 알아봐요.’

‘관심없어요.’

‘난 이미 말했습니다.’

분명 그가 했던 유사한 말들이 나올 줄 알았다. 그런데 대답이 없었다. 조금도 같이 있지 않으려던 김수안이 오늘따라 요동하지 않았다. 박지민은 신기한 듯이 쳐다보았다. 그의 마음을 알 길이 없었지만 옆에 있는 것만으로도 만족했다.

“왜 이렇게 술을 마셔요?”

“……”

“고민이 있군요. 아닌가?”

“……”

고민이란 말에 꿈틀거리는 수안을 미처 보지 못했다. 그저 그가 술을 마시는 행위에 시선을 맞추며 속마음까지는 꿰뚫어 보지 못했다. 그녀의 손이 두꺼운 손등에 살짝 닿았다.

수안은 밀치지 않고, 손등을 문지르는 아름다운 가는 손가락을 무심코 바라보더니 다시 술을 마시었다. 그런 작은 허술함에도 지민은 마음이 뛰었다. 이것이 잘못된 것이란 생각은 하지 않았다. 이기적 갈망은 오로지 눈앞에 있는 존재만이 전부였다.

수안은 박지민의 손이 어깨에 앉은 먼지를 털고 옷깃을 만져도 잠깐씩 꿈틀거릴 뿐 내버려 두었다. 그녀의 입술이 두꺼운 뺨에 닿았다. 그는 무심코 바라보더니 다시 술을 마시었다. 아무런 말도 하지 않았다. 그렇게 많은 술을 들이킨 후에도 눈에 띄게 취하지도 않았다. 그것이 불만인 듯 술병을 밀쳐 버렸다. 술이 아무런 도움이 되지 않자 술을 가까이하고 싶지도 않은 듯 자리에서 일어나 버렸다.

수안이 일어나자 지민도 따라나섰다. 그리고 내려가는 계단에서 수안에게 안겨왔다. 수안은 그런 그녀를 가장 오랜 시선으로 바라보았다. 자신을 사랑한다고 말하는 충충한 눈빛과 모든 감정을 쉽게 갈망으로 변환시키는 빨간 입술을 응시했다. 붉은 입술이 가까스로 그의 입술에 닿았다. 수안은 피하지 않았다. 그러나 응하지도 않았다. 하지만 박지민의 차에서는 달랐다.

그녀의 뜨거운 키스를 계속 받던 수안은 괴로움이 멀어지는 걸 느끼었다. 괴로움이었다. 그걸 쫓아내고 싶은 원초적인 본능이 그를 사로잡았다. 차는 무작정 어디론가 향했고, 도착해 보니 호텔이었다.

지민은 이상하게 심장이 무섭게 뛰었다. 무언가를 예감하듯이! 호텔 방으로 들어서자 성급히 김수안에게 안겨왔다. 키스를 막지는 않았지만 그렇다고 전혀 적극적이지 않았던 그가 갑자기 그녀를 꽉 안아 들더니 붉은 입술을 찾아 강하게 부딪치며 빨아들였다. 그는 자신을 사랑한다고 말하는 박지민의 몸이 필요했다.

그들에게서 불꽃이 일어났다. 수안은 온통 안긴 지민을 만지었다. 그리고 열정적으로 키스하며 그들은 침대로 쓰러지고 있었다. 그러나 떨어져 나간 지민의 아름다운 몸이 눈앞에 펼쳐지자 뭔가 선명한 고통이 퍼지는 걸 느끼었다. 그는 점점 박지민을 놓아버리고 있었다.

닿으려는 몸은 약간의 거리를 두고 서로를 마주 보았다. 수안은 시트에 손을 대어 그녀의 몸에 닿으려는 건장한 몸에 제동을 걸었다. 아직도 박지민이 필요했다. 그녀를 안으면 모든 것이 달라질 것이고, 그것을 지금 당장 원했다. 모든 것을 떼어낼 수 있다는 생각이 들었던 것이다. 그러나 아른거리는 형체는 아내를 닮아가고 있었다. 수안은 눈을 감고 겨우 일어나서 숨을 거칠게 쉬었다.

"이상해."

그 말을 되풀이하더니 박지민을 마주하면서도 시선이 좀처럼 부딪치지 않다가 서둘러 휘청대며 그 자리를 떠나 버렸다.

지민은 멍했다. 그가 빠져나가는 걸 잡을 새도 없었다. 아직 그들은 옷을 벗지도 않았다. 그녀는 분명 김수안의 뜨거운 열정을 느끼었다. 그가 자신을 사랑한다고 생각해 본 적은 없지만 매혹될 수 있다고 보았다. 지금 이 순간 그것을 확인했으나 그는 아무것도 아닌 듯 갑자기 버리고 가버렸다. 상황이 머릿속에 들어오지 않은 상태로 뒤흔들린 채 자리에서 일어났다. 그때, 어디선가 휴대폰 소리가 났다. 처음엔 자기 것인 줄 알았는데 바닥에 떨어진 검은색과 은색의 조화로 이루어진 휴대폰은 그녀의 것이 아니었다. 김수안이 떨어뜨리고 간 것이었다.

[여보세요?]

갑자기 조용해졌다.

[김수안 씨 휴대폰 아닌가요?]

"네, 맞습니다."

정적이 더해졌다. 아무 말도 하지 않았는데 상대편의 충격이 느껴졌다. 지민은 더 이상 아무 말도 하지 않아야 한다는 생각이 들었지만, 그럴수록 뜻 모를 분노가 충동이 되어 그녀를 휘젓고 말았다.

[누구세요?]

"난, 박지민이에요. 그리고 여긴 호텔이구요. 김수안 씨가 휴대폰을 놓고 갔네요."

휴대폰이 끊어졌다. 삐익 소리와 함께 휴대폰을 끊고 멍하니 있다가 벽에 던져 버렸다. 부서지는 소리가 났다. 모든 것이 엉망이 되었다. 김수안에게 이끌린 후부터 이러했다. 자초한 것이지만 가뭄난 땅처럼 신경이 갈라졌다. 지민은 바닥에 아무렇게나 쓰러져 버렸다가 겨우 정신을 차리고 나서야 호텔을 나올 수 있었다.

은성은 그렇게 전화를 끊고 나서도 꼼짝도 않고 남편을 기다렸다. 한참 후에야 수안이 들어왔다. 그는 이미 술에서 완전히 깬 상태였지만 마음은 여전히 괴로웠다.

"어디서 온 거예요?"

수안은 아내를 보고 싶지 않은 듯이 서재로 들어가려다가 은성의 말에 걸음을 멈추었다.

"늦어서 미안해. 오늘 바빴어."

아무 일 없는 것처럼 말했지만 아직도 눈동자엔 거친 감정의 흔적이 남아 있었다. 오늘 그의 하루는 너무도 길었다. 아픈 줄 모르는 맘에도 상처는 남았다.

"당신 따로 여자 만나요?"

은성이 물었다. 말을 꺼내면서 더 상황이 실감이 난 듯이 그녀의 얼굴은 창백하게 질려갔다. 그러나 수안은 미간을 찡그릴 뿐이었다.

"박지민이란 여자가 전화했어요. 당신이랑 호텔에 있었다고. 그 여자랑 지금껏 있다 온 거예요?"

은성은 소리치지 않았다. 많은 감정이 뒤엉켜 있었지만 분노보다는 놀라움이 컸고, 놀라움보다 두려움이 더 컸다.

"아무 일…… 없었어."

수안은 지금 이 상태로 설명하고 싶지 않았지만 은성의 충격에 힘겹게 입을 열었다.

"아무 일도 아니야."

"그 여자하고 잤어요?"

은성은 한 발짝도 움직이지 않고 물었다.

"안 잤어."

"호텔에 왜 간 거예요?"

"……."

"그 여자 좋아해요?"

"아니."

아니라는 말도 은성에게는 소용이 없었다. 그녀는 어쩔 줄 몰라 했다.

"잠시 흔들렸을 뿐이야."

"흔들렸을 뿐……."

그렇게 놀라고 멍한 채 슬퍼하는 얼굴은 처음이었다. 은성은 몸을 돌렸지만 어깨가 자꾸 떨려왔다. 수안은 아내의 맘을 풀어줘야 한다는 생각을 했다. 아내가 준 상처를 누르고 다가갔다.

"미안해."

그의 귀에도 무뚝뚝하게 들리는 그 미안하다는 말을 스스로 헤치며 갔다. 그때, 은성이 몸을 돌리고 몇 걸음 뒤로 물러가서 거리를 다시 만들었다. 그리고는 왔다 갔다 하며 맘을 추스르는 듯싶더니 큰 숨을 내쉬었다.

"다신 그 여자와 만나지 마요. 끔찍해."

"알았어."

"다신 날 배신하지 마요."

"그래."

"용서해 줄 테니까, 다신……."

"뭐라고?"

수안의 눈썹이 위로 올라가더니 눈빛이 180도 변했다. 은성은 몰랐다. 용서해 준다는 그 말이 남편의 무딘 신경을 건드렸다는 것을. 상처받는 것도 싫고, 드러내고 싶지도 않았다. 그러나 어린 시절부터 자신만은 다른 식구들처럼 아프지 말아야 한다는 생각에서 버릇처럼 무심하고 둔했던 마음이 일시에 폭발해 버렸다.

"큰맘먹고 용서하는 거예요. 그러니까……."

수안은 웃음을 터뜨렸다. 그 웃음에 은성은 말문이 막혀 버렸다. 한 번도 본 적도 없던 수안의 비틀어진 모습에 놀랐다. 차가운 미소가 온몸에 얼음처럼 박혔다.

“뭘 해준다고?”

“수안 씨!”

“당신이 나한테 용서를 해준다고?”

그의 비틀어진 웃음이 순식간에 사라졌다.

“당신이 날 용서해 주면 다 되는 거야?”

“여보!”

수안은 은성에게 화가 났다. 한 번도 참을 수 없던 감정은 없었는데 이번엔 그 분노에 속수무책으로 빨려들어 갔다.

“왜 날 용서해?”

“지금 당신이 나에게 커다란 잘못을 해서 우리 그 얘기를 하고 있는 거예요. 당신이 한 짓은 가장 끔찍한 일이니까. 하지만 난 당신을 용서한다구요. 우리 결혼을 깨뜨리고 싶지 않으니까. 그래서 난 당신을……”

은성은 어떻게 말해야 할지 모를 만큼 심란한 얼굴이었다. 그녀의 말 또한 자꾸 맘을 빗겨 나갔다.

“용서하지 마. 그거 힘든 거잖아. 그렇게 할 필요가 우리 사이에 있을까? 우린 서로 사랑하지도 않고, 부부라고 해도 서로 믿음이 없는데.”

수안의 분노는 그치지 않았다.

“용서는 많은 시간이 필요해. 그러지 말자. 그렇게 시간을 소비하지 말자고. 내가 잘못했어. 당신 힘들게 하지 말았어야 했어. 억지로 잡아맨 내가 우스운 놈인데, 누굴 탓하는 건지. 보내줄게. 약속한 대로 다 내줄게. 나가 사는 데 부족함이 없이 해줄 거니까.”

"뭐 하는 거예요, 지금?"

은성은 남편에게 다가가 물었다.

"헤어지자."

"당신이 잘못한 거잖아. 왜 나한테 이래요? 당신 바람피워 놓고."

"미안해, 당신 옆에 있는 것이 힘들어. 그렇게 억지로 잡아두는 것이 힘들어. 정말 바람피울 것 같아."

수안은 쌓아둔 감정들을 함부로 토해냈다.

"이러면 어떡해요. 내가 싫다는 결혼, 당신이 하자고 했잖아. 그래 놓고 이제 와서 헤어지자고, 바람피울 것 같다고? 어떻게 그런 말을 해요."

"그래, 내 잘못이야. 자유롭게 놔줘야 하는데, 내가 고집을 부렸어. 이젠 보내줄게. 가고 싶은 곳으로 가. 당신을 잡고 있는 것이 너무 힘들어. 왜 이렇게…… 속상한지 모르겠어."

수안의 얼굴에 절망감이 돌았다.

"준호, 준호 만났어요?"

"당신도 만났잖아."

"아무것도 아니에요. 안부인사 한 건데……."

은성은 문득 남편과 그녀 사이의 솔직한 말들이 아무런 힘도 발휘하지 못함을 느꼈다.

"신경 쓰지 마요. 아니에요. 억지로 있는 거 아니에요. 여보, 제발 이러지 마요. 이러면…… 내가 당신을…….."

언제 화가 났냐는 듯이 은성은 수안을 잡고 갑자기 애원했지만 이미 수안은 상처로 몸을 돌려 버렸다.

"내가 나갈게."

"그러지 마요."

은성이 얼른 수안의 팔을 잡았다.

"당신은 여기 있어. 어디 가면 안 돼. 제발, 부탁이에요. 우리 생각 좀 해요. 응? 생각하고 결정해요. 내가 친정에 가 있을 테니까 당신은 절대 우리 집에서 나가면 안 돼요. 알았죠?"

은성은 수안을 가로막고 지갑과 열쇠를 가지고 와서 말했다.

"당신 인내심 뛰어난 것 알아요. 그러니까 조금씩 해결해요. 지금은 안 돼요. 지금은 싫어요. 내가 전화할게요."

수안은 자신의 어리석음이 빚은 비극을 생각하는 것이 끔찍하게 괴로웠다. 그의 숨결이 거칠어졌지만 회상은 계속되었다. 그러나 자꾸 끊기고 단절되어 온전히 이어지지 못했다. 또 이번에도 단숨에 끝내려 했다. 너무 괴로워 하나씩 꺼낼 수가 없었다.

그는 아내가 나가고 나서 꼼짝도 못했다. 그 순간 잘못했다는 생각이 들었다. 전화를 하고 싶었지만 그럴 수가 없었다. 자신의 한 짓이 온통 산처럼 커져 갔다. 왜 갑자기 감정이 쏟아져 나와 아내를 힘겹게 하고 자신을 초라하게 만드는지 참을 수 없이 부끄러웠다.

수안은 아내가 나간 자리에서 그녀의 당혹한 슬픔을 느끼고 망연해졌다. 마음은 자꾸 아래로 가라앉았다. 그는 전화기 앞에서 아내의 전화를 기다렸다. 바로 마음이 달라질 것을 왜 이렇게 어리석게 굴었을까? 용서라는 말에 화가 났다. 왜 그런지 그는 어렴풋이 느꼈다.

그러나 사랑한다는 깨달음은 더한 아픔만 주었다. 밤새 기다리던 아내의 전화는 오지 않았다. 대신 아침에 온 것은 사고 전화였다. 병원에 갔을 때 아내는 죽어 있었다. 그 자리에서 즉사했다는 말에 아무 말도 하지 못하고 눈물도 흘릴 수가 없었다. 아내는 임신 중이었고, 그도 아내도 몰랐었다. 수안은 아내의 빈소를 지키면서 슬퍼할 자격이 없다는 걸 깨달았고, 또 이기적인 마음으로 슬퍼하면 견뎌내지 못할까 봐 슬픔을 수면 아래로 밀어내 버렸다. 더욱이 모든 감정을 완전히 잃어버린 것은 며칠 후 발견한 그 일기장 때문이었다.

"난 아주 나쁜 남편이었어. 이 세상에서 제일 못나고 어리석은……."

수안은 겨우 말문이 트였다. 소윤은 남편의 말에 집중했다. 그가 하는 말을 하나라도 놓치지 않으려 했다. 수안은 아내가 자신을 미워하게 될 거라고 억측하며 두려운 마음이 드는 걸 무시한 채 말을 이어나갔다.

Chapter 12

소윤은 듣고만 있었다. 남편의 띄엄띄엄 하는 말들을 귀뿐 아니라 마음속으로도 흡수하고 있었다. 그것은 의지가 아니라 자연적으로 그렇게 되어버렸다. 수안에게서 나온 한 마디 한 마디가 너무도 힘겨워 보일 정도로 무거웠다. 그걸 듣는 소윤 또한 힘겨웠다. 그러나 전부 다 듣고 싶었다. 괴로워도 남편의 슬픔의 원천이 무엇인지 알고 싶었다.

"회사 때문에 싫어했던 나와 억지로 결혼했어. 그래도 곧 마음을 풀고 좋은 아내가 되어주었어. 무뚝뚝한 나랑 사는 거 무척 힘들었을 텐데, 난 노력한다고 했지만 부족했을 거야. 그래도 잘해주려 애썼는데, 끝내 내가 아프게 했어. 힘들게, 아내를 오해하고 다른 여자한테 흔들렸어. 그래서 그것 때문에 싸우고, 그러다가…… 내가 죽인 거야.”

수안의 얼굴이 흐릿해졌다. 그는 많은 말을 하는 것이 두려워 자세한 부분은 그냥 넘어갔다. 소윤은 그의 두려움을 느끼었다. 뺨이 경련이 일듯 흔들리고 눈가를 찡그리며 뭔가를 참아내고 있는 모습에 쉽게 말하지 못할 큰 아픔을 직감했다.

“아내 분 사랑했어요?”

“……응.”

수안은 빅제된 슬픔이 깃든 그녀의 얼굴을 보며 괴로운 듯이 작은 소리로 대답했다. 소윤과 멀어질 수밖에 없는 말을 하는 자신을 보았지만 어쩔 수 없었다.

“그렇구나.”

그녀가 다시 물었다.

“그분은 당신을 계속 미워했어요?”

“아니.”

“그분도 당신을 사랑했어요?”

“……응.”

“서로 사랑하는데도 힘들었나 봐요?”

소윤은 질문을 할수록 지치기만 했다. 사랑하는 수안의 전처에 대한 고통이 그녀에게 또 다른 아픔으로 다가왔다.

“오해가…… 있었어.”

“당신 아내였던 분 그렇게 아프게 돌아가셔서 안됐어요.”

“…….”

“당신이 내게 해줄 수 있는 말은 이제 없나요?”

어둠 속에서 남편을 굳이 찾지 않고 덩그러니 혼자 떨어진 느낌
으로 물었다. 그가 더 이상 말하지 않으려는 것을 짧은 답변들로
알았다.

"미안해."

"그 일기장, 그분 거죠?"

"응."

"나는 보면 안 되는 거죠?"

"미안해."

"알았어요."

소윤은 마음의 문을 열려는 모든 시도를 포기하고 자리에서 일
어났다.

"약속대로 여길 떠날 거예요. 시간이 좀 걸려도 이해해 줘요. 짐
도 싸고, 생각도 정리하고 그래야 하니까. 방해하지 않을게요."

"……"

시들시들한 소윤은 자리에서 일어나 발을 끌며 남편을 스치고
안방으로 갔다. 수안이 옷자락이라도 잡으려고 허공에 헛동작을
한 것도 모르고 방으로 온 그녀는 큰 한숨을 내쉬고 이미 마른 눈
가를 비벼대며 힘 빠진 몸으로 옷장을 열었다.

벽장으로 되어 있는 옷장은 그녀가 들어가도 될 만큼 공간이 컸
다. 천장까지 한쪽 벽면이 모두 벽장이라 옷을 걸어놓으면 구석진
곳이 생기었다. 소윤은 그곳으로 들어가 하나씩 챙기다가 손목에
힘이 없어서인지 자꾸 옷을 툭 떨어뜨렸다. 떨어진 옷을 다시 집
어 가방 속에 넣었지만 의욕은 없었다. 떠나겠다는 결심은 확고했

지만 몸이 자꾸 느렸다.

"지쳐서 그래."

남편에 대한 미련이 아니라고, 그러나 정리하면서도 마음이 시리도록 외로워 자꾸 벽장 속 깊은 곳으로 파묻히듯이 기어들어 갔다.

그녀는 넓은 세상 속에서도 자신만의 세계에 손쉽게 잘 빠져들곤 했지만 지금은 그러지 못했다. 갑작스런 높은 파도 같은 슬픔과 아픔을 못 이기고 세상과 단절된 물리적인 곳을 필요로 했다. 벽장이 바로 그런 느낌을 주어서 자꾸 이곳에서 머무르며 시간을 지체했다.

"목마르다."

소윤은 물 마시려고 주방으로 가려다가 막 퇴근한 남편과 마주쳤다. 멍하니 바라보았다. 왔냐는 말도 하지 않았다. 그는 정장 차림이었고, 단정한 편이었다. 어딘가 힘든 기운이 퍼져 있었지만 상관치 않았다. 그가 원하지 않는 한 그녀가 어떻게 할 수 있는 부분은 없다는 걸 깨달았기 때문이다. 출근하고 퇴근하는 그를 보며 이 모습을 더 보기 전에 떠나야 한다는 의지만 되새겼다.

수안은 소윤이 들어간 안방을 보지 않고 서재로 들어왔지만 아무것도 손에 잡히지 않아 서류 한 장 제대로 넘기지 못한 채 눈빛이 흩어져 버렸다. 그렇게 시간이 흐르고 그는 쉴 새 없이 요동치는 마음 때문에 피곤해진 상태로 나오다가 열려진 안방에 커다란 짐 가방을 보았다. 바퀴가 달린 가방은 지퍼가 열려져 있고 아내

의 짐들이 그 주변으로 흩어진 채 가득 채워져 있었다. 그의 커다
란 몸이 가방만을 향하고 있었다. 소윤은 잠들지 않고 침대에 누
워 있다가 시선을 느꼈는지 일어났다.

"언제 떠날 거야?"

"곧 갈 거예요."

소윤은 남편의 시선에 이끌려 같이 가방을 보며 순순히 대답했
다.

"어디로 갈 건데?"

"그냥 아무 데나. 상관하지 마요. 내가 알아서 할 거니까."

수안의 시선이 그늘이 질 만큼 짙어졌다.

"서두르지 말았으면 해."

"왜요?"

"당신이 불행해지길 바라지 않아. 내가 해줄 수 있는 건 다 받아
갔으면……."

그가 말하는 것이 물질적인 것임을 알고 소윤은 실망한 표정으
로 머리를 세차게 내저었다. 그러느라 대강 묶어진 머리카락이 빠
져나와 작은 얼굴 주위로 흩날렸다.

"당신이 해줄 수 있는 건 이미 지났어요. 당신은 아내인 나에게
속마음 보여주는 걸 너무 힘들어해요. 그래서 숨기고 말하지 않아
추측하게 만들어요. 그게 날 얼마나 불행하게 하는지 모르죠."

그녀의 음성은 부드럽다 못해 시들시들하며 맥이 빠져 버렸다.

"난 그저 당신의 만만한 동거인일 뿐인 것 같아요. 나 아니라도
당신은 상관없을 테니까."

"아니야."

소윤은 남편의 손이 자신에게 닿을 듯 말 듯하다가 차마 못 잡는 걸 지켜보았다. 그는 뭔가 말하고 싶어했지만 하질 못했다. 소윤은 사랑했다는, 아니, 지금도 사랑한다는 말을 해버린 후 돌아서고 싶었지만 지금 이 사람 앞에 생긴 자존심 때문에 다른 말은 다 해도 그 중요한 말은 하지 않았다.

"당신이란 사람을 난 그동안 모르고 있었어요. 지금 내 앞에 있는 김수안도 내가 아는 사람과 달라요. 마음없이 자상하고 친절하고 좋은 남편이죠. 그저 고마운 사람이에요, 당신이란 사람은. 난 딴 남자랑 산 거랑 마찬가지예요."

소윤은 눈물 대신 김수안처럼 덤덤하게 말했다. 그런 모습에 수안은 무심함이 깨져서 표정이 흔들렸지만 그녀는 보지 않았다.

"미안해요. 당신 힘든 거 알면서 왜 마지막까지 자꾸 이런 말들이 나오는지 모르겠어요. 미안해요. 당신에게 바라는 것이 많았던 것 같아요. 내일 나갈게요. 돈은 괜찮으니까 문서 같은 건 당신이 다 알아서 해요. 복잡한 것은 난 못하니까."

"내일은 가지 마."

"왜요?"

소윤은 무슨 특별한 날이라도 되나 싶어 머릿속으로 그날을 짚어보았지만 두통만 왔다.

"그냥, 내일은 안 돼."

수안은 소윤을 보내기로 결심해 놓고도 무작정 내일은 싫었다.

"알았어요."

“말없이 가지 마.”

그녀의 눈이 커졌다.

“내게 명령하지 마요.”

“부탁이야.”

“부탁 안 들어줄 거야.”

“당신이 걱정되어서 그래.”

“난 당신 걱정 안 되니까, 당신도 내 걱정 하지 마요.”

소윤은 문을 꽝 닫아버린 후 남편의 걸음이 한참 뒤에야 멀어지는 걸 들으며 중얼거렸다.

“난 어른이 된 거야. 눈물도 안 나고, 감정도 숨길 수 있잖아. 드디어 어른이 된 거지.”

피치 못할 사정으로 그 다음날이 되어도 소윤은 떠나지 못했다. 갑자기 집안 호출이 있어서 본가로 들어가야 했다. 시어머니 쪽 친척 분의 죽음은 오랜 지병 끝에 예견된 일임에도 집안을 우울하게 했다. 그것은 박정은 여사가 마음 둘 곳을 모르고 깊은 우울증에 잡혀 있었기 때문이다. 그에 따라 전주에서 치러진 장례식을 마치고 나서도 소윤은 본가에 좀 더 머물러야 했다.

수호가 형제들에게는 드문드문 안부를 전해왔지만 부모님과는 완전히 연락을 끊어버렸다. 그런 모진 행동에 누구 하나 탓하는 사람 없이 뒤늦게 그를 이해했지만 그들이 사는 곳에 김수호는 없고, 다신 이곳에 오지 않을 거라는 사실에 두려움을 느끼곤 했다. 더욱더 그런 수호의 결정에 영향을 받은 이는 박정은 여사로 그녀는 사랑하지도 않은 둘째 아들을 잃은 것에 때늦은 후회를 하며 가슴을 쳤지만 이미 돌이킬 수가 없었다. 그런 일로 인하여 다른 슬픈 일에도 굳건하게 견디지 못하고 자리에 누워 며칠씩 끙끙 앓는 일이 많아졌다.

그래도 다행히 쑥쑥 커나가는 수창과 연주의 아들인 어린 태웅이가 하나씩 말을 배워가면서 할머니와 놀기를 좋아해 많이 나아지고 있었다.

수윤은 연주와 같이 시댁에 있어서 도움을 많이 받아 예전보다 별 탈 없이 보냈지만 마음속과 반대로 웃어야 하고, 아무 일 없는 것처럼 행동해야 하는 것이 때론 힘이 들었다. 그러나 생각보다 어렵진 않았다. 대신, 다른 이들을 관찰하는 오래된 버릇을 잃어버리고 순간순간 멍할 때가 많았다.

"형님, 어디 아프세요?"

"아니요, 괜찮아요."

"어머님께서 저한테 뭐라 하시니까 이제 완전히 말 놓으세요."

연주의 말에 소윤은 웃기만 했다. 연주와 소윤은 지금 이층 거실에서 모임에 돌아와 짧은 휴식을 하고 있었다. 연주는 소파에 완전히 몸을 기댄 채 리모컨을 돌리며 TV를 보다가 경제계 동향 뉴스에 초점을 맞추었다. 그러나 곧 멍한 소윤을 발견하고 아예 TV를 꺼버렸다.

"형님도 걱정되시죠?"

"……"

"교도소에 있다는 것이 아직도 안 믿어져요. 곧 나올 것 같으니까 다행이지만요. 뭔가 잘못된 것 같아요. 그녀만큼 시원스런 사람이 어디 있다고. 절대 나쁜 짓 할 사람이 아닌데, 물론 너무 유능하다 보니 우리하고 다른 세계에서 여러 부딪침이 있겠지만요. 마치 가족에게 이런 일이 생긴 것처럼 마음이 영 안 좋아요."

사실, 가족이나 다름없었다. 김씨 집안 형제들은 강해신을 여자 형제처럼 여기곤 했고, 이번 사건에 대해서도 수안과 수창이 동분서주한 것은 물론 수호도 전화로 어떻게 된 일인지 여러 번 물어본 것을 보면 그들 사이는 혈연과도 같았다. 연주 또한 강해신 걱정을 많이 했다. 반면 소윤은 멍한 상태에서 아무것도 머릿속으로 들어오지 않았다.

그래서 처음엔 연주가 무슨 말을 하는지 몰랐다. 그러나 곧 강해신 얘기라는 걸 알아차리고 고개를 끄덕거렸다. 선명하지 못한 정신 때문에 항상 초점을 잃은 몽롱한 상태가 계속되었다. 그렇게 더욱 느려진 채로 겨우 해신에 대한 걱정에 동참하는 대화를 할 수 있었다. 다만, 남편이 그 일로 집에 자주 오지 않아 마주치는 일이 적은 것은 다행이란 생각이 더 컸다.

소윤은 수안과 마주치지 않으려 했다. 모든 것이 결정된 지금조차도 그를 보면 가슴이 아파 오는 것이 싫었다. 아픈 가슴에 휘말리면 절망하게 되고, 그렇게 되면 남편을 미워하게 되면서도 무언가 그에게서 적은 자리라도 찾으려 들기 때문이었다. 그러고 싶지 않았다. 그의 온 맘이 아니면 김수안을 갖지 않을 거라고 결심했다. 그 결심에 따라 본가를 떠나는 그날 그를 떠날 것이다.

소윤은 남편을 떠날 거라고 마음먹었으면서도 다정한 연주에게도, 분주하게 일하는 아주머니들에게도, 우울한 시어머니에게도 그리고 둘째 아들로 인해 기운이 빠져 더 늙어 보이지만 그래도 집안의 가장인 시아버지에게도 내색을 하지 않았다. 그들의 놀람과 실망, 그리고 설명을 요구하는 눈빛을 대할 여력이 없었다. 그것은 모두 김수안 몫으로 돌리고 갈 거라고 마음먹었다.

"연주야! 오연주!"

마침 그들은 저녁 준비로 분주했다. 아주머니들이 대부분 하지만 연주는 요리하는 걸 즐겨서 같이 내려와 돕고 있었다. 수창의 목소리가 거실 저편에서 계속 들리자 연주는 웃으며 주방에서 나갔고, 잠시 후에 다시 문이 열리더니 그녀가 소윤을 불렀다.

"아주버님도 퇴근하셨어요."

"네에."

소윤은 늦게 오는 남편이 오늘따라 빨리 오자 머뭇거리다가 거실로 나갔다.

"잘 지냈어요?"

"네."

소윤은 남편의 눈을 마주치지 않은 채로 대답했다. 본가로 와선 수안이 여러 가지 회사 문제와 해신의 일까지 겹쳐 늦게 퇴근하고 일찍 출근하는 바람에 그들이 이렇게 마주치는 일은 거의 없었다. 그래서 두 사람에게서 오가는 분위기는 자연스럽지 못한 것뿐 아니라 뚝뚝 끊어지고 서로의 시선도 자꾸 빗겨갔다. 수안은 소윤의 멀어짐을 받아들이고 있었지만 불안함이 가시지 않았다. 그러나 다행인지 불행인지 그들의 어색한 태도는 다른 사람들의 눈에 들어오지 못했다.

"왜 이리로 끌고 와. 난 해신 옆에 있어야 한다니까."

그것은 지금 막 수창에 의해 끌려 들어온 황재건 때문이었다. 그는 수척하고 구겨진 옷차림으로 수창에게 잡힌 손을 귀찮은 듯 떨치며 끝까지 반항하고 있었다.

"하루만 있다 가라. 오죽하면 내가 이러겠냐. 네 부인 곧 감옥에서 나오신다고. 해신이가 부탁했다고 했잖아. 너 잘 보살피라고. 야, 하루만 우리 집에서 잘 먹고 푹 자고 가. 말을 듣는가 싶더니 또 이러냐? 빨리 들어와."

수창이 힘겹게 재건을 끌어서 얼른 이층으로 데리고 올라갔고, 수안은 부모님 방으로 향했다. 잠시 후, 이층 손님방에선 진수성찬이 차려졌다. 어떻게든 재건을 먹이겠다고 여기까지 끌고 온 보람이 있었는지 아주머니들과 연주와 소윤이 한 음식들은 냄새가 무척 좋았다. 수창은 튀김과 전을 맛보다가 재건에게 먹으라고 재촉했다. 지금 황재건의 몰골은 가히 눈 뜨고 보기 힘들 정도로 축 나 있었다.

아름다운 얼굴은 비쩍 마른 데다 이목구비만 쨍하게 박혀 있어서 인간의 형상이 아니었다. 수창은 경제사범으로 교도소에 간 강해신도 약간 말랐을 뿐 괜찮은데 유독 재건이 이리 몸살을 치르는 것에 대해서 유별을 떤다며 떨떠름한 표정으로 놀렸지만 두 친구가 서로 사랑하는 것이 나쁘지 않은 모양이었다. 그래서 하지도 않을 친구 걱정까지 해주고 있었다. 계속 속상해하는 재건의 안정을 위해 빈속에 과일주를 먹이기까지 했다. 그러나 그것이 악영향을 불러와 오히려 그를 울게 만들었다.

"그 좁고 깜깜한 곳에 있다고 생각하면 내가 밥이 안 넘어가. 걔가 생각보다 여리단 말이야. 씩씩하고 못생긴 데다 키까지 커서 사람들이 그 애 마음도 그렇다고 착각하는 거야. 겉으론 잘 견디고 있지만 얼굴이 말이 아니라고. 가장 힘들 때 옆에 있어주지 못하는 것이 얼마나 못할 짓인지 그 누구도 모를 거야."

수창은 재건이 시끄럽게 해신에 대한 걱정과 옆에 있지 못하는 아픔을 울상으로 늘어놓자 아예 귀를 막아버렸다. 그러나 여자들은 재건의 강해신에 대한 순애보에 완전히 감동받았다. 술 처먹어 술주정하는 것에 대해서 두 여자가 드라마를 보듯이 재건의 표정에 동화되고 말았다.

"난 해신 없이 한순간도 살 수가 없다는 걸 깨달았어."

"얼씨구!"

수창은 놀리듯이 맞장구를 쳐주었다. 술이 깨면 재건도 분명 창피해할 신파조 말들을 주저없이 늘어놓고 있었지만 여자들은 황재건의 눈물에 약했다.

"해신이가 아프면 나도 아파. 우리는 한 몸이나 다름없어."

"유치한 놈!"

수창의 비난조에도 연주는 어느새 재건의 눈물과 콧물로 범벅이 된 얼굴을 수건으로 닦아주었고, 소윤은 재건이 어지러워 내밀던 손을 붙잡아주었다. 수창은 두 사람이 재건을 막냇동생 취급한다는 걸 알기에 내버려 두었지만 금세 속 좁은 맘이 발동되어 아내를 자신 쪽으로 끌어당기었다. 연주는 그냥 남편이 하는 대로 내버려 둔 채 수창에게 기대어 앞에 있는 음식을 먹기 시작했다. 태웅은 할머니와 할아버지 품에서 한창 놀고 있다가 잠들었기 때문에 걱정할 필요가 없었다.

"그만 질질 짜고 닦아."

수창은 옆에 있는 새 수건을 재건의 면상에 냅다 던져 버렸다. 재건은 아무렇지도 않게 그 수건을 들어 얼굴을 닦아내었지만 다시 새 눈물이 흘러넘치었다.

"아, 꼴 뵈기 싫어. 이 한심한 놈아."

수창은 통 먹질 않는 재건이 걱정되었던지 말 끝에 뭐라도 먹으라고 잔소리를 해댔다. 그리고는 셀러리를 그에게로 냅다 던졌다.

"야, 해신이가 순전히 네 얼굴 보고 결혼한 거니까 좀 먹으라고."

수창의 말에 재건이 조금 먹다가 술과 피곤에 빠져서 멍한 표정으로 눈물을 멈추고 앉아 있었다. 곧 잠들 것 같은 지친 모습이었다. 소윤은 감정적으로 많이 넘쳐서 우스운 그의 모습에도 진지하게 바라보았다. 황재건의 강해신에 대한 진중한 마음이 가득 느껴졌기 때문이다.

재건의 걱정을 나름대로 하던 것도 잠시, 수창은 아내의 머리카락과 손을 주물럭거리며 대화하느라 친구는 뒷전이었다.

"점심 안 먹었어?"

"아니, 먹었어."

연주는 남편의 물음에 앞에 있는 새우튀김을 입에 넣으며 대답했다.

"근데 왜 이렇게 많이 먹어? 요즘 많이 먹더라."

"내가 뭘? 당신이 워낙 입이 짧아서 그렇지. 그래도 나 날씬하잖아."

수창이 아내를 보며 수긍하듯이 미소를 흘렸지만 다시 금세 눈이 게슴츠레해졌다.

"그래도 좀 살이 찐 것 같기도 해."

아내의 탄탄한 허리 부분을 슬쩍 찌르며 말했다. 그러나 연주는 더 보란 듯이 이번엔 만두를 입에다 넣고 또 과일을 집어 들었다.

"그만 먹어."

"싫어."

둘은 티격태격하면서도 서로 꼭 붙어 있었다. 소윤은 그들 옆에 있다가 마치 볼일 있는 것처럼 스르르 일어나 방에서 나왔다. 다정한 그들의 모습을 보는 것이 어쩐지 불편했다. 그래서 정원까지 나오고 말았다. 돌로 장식된 넓고 단정한 정원 한구석에 앉아 까만 밤하늘을 향해 뻗은 나뭇가지를 하염없이 바라보며 짙은 흙냄새를 맡았다. 그러다가 솔직히 인정했다. 불편한 것은 순전히 부러웠기 때문이란 것을. 서로의 자리가 있는 그들이 부러워서 자리를 뜬 것이다. 황재건의 강해신에 대한 맘에 감동하면 할수록 자신이 초라했다.

소윤은 김수안을 생각했다. 남편의 자리에 자신의 위치가 하나도 없다는 것이 절망스러웠다. 그러면서도 여전히 그를 사랑한다는 것이 더 절망스러웠다. 더 아프지 않으려고, 더 초라해지지 않으려고 떠나려는 것이다.

소윤은 한참 있다가 자리에서 일어나 물을 마시기 위해 주방으로 갔다. 거기엔 연주가 내려와 있었다. 어디 갔다 왔냐는 말에 소윤은 바람이 좋다고 대강 둘러댔다.

"오늘 바람이 차요."

연주가 소윤에게 따스운 물을 내밀었다. 그녀의 친절함에 괜스레 눈물이 나오려는 걸 참으며 물을 마시었다. 그러자 연주는 해신 때문에 그런 걸로 오해하고 얘기를 꺼내다가 그녀가 안되었다고 덧붙였다.

"강해신은 참 행복한 사람이던데요."

"네?"

"황재건이란 남자가 있어서요."

연주는 재건을 동생처럼 좋아했지만 그렇게 감정이 자유롭다 못해 넘치고 약한 남자가 남편이라면 좀 힘들 것 같다는 생각을 해서 이해를 못했다. 수창 또한 못지않게 감정적이란 것을 깜빡 잊은 것이다. 소윤은 연주의 표정에 그냥 웃음으로 얼버무리고 다른 얘기로 넘어갔다.

며칠 후, 재건은 해신이 있는, 경기도 의왕시에 위치한 서울 구치소 근처로 돌아가서 필요도 없는 옥 뒷바라지에 여념이 없었고, 연주는 두 번째 아이를 임신한 것을 알고 태웅이도 어린데 또 아기가 생겨 약간 심란해했다. 그러나 장미와 나비가 무성한 태몽을 꿨다며 딸임을 장담하는 수창에 의해 들떠 있었다. 두 사람은 아예 딸이라고 믿어 의심치 않아 여자 태명까지 짓기에 이르렀다.
그들의 행복을 뒤로하고, 수안과 소윤은 다시 아파트로 돌아가기
위해 인사를 마치고 차를 탔다. 날은 이미 저물어 어두워지고 있
었다.

수안은 소윤을 보지 않았지만 그녀의 작은 동작에는 반응했다.
운전을 하면서도 자꾸 정원에서 외롭게 앉아 있던 모습과 해신이
행복한 사람이라던 음성이 머릿속을 떠나지 않았다. 작고 낙천적
인 사람 데려다가 불행한 화석을 만들었다는 생각이 그를 짓눌렀
다. 조용히 앉아 있어도 그 작은 얼굴이 다양한 표정으로 가득 차
고, 혼자 가만히 놔둬도 여러 상상에 행복해하던 소윤에게 생기를
완전히 빼앗아가고 말았다는 사실에 괴로웠다.

아파트 정문을 지나 지하 쪽으로 진입해서 수안은 차를 주차했
다. 소윤은 차에서 내리다가 약간 휘청거렸지만 얼른 중심을 잡고
잘 걸었다. 그러나 집에 들어오자 마치 낯선 침입자가 된 것 같은
기분에 다시 중심을 잃었다. 이번에는 쓰러질 뻔했지만 어느새 온
수안이 그녀의 몸을 지탱하며 안아주었다.

"놔줘요."

소윤이 그의 품에서 조용히 말했다.

"당신을 놓으면 쓰러질 것 같아서 그래."

"……."

소윤은 가만히 그의 말에 따랐다. 그의 품이 이 세상 전부처럼
잠시 거기에 기댔지만 채 몇 분도 흐르지 않아 몸을 떼려 했다.

"됐어요. 이젠 쓰러지지 않아요."

수안은 팔을 천천히 풀었다.

"고마워요."

고맙다는 그녀의 말이 스산했다. 소윤은 그렇게 수안의 품을 떠나 방으로 향했다. 수안 역시 서재로 갔지만 그만의 시간은 깨진 채로 서성이는 맘에 안정을 찾지 못했다. 계속 불행에 익숙해질 것 같은 그녀의 얼굴이 맘을 흔들어놓았다. 그렇게 밤새 잠을 이루지 못하다가 새벽 무렵 서랍을 열고 말았다.

수안은 은성의 일기장 앞에서 얼굴을 묻을 듯이 숙였다. 아무도 보여선 안 되는 은성의 감정들이었다. 가슴속에 쌓이는 그 아픔 고백들을 다른 이가 봐선 안 되는데, 그는 끝내 소윤을 이대로 모른 척 보낼 수 없었다. 그녀에게 또 다른 아픔을 주기 싫었다. 그러나 은성의 일기장을 손에서 떠나 잠시라도 보내는 것은 그만큼 힘이 들었다. 비극을 묻어야 하기 때문이다. 자신의 가슴속 깊이.

수안은 여러 생각을 뒤로하고 은성의 일기장을 손에 꽉 쥔 채 자리에서 일어났다. 그리고는 아내가 있는 안방으로 갔다. 그녀 역시 침대에서 잠을 이루지 못한 채 작은 책상 같은 화장대에 몸을 엎드린 채 선잠에 빠져 있었다. 수안은 그 모습을 지켜보다가 일기장을 그녀 옆에 놓고 물러났다.

Chapter 13

막문이 닫히는 소리에 소윤은 선잠에서 뒤척이며 깨어났다. 남편의 좋은 냄새가 방 안을 맴돌았다. 무슨 일인가 싶어 뒤돌아 살피기도 전에 팔에 무언가가 걸리었다. 일기장이었다. 보고 싶다고 했던 그 분홍빛의 아름답지만 오래된 일기장을 보고 가슴이 철렁 내려앉았다. 은성이라고 번지듯이 쓰여진 이름을 뚫어지게 보다가 피할 듯이 자리에서 불쑥 일어나 방을 나와 버렸다.

서재 안에선 수안의 움직임이 문을 사이에 두고 느껴졌다. 남편을 부르려다 멈칫하고 다시 방 안으로 돌아와 문을 닫아버리고는 화장대 앞에 앉아 일기장과 대면했다. 남편이 두고 간 것이 틀림없었다. 소윤은 만지지도 못한 채 은성의 일기장을 바라만 보았다. 막상 그것을 대하니 너무도 조심스러웠다. 어떤 행동도 취하지 못한 채 시간만 흘려보냈다.

새벽녘이 되어서야 그녀는 자신을 둘러싼 두려움에서 겨우 나왔다. 읽지 말아야 할 것을 읽는 것이 아닌가 하는 뒤늦은 맘은 일기장을 앞에 두고 소용이 없다는 생각이 든 것이다. 두꺼운 노트에 시선이 오래 머물렀다. 그 일기장은 한 번도 보지 않은 은성을 마주하는 듯했다. 남편의 전처, 남편이 많이 사랑한 여자. 짧은 대답에도 그가 얼마나 아내를 사랑했는지, 그래서 그렇게 덧없이 잃어버린 것에 대한 뻥 뚫린 아픔과 허망함이 느껴졌다.

'그들의 사랑에 왜 개입해야 하지? 떠날 마당에.'

그러나 남편의 과거를 알고 싶은 마음은 가시지 않았다. 그래야 어떤 남자와 살았는지 알 수 있으니까.

소윤은 큰 숨을 내쉬고 나서 그 일기장의 겉 표면을 살짝 만지었다. 매끄러우면서도 두꺼운 표지가 손바닥에 닿았다. 결심을 한 듯 한 장씩 글자가 나올 때까지 넘기었다. 그런데 날짜가 없는 특이한 일기장이었다. 자유롭게 휘갈겨 쓰여 있는 글자에 초점을 맞추었다. 첫 장은 '죽고 싶다'로 시작되었다.

〈죽고 싶다. 이 봄날!

정말 욕심도 없이 다만, 자유롭게 살고 싶은 나에게 동아줄이 온몸을 칭칭 매여 꼼짝 못하게 하면서 숨만 쉬게 하는 것은 생지옥과 다름이 없다.

싫다. 그 남자!〉

소윤은 적나라한 감정을 토해내는 내용 앞에 숨을 죽이며 다음
장을 넘기었다.

〈너무 싫다.

싫은데 설명해야 하는 것이 더 싫다.

사람의 감정을 어떻게 설명해. 싫으면 싫은 거지.〉

〈끔찍해.

내가 좋아하는 사람과 한 달만 살고 죽는 것이 낫겠어.

오래 살고 싶은 맘은 없어.

한순간을 살아도 자유롭게 사랑하며 살고 싶으니까.〉

그 뒤로도 계속 싫다는 감정을 표현하고 있었다. 그러나 대상을
나타내지는 않았다. 싫다는 감정에 푹 빠져 있을 뿐이었다. 너무
싫어서 미치겠다는 내용이 대부분을 차지하다가 점점 그 상대가
누구인지에 대한 묘사가 드러나기 시작했다. 소윤은 꼼짝 안 하고
긴장한 채로 읽어 내려갔다.

〈그 남자는 괴물처럼 크다. 덩치도 어마어마하다.

웃을 줄도 모른다. 굳은 표정으로 매사 똑같다.

감정의 변화가 도통 없이 그저 덤덤한 괴물이다.

그래, 난 그 괴물에게 갇혔다.〉

소윤은 일기장에 시선을 떼어 생각에 잠기기도 했지만 대부분

은성의 감정을 따라 읽어 내려갔다. 거부감, 죄의식 등 여러 감정
이 가슴에 들었다 나갔다 반복하고 있었다. 일기장엔 빽빽한 글자
로 쓰여 있기보다 감정들을 간단히 나타낼 때도 많았다. 사건이
아닌 감정에 집중되어 있었고, 한두 단어가 등장할 때도 있었다.

〈무채색의 홍수.〉
〈감정 없는 괴물.〉
〈숨 막히는 날들의 연속.〉
〈가식적인 인간들.〉

그러다가 자신의 맘을 토로했다.

〈하루하루가 달라야 한다.
그날들의 개성이 있어야지.
이것은 사람 사는 것이 아니야.〉
〈괴롭다.〉

마치 그녀의 음성이 들리는 듯싶었다. 오페라 배우처럼 비극에
민감하고 행복과 자유를 갈망하며 불행 속에 갇혀 있다고 소리치
는 노랫소리가 귓가를 두드리는 것 같았다. 그렇게 틀어박힌 채로
신세를 한탄하면서도 적응하려고 전혀 노력하지 않은 듯했다. 은
성은 섬세하고 민감하며 감정에 충실한 사람이었다.

〈울었다.

터질 듯이 가슴이 아파서도 그랬지만…….

이런 기분으로도 배가 고프고, 밥이 넘어가는 내가 한없이 우스워서…… 울었다.

세상이 이렇게 푸르고 밝고 명랑함이 찬 소란함으로 가득하다는 것이 견딜 수 없어서 울어버렸다. 내가 우울하면 세상도 같이 우울해 주길 바라는 것은 너무 큰 소망인가!〉

〈그 괴물이 이상하나.

권위적이거나 강압적이지 않다.〉

은성의 자유로운 문체가 달라지고 있었다. 자신의 감정 상태에서 다른 이에 대한 관찰로 변하면서 그 대상이 괴물에서 이름이 붙여지고 구체적으로 변했다. 그러면서 소윤의 감정 상태도 휘몰아쳐졌다.

〈염색한 적이 없는 까만 머리는 단정하게 다듬어져 있다. 머리를 한 번도 긴 적이 없는 짧은 스타일은 변함없이 한결같다. 피부는 약간 검고, 눈은 길다. 뺨은 두둑하고 코는 높다. 그런데 표정은 없다. 하지만 점잖은 편이다. 누구냐고? 김수안이다. 내 남편이란다. 휴우~〉

〈내가 우는 걸 김수안이 봤다.

그가 보는지도 몰랐다.

그와 눈이 마주쳤는데 깜짝 놀랐다.

우울해 보였다.

그가 말했다. '못할 짓이네'.

그리고 언젠가 놔주겠다고 했다.

그러니 포기하듯 살지 말고 하고 싶은 것 하란다.

그렇게 말하는 그의 눈에서 슬픔이 보였다.

그 자신은 느끼지 못한 듯싶다.

그 슬픔 때문에 그의 동정이 흔치 않게 느껴진다.〉

〈노력하겠다고 했다.

사실, 노력할 생각 추호도 없는데…….

그 말이 나와 버렸다.

나와 버렸으니 뭐, 어떡해. 노력해 봐야겠지.〉

〈가끔씩 그의 말이 떠올라 웃음이 나온다.

여자랑 자봤지만 여자랑 사귄 적이 없다는…….

여자 비위 맞출 시간이 없단다.

'여자는 복잡해.'

그의 음성은 묵직하다. 그의 몸처럼…….

가벼운 남자가 아니다.

이상하지.〉

그 다음부터는 다시 한 장에 한 줄씩 이어지고 있었다.

〈모르겠다.〉

〈약속대로 노력 중〜〉

〈이상해.〉

이상하다는 말이 가장 많았다. 그런 짧은 글귀가 몇 장을 자리 잡았다. 소윤은 그 짧은 단어에도 은성의 심경이 조금씩 변하는 걸 느꼈다. 그리고 몇 장을 넘겼을 때 사진이 붙어 있었다. 뒷모습인데, 한눈에도 수안의 뒷모습이라는 걸 알았다. 그의 뒷모습이 흐릿하게 찍혀 있었다.

〈그의 등이다. 무척 크고 두껍고 각이 있는,

독특하다. 예술적이지 않지만…….

듬직한 등이다. 큼직한 손이다. 믿음직한 얼굴이다.

보고 있으니…….

웃기지, 질리지 않네.〉

〈난 김수안을 좋아하지 않아.

다만, 관심이 조금 생겼을 뿐이지.

엄연히 달라. 흠…… 앞뒤가 맞나?〉

〈난 우길 거야. 김수안을 사랑하지 않을 거라고.

자신한다고. 우겨볼 거야.〉

소윤은 덤덤하게 읽으려고 애썼다. 몰아치는 생각들을 밀어두며 글자의 뜻대로 따라가고 있었다. 은성의 감정이 만질 듯이 느껴졌다. 수안을 좋아하는…….

〈폭풍우 때문에 내가 놀라 잠에서 깨었나 보다.

그가 놀란 나를 안아주었다.

그의 품은 따스하다.

내가 스며들 정도로.

내 찬 마음을 어루만져 바꿀 정도로.

그의 품은 따스해.〉

어느새 은성은 김수안을 생각하는 날이 많았는지 그에 대한 작은 것들에 의미를 두고 있었다.

〈그는 잘 웃지 않는다.

눈빛은 진지하고 짤막한 말만 한다.

바보 같은 장난을 모른다. 그래서 바보다.

내가 장난을 치니 놀라는 눈치다.

재미있다.〉

〈그는 튀는 색을 싫어한다.

무채색이 어울린다.

나도 무채색이 싫지 않다.

어느 땐 색색이 유치하다고 느껴진다.〉

〈그는 무얼 잘 먹을까?

뭘 잘 먹느냐고 물으니 '아무거나'라고 말한다.

근데 정말 아무거나 대강 해줬더니 잘 먹는다.

하. 하. 하. 하. 하.〉

웃음소리가 멀리서 들리는 듯했다.

〈그는 투정하지 않는다.

그러니까 더 맛있게 만들어줘야지.

그가 투정했으면 좋겠다.

나에게~

웬만한 것은 받아주리라~〉

〈난 오늘 나를 보았다.

김수안을 넋 놓고 보는 나를 보았다.

미쳤나 봐. 근데 좋아! 미친 게 좋아.〉

그러나 어찌 된 일인지 그 다음부터는 수안에 대한 얘기가 없었다. 감정을 인정해 놓고도 의도적으로 피하는 듯했다. 날씨와 가족들, 친구들 얘기로 가득 채워져 갔지만 소윤은 은성의 맘이 그 안에 없다는 걸 느끼었다. 의미없는 글자들이 평범한 날들인 양 흘러갔다. 그렇게 몇십 장 후 다시 김수안이 나왔다.

〈어머니께서 보낸 와이셔츠를 살펴보니 한 치수씩 작다.

너무하신다.

난 수안을 미워했을 때조차 그 치수를 알았는데 말이야.

딱 알 수 있지 않나.

그런 덩치의 남자는 무조건 커야 함을……

손만 펼쳐 봐도 알겠구만.

무관심 속에 커온 사람 가슴엔 아픔이 있을 텐데…….

그는 속 좁지 않다. 관대하다.

그래서 그는 특별하다.〉

'특별하다.'

소윤은 은성의 그 단어를 뚫어져라 보다가 넘기었다. 그런데,
갑자기 분위기가 돌변했다.

〈어떡하지…… 남편의 기분을 챙기느라 정신이 하나도 없다.

기분이 상했겠지. 아무런 표시도 안 하는 그가 더 신경 쓰여서 몇 번
씩 그를 본다.

전화가 왔었다. 그가 바꿔주었다. 준호의 전화를…….

준호의 목소리……. 준호를 잊고 있었다. 준호를 잊고 있다니…… 까
맣게 그를 잊어버렸다.〉

〈우울. 휴우.〉

은성은 낙서처럼 우울하다는 단어를 무수히 적었지만 다음 장
부터는 일상으로 돌아간 듯 준호란 사람에 대한 언급은 없었다.
준호를 다시 잊어버리고 남편과 하루하루 살아가는 데 열성이었
다. 남편과 함께하는 자잘한 일상이 그녀에게 가장 소중한 듯이
보였다.

〈같이 앉아 있다.

수안과 은성! 그는 신문을 본다. 나는 그런 그를 본다.

그가 나를 본다. 나는 다른 데를 보는 척했다. 그가 다시 신문을 본다.

그와 같이 있는 일요일, 편안하다.〉

행복하다는 말은 하나도 없었지만 은성은 행복해 보였다. 그러나 그 행복 속에서 완전히 행복하진 않는 듯했다. 불안이 넘실거렸다.

〈사람 마음은 장담할 수 없어.

내 마음속이 어디로 향할지 모르니까.

자유롭게 생각하자고 했었잖아.

단정 짓지 말고, 편견 갖지 말고, 욕망대로, 물처럼 흐르듯이 살자고, 스스로 맹세했건만…….

김수안이란 사람에 대해서 너무 단정 지었어.

미안해. 미안해.

이렇게 불쑥 커져서, 과거 내뱉었던 말을 쓸어 담지 못하는 내 맘에 더 미안해.〉

〈그가 날 예쁘다고 했다.

무척 덤덤하게 말했다. 그 말이 어찌나 좋은지…….

그러나 음미할 수가 없었다.

준호가 술주정을 하며 내 앞에 나타났다.

준호, 준호, 준호…….

널 얼마나 사랑했는지 잊었어.

우리가 얼마나 뜨겁게 사랑했는데.

난 못됐어.

남편이 나에게 너랑 도망가려고 했던 그 사람이냐고 했을 때 가슴이 철렁했어.

너와 사랑이 후회될 만큼. 막 거짓말하고 싶었는데 이미 그는 다 알고 있는 걸.

내가 예전에 모두 말해 버리고, 김수안을 무시했으니까.

남편이 오해한 것은 아닌데 말이야.

난 수안을 싫어했고, 준호랑 도망가고 싶어했으니까.

분명 그때의 나도 나고, 지금의 나도 난데.

왜 이렇게 많이 달라진 거지.

그때의 내가 했던 말로 지금의 나를 판단하는 남편을 보는 것이 괴로워.

그때의 나는 그를 싫어했지만, 지금의 나는 그를 사랑…… 하니까.

그가 다 잊어버렸으면 좋겠다.

준호도, 준호를 사랑했던 나도.

나 못됐어.〉

〈'언제든지 내 곁을 떠나도 되지만 그때까지는 내 아내니까 다른 남자 만나는 거 불편해'.

그의 말이 떠나질 않는다. 불편한 게 아니라 불쾌할 텐데, 불편하다고 말하는 그 사람 때문에 더 신경 쓰인다.

떠나지 않겠다고 내가 말했지만 그는 의미없이 응대했다.

'그래'.

얼마나 그 무심한 어투로 나오는 '그래'라는 말을 좋아했는데 지금은
그 말이 무서워.

내가 더 잘하면 그 사람의 마음속에서 예전의 나를 지울 수 있을까?

사랑한다는 말은 그런 나를 지운 다음에 하고 싶어.

지금의 나만이 들어오는 그의 눈동자를 보면서…….

내 남편, 김수안, 당신에게 말하고 싶은데.

모르겠다, 어떻게 될지.〉

그 다음부터는 은성의 살림과 남편에 대한 내조가 간단히 적혀
있었다. 그러나 드문드문 이런 내용도 있었다.

〈당신은 나에게 선을 그어놓는 것이 편한가 봐.

다정하고 좋은 당신이지만 어느 땐 화를 냈으면 좋겠어.

그러나 당신이 화를 내면 놀랄지도 모르지.

난 이미 점잖은 당신이 좋으니…….

고리타분한 김수안을.〉

다시 준호가 나온 것은 몇십 장이 지난 뒤였다.

〈다신 준호를 만나지 말라고 했지만 그의 전화에 나가고 말았다.

그는 변하지 않았다. 여전히 청년이고, 여전히 꿈꾸고 있었다.

난 주부인데…….

그의 사랑한다는 말에 서글픔을 느꼈다.

한 사람은 이렇게 그 열렬했던 사랑을 지키고 있는데 다른 이는 그 사랑을 과거로만 아니.

슬프다. 난 이미 준호에 대한 사랑을 아름답지만 흐릿한 추억으로 간직하며 어느 땐 버거워하는데…….

한평생 결혼 같은 제약에 매이지 말고 손잡고 세상을 여행하면서 사랑하며 글 쓰며 살자고 했던 약속을 아직도 기억하는 그를 보는 것이 슬펐다.

그러나 그는 나의 슬픔을 오해하는 듯싶다.

그에게 수안을 사랑한다는 말을 하지 못했다.

다만, 너와의 추억을 잘 간직하고 싶다고 말했다.

이젠, 서로 기억 속에서만 만나자고.

그러나 그는 어둔 표정으로 괴로워했다.

그래, 어떻게 널 이해시키겠니?

아무도 이해를 못하는데…….

내 부모조차도 결혼 전 난리친 것 때문에 내가 지금 김수안을 사랑하는 걸 전혀 모르는데.

세상이 나의 변덕을 이해 못해.

그런데 이 변덕은 다시는 바뀌지 않을 감정이니, 더 우습지.

김수안을 사랑하는 내 자신을 나도 이해할 수가 없는데, 누가 이해하겠어.

그렇게 되어버렸는데…….〉

〈난 그를 사랑한다.

그에게 아주 잘해줄 것이다.

말하지 않아도 나의 사랑을 느낄 수 있게…….

그가 부족함을 느끼지 않게.

사랑한다고 고백하기 전에 먼저 알아차리게.〉

〈이렇게 사랑할 줄 알았으면 결혼 전에 김수안에게 그렇게 말하지 말 걸.

마치 괴물이라도 되는 것처럼 대하지 말 걸, 그랬어.

가끔씩 내가 한 말이 우리 사이를 넘나들지 못하게 할까 봐 두려워. 영원히 그럴까 봐.

그래도 난 김수안의 아내니까 우리에게 시간이 많겠지.

나이 들어서도 김수안 옆에 있을 테니까.

그와 나를 닮은 아이들과 함께.〉

〈아주 가끔 딴생각하는 수안을 본다.

가슴이 철렁 내려앉는다.

딴 사람을 생각하는 것은 아니겠지.

그럴 리가 없어.

그는 김수안이잖아.

나 말고 다른 사람은 안 돼.

그러면 난 못 살 거야.

나 보며 웃는 그를 더 자주 보고 싶다.〉

〈사랑해. 사랑해. 사랑해.

당신만을 사랑해.〉

〈고백할 거야. 그래, 너무 늦기 전에.

사랑한다고 말해야지.

당신은 놀라겠지.

믿지 않을 거야.

그래도 난 당신을 사랑해.

당신의 웃음소리를 듣고 싶어.〉

〈사랑해.〉

일기장은 거기까지였다. 소윤은 그 일기장을 덮고 나서 조심히 멀어지다가 다시 가까워졌다. 아무것도 안 들리고 웡하는 소리만 계속 귓가를 울려댔다. 갑자기 일어난 소윤이 방 안을 왔다 갔다 하며 헤매다가 곧 다시 앉은 곳은 일기장 앞이었다. 몸을 돌려 잠시 외면하다 일기장을 펴고 또 읽기 시작했다. 이번에는 단숨에 읽어 내려갔다. 그리고 세 번째로 거듭 읽을 때는 찬찬히 은성의 감정에 동화되어 가는 자신을 억지로 잡아매지 않고 그대로 놔두었다.

소윤은 일기장 속 은성을 만나면서 그동안 빗장을 단단히 닫아 두었던 문이 열리었다. 눈가가 아파왔다. 은성과 은성이 사랑하는 수안을 보며 혼돈 속에서도 슬픔과 아픔이 제자리를 찾아가는 걸 느꼈다.

그녀는 꼼짝하지 않고 아침이 오고, 오전이 가고, 오후가 다가올 때까지 일기장과 함께 있었다. 통증이 휩쓸려 오다가 어느새 몸속 곳곳으로 스며들었는지 다시 잠잠해졌다. 그러나 많은 생각에 놓여졌다. 혼잣말도 한 마디 안 하고 있던 소윤의 눈에서 눈물이 툭 떨어져 손등을 적시었다.

일기장에는 없지만 은성의 죽음이 떠올랐기 때문이다. 사랑하는 남자를 두고 아기를 밴지도 모른 채로 죽은 그녀의 감정이 소윤의 살아 있는 마음을 타고 돌았다. 그 절망적인 순간 누굴 떠올렸을지 알 수 있었다.

비극은 뉴스에도 많이 일어나는 일이지만 그들의 마음까지는 모르기 때문에 그저 사회 어느 선상에서 일어나는 사건일 뿐이었다. 그러나 지금은 달랐다. 이제 이은성은 소윤이 잘 아는 사람 중 하나가 되어버렸다. 울고 싶어졌다. 은성이 불쌍하고, 수안이 불쌍하고, 그리고 자신이 불쌍해서. 그러나 소리 내어 울지 않으려고 주먹을 쥔 채 꾹 참았다.

은성과 다른 성향의 소윤이지만 은성에게 공통점을 느꼈다. 그것은 아마도 수안을 사랑한다는 점이 큰 부분을 차지하기 때문일 것이다. 그렇게 한참 후 시간의 흐름도 잊어버린 채로 불쑥 일어나 일기장을 들었다. 여기 있을 자리가 아니라는 걸 뒤늦게 깨달은 것이다. 서재로 가서 그 넓은 책상 한가운데에 일기장을 놓았다. 남편이 평생 간직해야 할 이 감정들이 버겁게 느껴졌지만 소윤은 마땅히 있어야 할 자리가 있다는 생각을 했다.

그러나, '자신의 자리는 어디일까?' 하는 의문은 맞닿지 않았다. 그저 끝도 없이 슬펐다. 그 슬픔에 허우적댈 수도 없을 만큼 깊이 빠져 있었다. 서재에서 나오고 있는데 현관문이 열리고 퇴근한 수안이 들어왔다. 수안은 늘 그랬던 것처럼 짙은 양복의 단정한 차림새였다. 그는 여전히 일에 충실하고 있었다. 슬프든 아프든, 그것보다 중요한 것은 자신의 의무에서 한 치의 어긋남 없이 살아가는 것이다. 마치 업보처럼. 그런데 그 모습에 그녀는 분노보다 슬픔을 더 느끼었다.

'그라고 슬픔을 모를까? 단지, 표현을 못하는 것이겠지.'

소윤은 걱정이 비친 얼굴로 다가오는 수안에게 갑작스런 충동을 이기지 못하고 그의 가슴에 얼굴을 서너 번 세게 부딪쳤다. 그는 놀란 듯이 아내의 머리를 내려다보았다. 작은 어깨가 들썩거리고 있었다. 수안은 그녀를 떼어 몸을 낮추며 아내와 시선을 맞추었다. 그의 무릎이 바닥에 닿았다.

"무슨 일이야?"

"……."

울음이 차 올라 소윤이 아무 대답도 못하자 수안은 아내의 몸을 다급하게 살펴었다.

"어디 아픈 거야?"

그의 시선과 마주쳤다. 두 사람의 눈빛은 소윤의 마음 아픈 구석에서 만났다.

"행복하게 살지 그랬어요?"

"……."

"왜 바보처럼……. 사랑하는 사람을 그렇게 잃어요?"

"울지 마요."

수안은 소윤의 우는 모습을 괴로운 듯이 응시했다.

"당신이 왜 울어? 잘못한 것 난데."

"당신의 일이니까 울지. 내 남편 일이잖아요."

소윤은 바닥에 무너질 것 같은 남편에게 안기었다.

"울지 마."

"당신은 운 적 없죠?"

"난 울 자격이 없어."

수안의 목소리가 조금씩 떨리었다. 그는 또 감정을 밀어내려고 했다. 그러나 소윤의 시선이 놔주지 않았다.

"우는 데 자격이 어디 있어?"

"……."

"아내를 언제 사랑했는지…… 알았어요?"

'괜히 물었나 보다.'

수안이 대답하길 꺼려하는 걸 보고 싶지 않다는 갑작스런 충동에 소윤은 다시 수안을 안은 채로 눈을 감아버렸다. 그러나 기억이 사라지기는커녕 선명해지며 뇌리에 깊게 박히었다.

"나 대신 집을 떠난 직후, 은성에게 사과 전화를 하려고 할 때. 일기장을 보기 전에, 그녀가 죽기 직전 바로 그때."

수안은 입을 열었다. 그때가 떠올라 무거운 표정이 되어버렸지만 입을 다물지 않고 가라앉은 목소리로 답했다.

"왜 그렇게 늦게 깨달았어요?"

"난 바보니까."

수안은 아내의 울먹거림을 몸 전체로 느끼면서도 울지 못했다. 은성의 처참한 모습을 확인했을 때 그는 자신의 못난 사랑이 다시는 회복하기 힘들 정도로 깨어져 날카로운 조각으로 온몸을 찌르는 걸 느꼈다. 사랑한다는 말조차 못한, 말도 안 되는 비극에 화가 나서 참을 수가 없었지만 그는 또 그렇게 서 있었다. 그러나 장례식을 마치고 집으로 돌아와 일기장을 발견했을 때 슬픔도 멈춰 버렸다. 그럴 자격이 없었다. 수안은 그 자리에서 시간과 함께 매장되어 가는 감정을 속수무책으로 지켜봤다.

"아내가 사랑하는지도 몰랐어요?"

"응."

"불쌍한 사람!"

"……."

"말해줘요."

"뭘?"

"얼마나 아픈지."

"지나간 일이잖아."

"당신 마음속엔 커다란 아픔으로 남아 있잖아요. 당신이 울었으면 좋겠어. 그래서 반쯤 흘려보냈으면 좋겠어."

소윤은 젖은 얼굴로 올려다보았다. 수안은 그녀의 눈물을 만지며 어린 아내에게 죄의식을 느꼈다.

"미안해. 미안해."

"뭐가요?"

"……."

"다신 사랑 못하게 돼서?"

"……."

"그런데 그 마음으로 나랑 결혼해서?"

“…….”

“나쁜 사람, 정말 그런 거야? 나한테 아무것도 줄 게 없어요?”

수안은 소윤을 붙잡고 싶은 이기적 마음에 시달렸다. 그녀가 떠
난다는 생각에 온종일 일이 손에 잡히지 않았다. 아픔밖에 없는
맘으로 소윤을 붙잡으려는 것은 무심하게 그녀와 결혼한 것보다
더 나빴다. 솔직히 말해야 한다. 그럼에도 솔직하려는 그의 가슴
이 저리고 아파왔다.

“좋은 남편이 되고 싶어. 당신이 떠나는 것이 싫어. 근데, 사랑
할 수 있을까? 내가 다시 누군가를…… 못할 수도 있어.”

“시도도 안 해보고 그런 말 하지 마요.”

소윤이 수안의 얼굴에 닿을 만큼 가까이 다가왔다.

“그럼 안 되는 거야. 그럼, 못써. 나한테 너무한 거예요. 당신을
너무…… 사랑하는 나한테 이러면 안 돼요.”

수안의 표정이 허물어지며 마구 흔들렸다.

“날? 사랑해?”

“응.”

“못난 나를?”

“그러게. 난 정말 운이 나빠.”

소윤이 엉엉 울기 시작했다. 수안은 그런 소윤을 안아버렸다.

“난 그런 가치가 없는 사람인데.”

“당신은 내게 가치있는 사람이에요. 그래서 아무래도, 아무래
도 나 못 떠날 것 같아. 떠나야 하는데…… 떠나지 않을 거야.”

수안은 떠나지 않겠다는 말에 안도하는 자신을 용서하지 못했

다. 그러나 사랑한다는 그녀가 두려웠다. 사랑은 두 사람 사이를
멀어지게 할 수도 있으니까. 불안을 느끼는 듯 그의 몸이 조금씩
떨려왔다.

Chapter 14

며칠 동안 소윤은 막내이모의 지방공연장을 따라갔다. 바람
좀 쐬며 머리를 식혀야 한다고 혜주가 무작정 데리고 간 후 일주
일 뒤 다시 돌아온 그녀는 언제 아팠냐는 듯이 일상으로 와 있었
다. 아무 일도 없었던 것처럼 간단한 아침식사를 하고 날씨가 너
무 좋다는 얘기를 웃음에 실어 건넸다. 뿐만 아니라 종종걸음을
치며 남편의 출근 준비를 직접 챙기면서 양복 입는 것까지 세세히
신경을 썼다.

"다녀와요."

소윤은 활짝 웃으며 가슴에 안고 있던 묵직한 서류 가방을 내놓
았다.

"응, 갔다 올게."

수안은 지하 주차장에서 차를 꺼내 운전하면서 의식 저편에서부터 몰려온 소윤에 대한 생각으로 회사에선 집중력이 분산되었다.

"슬퍼해도 돼요. 내 앞에서 아주 가끔씩 전처를 생각해도 되구요. 그러나 숨기지 말아요. 난 아닌 척하는 것이 싫으니까. 대신 마음의 문만 열어둬요. 내가 다 노력하고, 내가 그 안으로 들어갈 테니까."

수안은 답을 찾지 못했다. 소윤이 한 말을 떠올릴 때마다 표정이 어두워졌다. 서로 충실하자는 약속은 쉽지만 사랑은 마음대로 되는 것이 아니기 때문에 소윤이 상처를 받을까 봐 마음이 심란해졌다.

"어디 아파?"

"응?"

"표정이 왜 이리 안 좋아? 무슨 생각 했어?"

"아니야."

점심때 간부급 인사들과 하는 식사에서도 수안은 소윤의 생각을 하며 그 안에 사로잡혀 있었다. 그런 모습이 눈에 띄자 수창은 가만히 있지 못하고 수안의 옆구리를 푹 찔렀다.

"수호 형 걱정해?"

"응."

수안은 지금 소윤 걱정을 하고 있었다.

"걱정하지 마. 그렇게 신경 쓰이면 갔다 오든지. 가까운 데 살잖아. 마음으로는 너무 멀지만."

“응.”

수창은 회사로 돌아오는 길에 형의 차에 올라타 슬쩍 사생활에 대해 물었다.

“참, 형수하고는 사이 나쁘지 않지?”

“왜?”

“아니, 내가 그 돌아가신 분 안치된 곳 형수한테 말한 것 때문에 뭔 일 있나 하고.”

“괜찮아.”

“그럼, 됐고. 좀 더 잘해줘라.”

“응.”

“집안 걱정은 하지 마. 나도 있잖아. 이젠 나 몰라라 하지 않을 테니, 유능한 나한테 맡겨.”

수안은 멍한 시선으로 바라보다가 버릇없다고 혼내는 대신 고맙다고 답했다. 수창은 형이 좀 이상한지 고개를 갸웃거렸다. 어딘가 수심이 가득한 표정은 김수안과 일치가 안 되었기 때문이다. 그래도 심각하게 생각하진 않았다.

수안은 지금 집안과 회사 일보다 소윤과 자신, 두 사람만의 일에 자꾸 신경이 뻗치었다. 사무실에서 혼자가 되었을 때도 담배를 피며 일을 잠시 손에서 놓고 생각에 엉켜서 뒤척였다.

소윤은 퇴근하는 시간에 맞추어 아파트 마당까지 나왔다. 가벼운 옷차림에 감기라도 들까 봐 수안은 얼른 소윤에게 다가와 몸을 감쌌다. 앞으론 밖에서 기다리지 말라고 당부까지 했으나 반가운 웃음이 사라지고 실망한 빛이 역력하자 수안도 아내의 표정을 따라갔다.

"힘들까 봐 그러지."

"난 이렇게 기다리는 것이 좋아요."

"그럼, 당신이 원하는 대로 해요."

소윤이 다시 웃었다. 웃는 그녀의 얼굴은 밝았지만 아직도 초췌한 마음 구석이 느껴졌다.

"참, 이제부터 나에게 말 놔요."

집으로 온 뒤, 소윤이 수안이 말리는 대도 직접 그 커다란 양복을 받아 들고 그 위로 얼굴을 들며 말했다.

"응?"

"편하게 말하라구요. 나도 당신의 존댓말이 좀 불편해요."

소윤은 남편의 존댓말이 거리감의 주범이라고 생각했다. 하나씩 눈에 보이는 노력을 하다 보면 동화처럼 남편의 맘이 코앞까지 다가설 날이 머지않을 거라고 보았다.

"그럼, 당신도 말 놔. 정말 편하게 지내려면……."

"어떻게 그래요? 나이 차이가 얼마나……."

소윤은 크게 놀라 중얼거리다가 그 말이 다시 쑥 들어가 버렸다.

"나는 괜찮으니까. 알았지?"

소윤은 자기가 알아서 하겠다고 말해놓고 저녁 준비를 마저 하기 시작했다. 똑 부러지게 잘하는 타입이 아니라서 이것 하다 저것 하는 둥 정신이 없다 보니 주방에서 일을 하면 굉장히 어지럽고 지저분해지기 일쑤였다. 수안은 옷을 갈아입은 후 주방으로 가서 도와주려고 했다. 거의 해본 적이 없는 일들이라 좀 머뭇거리다가 버릴 것들을 쓸어 담고 치우는 수준에 불과했지만 꽤 깨끗해지긴 했다. 그러나 그 커다란 몸 때문에 자꾸 부딪치며 거치적거리는 면이 없지 않아 일이 더 느려졌지만 그래도 소윤은 나쁘지 않은지 말리지는 않았다.

식사를 하면서 소윤은 여러 말을 했다. 수안이 오늘 하루 어떻게 지냈냐는 그 물음에 그녀는 지금 삼십 분 이상 학원에서 있었던 일들을 비롯한 자잘한 얘기들을 하고 있는 중이었다.

수안은 작은 입술이 오물조물 움직이는 모습에 시선이 갔다. 그녀의 목소린 참 맑고 밝아서 하루의 피곤함이 풀리었다. 귀여운 표정은 무뚝뚝한 그라 해도 시선을 오래 붙잡았다. 그러나 그녀의 힘 들어간 노력이 안쓰러워서 마음이 불편했다. 그래도 내색은 하지 않았다.

TV를 보면서도 쉴 새 없이 얘기를 하는 소윤의 말소리에 계속 귀를 기울이었다. 수안의 자세는 언제나 그렇듯이 바르게 앞을 향해 있었다. 그때, 갑자기 그녀가 그의 얼굴을 자신 쪽으로 돌리었다.

"내 얘기 듣나 확인하려고 했는데……."

수안의 입술이 소윤의 뺨에 닿는 통에 소윤은 변명처럼 설명하고 말았다. 그러는 사이, 그의 입술이 그녀의 입술을 무의식 속에 찾아서 딱 닿아버렸다, 풀썩 떨어지고 말았다. 수안은 망설였다. 그러나 소윤이 다시 흔연스럽게 입을 맞추자 마음이 놓였다. 입술이 떨어지기도 전에 그가 다시 덮치듯 다가왔다.

얼굴이 스치고 입술은 조심스러운 듯하면서도 뜨거운 뭔가가 닿았다. 키스가 점점 깊어졌다. 그녀도 약간 머뭇거렸지만 남편의 품에서 떠나지 않았다. 서로의 혀가 엉켜들었다. 소윤은 더 깊이 들어오는 그의 혀 움직임에 말려들어 갔다.

잠시 후, 키스가 끝나도 수안은 아내를 포옹한 채 떠나지 않았고, TV는 혼자 떠들어댔다. 그러나 그날 밤 결정적으로 소윤은 방에 들어오지 못하게 문턱에서 그 작은 몸으로 막으며 남편을 밖에다 세워두고 부드럽게 요구했다.

"우리 딴 방 쓰는 것이 어때요? 아직은 다시 당신과 자는 것이 꺼려져요. 좀 있다가 서로 맘이 닿으면, 그때 했으면 좋겠어요. 시일을 가져요, 우리."

소윤은 수안을 올려다보았다. 자신의 말을 오해한 것이 아닌가 하는 걱정이 일었다.

"그래."

다행히 그를 이해시킬 필요가 없었다. 수안은 소윤이 무슨 말을 해도, 그래, 라고 할 사람이니까. 그러나 부족할지라도 조금은 남편에게 설명해 주고 싶었다.

"당신과 자는 것이 싫은 게 아니라는 거 알죠? 나는 당신과 자고 싶지만, 우린 지금 노력 중이잖아요. 마음이 더 따라가면 자연히 잠자리도 따라오겠죠. 난 당신의 몸만 갖고 싶지 않으니까. 아무리 당신 몸이 생각보다 멋있다고 해도."

소윤은 진지한 얘기를 너무 상세하게 하다 보니 웃음이 나왔다.

그녀는 남편이 웃었다면 화를 냈겠지만 자신의 웃음은 그저 관대하게 넘어갔다.

"당신 좋을 대로 해. 하지만 힘들게 노력하지 마. 당신이 노력할 것은 없어. 진소윤 자체만으로도 충분하니까. 문제는 나잖아. 내가 원래 못나서 그런 거니까."

"노력하고 싶어서 그래요. 그러니 뭐라 하지 마요."

"그래."

"잘 자요."

소윤은 방으로 쏙 들어가 버렸다. 잠시 후, 굵은 발자국 소리를 들으며 그녀는 마음이 원하는 대로 하는 것이 싫지 않았다. 남편의 맘을 얻기 위해 노력하는 것이 지금 전부처럼 느껴졌다. 침대에 올라가서 반듯한 자세로 있다가 몸을 어느새 웅크린 채 아무리 수안이 전처를 사랑하고, 가슴앓이가 심해도 조금은 남아 있는 맘으로 자신을 받아들일 거라고 믿고 싶었다.

"미쳤구나!"

그런 작은 것을 가지려는 소윤을 탓하는 이모의 소리가 어딘가에서 들리는 듯했다. 그녀도 알고 있었다. 남이 그랬다면 참 바보스럽다고 서슴지 않고 말했겠지만 지금은 바보라도 상관없이 마음이 끌리는 대로 하기로 했다. 생각이 많아지면 똑똑해지겠지만 반대로 원하는 것을 놓칠 때가 많기 때문이다.

'나도 엄청 크고, 말도 없이 무심한 수안을 사랑하니까 그도 시간과 노력만 들이면 나를 조금은 사랑할 수 있을 거야. 내가 그를 사랑한다는 걸 잘 아니까. 이제 그의 맘도 조금씩 열리겠지. 난 작

고 상냥하니까, 사랑할 수 있을 거야. 그리고 같이 살아왔잖아.'

그녀는 작은 기적을 믿었다. 그러나 지난번 지방공연 때 이모의 날카로운 지적을 따돌리지 못했다.

"전처를 사랑했다고? 게다가 죄의식까지 있고, 지금껏 잊지 못한다고? 너 장난치니? 그런 남자하고 어떻게 살아? 못 살아. 당장 짐 싸고 나와. 그냥 큰맘먹고 일 저지르자. 나한테 오면 돼. 내가 뒷감당해 줄게. 언니가 널 너무 보호해서 키웠어. 누가 빼앗아갈까 봐 전전긍긍하더니 이게 뭐야? 넌 너무 작은 세계에 갇혀 살아서 뭐가 옳은지를 모르는 거야."

"옳고 그른 건 상관없어."

소윤은 반항했다.

"이 바보야, 상관있어. 이모가 다시 하나씩 가르쳐 줄 테니까 그런 남자 버려. 그게 제일 상책이야. 그런 남자 어디다 써먹니? 죽은 아내한테 마음 다 준 남자를."

"내가 좋아. 사랑한다 말이야."

고집불통인 소윤을 바라보던 혜주가 안타까운 한숨을 지었다.

"한쪽만 사랑하면 힘들어져. 그래, 나도 알아. 사랑은 두 사람이 하는 것 말고 일방적인 감정도 있다는 것. 그것도 사랑이란 것. 하지만 그런 건 힘들어. 하지 마, 소윤아!"

"난 내가 사랑하는 남자랑 살고 싶어. 내 감정대로 살 거야."

"내가 장담한다. 너 지칠 거야."

"지쳐도 해볼 거야."

혜주는 이렇게 말 안 듣는 소윤은 처음이라는 듯 화를 냈다.

"너 지쳐서 나한테 오기만 해."

"안 와."

혜주도 그렇게 두손두발 다 들었다. 고집이 몇 배로 세진 소윤은 침대에 누워 오직 하고 싶은 길이라면 힘들어도 척척 나아갈 거라고 마음먹었다.

다음날도, 그 다음날도 마찬가지였다. 소윤은 일상의 반복되는 생활에서 놓치는 것이 있을까 봐 신경을 곤두세웠다. 그래서 남편의 옷 하나라도 더 자신의 손이 닿게 했고, 음식 솜씨가 늘 가능성이 별로 보이지 않았으나 꼬박꼬박 만들었으며 남편과 좀 더 오래 있으려고 했다.

수안은 노력이란 것이 어떻게 해야 하는지 모르는 사람처럼 적극적이진 못했다. 그러나 그녀가 하자는 것은 군소리없이 다 들어주었다. 늦으면 늦는다 말해주고, 아니면 제시간에 오도록 최선을 다하는 것 같았다. 될 수 있으면 아내가 만든 음식을 먹으려고 저녁도 미리 먹고 오는 일은 적었다. 또한 피곤해도 소윤이 산책 나가고 싶다면 자리에서 금방 일어났다. 바로 오늘처럼!

소윤은 수안의 커다란 손을 잡고 저녁 산책을 나가니 기분이 좋았다. 방금 전 짧은 비가 내렸는지 먼지가 씻기어서 상쾌했다. 저녁의 서늘한 바람이 숨을 트이게 하는 평범하지만 마음에 드는 저녁이었다. 아파트를 벗어나 차가 줄지어 서 있는 길거리를 지나는 길에도 답답함보다 시원스런 움직임이 느껴졌다. 푸른 나무들 사이로 예쁜 초승달이 보였다. 소윤은 남편의 손을 잡은 채 앞을 보지 않고 주위를 살피다가 어느새 어디도 보지 않고 시선이 흩어져 버렸다.

수안은 오늘따라 말이 없는 소윤을 내려다보았다. 뭔가의 생각에 잠긴 그녀는 조금 그늘져 보였다. 아내의 작은 움직임, 이를테면 손가락을 계속 움직이는 거며 머리를 조금씩 흔드는 것, 그리고 콧등에 주름을 잡는 모습에 자꾸 시선이 쏠리었다. 그러나 오래 살피지는 못했다. 생각에 잠긴 그녀 대신 앞에 무언가가 갑자기 나타날 수도 있으니까 주위를 더 철저히 봐야 했기 때문이다.

"피곤하면 집에 갈까?"

소윤이 입을 쫙 벌리고 쉴 새 없이 나온 하품을 못 참자 수안이 물었다. 소윤은 얼른 입을 다물어 버렸다. 남편에게 아름다운 모습만 보이고 싶었지만 그게 쉽지 않았다. 우아한 아름다움은 그녀가 지금 추구하고 있는 것이지만 그러기 위해선 매번 긴장해야 하는 데 이 세상에서 가장 못하는 일이 바로 그것이었다.

"우리 차 마시러 가요."

소윤은 충동적으로 말했다. 수안은 소윤을 위해 택시를 잡아타서 분위기 좋은, 값비싼 고급 찻집으로 바로 데려가 주었다. 토굴같이 황토로 된 둥그런 찻집은 아늑하고 숨어 있는 기분인데다 은은한 불빛에 난초와 허브의 향기가 가득했다.

능력있는 남편을 둔 탓에 많은 것들이 순식간에 이루어지긴 했다. 그렇게 사랑도 찰나에 들었으면 좋겠다고 생각했다. 그러나 그것이 그렇게 쉽지 않다는 걸 잘 알면서도 똑같은 하루가 자꾸 쌓이는 것이 조금은 초조했다. 그래도 희망을 버리지 않았다. 허브 차를 같이 마시고 무드있는 음악을 함께 들으며 소윤은 찬찬히 김수안을 바라보았다.

'그가 왜 좋을까?'

문득 그 생각이 들었다. 이유가 있어야 마땅하겠지만 암만 생각해봐도 이유가 떠오르지 않았다. 그저 어느 순간 자상한 김수안이란 남자가 안으로 스며들었고, 그 자상함이 껍질처럼 느껴져 속상했다. 그녀에게 사랑이란 감정은 그가 자신에게 더 많이 내보이길 바라는 욕심으로 다가왔다. 소윤이 한숨을 조그맣게 쉬자 수안이 묻는 듯이 쳐다보았다.

"내가 왜 당신을 사랑할까 생각 중……."

솔직한 말에 수안의 바위 같은 얼굴이 흔들렸다.

"왜 사랑하는데?"

"나도 몰라요. 알면 좋을 텐데, 알면 사랑하지 않는 법도 알 테니까."

소윤은 짐짓 진지하게 말하다가 웃어버렸다. 그러나 수안의 시선은 무거운 채로 가라앉았다. 소윤이 그런 수안의 아래턱을 슬쩍 만지더니 말했다.

"당신 만난 것 후회 안 해요. 안 만났으면 이런 감정도 몰랐을 거야. 당신은 좋은 사람이에요. 완벽하진 않지만. 그래서 사랑하나? 완벽하지 않아서, 모르겠어."

"당신 좋아해."

수안이 막 배이기 시작한 감정 하나를 힘들게 꺼냈다.

"에잇, 그런 말 듣기 싫은데. 미안해서 하는 말은 안 하는 게 나아요. 가만있어요, 내가 들어간다니까.”

수안이 소윤의 얼굴을 만지었다.

“아프지 마.”

“응.”

남편의 손을 잡고 서로 말없이 마주 보았다. 느릿한 음악이 그들 사이로 흐르고 있었다. 잠시 후, 수안은 소윤이 피곤해 보인다고 말하더니 자리에서 일어났다.

“집에 가자.”

“그래요.”

수안과 집에 온 소윤은 갑자기 남편을 안아버려서 꼼짝없이 그 작은 몸 안에 갇히게 만들었다. 알고 보니 잘 자라는 인사였다. 그러나 수안은 순간 놀랐다.

“잘 자요.”

소윤은 남편과 사랑에 함께 빠지는 일에 골몰하느라 훌쩍 가버린 그녀를 멍하게 바라보는 그 시선을 알아차리지 못했다. 문이 닫히었다.

수안은 소윤의 체취에 한동안 자리에서 머물렀다. 발길이 쉽게 떨어지지 않았다. 서재가 아닌 손님방으로 가서 누웠으나 많이 뒤척이는 통에 침대에서 연신 삐거덕거리는 소리가 났다. 반팔 속옷과 편한 면바지에 맨발로 작은 침대에서 일어나 앉아 괜히 벽을 바라보다가 책을 들었지만 몇 장도 못 넘기고 다시 불을 껐다. 잠자리에 들려고 했지만 편안한 상태가 아니라서 좀처럼 잠이 오지 않았다. 자꾸 몸이 허전하고 쓸쓸해서 더 그러했다.

소윤의 체온이 아직도 몸 어딘가에서 느껴졌지만 그럴수록 그녀가 여기에 없다는 생각만이 선명했다. 한 집에 있는데도 너무 멀었다. 가까이 그녀의 숨소리를 듣고 싶었다. 그는 반듯하게 누워 천장을 바라보며 정신을 가다듬었다.

혼자 자는 것이 힘든 것은 아니었다. 아무렇지 않을 만큼 무감각해져 버렸다. 성격 탓도 있지만 그는 재혼 전에 근 육 년 이상을 여자 없이 살아왔다. 그래서 극심한 성욕 또한 부질없이 만들 만큼 본능적인 욕망에 초월했다. 지금도 성적으로 괴로운 것은 아니었다. 다만, 자꾸 소윤의 몸이 그리웠다. 어느새 길들여진 모양이다. 섹스가 아닌 그 몸이 옆에 가만히 있는 것만으로도 위로를 받을 수 있을 것만 같았다. 그러나 그런 생각은 수안에게 자기혐오만 안겨주었는지 베개에 얼굴을 박은 채로 쫓아내고 있었다. 맘은 닫혀 있으면서 원초적인 것만 원한다고 여겨졌기 때문이다.

"오빠, 여기!"

"우리 아기, 빨리도 왔구나."

소윤은 오래간만에 만나는 오빠를 향해 반가이 손을 흔들고 활짝 웃으면서 맞이했다. 작은 레스토랑은 그녀의 웃음소리로 가득 찼다. 그것은 평소에 행복한 사람이 흔연스럽게 기분을 발산하는 것이 아니라 답답한 마음의 탈출구를 원하는 커다란 울림 같은 것이었다.

"어디 아팠어? 얼굴이 말랐네. 네 남편이 혹시 속 썩여?"

청바지와 푸른색 계통의 체크무늬 셔츠에 재킷을 입은 현준의 눈초리가 위로 올라갔다. 단정하고 부드러운 얼굴이지만 날카로운 빛이 눈 안에 서려 있어 만만치 않은 성격도 보이며 동생의 안색을 살피었다.

"아니, 안 그래."

"그래? 다행이다. 미안해. 우리 아버지가 바람을 하도 피워서 생긴 것이 나이다 보니 그런 생각이 자주 들어."

현준은 자기 여자 외에 다른 사람에게 한눈파는 것을 질색하는 성미가 깊다 못해 사랑에도 냉소적이었다.

"그건 아버지 젊었을 때지. 이제 안 그러시잖아."

"그래, 안 그러시지. 그러다 보니 자신의 젊은 날 혹 덩어리들 보는 것이 무지 불편하시지. 얼마나 자책하시는지."

오빠의 빈정거림에 소윤은 신경이 쓰여 몸을 앞으로 숙였다.

"왜? 무슨 일 있었어?"

"미국으로 장기 출장 나갔었잖아. 그때 아버지가 오셨더라고. 형들이 있는 곳이었거든. 근데 따로 만나더라니까. 어머니가 낳은 자식들하고 너무 차별하시더라. 이해는 하는데 기분이 썩 좋지는 않았어. 형들은 같이 만나면서 형들과 나 이렇게 한꺼번에 보시는 건 불편한가 봐. 참 너무 신경 써. 데려온 자식이라고 너무 표시한다니까. 나도 당신 자식인데, 누가 딴 데서 낳아달라고 했나."

"워낙 큰오빠들이 과묵해서 그래. 그리고 아버진 큰오빠들에게 특별히 미안하신가 봐. 나한테도 그러셔. 오빠들만 챙길 때가 얼마나 많은데. 솔직히 좀 속상하긴 해. 근데 워낙 그러시니까 이제 아무렇지 않아."

소윤의 어른스런 말투에 현준의 눈썹이 위로 올라갔다.

"너 어른 됐다."

"흥, 오빠보다 항상 어른이었어."

"그래. 너도 알다시피 나 투정 잘 부리잖아."

소윤이 오빠의 손등을 꾹꾹 누르는 것으로 애정 표시를 하며 웃었다. 두 사람은 친탁을 해서 서로 많이 닮은 듯하면서도 어머니가 달라서 그런지 확실히 생김새는 조금씩 틀리었다. 오빠가 균형적이라면 그녀는 앙증맞기 하지만 약간은 제멋대로 생긴 데가 있었다. 다행히 눈이 커서 낮은 코가 만회가 되었지만 엄마도 코가 높은 편인데, 이 낮은 코는 누굴 닮았는지 정말 항상 속상해했다. 그러나 오랫동안 고민하지 않는 소윤은 또 금세 잊어버렸다.

"오빠 보니 너무 좋다."

"나 또 미국 나갈 것 같애."

현준이 갑작스럽게 꺼내자 소윤이 놀라 눈이 동그래졌다.

"우리 소윤이 눈 되게 크구나!"

"정말?"

"응. 크다."

"눈 말고, 오빠 정말 미국 또 가?"

"응. 내가 지원했어. 이번엔 더 오래 있을 것 같은데."

"일 욕심 많구나."

현준은 컴퓨터 관련 일을 하고 있었다. 소윤은 오빠의 일을 자세히 알지 못하지만 실력이 있다는 걸 잘 알고 있었다. 서운해하자 그는 망설이긴 했지만 비밀을 혼자 담아두지 못했다.

"사실, 잿밥에 더 관심이 많아. 나 애인 생겼어. 미국에 있으니까 나도 가려는 거지."

소윤이 많이 놀라서 가는 팔을 허우적대다가 앞에 있는 물을 엎을 뻔하자 현준이 웃음을 터뜨리며 얼른 유리컵을 잡아주었다.

"괜찮아, 안 엎었어. 그래, 이래야 진소윤답지. 실수투성이. 야, 때리지 마. 미안해."

소윤은 때리던 걸 멈추고 두 손을 모은 채로 오빠를 뚫어지게 쳐다보았다. 방금 무슨 소리를 들었는지 다시금 확인하려고 눈이 더욱 커져 버렸다.

"뭐라고? 다시 말해봐."

"애인 생겼다고. 사랑에 빠졌어."

"어떻게? 누구랑? 언제?"

소윤은 믿기지 않은지 떠오르는 대로 다 물었다. 한 가지 질문만으로는 턱도 없을 만큼 묻고 싶은 것이 많아졌다. 현준이 웃으면서 두 손을 들어 올린 채 항복 자세를 취했다.

"말해줄게. 그러니까 한 가지씩 물어."

"누구랑?"

"제나!"

소윤의 눈이 멍해졌다. 가끔 알아듣지 못하는 말을 하면 그녀는 멍청한 표정이 되곤 하는데 현준은 그런 여동생의 표정에 약해 뭐든지 털어놓았다. 지금도 마찬가지였다.

"미국 여자야! 금발에 고전적으로 생겼어."

"헉!"

“쉬이! 아직 비밀이다.”

“어떻게?”

“한 택시를 동시에 잡게 되서 좀 실랑이가 있었는데, 며칠 후 그 근처 식당에서 우연히 또 본 거야. 그런데 둘 다 기다리는 사람이 안 온 것 있지.”

“와!”

소윤은 사랑에 무성의했던 현준의 동화 같은 사랑 애기에 심취하며 갑탄사가 절루 터져 나왔다.

“사랑인 줄 언제 깨달았어?”

“그날!”

현준은 머뭇거림없이 동생을 보며 말했다.

“어, 그렇게 빨리! 키스는?”

“그날! 모든 게 다 그날!”

동생의 대책없이 멍청한 표정을 보며 크게 웃었다. 아직도 입을 벌리고 있는 동생의 턱을 부드럽게 올려 입을 다물게 했다. 소윤은 믿을 수 없다는 표정이었지만 행복해 보이는 오빠의 상태를 곧 받아들였다.

“첫눈에 반했구나!”

“응.”

소윤은 사랑에 놀라웠다. 사랑이란 감정에 안 친하고 적대적인 사람을 한 번에 바꿀 수 있는 힘이 사랑에 있는 것이다.

“어떻게 하면 첫눈에 반하는데?”

“몰라.”

"왜 사랑하는데?"

"몰라. 그냥 눈길이 갔어. 뭔가 뭉클한 것이 내 맘을 휘젓고 있는 거 같고. 자꾸 감정적이 되더라."

현준은 부끄러운 듯이 괜히 미간을 찡그리고 메뉴판을 보는 척하면서 얼굴을 반쯤 가렸다.

"운명이구나. 영화 같네. 사랑은 꼭 정해진 운명이어야 하나?"

"글쎄."

"노력해도 사랑할 수 있는 거겠지?"

소윤은 자신의 사랑에 대한 정의에 동의해 주길 바라는 눈빛으로 간절하게 오빠를 바라보았지만 그는 삐딱한 표정이 되어버렸다.

"사랑이 노력해서 된다면 드라마는 없겠다. 감정은 이치나 노력으로 되는 것이 아니잖아. 근데 왜? 네 남편 사랑하기가 힘들구나. 그럴 줄 알았어. 솔직히 나, 아버지 이해할 수가 없다. 하나밖에 없는 딸이잖아. 아무리 재벌가라고 해도, 떡고물이 엄청 떨어진다고 해도, 그런 데로 꼭 보내야 돼? 소윤아, 정 힘들면 결단을 내려. 나 네 편인 거 알지?"

소윤은 현준의 단정에 숨어버릴까 순간 고심했지만 좋아하는 오빠가 솔직했듯이 그녀도 그러고 싶었다.

"오빠, 나 내 남편 사랑해."

"어? 정말?"

"응. 많이 사랑해."

소윤은 현준이 믿지 못하자 난감해졌지만 부인하지 않았다.

"사랑이 뭔 줄은 알지?"

"내가 바보야? 알지, 아니까 사랑하지."

"우리 소윤이 정말 착하구나!"

소윤은 픽 웃고 말았다. 김수안을 사랑하는 일이 착해야 가능하다는 그 편견이 슬프지만 픽 웃기긴 했다.

"근데 그걸 왜 물어?"

"그냥 궁금해서."

소윤은 자세한 얘기를 차마 할 수가 없었다. 남편이 자신을 사랑하지 않는다는 것이 창피해서가 아니었다. 원래 친한 사람들에게 고민을 털어놓는 것에 대해 아무런 거리낌도 없었기 때문에 비밀을 두지 않았지만, 이번만큼은 이모 외에는 더 이상 털어놓고 싶지 않았다. 자꾸 말하면 노력하려는 자신이 하찮고 우습게 느껴질까 봐 두렵기 때문이었다. 용기가 꺾여서 김수안을 포기하는 일이 생길지도 모른다는 생각에 입을 다물었다.

"네가 뭐가 못나서 전 부인에게 연연하는 남자한테 목을 메냐고."

막내이모와도 한동안 만나지 않을 것이다. 소윤은 결심했다. 지금 그녀의 행동을 탓하고 못났다는 사람은 아무리 좋아하고 그 말이 옳은 소리라고 해도 보지 않을 거라고, 기운을 얻기 위해서라도 당분간 거리를 두겠다고 마음에서 맹렬히 소리쳤다. 오직 어리석을 수 있는 맘만 따르기로 했다.

다행히, 사랑에 빠진 오빠에게 연인의 전화가 오면서 그는 소윤과 했던 대화를 잊어버렸다. 게다가 사랑의 밀어가 끝나자 연속으로 온 것은 아버지 전화였다.

"네, 제가 했어요. 만나야 될 것 같아서. 미국으로 다시 가려구요. 네, 지금요? 지금은 소윤이와 같이 있어요, 아버지. 네, 바꿀게요. 아버지야, 바꾸라신다."

소윤은 엄격한 아버지가 무서워서 목소리만 들어도 간이 콩알만해지는 기분으로 잔뜩 움츠러들었다. 아버지는 항상 명령만 하고 잘못을 지적했다. 실수가 많은 소윤은 그런 아버지가 버거웠다. 자상하고 관대한 아버지는 꼭 술이 있어야 만날 수가 있었다.

"불쌍한 놈!"

하지만 술을 마시면 세상이 모두 불쌍하다며 난리셨다. 그녀에게도 불쌍하다고 해서 어머니가 말려야 겨우 멈추어서 술 취한 아버지도 역시 피해 다니었다. 그래서 부녀의 정이 돈독하지 못했다.

"여보세요? 네, 아버지! 저예요. 밥 먹고 다녀요."

소윤은 잔뜩 주눅 든 표정으로 답하기 바빴다.

"아니요. 그동안 바빠서요."

몇 번 아버지 전화를 건너뛴 것을 해명하느라 이마에 진땀이 났다.

"저도 바빠요."

뭐가 바쁘냐는 말에 그녀는 겨우 모기만한 소리로 반박했지만 아버지에게 들릴까 싶었다.

"네, 없어요."

'무슨 일 없냐' 는 말에 소윤은 얼른 부정했다. 아버지의 알아듣기도 힘든 긴 설교를 피해가기 위해서였다. 설교를 항상 어려운 말로 하시기 때문에 더욱더 듣기 싫었다. 아버진 소윤이 속을 썩일까 봐 걱정하는 사람 같았다.

"건강해요. 네, 네. 딴 신경 안 써요. 네."

소윤이 아버지의 말이 끝나자 다른 말로 이어지기 전에 얼른 오빠에게 휴대폰을 건네주고 혓바닥을 내밀며 크게 숨을 쉬었다. 현준은 워낙 많이 본 소윤의 그런 모습에 소리 없이 미소 지었다. 전화가 끝나자 두 사람은 평화로운 시간을 보낸 후 언제가 애인을 보여준다는 약속을 주고받고서 자리에서 헤어졌다.

"자신이 얼마나 운이 좋은지 네 남편에게 말해줘. 진소윤의 사랑을 받다니 대단히 행복한 사람이라고."

헤어지기 직전에 현준이 남긴 말이었다. 그러나 소윤은 자신이 대단하다고 여긴 적이 별로 없어서 그 말이 와 닿지 않았다. 남편도 그렇게 판단할 거라고 생각하니 좀 서글퍼져서 어깨가 축 처지고 발이 질질 끌린 만큼 기운이 빠졌지만 집에 들어와선 다시 기운을 차렸다.

"잠깐만요."

출장을 준비하기 위해 간단히 짐을 챙기는 수안에게 소윤이 갑자기 줄자를 가지고 왔다.

"몸을 쫙 펴봐요."

"뭐 하는 거야?"

수안은 물으면서도 몸을 천천히 움직였다. 소윤은 줄자를 빼서 팔을 힘껏 벌리며 수안이 일어나 더 커진 상체를 혼자서 재보려고 안간힘을 썼지만 남편의 가슴까지밖에 안 오는 키로는 어림도 없었다. 왜 이렇게 팔이 길고 다리가 긴지 참 놀라울 따름이었다.

"이것 좀 잡고 있어봐요."

소윤은 도저히 혼자서 그의 치수를 잰다는 것이 불가능하다는 걸 몇 번 줄자를 놓치면서 깨닫게 되자 도움을 청했다. 수안은 소윤이 내민 줄자 끝을 잡았고, 더 나아가 다른 줄까지 반듯하게 처리해 주어서 치수 재는 것이 훨씬 수월해졌다.

"뭐 하려고?"

"출장이 이 주나 삼 주 정도 걸린다면서요. 그동안 당신 조끼를 뜨려고요, 당신이 보고 싶을 때마다. 그럼 빨리 뜨겠죠."

"힘들잖아. 하지 마."

"음, 할래요."

노력하겠다고 소윤이 말한 뒤 석 달이 다 되어가고 있지만 수안은 빌어먹을 딱딱한 심장이 변함이 없는 것에 아내가 절망할까 봐 두려웠다. 분명 김수안에게 질리고 지쳐 떠날 수 있었다. 그 생각이 머물수록 두려움은 커졌다. 수안은 그러나 그 두려움을 인식하지 않으려 몸을 경직시켰다.

"그래."

소윤은 씩 웃고 치수 잰 것을 적어서 다시 방으로 돌아갔고, 수안은 소윤의 뒷모습을 한참 동안 바라보았다.

수안은 그날 저녁 짐을 모두 챙기고 아내의 배웅을 받으며 떠났다. 비행기를 탔을 때 그는 밝게 웃고 있는 소윤의 사진을 발견하

고 오랫동안 손에서 놓지 못했다. 그녀가 직접 넣어둔 모양이었
다.

소윤은 뜨개질을 하면서 자꾸 코를 빠뜨렸지만 포기하지 않았
다. 그러나 재주가 없는지 움직이는 대바늘이 서투르기 짝이 없었
다. 잠시 손을 쉬었다. 그러다가 거울을 무심코 보았다.
"첫눈에 사랑에 빠지는 사람도 있으니까. 김수안도 할 수 있
어."
소윤은 거울을 보며 주문처럼 중얼거렸다.

Chapter 15

수안의 전화는 매일 계속되었다. 하루도 빠짐없이 안부를 묻는 전화가 이어졌다. 어떤 날은 하루에 두 번도 왔는데, 일에 바쁜 그는 하루에 한 번 한다고 생각했는지 물었던 걸 또 묻곤 했다.

시간을 정하지 않고 온 전화는 그래도 시차를 계산하는지 새벽은 피해 있었다. 그러나 시간이 지날수록 이른 아침이나 깊은 밤에 전화가 울리었기 때문에 소윤의 잠도 점점 짧아졌다. 신기하게도 이때쯤 그의 목소리를 듣고 싶다 하면 삼십 분 내로 벨소리가 울릴 때도 많아졌다.

태평양 건너편에 있는 남자에게 생각이 전달될 리 만무했지만 소윤은 그런 닿는 느낌에 기분이 좋았다. 사랑하는 마음은 어떻게든 길을 찾을 거라고 생각했다. 아직도 동화를 좋아하는 그녀답게 어렵고 복잡한 고민은 싫었다. 그래서 그녀의 일상은 매번 우울하지도 가라앉지도 않았다. 지금도 백화점에 들렀다가 점원이 어울린다고 비위를 맞춰주자 기분 내키는 대로 쇼핑을 해서 두 손 가득 가져온 옷들을 헤치고 가장 맘에 드는 원피스를 쇼핑백에서 꺼내 입어보았다.

복고풍으로 허리 라인이 가슴 아래까지 올라와서 리본으로 장식된 검은 물방울 원피스는 그녀처럼 키가 작은 사람들에겐 다리가 길어 보인다고 하더니 정말로 다리가 길어 보였디. 일른 에쁜 모습을 남편에게 보여주고 싶다고 생각할 때쯤 또 전화가 울리었다.

[잘 지내지? 건강은 어때? 별다른 일은 없고?]

오늘 아침에도 전화를 했으니까 아직 채 반나절도 안 지났는데 그가 마치 일주일 동안 목소리를 듣지 못한 것처럼 연달아 질문을 던졌다.

"그럼요. 잘 지내요. 장난전화 온 것 빼놓고는."

[장난전화?]

"전화해 놓고 말 안 하는 전화! 장난전화의 고전이죠 뭐. 별거 아닌 전화들이에요. 꽥 소리 질러줬으니 이젠 안 할 거예요. 당신은요?"

소윤의 장난스런 억양에 수안은 웃음을 낮게 터뜨린 후에 답했다.

[나도 잘 지내. 서류 볼 것이 있어서 그것 보고 있어.]

"안 자요? 거긴 새벽일 것 같은데."

[새벽 한 시 되어가네.]

"빨리 자요."

[서류 검토하고.]

"바쁘구나."

[응.]

소윤은 바쁘다고 하면서도 끊지 않고 있는 남편의 숨소리를 셀 듯이 가만히 들었다. 그는 강한 심장을 가진 사람답게 숨결도 차분해서 듬직하지만 어느 땐 바람결에 날리는 나뭇잎처럼 반응하는 모습을 눈동자를 굴리며 그려볼 때도 있었으나 상상이 잘되지 않았다.

[뭐 먹었어?]

서류 넘기는 소리가 들리었다. 그러면서도 그는 계속 묻고 있었다. 눈은 서류를 읽고 있는지 모르겠지만 그의 귀는 그녀를 향해 열려 있는 듯싶었다.

"아침엔 밥하고 무국하고 마른반찬하고 김치, 계란……."

결혼하고 없던 식습관이 바로 국이었다. 전엔 그냥 입이 짧아서 깔끔하고 느끼하지 않아야 먹을 뿐 국은 그다지 찾지 않았지만 어느새 남편처럼 국이 있어야 밥이 넘어갔다. 그는 음식 투정은 전혀 안 하고, 뭘 좋아하는지 말로써 나타내는 법은 없었으나 국이 있는 밥상을 좋아한다는 걸 짧은 표정으로 읽어낸 것이다.

[점심은?]

"샌드위치!"

[그거 먹고 되겠어?]

"충분해요."

[부실하잖아. 잘 먹어야지.]

수안은 잘 먹으라고 거듭 말했고, 소윤은 잘 먹고 있다고 답했다. 그런 대화가 계속 오가다가 또 다른 전화가 왔는지 연결이 끊어지고 말았지만 크게 신경 쓰지 않았다. 수안이 또 전화를 할 것을 아니까 걱정이 확실히 줄어들었다.

[뭐 해?]

며칠 후, 다른 때와 다름없이 안부전화가 계속되던 어느 날 수안이 전화를 해놓고 뜬금없이 물었다.

"뜨개질해요."

형태가 잡혀갈수록 점점 형편없어지는 누더기 같은 조끼를 보며 소윤은 한숨을 쉬며 힘없이 대답했다.

[왜?]

"조끼가 웃겨서."

웃기다면서 연거푸 한숨을 쉬는 소윤으로 인해 수안은 소리 내어 웃고 말았다. 그 웃음소리가 그녀의 귓가보다 마음에 먼저 들어왔다.

"당신은 무슨 생각 해요?"

소윤이 무릎 위에 뜨개질 감을 놓은 채로 묻자 정말로 생각을 하는 것처럼 잠시 조용해졌다. 그런 다음 그의 굵고도 낮은 목소리가 귓가를 울리었다.

[그 조끼 입어야 하나, 그 생각.]

“입지 않아도 돼요. 그냥 당신 옷장 구석에 놓아두기만 해요.”

소윤은 그 조끼를 눈높이까지 들어보며 말했지만 그래도 어떻게든 완성하고 싶어서 손에서 떼지 못했다. 아무리 생각해도 속상해서 한숨 소리는 계속되었다. 엄마는 야무지게 잘하는데 그렇게 오랫동안 엄마 하는 것 보고 자란 자신은 이렇게 실력이 차이가 나니 정말 재능이 없어도 너무 없다고 투덜댔다.

[대신 당신은 노래 잘하잖아.]

전화 속 남편의 응원에 소윤은 픽 웃었다.

“음정 박자 겨우 맞추는 것도 잘한다면 잘하는 거겠죠.”

[정말 잘한다니까.]

“자꾸 그러면 노래 불러줄 거예요. 당신 악몽 꾸라고.”

[불러줘.]

소윤이 서슴없이 노래를 불러 젖히기 시작했다.

“우후, 우후, 내가 널 사랑하다니 난 바보가 틀림없어. 너처럼 못생긴 사람을 사랑하는 건 말도 안 돼. 근데 난 널 사랑해. 내가 왜 이러는지 몰라. 너의 크지 않은 눈이 자꾸 떠올라. 너의 둔한 몸짓까지 좋은걸. 우후, 우후, 그래, 나 미쳤어. 알아.”

[그게 무슨 노래야?]

수안이 얼굴을 찡그리고 묻는 듯한 모습이 머릿속에 훤히 그려져서 소윤은 웃음을 간신히 참으며 슬쩍 물었다.

“왜요? 찔려요? 어디서 많이 들어본 음에 즉흥적으로 가사 지어낸 건데…….”

[나에 대한 것은 아닌 것 같군. 난 못생기지 않았으니까.]

"맞아요."

소윤은 전적으로 동의해 주었다. 수안은 그 다음부터는 더 이상 노래하라고 청하지 않았다.

[잘 자.]

"응, 쉬엄쉬엄 일해요."

소윤은 전화를 끊고 나서 혼자서 열심히 웃어댔다. 그리고 남편이 전송해 준 사진들을 휴대폰으로 확인하면서 문득 남편과 많이 친해진 기분이었다

"웃긴다."

정말 웃겼다. 친해지고 결혼하는 것이 정석이라고 생각했는데, 결혼한 지 이 년 넘은 그들에게 친해진 기분이 지금에서야 드는 걸 보면 그들은 예외에 속하는 모양이다. 수안을 사랑하고 있었지만 친밀감은 뒷전이었고, 그런 감정은 그리 중요하지 않은 줄 알았다. 불꽃같은 사랑만 연연했었다.

'친하다는 것이 뭘까?

소윤은 가만히 그 생각에 빠졌다. 남편이 출장 가기 전에 꽃집과 계약을 했는지 정기적으로 배달되어 온 꽃들과 작은 화분들도 자꾸 그 생각을 이끌어냈다. 친해지는 느낌.

'굳이 대화라고 할 수 없는 말을 해도 어색하지 않는 사이일까?

정말 그런 것 같기도 했다. 수안은 했던 말을 또 하면서 전화를 계속 붙잡고 있다가 갑자기 뜬금없이 뭘 보냐고 물을 때도 있었다.

"왜요?"

하고 물으면 그는 특유의 낮고 일정한 선율로 답했다.

[어디 보는지 궁금해서. 그냥 궁금해.]

친해진 것 같다고 소윤은 단정했다. 그래서 그동안의 보고픔을 그런 생각들로 마음을 부풀리며 견딜 수 있었고, 작은 기적이 머지않았음을 두근거리며 기다렸다.

한 달이 그렇게 너무 느리지만 가치있게 지나가고 있었다. 그러다가 돌아오기 며칠 전, 그는 전화해서 아무 말도 없다가 고백 같은 말을 먼저 했다. 듣고 싶다고 운을 떼지 않았기에 그녀의 눈은 커지고 뺨은 홍조가 띠었다.

[보고 싶다.]

짙은 목소리에 소윤은 심장이 빠르게 뛰었다. 전화를 끊고 나서도 조용히 그 말을 속으로 되뇌다가 수안의 음성을 따라서 흉내 내보았다.

"보고 싶다."

"잘 있었어?"

수안이 묻고 있었다. 전화도 아니고, 아내가 직접 열어준 문 뒤에 온통 현관을 다 채운 채로 서서, 양복 위에 코트까지 입은 떠날 때의 모습 그대로였다. 소윤은 별 표정 없는 속에서도 희미한 웃음을 보이는 그를 입만 벌린 채 멍하게 바라보았다. 아내의 놀라는 표정을 수안은 잠시 말없이 따라갈 뿐이었다. 그녀의 목이 점점 젖혀지며 남편의 존재를 인식했다.

"바로 회사로 가봐야 돼. 잠깐 얼굴 보려고 들렀어. 그럼, 저녁에 봐."

수안이 그 말을 남기고 군더더기없는 동작과 함께 바람처럼 사라졌다. 소윤은 자신이 본 것이 꿈이 아닌가 싶어서 멍하니 있다가 베란다로 후다닥 나가 보니 그가 탄 차가 막 아파트 정문을 빠져나가고 있었고, 그 뒤로 관리 직원이 차에다 대고 인사하는 모습이 보였다.

"내일 모레 온다고 했잖아요."

소윤은 얼른 남편에게 전화를 걸었다.

[이제 전화가 더 편한가 보네. 볼 때는 아무 말도 없더니.]

"놀라서 그랬죠. 갑자기 당신이 딱 서 있으니까."

수안이 낮게 웃었다. 소윤은 그 웃음소리를 들으니 입술이 저절로 위로 당겨졌다.

[좀 일찍 끝내려고 노력했더니 한 이틀 앞당길 수 있었어.]

"나 보려고?"

[너무 출장이 길어져서. 맞아…… 당신 보려고.]

실망한 한숨 소리에 그는 말을 바꾸었다.

"피곤하겠어요."

[괜찮아. 저녁에 나가서 식사할 테니까 간단히 준비해. 맛있는 거 사줄게.]

"알았어요."

[끊어야겠어.]

"응."

소윤은 전화를 끊고 나서 보고 싶었다는 말을 듣고 싶었던 걸 깨달았다. 그만큼 그 보고 싶다는 목소리가 인상적이고 마음에 들었다. 다른 사람들이 하는 쉽고 흔한 말이 아니었다. 짧지만 형식적이지 않은 그 말은 그만의 음색으로 흘러나와 진심이 느껴졌다. 그래서 보고 싶다는 남편의 말이 아주 소중했다.

"보고 싶어."

그녀는 대신 말해보았다. 그와 공유하고 있는 감정이 '보고 싶다' 는 것이라서 좋았다. 한동안 그 말에 취해 있다가 시간이 많이 남아 있는데도 저녁 외출 준비를 하려고 들뜬 마음을 안고 가벼운 발로 방 이곳저곳을 들쑤시고 다니었다.

"예쁘다."

남편의 칭찬에 소윤은 약간 수줍어하면서 미소를 함박 지었다. 얼마 전에 샀던 복고풍 원피스는 좀 춥긴 하지만 그에게 보이고 싶어서 레스토랑에 도착하자마자 두껍지도 않은 코트를 얼른 벗자 수안이 받아주었다.

지배인이 안내한 곳은 작은 방으로 무척이나 아늑하고도 무드 있는 곳이었다. 고급스런 카펫이 바닥에 깔려져 있고 램프가 불을 밝히는 가운데 한 테이블만이 작고 둥그렇게 놓여 있었다. 작은 화분들이 창가를 장식하고 밖의 모습이 격자창으로 흐릿하게 흐르며 바깥 풍경만 보이고 소음은 완전히 차단되었다.

"마음에 들어?"

수안이 코트를 옷걸이에 걸고 나서 직접 의자를 빼주면서 소윤이 앉을 때까지 기다린 후 맞은편에 앉으며 물었다.

"아주 마음에 들어요. 피곤할 텐데 이렇게 신경 써주고 고마워요."

"별말씀을."

덤덤하게 응답하는 수안의 말에 소윤은 웃었다.

"뭐 먹을까?"

"아무거나."

요즘 부쩍 소윤은 수안이 쓰는 말을 몸에 밴 채로 자연스럽게 응용해서 수안의 눈썹이 살짝 위로 올라갔다. 그러나 아내는 의식을 못하는 것 같았다. 그는 메뉴판을 보더니 코스 요리를 시키었고, 지배인은 정중하게 인사를 하고 나서 자리를 비켰다. 그들은 먼저 칵테일 음료를 마시며 서로를 바라보았다.

"한 달 만에 보니까 당신 정말 잘생겨 보여요."

소윤이 어릴 때부터 누누이 들어온 예절을 또 잊어버리고 식탁에 팔을 괸 채로 남편을 보면서 감상을 붙였다.

"고맙군, 더 이상 못생겨 보이지 않다니……."

아직도 멋대로 부른 노래 가사를 마음에 두고 있는 걸 알고 소윤은 삐친 거냐고 놀려댔다.

"인제 알았어? 나 속 좁잖아."

"에잇, 그건 아니다. 당신은 속이 너무 넓어서 문제죠. 너무 넓다 보니까 항상 무심할 수 있는 거예요. 내가 생각해 봤는데, 당신의 감정 선이 문제가 있는 것이 아니라 마음이 너무 광활해서 모르는 거라고 봐요. 나이에 비해 너무 점잖은 것도 다 그런 문제라구요. 사람은 좀 꽁해도 괜찮아요. 물론 당신처럼 엄청 큰 사람이 오래 꽁하면 그리 예뻐 보이진 않겠지만 가끔씩 그래도 봐줄 수 있을 거예요. 그것이 정신 건강에도 좋으니까.”

수안은 아내의 설교를 짐짓 알아들었다는 듯이 고개를 끄덕거렸다. 그러나 소윤의 얼굴 생김새에 더 심취해 있었다. 커다란 눈에는 마음의 상태를 숨기지 못하고 감정으로 너울댔다. 슬픈지, 좋은지, 아픈지, 행복한지, 거울처럼 알 수가 있었다. 그녀의 눈은 말 그대로 마음의 창이었다. 봉긋한 코와 콧잔등엔 주름이 잡힐 때가 많았고, 그 주변에 퍼진 주근깨는 화장으로 오늘은 보이지 않았지만 흔적은 찾을 수 있었다. 그리고 작고 도톰한 입술은 쉴 새 없이 말하느라 뾰족하게 움직여 댔다.

“보고 싶었어. 역시 사진보다 실제로 보니까 더 좋군.”

소윤은 남편의 솔직한 말에 웃으며 눈을 빛냈다.

“예뻐.”

여전히 무뚝뚝하게 말을 하지만 그 안엔 부드러움이 조금씩 꿈틀거렸다. 소윤은 뺨이 뜨거워짐을 느끼었다. 그의 시선이 닿은 채 딱 붙어서 더 그러했다. 벽의 램프와 천장 위에 단순하면서 고상한 샹들리에의 은은한 조명이 그녀의 아름다움을 더 강조하며 비추었다.

“선물 준비했어.”

“뭔데요?”

“풀어봐.”

소윤은 수안이 내민 연보라색 작은 정사각형 상자의 보라색과

금색으로 장식된 리본을 풀어보았다. 거기엔 백금으로 된 줄에 바다색의 원석이 다이아몬드로 장식되어 있었다.

"비싸겠어요."

"많이. 값은 알려고 하지 마. 지금도 머리가 띵해."

수안의 진지한 말에 소윤은 웃다가 고개를 끄덕거렸다.

"나 비싼 거 좋아해요."

이번엔 수안이 눈으로 웃었다.

"정말 예뻐요. 당신이 직접 골랐어요?"

"응. 해줄게."

수안은 자리에서 일어나 그녀의 길고 얇은 목으로 목걸이의 체인을 채워주었다. 그의 손길이 목 뒤를 스치자 솜털이 일어섰다.

"고마워요. 참, 아직 조끼는 완성을 못했어요. 완성되면 보여줄게요. 보기만 하고 입지는 말아요."

엉망이 된 조끼를 끝까지 만들어서 어떻게든 옷처럼 보이기 위한 아주 중요한 작업이 남았지만 시간이 아주 많이 걸릴 것 같았다.

"당신 뜻대로."

소윤은 수안을 쳐다보면서도 가슴 근처에 있는 목걸이를 만지작거렸다. 남편의 마음이 담긴 비싼 선물이 너무도 마음에 들었다.

식사가 끝나고 디저트로 수제 아이스크림까지 맛본 후에 그들은 밖으로 나왔다. 수안은 피곤함이 아직 가시지 않았음에도 소윤을 위해 드라이브를 했다. 양평으로 가는 국도를 따라 북한 강변 쪽의 멋진 야경을 낀 드라이브 코스를 밟아나간 후에야 집으로 향했다. 차 속에서 흐르는 피아노 선율을 소윤은 입으로 따라 하기 시작했다. 지금 마음을 잡아놓지 않으면 계속 날아오를 정도로 기분이 좋았다. 수안은 운전에 집중하면서도 소윤의 그런 모습에 눈길이 갔다.

집에 도착하고 나서도 흥얼거리는 선율을 멈추지 않고, 음을 타고 돌면서 몸을 움직였다. 수안은 그런 사뿐한 소윤을 바라보았다. 마치 작은 요정이 날아다닌 것 같았다. 아내는 어떤 의미에선 무척 솔직한 사람이었다. 감정을 숨길 줄 모르고 또한 그 감정에 부끄러움이 없었다. 슬프면 울고, 기쁘면 앞뒤 안 가리고 웃고 좋아하는, 그래서 어느 때는 당혹스럽지만 요즘 들어 점점 그 모습에 마음이 가곤 했다.

"같이 춰요."

"그래."

아내가 춤을 추는 모습이 계속 보고 싶은 수안은 그녀의 흥을 깨지 않으려고 춤을 춰본 적 없으면서 쉽게 응했다.

"기다려, 음악 틀게."

"음악은 이미 나오잖아요."

"어디?"

수안은 음악에 취해 있는 소윤의 표정을 보며 물었다.

"안 들려요?"

"전혀."

소윤이 자신의 가슴을 치고, 남편의 두텁고 단단한 가슴도 통통 쳤다.

"여기에."

"글쎄."

이해를 못했다. 그는 아내의 상상을 따라가기엔 고리타분한 면이 없지 않았다. 그러나 소윤은 그런 남편도 싫지 않았다. 이 세상에서 눈에 보이는 것만 믿고, 보고 사는 남편을 그녀가 간혹 빠지는 세계로 끌어내는 것이 어렵지 않다고 보았다. 오늘따라 소윤은 마음먹은 모든 일이 다 이루어질 것 같은 마법에 빠져들었다.

"벌써 춤이 시작되고 있어요. 다른 이들은 저쪽에서 추고 있으니까 우리는 여기 정원, 아무도 안 보는 데서 추면 돼요. 그래도 열어놓은 창문에서 음악이 들리잖아요. 누가 당신 춤 못 춘다고 흉보는 사람도 없으니 어서 움직여요."

소윤의 상상 문턱에서 발을 내밀지 고심하던 수안은 아내가 손을 부드럽게 잡아당기자 쭈뼛거리며 작은 세계로 겨우 넘어서 발을 떼었다. 그녀의 발은 어찌나 가벼운지 닿자마자 떨어져 또 다른 곳을 향하고 있었다. 수안은 그 걸음을 따라가느라 바쁜 데다 음악도 들리지 않은 채로 움직이려니 스텝이 꼬이기까지 했다.

그러나 소윤은 남편의 실수를 신경 쓰지 않았다. 몸이 살짝 닿은 채로 춤을 추며 고개를 젖히어 사랑스럽게 눈을 마주쳤다. 순간 아내의 눈에 가득 담긴 자신의 모습을 보던 수안은 통 들리지 않던 선율이 갑자기 희미하게 들리기 시작했다. 곧 끊어질 것 같았지만 분명 마음을 조금씩 두드리며 발을 움직이는 걸 한결 가볍게 했다.

"들려."

그가 속삭였다.

"정말로요?"

소윤은 기쁨이 담긴 얼굴로 되물었다.

"응. 당신과 함께 있으니까."

수안은 이제 커다란 발끝을 보며 작은 발을 밟을까 봐 걱정하지 않고 소윤에게 시선을 맞추었다. 그녀는 아주 작았다. 너무 작아서 눈 깜짝할 새도 없이 사라질 것 같은 기분이 불쑥불쑥 들자 어디에도 안 가게 하겠다는 의지가 소윤을 안은 두 손아귀에 힘을 불끈 솟아오르게 했다.

어느새 거실에서 안방으로 들어와 있었다. 그들의 움직임은 한 자리에서 머무를 정도로 적어지고 미동만이 서로의 몸으로 퍼져 나갔다. 수안은 계속 소윤을 보고 있었다. 그녀는 이젠 춤은 뒷전이고 할 수 있는 한 까치발을 하고 커다란 남편에게 팔을 뻗어 벅차게 안았다. 조금씩 흔들리는 그녀의 몸은 선율이 아닌 감정 때문이었고 그에 따라 수안도 같이 흔들렸다.

이제 두 사람은 서로에게 열중했다. 상상의 세계에서 돌아온 소윤은 오로지 남편만을 의식하고 있었고, 수안도 마찬가지였다. 두 사람은 서로를 춤추기 힘들 정도로 꼭 안고 있었다. 빈틈없이 그들의 사이가 좁혀지고 조여졌다. 소윤을 쳐다보는 그 짙은 눈빛이 잡힐 듯했다. 수안은 아내가 뭔가 웅얼거리는 걸 들으려고 몸을 숙였다.

“사랑해요.”

소윤의 맑은 목소리에 실린 고백에 수안은 또 두려움을 느꼈다. 사랑을 받을 만한 자격이 자신에게 없다고 보기에 더 그러했다.

‘사랑해야지. 사랑해야지.’

그 생각이 강해질수록 벽에 부딪혀 나가떨어지는 기분이었다. 그러나 그 속에서도 아내를 원하는 마음을 보았다. 이상하게도 그 갈망은 이렇게 소윤을 품 안에 안고 있는데도 가시기는커녕 더 강해졌다. 욕망이 점점 커지면서 통증도 느껴졌다. 그러나 막을 수는 없었다.

수안은 소윤을 가지고 싶었다. 온몸이 저릴 정도로 그 욕구는 커져만 갔다. 그때 소윤이 벌어진 그의 다리 사이로 들어와 그의 얼굴을 눈빛으로 쓰다듬고 있었다. 이미 수안과 소윤의 춤은 침대 앞에서 완전히 끊기고, 수안은 침대에 앉은 채였다. 그들의 몸은 더 가까워질 수 없을 정도로 가까워졌다. 수안은 다리 사이가 뻐근해지는 통증 속에서 소윤을 응시했다. 그의 가장 중요한 부분을 소윤의 몸이 스치었다.

“괜찮아?”

“뭐가요?”

소윤은 장난을 쳤다. 알면서도 그의 목소리로 확인하고 싶었다.

“당신과 자도 돼?”

“날 원해요?”

“응.”

“얼마만큼?”

"많이!"

소윤의 가슴이 닿자 수안은 더 끌어당겨 아예 그녀의 몸에 얼굴을 묻어버렸다. 그러는 바람에 완전히 소리가 잠겨서 나왔다. 소윤은 그런 남편의 머리카락을 손으로 쓸어내렸다. 머리카락 감촉이 부드럽게 손에서 감겨 내려갔다. 수안은 심호흡을 길게 쉬었다. 그는 창피했다. 소윤을 좋아하는 마음이 고개를 들었지만 그보다 앞서 사로잡힌 것이 욕망이란 감정이기에 맑은 눈을 마주할 수가 없었다.

"나도 당신을 원해요."

수안의 머리 위로 여린 숨결이 쏟아졌다. 그녀의 음성은 떨렸지만 확고했다.

"당신과 키스하고 싶어서 그 생각만 했어요."

"나도 그래."

수안이 고개를 들고 욕망으로 얼굴을 찡그리며 동의했다.

"당신은 모를 거예요? 내가 얼마나 욕심이 많은지…… 당신의 모든 걸 갖고 싶어요. 그래서 당혹스러울 때도 있어요."

수안은 소윤의 솔직한 말들이 그 맑은 눈동자에서 나오니 자신의 욕망은 나쁜 의미로 적나라해 보였다. 그녀는 사랑을 얘기하고 있었다. 좋아하는 것보다 더 강렬한 그 감정을 표현하는 데 두려움없이 맞서고 있었다. 반면, 사랑에 닿을 수 있을지도 확신하지 못하면서 욕망에 갈수록 심취해 있는 자신이 싫었다. 그러나 그녀를 놓치지 않겠다는 마음은 강해졌다. 아주 몹쓸 생각이었지만 그녀가 불행하다고 해도 놓아주지 않을 것이다. 수안은 자신이 선물

한 목걸이가 소윤의 가슴께에서 빛나는 걸 보며 맹세했다.

"난 어디에도 안 가. 항상 당신 곁에 있을 거야."

떠나지 말라는 말을 그렇게 비겁하게 돌려서 했다. 소윤은 답 대신 그의 입술에 입술로 닿았다. 외로운 맘을 비집고 들어가 전체로 번질 듯이 아주 따뜻하고 달콤했다. 수안은 아내를 안은 채로 허겁지겁 탐하려는 맘을 잡으려고 애썼지만 잘되지 않았다.

그는 벌어진 아내의 입술로 파고들어 혀를 휘감으며 안 훑은 데가 없이 거칠게 탐하기 시작했다. 그렇게 끝도 없이 그녀의 숨결을 빨아들였다. 소윤이 숨 쉬기 힘들 지경까지 이르렀을 때 수안은 겨우 입술을 떼고 작은 역삼각형 얼굴에 바위 같은 얼굴을 맞대고 숨을 쉬었다.

욕망은 몸 구석구석을 들끓게 했다. 그러나 그럴수록 어린 시절부터 지금까지 그래 왔던 것처럼 항상 평정심을 찾으려 들며 어렵사리 자제력을 그러모았다. 욕망을 누르느라 미세하게 육체가 흔들렸다. 그렇게 시간을 벌려고 노력했다. 그러나 그 와중에도 그의 손은 소윤을 만지었다.

눈앞에 있는 아내를 안 만지는 것은 불가능했다. 갖고 싶다는 원초적인 욕망을 애써 누르고 조심스럽게 몸 선을 따라갔다. 소윤의 몸은 너무 섬세했다. 작고 여성스런 곡선이 눈앞에 드러났다. 옷 위로 애무하는 두껍고 투박한 손으로 인해 그녀의 옷은 흐트러지며 어깨와 허리에서 점점 흘러내리었다. 반쯤 걸쳐져 있는 옷들은 소윤의 몸을 더 강조하고 있었다.

아름다운 어깨선과 쇄골, 그리고 둥그런 유방과 부드러운 허리선이 작은 골반과 얇은 다리와 함께 수안이 단추를 하나씩 풀면서 완전히 드러났다. 브래지어도 그의 손에 감겨지며 사라져 작은 팬티만이 그녀의 중심을 가리고 있을 뿐이었다.

소윤은 수안의 시선에 따라 민감하게 반응하고 흔들리며 분홍빛으로 변해가면서도 남편을 꽉 끌어안았다. 심장이 박동수를 더해가며 꽝꽝하고 뛰어댔다. 그 소리가 그에게도 들릴 것이 분명했다. 남편의 가슴에 얼굴을 묻은 채 움직일 때마다 그의 셔츠가 마구 구겨졌다. 그녀는 겨우 고개를 들었지만 머리는 아직도 그의 가슴에 댄 채로 남편의 셔츠를 풀어버렸다. 대신 바지는 그가 직접 벗었다.

두 사람은 곧 하나로 엉키어 침대로 쓰러졌다. 수안은 체중이 소윤에게로 완전히 실리지 않게 하려고 조심하는 버릇을 버리지 않았다.

"날 원해요?"

"원해"

소윤은 그의 심장 부근 쪽 감정에 닿을 수 있다는 생각이 들자 오히려 불안해졌다. 뭔가 손에 잡힐 듯하다가 끝내 빠져나갈까 봐 조바심이 났다. 그러나 그런 성마른 생각을 접은 채로 남편만을 느끼려 했다. 자신의 몸 위에서 움직이는 그의 감촉을 그대로 흡수하면서 눈을 감았다. 그녀의 몸이 그에게로 흐를 듯이 반응했다.

수안은 퍼렇게 비치는 혈관을 눈으로, 손으로, 그리고 입술로 쫓아갔다. 아내의 몸을 이리 오래 본 것은 처음인 듯싶었다. 아름답고 탐스런 가슴에 집착하지 않으려 했다. 그래도 뾰족하게 일어선 작은 유두는 그를 자극시켰다. 커다란 입 안으로 빨려 들어간 유두는 입 안을 구르며 달콤함을 온몸에 넘쳐흐르게 했다.

쾌락에 익숙하지 않은 그의 몸이 저절로 경직되었지만 그녀에게서 떨어질 줄 몰랐다. 마구 문지르고 부비고 싶은 욕망에 노출되며 맘을 뒤흔들었다.

그는 갑자기 이성을 잃고 아내를 세게 끌어안아 뜨거운 키스를 퍼부으며 욕구대로 탐했다. 짐승처럼 그녀의 목에 이를 세우고 가슴을 거칠게 주무르며 무섭게 솟아 딱딱해진 성기를 그녀의 중심에 딱 맞춰 무섭게 돌진하려는 순간 간신히 이성을 차렸다. 마치 목숨 줄이라도 되는 것처럼!

소윤에게서 열기 어린 신음이 새어나왔다. 본능적으로 남편의 등짝을 꽉 붙잡았다. 이미 그녀의 몸은 만질 때마다 흐물흐물 부드러워지며 그가 원하는 대로 휘어질 만큼 유연해져서 하나로 스며들 것만 같았다. 이미 중심은 축축해졌다. 크고 강한 남성도, 완전히 몰입해서 받아들일 수 있었고 그렇게 되길 간절히 원했다.

수안은 소윤의 작은 엉덩이를 움켜쥐고 천천히 밀고 들어왔다. 좁은 그곳은 빡빡하면서도 매끄럽게 들어갈 수 있도록 충분히 젖어 있었다. 빠져들어 가는 동안 이성의 고리를 억지로 잡아 맨몸에선 땀이 맺히었다. 그는 속력을 높이지 않고 조심하며 그녀에게로 전진과 후퇴를 반복했다. 가끔 속도가 마음에 따라 빨라지기도 했지만 이성을 완전히 놓고 있지 않아 욕망을 반쯤은 붙들어 맬 수가 있었다. 그럼에도 소윤은 숨이 넘어갈 듯 붕 뜨는 절정을 맞이한 채로 가쁜 숨을 쉬었다. 곧 온몸의 힘을 소진한 채 시트에 축 늘어져 버렸다.

그는 터질 듯한 욕망을 누르고 그녀가 잘 수 있도록 다정하고 부드럽게 안아주었다. 소윤은 커다란 품에서 안락하게 잠들기 직전에 중요한 두 가지를 어렴풋이 느꼈다. 그가 사랑까지는 아니더라도 그녀를 좋아하고 있다는 것과 이번 관계에도 자제력을 가진 채로 자신을 안았으며 완전한 절정에 이르는 걸 스스로 막았다는 것을.

소윤은 꿈속에까지 그 고민을 가지고 가서 헤매는 동안 점점 그 사실이 몸에 박히도록 확실해졌다.

Chapter 16

"무슨 생각 해요, 형님?"

"아무것도 아닌데……."

연주가 방문을 열고 얼굴을 내밀며 웃음기있는 말로 물었다. 멍한 눈빛으로 허공을 맴돌던 소윤은 연주를 쳐다보다 정신을 차려 보니 태웅이가 그녀에게 귤을 갖다주며 까달라고 손을 내민 채 펄쩍펄쩍 뛰고 있었다. 소윤은 귀여운 태웅이 뺨 양쪽에 뽀뽀를 한 후 아이를 품에 안고 귤을 까기 시작했다.

"고민 있으세요?"

"없는데……."

소윤은 시치미를 떼며 입을 벌린 태웅이에게 귤을 넣어주었다.

"그럼 다행이구요. 조금만 기다리세요. 치수 다 쟀으니까 이제 맛있는 거 가져올게요.”

“근데 정말 인테리어 공사 허락 받은 거예요?”

소윤은 불안해서 물었다. 방금 인테리어 디자이너가 이층을 구석구석 살피고 가긴 했지만 본가를 고치는 걸 시어머니가 용인했다는 사실이 믿어지지 않았다.

“그럼요, 겨우 가까스로 받았지만요. 제가 막 졸랐거든요. 어머니께서 절대 안 된다고 하셔서 매일매일 투덜댔더니, 지겨우신지 이층은 해도 좋다고 하셨어요. 사실 거의 이층은 올라오시지도 않잖아요. 그러니까 우리가 원하는 식으로 좀 고치자는 거죠. 난 내가 원하지 않는 색상은 오래 못 보겠어요. 히히히.”

연주는 장난스런 웃음을 남기고 주방으로 내려갔다. 소윤은 낙천적인 연주가 좋아서 같이 미소를 짓다가 곧 표정이 없어졌다. 어두운 것은 아니지만 생기가 없었다. 그렇게 그녀의 눈빛이 딱히 가라앉은 건 아니면서도 또렷한 시선없이 또 어딘가를 헤매고 있었다.

“아!”

“나도 먹어?”

태웅이가 귤을 맛있게 먹다가 손에 주물럭거리고 있던 하나를 소윤의 입에 대자 그녀의 시선이 돌아왔다.

“냠냠냠.”

맛있게 먹으라는 태웅의 소리였다. 소윤은 손때가 잔뜩 묻은 귤을 상관치 않고 받아먹었다.

“냠냠냠.”

그녀는 태웅이가 좋아하는 소리까지 내면서 맛있게 먹었다. 태웅은 좋은지 활짝 웃었다. 뺨이 통통한 태웅은 순한 성격이었고, 한시도 가만히 있지 않은 활발한 아기였다. 지금도 몸을 좌우로 움직이며 걷는 모습이 너무도 예쁘다고 생각하고 있을 때 태웅이 소윤을 가리켰다.

"이뻐."

"내가?"

"어, 이뻐."

소윤은 무거운 잡념을 잠시 잊고 태웅을 바라보았다. 아이는 제 방을 막 돌아다니다가도 뒤돌아보며 방긋 웃었다.

"이거 뭐야?"

그리고 혀 짧은 귀여운 소리로 호기심 어린 눈동자를 빛내며 묻곤 했다. 지금은 커튼을 잡고 물었다.

"커튼."

따라 하기 힘든 말인지 태웅은 커튼 속으로 숨어버렸다. 소윤이 무릎으로 기어가서 태웅을 찾으려니까 까르륵 웃음소리가 방 안으로 퍼졌다.

"맘마 먹자."

"맘마. 맘마. 맘마."

연주가 접시에 가져온 찐빵과 만두를 태웅이 보자마자 뒤뚱거리며 걸어와 하나를 덥석 집어 들고, 밖으로 잽싸게 나가려는 걸 연주가 문 앞에서 막았다.

"이놈!"

태웅이 고집 부리며 계속 돌진하자 연주는 아예 안아 들고 아랫목으로 돌아왔다.

"아기가 먹기에 안 뜨거워요?"

"그래서 좀 식혀 가지고 왔어요. 안 그러면 안 돼요. 애는 음식 앞에선 잘 못 참아서, 무조건 손부터 뻗는다니까요. 물론 아기들이 다 그렇지만 유독 심해요. 다른 아이들은 이유식 먹는데, 울 태웅이는 그냥 음식도 다 먹어요. 배 볼록 튀어나온 것 봐요."

소윤은 뺨이 빨갛고 검은 눈이 반짝반짝 빛나며 팔과 다리가 굵은 건강한 태웅이를 보며 웃었다.

"보기 좋은데요 뭐."

"그렇긴 해요. 아무리 생각해도 얼굴은 남편인데 먹성은 외가쪽인 것 같아요. 그렇지?"

연주가 소윤에게 얘기하다가 태웅의 얼굴을 맞대자 아기가 또 웃더니 엄마를 가리키며 말했다.

"엄마 이뻐."

연주는 건성으로 별 감흥 없이 응하고 답하며 만두를 먹었다.

"나한테도 예쁘다고 했는데."

"태웅이가 하는 예쁘다는 말은 별 의미가 없어요."

"왜요?"

"그게, 울 태웅이는 저 못생긴 인형한테도 예쁘다고 하고, 저기……."

연주가 머리카락이 많이 빠진 못난이 인형을 가리키다가 갑자기 소리를 확 낮춰 입가에 손을 대며 비밀 얘기하듯이 소곤소곤

덧붙였다.

"아버님께도 예쁘다고 해요."

소윤은 참으려고 했지만 쿡쿡거리는 웃음이 새어나왔다.

"아, 정말 지난번에 아버님 친구 분이 오셨는데, 많이 우락부락 생기셨더라구요. 근데 태웅이가 예쁘다고 난리를 쳐서 얼마나 민망했는지 몰라요. 그 어른이 그러시잖아요. 애는 혹시 예쁘다는 말을 못났다고 생각하고 쓰는 거 아니냐고? 애한테는 안 예쁜 사람이 없나 봐."

연주의 말에 소윤은 아예 배를 잡고 웃어버렸다. 연주도 같이 한참을 웃다가 소윤에게 만두를 더 건네고 나서 아예 아랫목에 누웠다.

"아, 어른들 안 계시니까 편하긴 편하다."

시부모님이 모임차 해외로 한 달간 집을 비우는 동안 연주는 겨우 허락 받은 공사를 다 해치울 작정이었다. 큰 공사는 아니기에 시일 안에 할 수 있다고 장담을 했다. 소윤은 연주가 무척 차분한 성격인 줄 알았는데 꽤 충동적인 면이 있다는 걸 알고 더 친근했다.

"참, 비디오 제가 안 보여 드렸죠? 기다려 보세요."

연주는 갑자기 생각난 듯 후다닥 움직여 서랍 속에 비디오를 꺼내서 틀었다.

"공사하려고 저쪽에 있는 창고로 쓰던 방을 정리했는데, 거기서 나왔어요. 대청소의 산물이죠. 김씨 형제들이 다 나와요."

소윤이 TV에 시선을 맞추자 지지직거리던 화면이 영상으로 바

뀌었다. 좀 희미하고 줄이 가긴 했지만 그래도 화질은 선명한 편
이었다.

"아빠! 아빠! 아빠!"

"그래, 아빠."

화면엔 여섯에서 여덟 살쯤 되어 보이는 아이의 모습이 나타났
다. 그 아이를 가리키며 태웅이 아빠라며 열심히 외쳐 대자 연주
가 맞장구를 쳐준 후 어리둥절한 소윤에게 설명해 주었다.

"아빠 어릴 때라고 말해주었더니 이젠 아빠라고 알아봐요. 근
데 저만한 나이 또래 보고 다 아빠라고 할까 봐 은근히 걱정되긴
하지만요."

"아빠 아야. 아빠 아야."

"그래, 아빠 아플 때야."

소윤은 짧은 말로 설명을 하는 태웅이가 귀여워 그 까만 머리카
락을 쓰다듬어 준 후 다시 화면을 보았다. 창백한 얼굴에 많이 아
픈지 신경질적인 표정으로 잔뜩 찌푸리며 쿠션에 기대고 있는 아
이는 안색은 무척 나빴으나 잘생기고 때깔은 좋은 편이었다.

"아주버님도 나와요. 저때가 중학교 때라고 하시던데."

연주는 그 설명을 하고 나서 수창이 백혈병에 걸렸을 때라 아주
병약했다면서 과거의 일인데도 무척이나 안타까워했다. 그러나
소윤의 시선은 남편의 어린 시절로 향했다. 커다란 키에 큰 덩치
는 성인이라고 해도 될 만큼 다 자란 모습이었지만 솜털 있는 얼
굴은 앳되었다.

―알았어.

어린 수창이 뭐라고 했는지 수안은 무뚝뚝하게 대답하고 업어 주며 왔다 갔다 했다. 많이 아픈지 비디오를 찍고 있는데도 수창은 계속 짜증을 부리며 칭얼거렸고, 그럴 때마다 수안은 한시도 앉지 못했다. 그러면서도 한쪽 구석에 꼼짝 안 하고 책을 읽는 수호에게 발로 툭툭 치며 물었다.

—밥 먹었어?

수호는 고개를 끄덕거리고 다시 책을 읽었다. 수창이 심술이 났는지 큰형의 머리카락을 잡아당기고 있는데도 끄떡하지 않았다. 아파도 아픈 줄 모르는 버릇이 저때부터 자리 잡은 것 같았다. 수안은 단단한 사람이니까. 자신과 다른 이의 아픔도 다 흡수해 버리느라 늘 무뚝뚝한 것처럼 보인다. 영상 속의 수안과 며칠 전 수안의 모습이 흐릿하게 겹쳐졌다.

수안은 착한 남편이고, 성실한 사람이다. 그렇게 바쁘면서도 소윤을 챙기고, 또 그녀를 보는 것을 좋아한다. 어느 땐 그녀를 보는 것도 인식 못한 채 볼 때도 있었다. 소윤은 자신을 안고 음악을 듣던 수안이 이제 서재로 돌아가는 것을 보며 행복해야 한다고 중얼거렸다. 그들은 마치 문제가 다 해결된 듯이 일상으로 돌아와 있었다. 서로 마주 보고 웃고, 안고, 섹스하고, 식사하는 부부의 생활은 하루하루 계속되었다. 그런데 그녀의 마음 한쪽은 뭔가 푹 꺼진 듯이 손상되어 버렸다. 손이 절대로 닿지 않은 천장을 만지려고 팔딱팔딱 뛰는 기분에서 못 벗어났다.

'그만 욕심 부리자. 이만하면 된 거야.'

이미 수안은 그녀를 좋아하고 있다. 그의 눈짓, 손짓에서 느껴졌다. 그런데 기쁘지 않았다. 노력하면 될 줄 알았다. 아무리 손을 뻗어도 남편의 속 중 만질 수 없는 곳이 있다는 것에 속이 상하고 화가 나서 맥이 풀렸다. 그것은 남편이 노력을 안 해서 그런 것이 아니었다. 그것은 노력과 상관없는 부분이었다.

수안 같은 사람은 일생에서 단 한 사람만 사랑할 거라고, 그래서 차선이라도 그의 마음을 받아들여야 하는 일이 그녀를 기다리고 있었다. 김수안과 살려면 그래야 한다. 그 사실이 슬펐지만 남편을 절대로 포기하고 싶지 않았다.

이 세상에 살면서 이렇게 마음이 가는 남자를 또 만날 수 없을 것이라고 소윤은 단정했다. 수안과 헤어져 서로가 동시에 뜨거운 사랑을 할 수 있는 사람을 만난다 한들 이렇게 끈덕지게 맘속에 들어와 일상이 되어버린 남자는 없을 거란 사실이 맘을 붙잡았다. 잠깐이라도 헤어진다면 이란 가정에 불쾌감을 가질 정도로 김수안은 그녀에게 단 한 사람이었다. 그러니까 남편의 가장 중요한 하나의 의미보다는 약간 밀려난 두 번째가 되어야 한다.

그럴 준비를 해야 한다고 자신을 다독이며 거실에서 뜨개질 거리를 찾아 마저 하던 소윤은 문득 고개를 들어 문을 열어놓고 서재에서 일하는 남편의 널따란 등짝을 끌리듯이 보았다. 그러는 동안, 슬픔이 변형을 일으키더니 불쑥 분노가 마음 저 바닥에서부터 끌어 올라와 온화한 그녀의 얼굴을 퉁퉁 붓게 만들었다. 최선을 다해 완성시키려던 뜨개질 거리도 손에서 내팽개치고 퉁명한 태도로 걸어가서 그 큰 등을 쳐다보았다.

‘뭐가 잘났다고 날 이리 힘들게 해? 왜 내게 한계를 느끼게 하냐고.’

소윤은 치솟은 불쏘시개 같은 분노를 가지고 꽉 쥔 작은 주먹으로 서너 번 꽝꽝 힘껏 등을 때렸다. 그리고 획 돌아서 제자리로 와버렸다. 수안은 무슨 일인가 놀라서 그녀에게 갔지만 입을 꽉 다물고 뜨개질을 하는 무서운 아내의 표정에 건드리지 못하고 바라보기만 했다.

“무슨 생각 하세요?”

“남편 생각이요.”

소윤의 솔직한 말에 연주는 미소 지었다.

“아주버님, 점잖으시고 좋으세요.”

“네.”

“울 남편 때문에 힘드셨을 거예요.”

“네.”

“으응? 그렇게 말하니까 서운해요. 아니라고 그러셔야죠. 울 남편 그래도 요즘 많이 착해졌잖아요.”

“맞아요.”

소윤이 동의해 주자 연주는 웃어버렸다. 두 사람은 금세 죽이 잘 맞아 편안한 시간을 보내었다. 연주는 임신 상태라 피곤해하면서도 태웅이와 잘 놀아주었다. 배에다 대고 입으로 바람을 불어넣어 아기가 까르륵 웃게 만들었다. 소윤은 그런 모습을 흐뭇하게 바라보았다.

"착하게 살자."

소윤은 혼자 중얼거렸다. 다신, 남편을 때리지 않겠다는 다짐이 허사가 되지 않기 위해서라도 마음속에 억제하지 못한 감정들은 꽁꽁 묶어야 했다. 허전한 마음으로 계속되는 똑같은 일상에서 길을 잃지 않기 위해 힘을 내려고 애썼다.

"오늘은 무얼 할까?"

내부 속 우울한 불평들을 지그시 눌러놓고 마치 행복한 사람처럼 주방에서 냉장고를 열고 들여다보며 중얼거렸다. 그때 전화가 울리었다.

"여보세요?"

"……."

번호도 뜨지 않는 또 그 장난전화였다. 좀 안 온다 싶더니 다시 시작된 전화는 신경을 박박 긁어댔다.

"전화를 했으면 말을 해요. 숨만 쌕쌕 쉬지 말고. 그쪽은 시간이 그렇게 펑펑 남아도나 본데, 난 무척 바쁜 사람이라고. 여보세요?"

전화가 뚝 끊기고 신호음이 들리었다. 소윤은 화가 나서 씩씩거렸다. 부글부글 끓어올라 무언가 더 퍼붓고 싶은 충동에 의자를 끌어당겨 앉아 심호흡을 하며 안정하려 했다.

"짜증나."

소윤은 혹시 이 전화가 남편과 관련된 여자들의 전화가 아닐까 하는 생각이 슬며시 고개를 들었다. 그러나 마음속에 침입해 애먼 생각들을 만들기 전에 오래 담아두지 않았다. 그건 아닐 거라는 직감이 있었다. 지금 김수안과 부대끼는 여자는 자신뿐이란 느낌이 확실히 왔다. 그것은 김수안이란 남자에게 진소윤이 반이라도 채워진 상태라는 것을 모를 만큼 바보는 아니었다.

'그럼, 혹시 짝사랑하는 여자일까?'

그 생각이 들자, 제일 먼저 떠오르는 사람은 박지민이었다. 그러나 그녀는 해외에서 영화 촬영을 하고 있다는 소식을 TV에서 봤고, 만약 그녀였다면 이렇게 오랫동안 침묵하지 않았을 거라는 결론을 내렸다.

"장난전화겠지."

소윤은 그저 넘겨 버린 후 자리를 털고 일어났다.

"배고프죠? 얼른 씻고 와요."

소윤은 얼굴에 경련이 일 정도로 활짝 웃으며 남편을 맞이했다. 수안은 그런 아내의 모습에 약간 당황한 눈치였다. 잘 움직이지 않던 눈동자가 굴러다니었다.

"이것도 먹어봐요."

그녀는 식사할 때도 명랑하고 쾌활한 태도로 말을 많이 했다. 남편이 밥을 뜨자 얼른 볶은 마른 새우를 그 위에 올려놓아 주었다.

"응."

수안은 아내가 준 것을 받아먹으면서도 아내의 상태를 살피었다.

"어때요?"

"맛있어."

소윤은 웃으며 재잘거리는 것을 멈추지 않고 식사를 했다. 식사가 마치고 수안은 여느 때처럼 거실 소파에 앉아 신문을 보고 있었지만 그의 눈은 활자가 아닌 아내의 행동을 신문 너머로 쫓고 있었다. 소윤이 오늘따라 잘 웃었지만 그렇다고 마음까지 웃는 것이 아니기 때문에 활짝 웃다가도 찌그러지듯이 울상이 순간 나타나곤 했다. 아내의 한순간도 놓치지 않던 수안에게서 한숨이 나왔다. 소윤의 감정이 들쭉날쭉 된 것이 자신 때문인 것 같아 마음이 편치 않았다.

'남편은 자신도 모를 아픔이 많아. 내가 쓰다듬고 살아야지.'

한편, 소윤은 수안의 큰 등을 바라보며 생각했다. 그런데 또 감정이 파도처럼 넘나들며 기분이 제자리를 못 잡았다.

"예뻐. 예뻐. 미워. 예뻐. 미워. 미워."

소윤은 작은 소리로 웅얼거리다가 남편이 서재에서 책을 고르는 모습을 더 가까이 다가가서 바라보았다. 그의 등을 때린 것이 서너 번 되었다. 감정을 이기지 못하면 막 아프라고 등을 때렸지만 그렇다고 속이 후련해지지도 않았다. 아니, 더 마음이 안 좋았다. 남편의 굵은 목과 거기서 흐르는 두터운 어깨선, 그리고 강철 같은 등을 보다가 뒤로 가서 슬며시 안아버렸다. 그의 몸이 두꺼워 겨우 휘두른 손끝이 닿았다. 수안이 놀랐는지 뒤돌아보려 했다.

"돌아보면 미워할 거예요."

소윤은 지금 눈이 맞추면 괜히 슬프고 그래서 더 성질이 날 것 같았다.

"가만히 있어요."

소윤은 남편의 힘을 조용한 말로써 누르고 때렸던 그 등을 손으로 쓸어내리다가 돌아보기도 전에 거실로 가버렸다. 그가 뒤돌아봤을 때는 벌써 거실에서 청소를 시작하고 있었다. 진공청소기 돌리는 소리가 집 안을 진동시켰다.

'아내가 화났다.'

수안은 소윤이 자신을 때릴 때보다 더 화가 났다는 사실에 움찔했다. 큰 덩치로 어떻게 해야 할지 몰라 난감했다. 이미 모든 노력을 다 했기 때문에 답이 보이지 않았다. 무심한 표정이 깨지고 눈썹과 눈이 맞붙을 듯이 닿았다. 몸이 고민으로 약간씩 좌우로 흔들렸다. 비위를 많이 맞춰줘야겠다고 화난 아내를 보고 생각했다.

'잃으면 안 되니까.'

그때 거실 한쪽에 팽개쳐진 털 뭉치로 보이는 것이 눈에 띄었다.

수안은 퇴근하고 집으로 왔다. 벨을 눌러도 반응이 없자 번호를 눌러서 들어왔으나 역시 집안은 조용했다.

"나 왔어."

아내가 외출했다고 짐작하면서도 괜히 소리 내어 봤지만 생각대로 되돌아오는 소리는 하나도 없었다. 수안은 안방을 열어보고 주방에도 가보았다. 식탁 위에 밥상보가 놓여 있어 들춰 보았다. 그의 눈가에 찌푸린 웃음이 어렸다.

〈친구들과 놀다 올 거니까 밥 대신 이거 먹어요.〉

작은 쪽지에 적어놓은 소윤의 글씨를 보고 다시 그녀가 밥 대신 먹으라고 놓은 '이거'를 쳐다보았다. 제과점에서 사다 놓은 보리 식빵이 전부였다. 그것도 사 와서 전혀 손대지 않고 던져 놓은 듯한 모습 그대로였다.

"알았어."

수안은 소윤의 명령에 답하고 봉지를 풀어 빵을 두 개씩 한꺼번에 먹었다. 잼 같은 것도 없어 그냥 먹고 나서 씻은 다음 서재로 갔지만 자꾸 시계에만 눈이 가서 책을 읽을 수가 없었다. 아예 거실로 나가 아내가 올 때까지 기다리기로 했지만 그답지 않은 조급한 맘이 불쑥 들자 더 참지 못하고 전화를 했다.

[왜요?]

소윤이 웅성거리는 소음 속에서 물었다.

"언제 올 거야?"

[음, 놀다가.]

"술 마셔?"

소윤의 목소리가 평상시와 다르게 꼬이자 수안이 물었다.

[안 돼요?]

"아니."

소윤이 톡 쏘아대듯이 묻자 수안은 누그러졌다.

[그럼, 놀다 갈게요.]

"응."

수안은 아내의 비위를 최대한 맞추려 반박하지 않고 끊었지만 찡그림은 꽤 오래갔다. 아내가 술을 마시는 모습을 가만히 그려보았다.

'분명 휘청될 것이고, 그럼 넘어질 수도 있고, 다행히 차는 안 기저갔으니 택시를 잡으려 차도끼지 내려갈 수도 있다.'

하나부터 열까지 모두 걱정이 되어 머리 속을 꽉 채우자 그는 다시 전화를 걸어 아내가 어디에 있는지 기어코 알아냈다. 말할 때까지 계속 어디 있냐는 말만 하자 소윤도 털어놓고 만 것이다. 수안은 가겠다는 말을 한 뒤 전화를 끊고 집을 나섰다. 외투도 없이 아내가 짜서 내동댕이친 조끼만 언제나처럼 입고, 그는 명동 시내 중심가에 있는 와인 바까지 왔다. 그러나 안으로 들어가지 않고 나올 때까지 밖에서 기다렸다.

"진짜 온 거예요?"

소윤은 친구들과 기분 좋게 실로 오래간만에 술을 마시고 우르르 나오다가 남편이 떡하니 서 있자 놀라서 물었다.

"응."

"내 남편이야."

소윤은 친구들에게 수안을 인사시키었다. 그러나 친구들이 한데 뭉쳐서 쭈뼛대는 사이 그가 그 자리에서 아내의 친구들에게 고개를 살짝 숙여 인사를 했다.

"안녕하세요."

수안의 정중함에도 그들의 표정은 약간 얼어 있었다. 그만큼 수안은 덩치와 무뚝뚝한 표정만으로도 충분히 상대에게 겁을 줄 수 있었다. 그에게 하나도 겁먹지 않은 사람은 여기서 가장 작은 진소윤뿐이었다. 그녀는 친구들에게 작별인사를 하고 나서 남편이 몰고 온 차까지 앞장서 약간 지그재그로 걸으며 비틀거렸다. 수안은 뒤에서 아내를 받쳐 주며 차에 무사히 오르게 했다.

소윤은 차에 타서도 남편을 보고 왜 굳이 왔냐며 짜증 어린 잔소리를 해대었다. 수안은 묵묵히 듣기만 하다가 짧게 답했다.

"걱정되잖아."

"이걸 아직까지 입어요? 창피하게."

소윤은 자신이 직접 뜬 갈색의 엉성하고 듬성한 조끼로 시선이 가자 그것은 고집스럽게 입고 있는 남편에게 인상을 썼다.

"괜찮은데."

"안 괜찮아. 꼴 보기 싫어."

수안은 심각하지 않은 한숨을 내쉬었다. 그가 처음 이 조끼를 주워 입었을 때도 아내가 한 말이 그것이었다.

"안 예쁘니까, 벗어요. 꼴 보기 싫어."

조끼가 그렇다는 건지 아니면 자신이 그렇다는 건지 확실치 않았다. 수안은 그 조끼를 내려다보다가 결론을 지었다.

'둘 다 보기 싫은가 보다.'

아파트 지하에 차를 주차하고 집까지 걸었다. 차가운 바람이 얼굴에 닿자 술기운과 함께 그녀의 뺨이 더 붉어졌다. 높지 않게 조성된 색 바랜 듯한 겨울 숲이 시린 바람에 흔들리며 자기들끼리 부딪치는 소리를 내었다. 고요한 속에서 유난히 큰 소리로 쉭쉭거렸다. 소윤은 그 찬 공기 속으로 깊이 들어가며 집에서 멀어지고 있었다.

소윤의 걸음은 여전히 일정치 않았다. 똑바르지 않고 자꾸 삐뚤거렸다. 그런데도 그녀는 잎을 떨구거나, 푸른 기운을 뿌리에 머금고 있는 나무들로 구성된 작은 정원 쪽으로 발길을 돌려 디 길으려 했다. 거기엔 추운 날씨에도 몇몇 사람들이 밤 산책을 위해 몸을 움츠리고 서늘한 대기를 가르며 걸었다. 소윤도 정신을 아리게 하는 그 차가운 바람이 소리를 내며 부는 쪽으로 이끌리듯이 발을 떼었다. 수안은 아내의 발자국을 따라 움직였다.

"업어줄까?"

그 말이 왜 나왔나 싶었다. 수안은 해놓고도 약간 놀랐다. 그냥 소윤이 하도 흔들리기에 업어주고 싶은 생각이 문득 들어서 툭 튀어나온 모양이었다. 소윤이 걸음을 멈춰 뒤돌아보았다. 수안은 말실수를 그냥 넘어가려고 하는데 멀뚱하게 쳐다보던 소윤이 갑자기 정색을 했다.

"업어줘요."

"여기서?"

"여기서."

수안은 곤란한 얼굴이 되어 주머니에 손을 집어넣은 채 서 있었다.

"거짓말이에요? 지키지도 못할 말은 왜 해요?"

"업히고 싶어?"

"업어준다면서?"

고집이 덕지덕지 소윤의 얼굴에 붙어 있었다.

"업어줄게."

수안은 주위의 시선에 좀 따끔거리는 것은 대수롭지 않았지만 여자를 업어본 적이 없어서 자리에 앉으면서도 소윤이 업히지 않을지도 모른다고 생각했다. 그러나 소윤은 그가 앉자마자 체중을 그의 등에 완전히 얹히며 목을 두 손으로 부여잡았다. 그는 너무도 쉽게 일어났다. 사람들이 쳐다보긴 했지만 그렇게 오래 보지는 않았다. 수안은 아내가 말이 없자 잠들었나 싶었다.

소윤은 남편의 등이 참 편안했다. 이렇게 넓으니 당연하겠지만 무작정 넓다고 그런 것은 아니었다. 체온과 무심함이 흐르는 등, 그라서 편안했다. 소윤은 가슴과 맞닿은 그 등에 얼굴을 대었다. 이 등을 몇 번씩 때릴 때마다 조금 꿈틀거릴 뿐 다 받아주던 등이 오늘은 그녀에게 안식처나 다름이 없었다.

"미안해요."

소윤은 털실이 삐죽이 나온 조끼의 윗부분을 잡아당기며 웅얼거렸다.

"뭐가?"

"심술부려서."

"당신이 좀 지쳤나 보다."

"그런가!"

얼굴을 보지 않고 체온만 맞댄 채로 있으니 입에서 술술 얘기들이 흘러나왔다.

"내가 노력할게. 당신은 좀 쉬어."

수안의 말이 고마우면서도 슬펐다.

"노력하지 마요."

그의 등이 뻣뻣해져서 소윤은 손으로 가만히 쓸어내렸다.

"노력하지 마?"

"그냥 내비려 둬요. 노력없이 지내요. 그리 니쁘지 않을 기야. 우리 잘 지낼 수 있을 거예요. 괜찮게 늙어가면서. 억지로 되는 것은 없으니까 가만히 놔둬요. 이렇게 지내는 것도 좋을 것 같아요."

소윤이 수안의 등에 뺨을 계속 댄 채 기대었다. 수안은 아내의 무게를 느끼었다. 그녀가 고심하고 있는 것만큼 무게가 나가고 있었다. 그는 아무런 답변도 하지 못했다. 그날 그들은 업고, 업힌 채로 한 시간 동안 아파트 정원을 거닐었다.

다음날, 소윤은 남편을 출근시키고 스케줄을 확인했다. 학원에 갈 시간을 체크하고 있을 때 또 발신자가 모르는 전화가 울리었다. 소윤은 이번엔 꼭 목소리를 듣고야 말겠다는 생각에 큰 소리로 '누구야'를 외치었다.

"거기 진소윤 씨 댁인가요?"

여자 목소리일 거라고 생각했던 소윤에게 남자의 쉰 목소린 깜짝 놀라게 했다.

Chapter 17

"**여**보세요? 또 뭐야?"

소윤은 소리 내어 끊고 나서도 한동안 짜증스러운 얼굴로 전화기를 노려보았다.

"왜?"

막 퇴근한 후 씻고 나온 수안이 주방에 들어와서 씩씩거리는 아내에게 물었다.

"장난전화."

"장난전화?"

수안이 감자를 마저 썰어대는 소윤 옆으로 다가가 되물었다. 그녀의 울긋불긋해진 얼굴이 좀 가시고 있었다.

"응. 계속 아무 말 없다가 지난번엔 어떤 남자가 진소윤 씨 댁이냐고 묻잖아요.”

“그래서?”

말하다 보니 소윤은 별 시답지 않은 일이라고 생각하게 되었지
만 얘기를 듣던 수안은 짙은 눈썹을 꿈틀거리며 흥미를 보였다.

“그래서 맞다고 했더니 갑자기 횡설수설하다가 뚝 끊어버리잖
아요. 그러더니 또 전화하네. 같은 사람인 것 같기고 하고, 아닌
것 같기도 하고. 아, 모르겠다.”

소윤은 복잡한 것은 질색이라는 듯이 며칠 전 지른, 귓기까지
오는 짧은 머리를 흔들었다. 그러나 수안은 설명을 듣다가 퍽 심
각해져 미간을 찌푸렸다. 그 모습을 감자를 썰면서 훔쳐본 그녀는
장난기가 스멀스멀 기어올라 왔다.

“누구야?”

“혹시, 날 짝사랑하는 남자가 아닐까? 내가 좀 예쁘니까, 결혼
한 줄 모르고 그런 건지도 모르잖아요.”

소윤은 남편을 보며 천연덕스럽게 거짓말을 했다. 사실, 그 전
화 속 목소리는 젊은 남자가 아니었다. 둔탁하고 약간 쉰 목소리
로 봐선 나이가 꽤 든 것 같았다.

“누가 따라다녀?”

남편이 이렇게 금방 속을 줄은 몰랐기 때문에 수안이 뿌루퉁한
표정으로 심기불편하게 쳐다보자 웃음이 터지려는 걸 꾹 참았다.

“글쎄, 그런 것 같기도 하고.”

“뭐야, 미친놈 아니야?”

수안이 욕하는 것을 처음 들어 소윤은 장난전화의 불쾌감은 다

잊어버리고 재미있어했다. 그는 정말 화난 곰처럼 커다란 몸이 거친 숨으로 들썩거리었다. 그런 모습을 더 구경하고 싶었지만 성격상 오래 속이지 못해서 거짓말을 고쳐 말하려고 입을 달싹였다.

"아니에요. 따라다니는 사람 없어. 다 내가 결혼한 줄 아는데 뭐. 게다가 내 동창들은 거의 당신 무서워해서 그런 일 하라고 해도 안 해. 내 생각은 사기 전화인 것 같아요. 요즘 그런 것 너무 많다고 하잖아요. 범인이 외국인들이라서 다 잡는데 시간이 좀 많이 걸리나 봐요. 조심해야겠어."

"신고할까?"

"사기 안 당하면 되지 뭐. 괜히 일 만드는 거 싫어. 걱정하지 마요."

소윤이 아직도 불만이 묻은 수안의 뺨을 토닥거렸다. 그가 앉아 있어서 가능한 일이었다. 그때, 또 전화가 울렸다. 깜짝 놀랄 정도로 수안이 튀어나가 받았다. 그가 점잖고 정중한 태도로 통화하는 걸로 봐선 장난전화는 아닌 듯싶었다.

"누구?"

"처남!"

소윤은 전화를 건네받았다. 오빠가 미국으로 가기 전에 식사 한 번 같이 하자는 내용이었다.

"응. 그래. 오빠가 사야 돼."

[당연하지, 근데 아직도 네 남편 사랑해?]

"놀리지 마."

데굴데굴 굴러가는 웃음소리가 전화기를 타고 들려왔다.

[알았어, 이 맹추야. 참, 어머니 편찮으신 것 좀 어떠냐?]

"엄마 아파?"

소윤은 눈이 동그래져서 물었다.

[며칠 전에 집에 가보니 아프시던데, 누워 계시더라고. 너, 뭐야? 모르고 있었어?]

"응, 몰랐어. 어디가 아파?"

소윤의 커다란 눈에 눈물이 차 올랐다. 지금껏 자라면서 엄마가 아파서 흐트러진 모습을 거의 본 적이 없었기 때문에 더 놀랐다.

[잘 몰라. 나한테 자세한 말씀을 하시려고 해야지. 뭐, 심각한 것은 아닌 것 같았지만 초췌해 보였어. 하여튼 몸져누운 것 보면 좀 아프신 것 같다.]

"어떡해."

[넌 어떻게 결혼했다고 나 몰라라 해. 네 엄마한테 신경 써. 안부전화도 안 하냐? 어머니 서운하시겠다. 내가 할 수 있는 일은 별로 없어도 네가 할 수 있는 일은 많잖아. 큰형들도 지금 가까이 없는데 네가 알아서 잘해야지. 나나 준성 형이나 하고 싶어도 자릴 내주시지 않으니까, 네가 더 잘해야지. 어떻게 남편만 쏙 챙기냐?]

"알았어, 오빠. 다음에 내가 전화할게. 나 지금 바로 집에 가볼래, 끊어."

[그래.]

소윤은 '그래' 라는 소리를 듣지도 않고 전화기를 놔버렸다. 감자와 오이를 썰던 것도 내버려 둔 채 손을 씻고 안방으로 가서 집에서 입던 면바지와 티셔츠에 외투만 걸친 채로 밖으로 쏜살같이 나가려 했지만 수안은 그런 소윤을 붙들었다.

"데려다 줄게."

남편의 차에 올라 탄 소윤은 맘이 급해져 차 안에서도 발을 동동거렸다. 친정에 도착하자마자 벨을 누르고 문이 열리자 뛰어들어 갔다. 수안도 그 뒤를 천천히 따라갔다. 소식도 없이 온 소윤을 보고 아버지는 놀라 거실 소파에서 벌떡 일어나 쳐다보았다.

"무슨 일이냐?"

"엄마 아프시다고 해서 왔어요."

진 사장은 소윤의 말에 약간은 안심이 된 듯이 가슴을 쓸어내리다가 괜히 언성을 내었다.

"그렇다고 그렇게 달려와. 연락을 하고 와야지. 별일 아니다. 걱정할 일 아니니까 집에 돌아가."

"엄마!"

소윤은 아버지의 말에도 상관치 않고 엄마를 부르며 안방으로 들어갔다. 그러나 엄마는 이불에 싸여 링거 병에 연결된 채 잠들어 있었다.

"겨우 잠들었으니까 깨우지 말고. 별것도 아닌데, 웬 호들갑이야. 괜찮아, 그냥 몸살이라고 그랬어. 피로 누적이니까 좀 쉬면 나아."

소윤은 좀처럼 품을 떠나지 않고, 엄마를 바라보기만 했다. 그 모습을 보던 진 사장은 착잡한 표정으로 더 이상 말리지 않았다. 수안은 약간 늦게 들어와서 거실에서 기다리다가 장인어른의 안부도 같이 챙기었다. 장인어른 얼굴이 수척한 것이 근심이 있어 보여 재차 물었지만 아무 일 없다는 답변뿐이었다. 수안은 담소를 나눈 후 안방으로 가서 조심스럽게 집에 가자고 해도 요지부동인 소윤을 어쩔 수 없이 그냥 두고 혼자 집으로 왔다.

주방에는 아내가 썰다 만 감자와 오이가 그대로 흩어져 있었다. 수안은 주방 일과 친하진 않지만 그대로 두기가 뭣해서 썰어놓은 감자와 오이를 그릇에 담아서 냉장고에 넣어두고 도마와 칼 등 어질러져 있는 것을 씻어 한쪽으로 치워놓았다. 그리고 혼자 아내의 체취를 맡으며 가만히 시간을 보내었다. 그러나 시간이 잘 가지 않아서 그는 괜한 한숨을 공기에 더했다.

"엄마, 미안해. 아픈 줄도 모르고 남편만 신경 써서. 에잇, 사랑이 뭐라고. 나 웃겨, 정말."

소윤은 엄마의 머리카락을 조심스레 쓰다듬으며 중얼거렸다. 엄마의 아픈 모습을 본 적이 없어서 더 충격을 받았다. 자세히 들여다보니 그사이 늘어난 주름살과 기미로 많이 늙은 것 같아 마음이 더 안 좋았다.

"소윤아!"

구 여사는 잠에서 깨어나 점점 선명하게 보이는 딸을 불렀다. 소윤은 자신의 고질병인 중얼거림에 엄마가 깬 것 같아 미안한 얼굴이 되어버렸다.

"나 때문에 깬 거야, 엄마?"

"아니야, 많이 잤어. 근데 왜 왔어?"

소윤은 엄마가 일어나는 것을 도왔다. 그리고 얼른 등에 쿠션을 받쳐 주었다. 말라서 더 수척해 보이는 모습에 울상이 된 채로 엄마의 손을 잡고 응석을 부리듯이 말했다.

"엄마 아프잖아."

"그냥 몸살이야. 집에 가. 지금 몇 시야? 지금은 늦었으니까 내일 아침에 가."

"싫어, 안 갈래."

소윤의 뺨이 부풀어 오르자 구 여사는 말 안 들어 밉다는 듯이 노려보았지만 거기엔 사랑이 담겨 있었다.

"그동안 내가 너무 소홀했어. 미안해요, 엄마. 남편하고 달랑 둘이만 사는데도 생각할 일이 너무 많아서 그랬어. 이젠 안 그럴게."

"부부 사이에 무슨 일이 있는 거니?"

구 여사가 정색을 하며 묻자 소윤이 손사래를 쳤다.

"아니, 없어. 둘이 살다 보면 문제가 전혀 없지는 않지만 남편도 착하고, 나도 좀 착하니까 별 문제 없어요. 있다 하더라도, 서로 약간씩 성격상 부대끼는 것이라 지금은 해결을 봤어. 이젠 걱정거리 없어, 둘이 같이 늙어갈 일만 남았지. 남편이 먼저 늙겠지만."

소윤은 걱정시키지 않으려고 남편과의 힘든 사랑을 꺼내지 않으려다 말이 자꾸 꼬였다. 겨우 정리를 하고 눈을 맞추니 구 여사는 대견하다는 듯이 보고 있었다. 사실, 틀린 말은 아니었다. 소윤은 남편과의 사랑에 더 고민하지 않고, 투정도 부리지 않기로 했다. 이젠 서서히 함께 항해해 나가면 되는 것이다.

"우리 소윤이가 많이 컸네. 이젠 걱정 안 해도 되겠다."

"안 컸는데, 내 키는 중학교 이후 그대로야."

소윤의 썰렁한 농담에 구 여사는 창백한 얼굴로 웃었다.

“엄마 많이 아픈 것 아니지?”

“괜찮아.”

구 여사의 몸은 건강한 편이었다. 지금 그녀가 아픈 것은 마음이었다. 마음이 너무 아팠다. 그래서 몸에도 영향을 주었다. 의사는 맘을 편히 가지면 된다고 했지만 그것이 말처럼 쉽지 않았다.

구혜진은 후회하고 있었다. 그녀는 소윤을 너무 자신만의 딸로 키우고 싶어서 자유롭게 놔두지 못하고 지적과 사랑을 번갈아 주는 악순환을 되풀이한 어리석음을 지금에서야 깨달았다. 너무 규격 안에서 스스로 틀을 깨뜨릴 시간과 여유를 주지 못했다. 하나밖에 없는 딸을 결혼시키고 나서야 조금씩 마음에 걸리다가 딸을 잃을지도 모른다는 위기 앞에서 잘못을 인정하고 말았다. 품에 있을 때보다 지금 더 생각이 깊어지고, 자유롭게 표현할 줄 아는 소윤을 보니 더 그러했다.

“엄마가 우리 소윤이에게 잘해준 게 너무 없다.”

소윤은 깜짝 놀라 시선을 맞추었다.

“그런 말을 왜 해? 엄마가 나한테 얼마나 잘해줬는데? 내가 잘 따라가질 못했지. 내가 못나서 그래. 피아노에 그림에 영어에 무용에…… . 내가 생각해도 재능이 없어도 너무 없어. 성과가 없었잖아. 엄마의 반에, 반의반만 닮았어도 난 완전히 인재가 됐을 텐데. 지금 아무것도 아니잖아. 속상해.”

“왜 아무것도 아니야. 넌 소윤이잖아.”

“그러네.”

낙천적인 면이 많은 소윤이 금세 웃음기가 어린 얼굴로 인정했다.

"그리고 넌 나 많이 닮았어."

"정말?"

"그럼."

"넌 내 하나뿐인 딸인걸."

구 여사는 딸을 꼭 껴안았다. 소윤은 얼떨결에 안기면서 엄마가 많이 약해졌다고 생각했다. 작은 떨림이 전해져 왔다. 감정적인 것보다 이성적이었던 엄마가 정말로 많이 아픈 것이 아닌가 하는 생각에 소윤은 엄마의 등을 쓰다듬으며 울컥했다.

"무슨 일 있는 거 아니죠?"

"소윤아!"

구혜진은 괴로운 눈빛으로 딸을 바라보았다.

"여보!"

아버지가 들어와 부드럽게 아내를 불렀고, 그 음성에 정신을 차렸다.

"소윤아, 밥 먹고 와."

"안 먹을래요. 엄마 옆에 있을게요. 엄마가 너무 아픈 것 같아."

"얼른 먹고 와."

소윤은 아버지의 말엔 고개를 저었지만 엄마가 등을 떠밀자 어쩔 수 없이 방을 나섰다.

"괜찮아?"

"괜찮아요."

소윤은 주방으로 갔고, 두 사람의 대화는 현저하게 낮춰진 채로 계속되었다.

"당신 마음이 격해진 것 같네."

진 사장은 아내를 미안한 얼굴로 바라보았다.

"미안해, 나 때문에……."

"여보! 제발 부탁이에요. 그 얘긴 그만해요. 그리고 소윤이가 모르게 해요. 알았죠? 걔가 알면 안 돼요. 알았어요?"

진 사장의 얼굴은 어두웠다. 아내의 조급한 부탁에 고개를 끄덕거렸다.

"알았어."

"그들이 해달라는 대로 다 해줘요."

"그렇게 할 거요."

진 사장은 아내가 정말로 소윤을 사랑함을 다시금 깨달았다. 그녀는 딸을 잃을까 봐 온몸으로 두려워하고 있었다. 소윤의 존재 자체를 항상 미안해서 사랑하지 못했던 그 역시 처음으로 딸에 대한 걱정으로 심장이 조여들었다.

"미안해요."

소윤은 저녁에 퇴근하면서 잠깐 들린 남편을 배웅하기 위해 밖으로 나왔다.

"뭐가 미안해?"

"당신 혼자 두려니까 더 그래. 그러지 말고 여기서 당분간 지내면 안 돼요?"

소윤이 남편의 옷자락을 슬쩍 잡아당기며 올려다보았다.

"당신 불편하잖아. 잘 지내, 나 신경 쓰지 말고. 그리고 나, 내일 제주도로 짧게 출장 가."

"또 출장?"

"응."

소윤의 볼멘소리에 수안이 점잖게 미소 지었다.

"언제 와요?"

"곧."

"내가 가서 챙겨줘야 하는데."

"내가 알아서 갈게. 건강 신경 쓰고."

"응. 잘 갔다 와요."

소윤이 남편 코앞에서 손을 흔들자 수안도 따라 했다. 그러나 발이 쉽게 떨어지지 않았다. 그가 가지 않자 그녀도 주저했다.

"여보!"

"왜요?"

"아니야."

수안이 불러놓고 아무 말 없자 소윤은 실없다는 듯이 그의 팔을 툭툭 쳤다.

"나 없이 집에 있으니까 편하죠?"

"응."

"못됐어."

수안은 웃었다. 표정이 잘 나타나지 않은 사람이라 소윤은 알지 못했다. 그가 불안감에 시달리고 있다는 것을, 웃고 있는 지금조차도. 노력하지 않겠다는 소윤의 말에 안도와 함께 든 그 불안감은 날이 갈수록 눈덩이처럼 커져 갔다. 평정심이 사라지고 여러 감정에 어지러웠지만 감추고만 있었다.

"갈게."

"잘 갔다 와요."

"응."

수안은 차에 올라타서도 소윤을 바라보았다. 그 자리에서 손을 흔들고 있었다. 그는 문득 달려가서 그녀를 안고 싶은 맘에 미간을 찌푸리고 억눌렀다. 왜 이리 마음이 심란하고 아무것두 안 들어온 채로 당신 옆에만 있고 싶은지 모르겠다고 말하고 싶은 충동을 그렇게 삼키었다. 차를 출발하기 전에 다시 한 번 소윤을 눈에 담고 나서야 떠났다.

'곧 이런 기분 사라지면 우리 둘 다 편안해지겠지.'

수안은 떠나면서 평정을 찾으려고 노력했다. 소윤은 남편이 보이지 않을 때까지 서 있다가 초승달과 그 옆에 나란히 있는 별을 보고 들어왔다. 응접실로 들어서자마자 마치 기다렸다는 듯이 전화가 울리었다.

"진 사장님 계신가요?"

"지금 안 계세요. 누구시라고 전할까요?"

"나중에 또 전화하겠습니다."

소윤은 무심코 전화를 끊고 나서 굉장히 익숙한 목소리라는 생각이 들었다. 쉬고 가라앉은 중년의 목소리!

'어디서 들었더라?'

장난전화 속의 목소리와 겹쳐지면서 눈이 커졌다.

"설마, 아닐 거야."

고개를 세차게 저었지만 기분이 나아지거나 상쾌해지지 않았다. 엄마 방으로 들어가려던 소윤은 그런 마음으로 집 안을 휘둘러보았다. 예전 같지 않은 이상한 냉기가 느껴졌다. 무언가 스며들지 못하고 가시처럼 박힌 서늘한 공기가 피부를 찌를 듯이 차가웠다. 너무 예민해진 거라 판단하고 방으로 쑥 들어가 버렸다.

며칠 후, 소윤은 가져왔던 소소한 짐들을 가방에 담아서 갈 준비를 마치었다. 그러나 아직도 초췌한 엄마를 보니 가고 싶지 않았다.

"엄마 옆에 더 있고 싶은데……."

"다 나았어."

그래도 다행히 많이 나아져서 자리를 털고 일어난 익숙한 엄마의 단정한 모습에 안심을 했지만 아직도 엄마가 아프다는 것은 큰 영향을 끼치었다.

"자주 놀러올게요. 내가 너무 소홀했어. 이제부터 아주 잘할 거야."

푹 안긴 소윤을 보는 구 여사의 눈가가 떨려왔다. 그녀의 손이 언제나 어린 딸인 소윤을 품에 꼭 보듬어 안았다.

"그래, 우리 아기. 자주 와."

"네."

소윤은 엄마의 배웅을 받으며 집으로 돌아왔다. 남편은 바쁜지 연락이 잘되지 않았다. 비서로부터 잘 있다는 소식을 들은 후 집안에서 고요하게 앉아 마음을 다스리고 있을 때 전화가 울리었다. 다행히 장난전화가 아니라 막내이모의 전화였다.

[통 전화도 안 하고, 너 언제까지 연락 안 하려고 했어?]

부루퉁한 이모의 말이 귓가를 다다닥 부딪쳤다.

"곧 하려고 했어. 미안해."

소윤은 이모에게 미안해지자 목소리가 많이 누그러졌다.

[못됐어. 이모보다 남편이 우선이지. 뭐, 그러고 다들 살더라. 그래, 너니까 봐준다.]

"고마워. 무슨 특별한 일은 없는 거지?"

[사실, 너한테 말하지 말라고 형부가 그랬는데, 난 아무래도 하는 게 나을 것 같아서 전화했어. 지금 내가 좀 바쁘지만 않았어도 찾아갔을 텐데.]

"뭔데? 심각한 일이야?"

소윤은 깜짝 놀랐다. 이모의 자유분방한 기질로 인해 집안과 연을 끊은 지 꽤 되었기 때문에 집안 소식은 그녀가 전해주는 편이라 자신도 모르는 걸 이모가 안다는 것이 이상했다.

[우연히 형부가 어떤 남자하고 얘기하는 것 봤는데, 어두운 분위기여서 이상하더라고. 게다가 내 친구가 출판사를 하는데 어느 미친놈이 형부와 예전에 관련된 여자에 대한 자전적인 글을 팔겠다고 전화로 문의했대. 그 말만 하고 통 연락이 없다고 해서 난 장난인 줄 알고 일부러 말하지 않았거든. 게다가 너도 알다시피 나 우리 집에서 쫓겨나고 언니하고도 멀어졌잖아. 게다가 너도 싹둥 머리없이 네 남편과 헤어지라고 했다고 연락 끊고. 그래서 가만히

있었는데 엊그제 우연히 찻집에서 형부하고 그 이상한 남자하고
언성 높여서 얘기하는 것 보니까 기분이 안 좋더라고. 형부한테
가서 물었더니 아무것도 아니라고 딱 잡아떼시는데 근심이 많아
보였어. 아무래도 연관이 있는 것 같아. 솔직히 지금 네 아버지는
사람 구실 하지만 너 태어나기 전만 해도 얼마나 여자가 많았냐.
내 남편이었으면 벌써 몽둥이로 남자 구실 못하게 했어.]

"그래서 엄마가 아픈 거야?"

소윤은 뭔가 살풍경한 집안 분위기를 떠올리며 혼잣말처럼 물
었다.

[언니 아파?]

"응. 아팠어."

소윤의 대답에 혜주도 큰일이다 싶었는지 다급하게 입을 열었다.

[가서 물어봐. 이런 일은 가족들이 똘똘 뭉쳐서 해결해야 돼. 그
러다간 안 좋은 일에 휘말릴 수 있어. 아무래도 너 태어나기 전에
네 아버지가 바람피운 일인 것 같단 말이야. 네 바로 손위 오빠들
말고도 또 바람피운 것이 있었나 보다.]

"엄마가 나 임신했을 때 아빠 또 바람피웠어?"

[난 잘 몰라. 그땐 열 살도 채 안 되었을 때라 정확히는 모르지
만 아마 그랬을 것 같다.]

"엄마 힘들었겠다."

소윤은 엄마가 불쌍해서 눈가가 뿌옇게 아파왔다.

[사실, 네 엄마가 네 아빠를 사랑했으면 그렇게 견디지도 못했
어. 나도 우리 집안사람들이었지만 왜 이리 남들 시선을 중시하는

지, 그놈의 평판 때문에 이혼도 안 하고 산 거지. 사랑은 아니었어.]

"그런 말 하지 마."

[사실인데. 알았어, 알았어.]

소윤의 숨소리가 거칠어지자 얼른 말을 멈춘 혜주는 이번엔 통 언니를 보지 못한 것이 마음에 걸리는지 잔소리를 하기 시작했다.

[하여튼, 넌 엄마한테 잘해. 아들들은 소용없어. 엄마 위하긴 하지만 잔정이 없잖아. 게다가 딴 데서 온 자식들은 아무리 착해도 언니 성격에 받아들일 사람이 아니고. 그럼 누가 남냐? 네가 살해야지.]

"알았어, 잘할 거야. 아무래도 지금 다시 집에 가봐야겠어. 끊어. 나중에 연락할게."

[진소윤!]

갑자기 부르는 이모의 소리에 끊기 직전에 다시 수화기를 들었다.

"왜?"

[괜찮아?]

"뭐가?"

뜬금없는 질문에 소윤은 반문했다.

[네 결혼생활 말이야.]

"괜찮아."

소윤이 괜히 얼굴을 붉적거리며 말했다.

[힘들면 나한테 와서 하소연해도 돼.]

"안 해도 돼. 좋아."

[마음대로 해.]

소윤은 소리 없이 웃었다. 이모 나름의 미안하다는 표현인 걸 알고 있었다. 그녀의 사랑이 마음에 들지 않아도 뭐라 하지 않겠다는 암시였다.

"이모!"

[응?]

"고마워."

[고맙긴.]

"놀러갈게."

[응.]

소윤은 전화를 끊고 나서 얼른 친정으로 달려갔다. 집에는 일하는 아주머니들은 안 보이고 엄마만 있었다. 소윤은 엄마를 보자 뒤숭숭했던 마음이 다시 울컥해졌다.

"왜 온 거야?"

"다 알고 왔어."

"다 안다고?"

"엄마, 왜 말해주지 않은 거야?"

구혜진은 딸을 보며 바닥이 무너지는 느낌에 휘청했다. 정신이 아득해지고 시야가 반쯤 깜깜해져 희미해졌다. 어떤 일이 있어도 소윤은 몰라야 했다. 소중한 딸을 자신이 낳지 않았다는 사실을…… 그녀는 딸을 보면서 비틀거리며 몇 발자국 뒷걸음질쳤다.

Chapter 18

"**넌** 그래도 내 딸이야. 그것은 누구 뭐래도 변함이 없다."

"……."

소윤은 안절부절못하며 두서없이 말하는 엄마를 마주했다. 심약한 모습으로 중얼거리는 심상치 않은 말들이 허공 속에서 의미를 더하는 것을 말없이 지켜보았다. 아주 이상했다.

"널 내 딸이 아니라고 생각해 본 적이 없어. 내 품에 온 순간부터 넌 내 딸이었어. 너흰 아버진 그 일로 항상 미안해하고 널 내게서 멀리 데려가려고만 했지만 누구도 내 딸을 빼앗지 못해. 아무리 힘있고 잘난 집안이라고 해도 널 그리로 보내지 말았어야 했어. 내내 마음이 아팠다. 널 좀 더 내 품에 두었어야 했는데."

소윤은 멍해졌다. 엄마가 내뱉은 말들이 현실성없게 느껴졌다.

마치 악몽을 꾸는 것 같았다. 있을 수 없는 일들이 날개를 달고 그녀 주위에서 퍼져 나가고 있었다.

"미안하다. 널 끝까지 보호하고, 상처 하나 안 주려고 했는데. 걱정하지 마. 그쪽에서 원하는 만큼 돈을 주면 영원히 묻힐 테니까. 주위 사람들 모르게 할 거야."

"……."

소윤은 엄마가 하는 말을 똑바로 마주했다. 엄마의 얼굴엔 눈물이 주르륵 흘러내리며 표정이 마구 구겨졌다. 곧 쓰러질 것만 같았지만 용케 서 있었다.

"네가 모르길 바랐는데……."

구 여사는 혼잣말처럼 중얼거렸다. 지금껏 위기상황에도 이렇게 흔들린 적이 없었다. 과거, 집안을 위해 한 결혼에서 아무런 애정이 없다고 해도 남편의 난잡한 방황은 그녀를 상처 내고, 괴롭게 했지만 그 속에서도 이성을 잃지 않았다. 선을 그어놓고 가정을 지키려 애를 썼다. 그것은 남편을 위해서가 아니라 자신이 선택한 삶을 위해서였다. 딴 선택은 그녀의 인생에 없었기 때문이다. 그러나 소윤은 선택이라기보다 운명으로 다가온 아이였다. 아픔이었지만 어느새 자신의 생명이 되어버렸다.

"소윤아, 달라지는 건 아무것도 없어. 내가 널 낳지 않았다고 해도 그건 중요하지 않아. 넌 내 딸이야. 널 받아들이고 나서 한 번도 다른 생각을 해본 적이 없었다. 넌 내 딸이고, 내 아기니까."

"나 엄마 딸 아니에요?"

확연한 단어들이 주는 아릿한 충격 속에서 소윤은 물었다. 그리고 주춤거릴 새 없이 계속 말들이 입에서 나왔다.

"나 엄마가 낳은 거 아니라고? 엄마한테서 안 태어났어요? 아빠가 딴 데서 데려온 자식이란 말이에요, 나도?"

"소윤아!"

구혜진은 소윤이 아무것도 모르는 깜깜한 충격을 보이자 당황하며 허공에 손을 휘저었다.

"어떻게 된 거예요?"

"……."

소윤은 기절할 것처럼 얼굴이 하얗게 질려갔다. 구 여사는 자신의 말로 알게 되었다는 사실에 경악했다.

"엄마가 낳은 것 아니에요?"

"미안하다."

구혜진은 지금껏 토해낸 스스로의 말에 휘청거렸다.

"엄마 딸 아니었구나. 맞아요. 나 엄마 안 닮았어, 하나도. 그래도 난 엄마 딸인 줄 알았는데……."

소윤은 다가오는 구 여사를 피해 뒷걸음치며 멀어지더니 밖으로 나가 버렸다. 뒤에서 부르는 소리는 하나도 들리지 않았다. 문을 닫고 무섭게 걷다가 택시를 탔다. 무작정 소용돌이에서 벗어나려 했다. 그때, 하지도 않던 차멀미가 그녀를 괴롭게 했다. 구토가 나올 것 같진 않았지만 머리는 누가 두들기며 뜯는 것처럼 아파왔다.

"여기서 내려주세요."

아무 데나 내리고 나서 시원한 공기를 찾아 숨을 쉬었다. 주위를 둘러보지도 않고 거리를 한참이나 배회하다가 숨을 헉헉거리며 멈춰 섰다. 번개같이 내리치는 충격이었지만 아직까진 온몸에 흡수되지 않고 겉도는 무서운 진실일 뿐이었다. 그 진실을 피해 한 무리의 사람들 속으로 쓸리듯이 그들의 발길에 따라 멀티플렉스 극장으로 들어와 버렸다.

소윤은 천 석이 넘을 것 같은 대기 의자에 앉아 매표소에서 표를 사고 있는 사람들을 멍하니 바라보았다. 활기찬 소란스러움이 가득한 건물 안은 영화 얘기로 넘쳐 났다. 옆에서 인터넷 예매 출력기를 들여다보는 사람들은 얼마 후 매점의 고소한 냄새에 이끌려 갔다. 다정한 연인들은 팝콘을 벌써부터 서로 먹여주고 있었다. 그녀는 사람들을 따라 무턱대고 일어서 표를 끊었다. 아무 일도 일어나지 않은 것처럼 샘솟는 생각들을 철저히 외면해 버린 채로 에스컬레이터로 이동해서 상영관으로 들어갔다.

소윤은 아무리 표를 들여다봐도 무슨 영화인지, 제목조차 머릿속에 들어오지 않았다. 푹신한 의자에 앉으니 곧 불이 꺼지고 영화가 시작되었다. 우리나라 영화인데도 무슨 말을 하는지 하나도 알아듣지를 못했다. 울림을 가진 말소리가 머릿속을 빗겨가고 있었다. 영화 속의 사람들은 지금 못 알아듣는 말만 하고 있었다. 아니, 주위 사람들도 마찬가지였다. 그녀가 이해할 수 없는 말을 하고 있었다. 그것은 엄마도 마찬가지였다. 소윤은 두 손을 꽉 쥐어 잡고 이를 악문 채로 고개를 흔들었다.

'싫어. 안 돼.'

엄마가 말한 끔찍한 사실을 차단하려 눈이 아프도록 스크린만을 쳐다보았다. 재미있는 장면인지 사람들이 일시에 웃음을 터뜨렸다. 소윤은 멍하니 있다가 뒤늦게 웃었다. 그녀의 웃음소리가 깡통 소리처럼 맘속을 쨍그랑거리며 헤매었다.

영화 후반부에 가서는 사람들이 훌쩍거리며 울기 시작했다. 그러나 이번만큼은 따라 울 수가 없었다. 눈물이 하나도 나오지 않았다. 그냥 사람들의 우는 소리를 들을 뿐이었다. 그렇게 영화가 끝나자 불이 켜졌다. 사람들은 만족스런 소리로 뭐라고 영화에 대한 얘기를 했지만 소윤은 갑작스런 환한 세상에 놀라서 잠시 자리에 앉아 꼼짝 안 하다가 직원들이 청소하려고 들어오자 가까스로 일어났다.

다시 거리로 나온 뒤 많은 사람들이 목표를 갖고 걷는 틈 사이로 갈피를 못 잡고 허우적대었다. 어디로 가야 할지 뭘 해야 할지 도통 알 수가 없었다. 그런데도 멈추면 감당 안 되는 일과 마주쳐야 하기 때문에 뭐라도 하려고 열심히 걷다가 식당이 보이자 들어갔다.

김밥 체인점으로 여러 음식이 간판에 가득히 선명한 사진으로 벽 한쪽을 장식했다. 소윤은 김밥 두 줄을 시켜 배가 고프다는 생각도 없이 꾸역꾸역 다 먹었다. 또 멍해 있다가 사람들이 많이 들어와서 자리를 비켜줘야 하기 때문에 일어났다. 가까운 찻집으로 자리를 옮겨서 뜨거운 유자차를 마시다가 다음 할 일을 생각했다. 빨리 무언가를 또 해야겠다고 마음먹고 있을 때 휴대폰이 울리었다.

휴대폰 액정엔 '엄마' 라는 글자가 선명히 떠 있었다. 소윤의 눈가가 경련을 일으킬 듯이 파르르 떨려왔다. 머리가 지끈거리고 귀에선 정체 모를 울림이 잠식할 듯 커져만 갔다.

[소윤아, 미안하다.]

엄마의 울음소리가 들리었다. 그녀는 전화를 받자마자 끊어버렸다. 자신을 삼키려는 입구에 끌려오고 말았다. 이젠 외면할 수가 없었다.

"난 엄마 딸이 아니야."

자신에게 닥쳐온 사실을 중얼거렸다. 그러자 온 신경세포가 고장을 일으키듯이 큰 소리를 내었다. 그렇게 삐거덕거리는 소리에 소윤은 찻집에서 일어나자마자 주저앉을 뻔했다. 다리에 힘이 하나도 없었다. 머리는 너무 어지럽고 눈은 침침하기까지 했다. 갑자기 누군가가 공격하려고 다가오는 섬뜩한 느낌이 들었다.

찻집에서 나와 주위를 두리번거리며 안정을 찾을 자리를 찾고 있었다. 아무도 뭐라고 하지 않고, 가만히 숨 쉴 수 있는 작은 공간, 그래서 이 고장난 마음에서 나는 소리를 좀 줄일 수 있는 곳이 지금 당장 필요했다. 문득 오랜 친구이자 언제나 마음을 열어주는 막내이모가 떠올랐다. 택시를 잡고 이모가 있는 작업실로 향했다. 그러나 작업실이 보이자 멈칫했다.

"그냥 가요."

그곳도 가야 할 곳이 아닌 듯 갑자기 낯설었다. 소윤은 어디로 갈 거냐고 자꾸 묻는 택시 운전사에게 도착지를 말해줘야 해서 역이라고 대강 답했다. 그렇게 혼돈스러운 채 숨을 곳을 찾고 있었다.

출장 갔다 온 수안은 사무실로 곧장 가서 업무를 마치고 나서야 회사를 나왔다. 그러기 위해선 굉장한 인내심이 필요했다. 그는 사람들의 잇따른 인사를 건성으로 받으며 차에 올라탔다. 피곤한 하루였다. 차에 타자마자 바른 자세에서 눈만 감았다. 지금껏 걸음이 자꾸 바닥에 끌리는 것이 꼭 육체의 피로라기보다는 정신적인 소모가 컸다고 할 수 있었다. 무언가 그를 잡고 놓아주지 않았다.

수안은 눈을 떴다. 그리고 불편한지 자세를 바꾸었다. 문득 자기감정에 무서워하는 자신을 보았다. 아내를 사랑하고 싶다고, 노력하겠다고 말해놓고선 사랑할까 봐 두려워하는 마음이 도사리고 있었다는 걸 알았다. 사랑에 익숙지 않은 그라는 인간이 가장 갖고 싶은 그 감정을 두려워 무의식적으로 내치고 있었다는 사실을 깨달은 것이다. 그러나 끝내 고집 부리며 고개를 저었다. 그렇게 아내와 안온한 삶만을 갈구하는 마음에서 쉽게 나오려 하지 않았다.

"나 왔어."

바로 아내를 볼 자신이 없는 수안이 출장 갔다 와서 회사 일부터 하느라 해가 저문 지 꽤 되서야 집에 도착했다. 번호를 눌러 들어와 놓고 막상 아무런 기척이 없자 소리 내어 말했지만 그의 목소리만이 아파트 안을 휑하게 퍼져 나갔다.

수안은 시계를 보았다. 밤 여덟 시가 가까워지고 있었다. 그러나 아내가 친정에 갔다고 여겼기 때문에 걱정을 하지는 않았다.

그럼에도 뭔가 편치 않은 맘이 아내의 흔적을 찾게 했다. 항상 오자마자 씻곤 했던 그는 옷도 갈아입지 않고 방 안을 둘러본 후 수화기를 들어 소윤의 흔적을 확인하려 할 때 벨이 울리었다.

[소윤이 들어왔어요?]

다짜고짜 혜주의 물음에 수안은 미간이 흐트러지며 인상을 썼다.

"거기 있지 않습니까? 혹시, 무슨 일 있나요?"

[소윤이가 사라졌나 봐.]

울먹이는 혜주의 갑작스런 말에 수안은 숨이 턱 막히었다. 그러는 바람에 수화기를 놓칠 뻔했다. 그는 얼굴을 잔뜩 일그러뜨리며 정신을 차리려고 애썼다. 사랑이 두려운 것은 바로 이런 일 때문이었다. 사랑은 그에게 맞지 않았기 때문에 마음에 스며들면 꼭 그만큼 빼앗으려 든다. 그게 무서웠다.

[언니가 전화해서 갔는데…….]

혜주도 정신이 반쯤 나간 상태로 횡설수설하고 있었다. 들은 것을 믿을 수가 없었다. 언니도 다른 가족들처럼 혜주의 자유로운 삶을 이해하지 못했기에 거의 왕래가 없었다. 그런데 갑자기 몇 년 만에 전화로 불러서 집으로 가보니 엄청난 일이 벌어진 것이다.

"내 입으로 말하다니, 이건 말도 안 돼. 소윤이가 다 알고 왔는지 알았어. 이럴 수가! 얼른 가서 아이를 찾아야 돼."

혜주는 소윤이 갈 만한 곳을 뒤졌지만 그녀의 좁은 반경 속 세상엔 보이지 않았다. 수안에게 알릴 생각을 했으나 무조건 시댁에겐 숨겨야 한다는 형부 때문에 그녀도 어쩔 수 없었다. 그러나 하루가 지나가자 온 가족이 이성을 잃고 두려움에 떨었고, 혜주도 그런 약속을 했다는 것 자체를 잊어버렸다.

"사라져 버렸다구요?"

[사라졌어. 어떡해요. 소윤이가 충격을 너무 심하게 먹었나 봐. 안 그러겠어? 자기가 엄마 딸이 아니라는데 그 누가 멀쩡하겠냐고.]

수안의 귀엔 다른 말들은 너절하게 느껴질 뿐이었다. 오직 소윤이 사라졌다는 것만이 미친 듯이 머릿속을 파고들었다. 전화를 끊고 지체없이 집을 뛰쳐나갔다. 손이 흔들리는 것을 억지로 누르고 운전대를 잡았으나 차체도 조금씩 좌우로 흔들렸다. 아파트는 출입구 자동센스가 고장났는지 관리실 직원들이 우왕좌왕하고 있었지만 눈에 들어오지 않았다.

"소윤이가 사라졌어."

계속 그 말이 혈관을 도는 것처럼 맴돌며 커다란 영향을 주고 있었다. 심장이 벌떡벌떡 뛰었다. 사색이 되어가는 그는 억지로 정신을 차리려고 애를 썼다. 그래야 아내를 찾을 수 있다는 생각에서 감정에 좌우되지 않으려 했다. 그럼에도 소윤을 잃을지도 모른다는 불안감이 이런 일을 만들어 버린 것 같아 벌써부터 두려웠다.

"괜찮아, 찾을 거야. 분명코 찾게 될 거야."

수안은 미친 사람처럼 주문을 외듯이 계속 외쳤다. 그는 혜주 작업실에 도착하자마자 곧바로 뛰어올라 갔다.

"전혀 연락도 없었습니까?"

수안은 안으로 들어서자마자 정신없이 물어대기 시작했다.

"네."

혜주는 슬픔도 잠시 잊고 큰 덩치로 밀고 들어와 다짜고짜 물어대는 격앙된 수안의 모습에 덜컥 겁이 났다. 그래서 자신보다 손아랫사람임을 잊고 또 존댓말이 입에서 나오고 말았다.

"경찰에 신고는요?"

"그건 아직……."

수안은 휴대폰을 꺼냈다.

"저기, 소윤이 여행 갔을지도 모르잖아요. 어린애도 아닌데, 하루 없어졌다고 신고하기가……."

수안은 혜주를 쳐다보지도 않은 채로 간단히 그녀의 말을 무시해 버리고 번호를 눌렀다.

"응. 그래, 오래간만이다. 잘 있지? 그래, 미안하지만 부탁 좀 해야겠다."

다행히 일반적인 신고 전화가 아니라서 혜주는 안도를 했다. 경찰이 수사해야 할 범위에 소윤이 처해 있다는 사실만으로 끔찍했다. 잠시 여행을 간 것이라고 말한 것은 그렇게 믿고 싶었기 때문이기도 했다.

"아무 일도 아닐 수 있어요. 워낙 충격을 받았으니까, 혼자 훌쩍 여행을 할 수도 있잖아요. 지금은 그 누구에게도 연락하고 싶지 않은 것뿐일 거야, 그렇죠?"

혜주는 수안에게 동의를 구했다. 그러나 수안은 무뚝뚝한 태도

로 생각에 잠겼다. 혜주는 자꾸 수안에게 존댓말을 쓰고 있다는
사실도 잊어버리고, 어떻게든 불길한 예감을 떨쳐 내려고 기를 썼
다.

"보통 어디로 가는지 아세요?"

"어?"

"혼자 여행할 때 어디로 자주 가나요? 장소 묻는 겁니다."

혜주는 얼굴이 더 창백해져 갔다.

"지금껏 개가 혼자 여행한 적이 없으시……."

"근데 그 얘긴 왜 하세요? 지금 급한 것은 소윤을 찾는 일이지
무작정 위로받으며 안심할 때가 아니지 않습니까?"

언성을 높이지도 그렇다고 성을 낸 것도 아닌 그저 나지막한 말
이었는데 그에게서 뿜어져 나오는 기운만으로도 잔뜩 긴장이 되
었다. 그는 아내가 시야에 없자 무척 화가 났지만 그것을 다만 표
현하지 않을 뿐이었다.

"미안해요."

"나가서 찾아야겠습니다. 이렇게 있는 것은 시간 낭비이니까
요."

수안이가 먼저 나가 버리자 혜주는 무지막지하게 큰 뒷모습을
보며 혼잣말처럼 내뱉었다.

"내가 분명 손위인데 왜 이렇게 조카사위만 보면 꼼짝을 못하
는 거야."

혜주는 왜 이렇게 주눅이 드는지 모르겠다고 계속 투덜대었다.

"소윤이는 어떻게 저런 남자와 살까?"

투덜대다 소윤이 없어졌다는 암담한 사실에 다시 직면한 혜주
는 목청껏 이름을 부르며 울먹인 채로 수안을 따라나섰다.

"소윤아!"

수안은 말없이 운전을 하며 혜주가 갔던 곳과 함께 소윤이 갈
만한 장소를 찾아다녔다. 그러나 그 어디에도 그녀는 없었다. 눈
을 씻고도 닮은 사람 하나 볼 수가 없었다. 앞이 캄캄했다. 혜주는
조카사위 눈치 보느라 소윤이 걱정하느라 제정신이 아니었다.

수안은 지칠 새도 없이 소윤의 흔적을 계속 쫓았다. 친구들 집
을 수차례 가서 부끄러움도 잊고 연락 오면 전해달라는 부탁을 하
고 그녀의 단골 미용실, 카페, 학원, 등등 다 가보았다. 소윤이 갈
만한 곳이 이제 집밖에 남지 않았다는 사실에 절망하면서도 계속
찾았지만 정말 그녀는 보이지 않았다.

"괜찮아요?"

"괜찮습니다."

수안이 차에 타지 않고 눈을 감은 채 주먹을 쥐며 뭔가를 꾹 참
고 있는 모습에 혜주가 걱정스럽게 묻자 그가 간단히 답하고 차에
올라탔다. 혜주는 소윤을 평생 알았던 자신보다 고작 몇 년밖에
같이 안 산 수안이 더 충격에 빠진 걸 보고 왠지 마음이 놓였다.

수안은 혜주와 함께 처가로 가서 그가 모르는 친구들까지 다 전
화를 했지만 아무도 본 사람이 없었다. 구 여사는 자신 때문에 이
렇게 된 것이라고 한탄을 하며 늘 단정했던 모습은 어디로 가고
흐트러진 채 소파에 기울어져 있었고, 감정적으로 말라 있었던 눈

물이 끝도 없이 흘러내리었다. 쓰러질 것 같은 아내의 모습에 진 사장은 부축해서 방으로 데려가려 했지만, 그녀는 고집을 부렸다.

"여기 있을 거예요."

"너무 걱정하면 몸에 좋지 않아. 소윤이는 곧 올 거야."

진 사장은 말은 그렇게 속 편하게 해놓고도 마음은 불안했다. 마른침을 삼키며 고개를 들어 사위를 쳐다보았다. 수안은 계속 전화를 하고 있었다. 그는 이 순간에도 침착함을 잃지 않고 제 할 일을 하고 있었다. 단단하고 무섭도록 차분한 사람이었지만, 그럼에도 진 사장이 보기에도 사위의 안색은 점점 어두워지고, 검은 눈빛은 시간이 지날수록 흔들린 채로 초점을 잃어갔다.

"만일 잘못된 생각이라도 하면……."

혜주가 또다시 캄캄해지는 창밖을 내다보며 어수선한 머릿속에 맴도는 불길한 말을 덜컥하자 가족들은 모두 무서운 고요에 빠져들었다. 가장 끔찍한 일이 벌어질 수도 있다는 가능성을 생각하지 않을 수 없었다. 첫째와 둘째는 유학과 일로 외국에 사느라 소식을 못 들었지만 밖에서 본 그 아래 두 자식들은 이리저리 찾다가 집으로 와서 아버지를 노려보고 있었다. 그들도 몰랐다. 하나밖에 없는 딸인 소윤까지도 자신들과 같은 처지인 줄은 어머니의 태도로 상상도 못했던 것이다.

"제가 기필코 찾아내겠습니다. 염려 마세요."

수안이 자리에서 일어나 고요를 깨뜨렸다. 그의 눈빛엔 오로지 그 생각뿐이었다. 다른 것은 끼어들 틈이 없었다.

"이보게, 자네 볼 면목이 없네. 미안하네."

수안이 마당을 지나 문을 열려고 할 때 따라온 장인이 섣부른 사과를 했다.

"무슨 말씀이십니까?"

수안은 의아한 듯이 장인어른을 쳐다보았다. 그의 시선엔 다른 자식들처럼 비난이 없었다. 오로지 소윤을 찾을 시간과 다투고 있어서 다른 것은 의미가 없었다. 그러나 스스로 움츠러든 장인은 변명을 하기 시작했다.

"소윤이는 내가 밖에서 본 자식이지만 우리 집 아이네. 소중하게 키운……."

진 사장은 나잇살에 선이 흐릿한 얼굴로 불안함이 깃든 거짓말을 했다. 아내가 키웠지, 그는 태어났을 때부터 지금껏 그 아이를 껄끄러움으로 바라보았다. 그러나 한 가지 절실한 것은 사위가 몰라야 한다는 것이다, 소윤이 그 아이도. 잘살기를 바랐다. 딸을 사랑하지 않았어도…….

진 사장은 소윤을 사랑할 여력이 없었다. 방탕한 젊은 시절을 정략결혼을 한 후에도 계속 연장시켰고, 죄의식없이 천박하게 살아왔다. 아버지의 속을 그렇게 썩인 후, 그 아버지가 돌아가신 뒤에야 겨우 자신을 돌아보며 정신을 차렸지만 습관이 되어버린 방탕함은 굳은 결심 뒤에도 현실을 얼룩지게 했다.

소윤을 보는 것은 그래서 더 괴로웠다. 젊고 즉흥적인 스무 살의 배우 지망생과의 불장난은 그가 지우고 싶었던 과거였다. 딸을 볼 때마다 잘못이 떠올라 더 외면하게 되었다. 인격적으로 성숙하지 못한 마음은 잘못 또한 완전히 책임지지 못했다.

아내의 반대에도 김수안과의 결혼을 강행시킨 것은, 워낙 강력한 집안이라 자신들에게 도움도 되었지만 그보다도 강하고 듬직한 남자에게 딸을 보내고 싶은 소망이 더 컸다. 그것은 진 사장의 좁은 소견 속에서 가장 최선으로 할 수 있는 소윤에 대한 의무였다. 그는 그렇게 여기었다. 얼른 아내의 손에서 떠나보내 죄의식을 덜고 싶은 마음과 함께 무탈하게 살 수 있는 강한 울타리를 찾았다. 사랑보단 평생 지탱할 수 있는 듬직한 관계를 바랐다. 그러나 사위가 앓았으니 그 울타리가 부러지고 무너질 수도 있다는 생각에 진 사장의 구차한 변명이 덕지덕지 계속되었다.

"그런 걱정은 하지 마세요, 아버님. 소윤은 제 아내이고, 제 사람입니다. 소윤의 태생은 저에게 아무 일도 아닙니다. 그저 빨리 찾아 집으로 가서 같이 쉬고 싶을 뿐입니다."

수안은 괴로움으로 정말 피곤해 보였다. 그렇게 진 사장의 걱정은 사위에 의해 하찮은 것으로 치부되어 버려 허공을 떠돌았다. 수안은 중요한 얘기가 아니라는 듯 고개를 짧게 숙이고 떠나버렸다. 진 사장은 차 소리를 들으면서도 그 자리에 오랫동안 멈춰 있었다.

수안은 소윤을 아는 사람들 뿐 아니라 그녀와 상관없는 곳도 뒤지듯이 찾아 나섰다. 사람들을 풀기도 하며 계속 휴대폰으로 상황을 보고 받았지만 소윤에 대한 소식은 없었다. 같이 다녔던 곳도 이미 몇 번이나 간 그는 자주 아내와 함께 왔던 찻집 유리창 앞에서 우두커니 서 있었다. 서울을 떠나 바닷가 근처에도 가보았지만 모두 헛수고였다. 이젠 갈 때가 없었다. 그때 전화가 울리었다. 급하게 휴대폰을 꺼내 받았지만 일에 관한 것이었다. 수안은 비서가 말을 다 마치기도 전에 나중에 하라며 끊어버렸다. 지금 그에게 일도 하잘 것이 없었다.

"잃어버렸어."

수안은 그 주변을 다시 뒤지기 시작했다. 그러나 역시 허사였다. 아내가 없다는 걸 확인할 때마다 심장에 충격이 가하듯 조여왔다. 아무리 찾아도 마치 이 세상에 소윤이 없었다는 듯 보이자 않자 끝내 절망하고 말았다. 새벽에 아내의 향기가 밴 집으로 돌아오자 슬픔과 절망의 무게에 이겨낼 자신이 없었다. 몸과 마음이 바닥에 질질 끌리는 듯했다. 힘이 다 빠져나갔다. 그렇게 절망은 커다란 두려움으로 휘몰아치며 겨우 억눌렀던 마음을 단번에 터뜨리고 뒤흔들었다.

거실로 온 수안은 가슴이 들썩거릴 정도로 거칠게 숨을 쉬며 소파에 이르기도 전에 바닥에 주저앉아 버렸다. 캄캄한 주위를 밝힐 생각도 하지 않고 어둠 속에서 두려움과 완전히 직면했다.

'못 찾으면 어떡하지!'

수안은 겁이 났다.

"그럼, 어떻게 살지?"

물음은 대답없이 무서운 정적만 더할 뿐이었다. 심장이 욱신거리며 아파오니 커다란 몸도 같이 따라 아팠다. 그의 정체된 눈동자가 분산되었다. 계속된 통증은 점점 거세어져서 수안은 가슴을 손으로 움켜쥐며 통증을 어떻게든 가라앉히려 했다.

"어디 있는 거야? 대체!"

그의 목소리가 성나기도 전에 젖어들었다. 집에서 깊게 밴 소윤의 향기가 마음을 더 주체없이 떨리게 했다. 어디선가 나타나 웃을 것만 같았다. 그녀의 음성이 듣고 싶고, 그녀의 모습이 눈을 따갑게 할 정도로 마구 보고 싶었다. 소윤이 없으면 도저히 못 살 것 같았다.

수안은 커다란 몸을 잔뜩 웅크렸다. 감정이 속으로 스며들지 못한 채 자꾸 넘쳐흘렀다. 다시 한 번 사랑한 사람을 잃을지도 모른다는 두려움이 그를 나약하게 만들었다. 견딜 수 없어 몸을 떨었다. 그런 아픔은 한 번으로도 무너질 듯이 힘들었기 때문이다. 더 이상은 안 되었다.

"내가 용납할 수 없어."

굳센 외침은 가련해져 버렸다. 수안은 소윤을 잃는다는 생각만으로 무서워 어깨를 들썩이더니 차 올랐던 슬픔을 이기지 못하고 뺨을 적실 정도로 눈물을 흘렸다. 목젖이 떨려오고 입에선 신음 소리가 새어나왔다. 깜깜한 속에서 아내를 찾지 못한 막막한 괴로움에 울기 시작했다. 소리 내어 터지는 그의 거친 울음이 거실 전체를 채우도록 울리었다.

수안은 울음을 멈추지 못하고 마음속에 있는 두려운 슬픔을 계속 토해냈다. 거실 너머 복도 끝 옷 방에서 부스럭거리는 소리도 그의 귀에는 들리지 않았다.

Chapter 19

옷방에서도 철 지난 옷들을 모아두는, 한쪽 벽에 위치한 옷장은 문이 굳게 닫혀 있었지만 그 안 구석에서는 몸을 웅크린 작은 형체가 하루 전에 숨어들었다. 꽤 오랜 시간 동안 한 자세로 있던 그 형체는 잠이 들었는지 생각도 잠시 멈춘 듯이 조용했다. 그러다가 이상한 울음소리가 어둑한 옷장을 뚫고 희미하지만 지속적으로 들려오자 꿈틀거리며 잠에서 깨어나기도 전에 부스럭거리는 소리를 먼저 내더니 눈이 번쩍 떠졌다.

소윤은 잠에서 막 깨어나 정신이 몽롱했다. 아무 생각도 나지 않고 오랫동안 웅크리는 자세로 있어서 온몸이 저리고 결려 인상을 찡그렸다. 그래서 옷장 문을 열었을 때는 거의 기어나왔다. 그런 후 뻐근한 머리로 왜 여기에 있었는지 잠시 생각해 보려고 했다.

어렸을 때부터 아버지에게 혼이 나거나, 엄마를 실망시키거나, 학교에서 실수를 할 때마다 그녀는 익숙한 곳의 작은 공간을 찾곤 했었다. 구석진 곳에 웅크리고 있으면 울음이 가라앉았다. 그렇게 자신만의 작은 세계에서 위로를 받곤 했었다.

"휴우."

한숨을 쉬고 나서 무슨 일이 닥쳤는지 머리가 깨어나려는 순간 더욱 커진 울음소리에 생각이 정지되어 버렸다.

소윤은 깜짝 놀라는 동시에 긴장이 되었다. 심상치 않은 울음소리는 바닥까지 타고 와 울릴 정도였다. 마치 커다란 짐승이 어딘가 상처 입고 우는 소리인 것 같았다. 그녀는 발소리를 줄이려 뒤꿈치를 들고 문을 살짝 열어 고개를 그 사이로 들이밀었다. 분명 거실 쪽에서 나는 소리임에 틀림없었다.

"뭐지?"

소윤은 귀를 쫑긋거리고 거실 쪽으로 조심스럽게 발을 떼었다. 거실은 그녀가 있던 옷장보다는 은은한 달빛과 아파트 정원의 외등 때문에 덜했지만 어둡긴 마찬가지였다. 불을 켤 엄두도 내지 못하고 차츰 다가갈수록 뭔가 커다란 덩치가 느껴졌다. 걸음을 멈추고 어둠 속에서 오랫동안 쳐다보았다. 그 커다란 덩치는 남편이었다. 그녀는 좀 더 다가가 몸을 낮춰 남편을 쭉 훑어보았다. 그의 몸이 위 아래로 연신 들썩거리며 뭔가 아픈 소리를 내었다. 아무래도 울고 있는 것 같았다.

'세상에!'

소윤은 놀라서 아무 말도 못하다가 겨우 마른입을 떼고 물었다.

"여보! 왜 울어요?"

그녀는 남자가 우는 걸 본 적이 드문 데다 남편이 우는 것은 처음이라 눈이 동그래졌다. 남편은 울 줄 모르는 사람이었다. 더불어 불평 같은 감정 표현도 적은 남자라 충격이 아주 컸다.

황재건이 우는 소리를 내는 것은 지금껏 종종 봐서 새로울 것이 없었지만 수안의 몸이 들썩거리며 짐승처럼 우는 것은 소윤의 머리를 쭈뼛거리게 했다. 아무래도 큰일이 일어난 것이 아니면 지금 무척 아픈 것이 아닐까 하는 생각이 번쩍 들자 남편의 무릎에 손을 대어 몸을 기울이며 들여다보았다.

그때 마침 수안이 고개를 들었다. 두툼한 얼굴엔 눈물이 흘러 범벅이 되었다. 그는 소리 내어 울면서 소윤을 마주했다. 울음이 잘 그쳐지지 않은 것 같았다.

"왜 그렇게 울어요?"

소윤은 어떻게 달래야 할지 모르는 표정으로 물었다.

"잃어버렸어."

수안이 눈물로 흐릿해진 눈과 꽉 잠긴 음성으로 중얼거렸다.

"뭘요?"

"당신을."

수안은 바로 코앞에 있는 소윤을 쳐다보면서도 현실로 느껴지지 않을 만큼 제정신이 아니었다. 말을 배우고는 거의 운 적이 없던 그가 처음으로 흘리는 눈물은 혼을 반쯤 빼놓았다.

"날? 나 여기 있는데……."

“…….”

수안이 믿질 못하자 소윤은 그의 손을 끌어당겨서 자신의 얼굴에 툭 갖다 놓았다.

“봐요, 나 맞잖아.”

“정말 당신 맞아?”

그가 갑자기 두 손으로 그녀의 얼굴을 꽉 쥐며 확인하려 들었다.

“그럼요. 왜 그래요, 무섭게?”

수안은 자꾸 그녀를 두 손으로 이리저리 만지더니 품에 안아버렸다.

“어디 간 거야? 얼마나 찾았는지 알아?”

그가 울먹이면서 물었다.

“날 찾았다고요?”

“그래, 당신 잃어버린 줄 알았잖아. 어디 갔었던 거야?”

소윤은 수안의 계속된 질문에 잠에서 덜 깬 장막에서 벗어나는 머리를 느끼었다. 지끈지끈 아파오기 시작하면서 괴로운 의식이 찾아들었다. 그러자 가슴의 고통이 일제히 일어났다. 어디로 갔었는지가 떠오르자 엄마의 우는 모습도 보이었다. 엄마가 어떤 말을 했는지 완전히 기억이 나자 이번엔 그녀의 얼굴이 구겨지고 입술이 비뚤어지며 울상이 되어버렸다.

“내가 엄마 딸이 아니래요…….”

소윤의 커다란 눈에 눈물이 잔뜩 차 올랐다. 수안은 울음을 멈추고 아내의 눈물을 바라보았다. 그의 마음이 저절로 아파왔다.

"당신도 안 믿어지죠? 난 생각도 못했어요. 아니, 생각은……
했어요. 그것도 수시로. 엄마랑 난 너무 안 닮았으니까. 엄마는 못
하는 것이 없는데, 난 못하는 게 너무 많고. 엄만 똑똑한데 난 야
무지지 못하고 뭐든 흘리고 다니고. 난 항상 멍하고 산만하고, 특
별히 잘하는 것도 없고 고상한 분위기도 안 나고. 그래도 엄마 딸
일 거라고, 끝엔 항상 생각했거든요. 그게 얼마나 큰 힘이 되는지
당신은 모를 거예요."

소윤은 울음을 삼키지 못하면서도 마음속에 있던 말들을 멈추
지 않았다. 수안에게 이 말도 안 되는 진실을 다 털어놓고 싶었다.

"난 둔해서 내게 일어나는 일은 제일 늦게 알아요. 내가 직감한
것은 맞은 적이 거의 없었으니까. 혹시 엄마 딸 아닐지도 몰라, 하
는 생각도 무조건 틀린 줄 알았어요. 그런데 내 직감이 처음으로
맞은 거예요."

소윤이 혼자 떨어져 버린 아이처럼 겁이 나서 울자 수안은 무릎
을 바닥에 댄 채 몸을 세워 소윤의 뺨에 뺨으로 마주했다.

"괜찮아, 아무 일도 아니야."

아내의 아픈 마음을 위로하며 두 손으로 놓치지 않으려 꽉 잡았
다. 그녀를 덮치려는 슬픔을 막아주고 싶었다. 그러나 소윤은 눈
물에 가득 젖은 커다란 눈으로 반박했다.

"어떻게 아무 일도 아닐 수가 있어요? 내 마음이 무너질 것만
같은데. 이건 내 자신을 흔드는 일이잖아요. 난 아무것도 아니란
뜻이에요."

"그렇지 않아."

소윤은 자신이 누구인지 모르겠다는 듯이 눈을 아래로 내렸다.

"아직도 실감이 안 나요. 모든 것이 다 거짓말 같아. 난 이 세상에서 엄마가 가장 좋았거든요. 학교 때 친구들은 엄마와 갈등을 빚으면서 애증관계라고 서슴지 않고 말하곤 했는데, 난 엄마를 한 번도 미워한 적이 없어요. 너무 신기하죠. 말하기 시작할 때부터 엄마처럼 걸으려고 했다고 사람들이 그랬어요. 나도 기억나요. 엄마를 닮으려고 꼬마 때부터 무지 애썼거든요. 그런데 엄마 딸이 아니라는 것이 믿어지지 않아요. 이닐지도 모른다는 생각을 했을 때도 그냥 투정이었을 뿐이었지 정말일 줄 몰랐는데……. 엄마 딸이 아니라고 하니까 가슴이 아파요. 아무도 못 볼 것 같아."

소윤은 눈을 감아버렸다. 그러나 마음에 생채기 나는 말들을 끊이지 않고 토로했다. 거의 하루 반 동안 아무 말도 안 했던 것이 둑 무너지듯 터져 나왔다.

"사람들이 날 엄마 딸로 바라보는 그 시선을 무지 좋아했는데, 이젠 세상 사람들도 다 알겠죠. 날 아는 사람들은 이제 그럴 거예요. 그럴 줄 알았다고, 그렇게 실수도 많고 그러더니 역시 엄마 딸이 아니라 밖에서 실수로 낳은 자식이라고. 어머니께서도 날 완전히 싫어하시겠죠. 지금도 잦은 실수에 언짢아하시면서도 많이 눈감아주시는데. 사람들이 이젠 나에게 말하겠지, 내가 있는 자리가 내 자리가 아니라고. 그건 내가 엄마 딸로서 얻은 거니까. 내 노력이란 것이 없었으니까. 난 내 힘으로 뭘 이룬 적이 없잖아요. 당신도 앞으로 날 탓할 수 있어요. 지금은 내가 불쌍해 보이겠지만."

수안은 순간 정신이 아찔하고 마음이 철렁했다. 소윤이 헤어지자고 말할 줄 알았기 때문이다.

"정말 그럴 거예요?"

그래서 소윤이 따져 물을 때 정신이 멍멍했다. 소윤이 눈물로 젖은 뺨을 손등으로 훔치면서 품에서 나와 다그쳤다.

"뭐가?"

수안은 소윤의 빨간 뺨을 보며 반문했다. 그도 많이 울어서 얼굴이 울긋불긋 따가웠지만 잘 느끼지 못했다. 그녀가 갑자기 정색을 했기 때문이다.

"당신은 날 탓하면 안 돼요. 그럼 못써요. 지금껏 당신 때문에 얼마나 내가 힘들었는데, 날 사랑하지 않는 당신 사랑하면서 내 마음이 얼마나 아팠는데, 내가 아무것도 아니라고 해서 훗날 버리면 그것 용납 못해. 난 내가 사랑하는 사람들에게서 절대로 떨어지지 않을 거야. 딱 붙어 있을 거야. 그것이 뻔뻔하다고 해도 난 여기 있을 거야. 여긴 내 집이니까."

소윤은 혼란 상태에서 묻고 답하면서 격앙되었다. 그녀는 쿵쾅거리며 안방으로 들어가더니 그 작은 몸으로는 다 채우기엔 어림도 없는 커다란 침대에 손까지 뻗어 대자로 누워버렸다. 울먹이고 있어 가슴이 들썩거렸지만 자신의 자리를 지키겠다는 그 기세만은 대단했다.

수안은 아내를 쫓아서 안방으로 들어와 소윤이 그 작은 몸으로 침대에 부득불 누워 있는 모습을 보았다. 순간 든 생각은 결혼한 이가 무척 어린 사람이란 깨달음이고, 그와 동시에 이 사람을 제 몸보다 더 사랑하게 되었다는 강한 깨침이었다.

"사랑해."

수안이 소윤에게 처음으로 그 말을 했다. 그러자 그녀가 상체를 일으켜 앉아 남편을 물끄러미 바라보았다.

"사랑해. 아주 많이."

소윤은 남편이 하는 말의 의미를 실감하지 못했다. 관대한 남편이 그녀의 불안함을 쫓아내려고 그저 베풀어주는 행위 같았다. 그래서 눈만 동그랗게 뜬 채로 감동없이 끔뻑거렸다. 그러나 그가 잡아끌자 어깨에 턱을 놓고 순순히 안기었다. 수안의 품은 요동치듯이 따뜻했다.

"당신은 나에게 지금 이 순간 가장 중요한 의미야. 절대로 변하지 않고 변할 수 없을 거야."

소윤은 눈물로 얼룩진 얼굴을 들어 그와 닿을 듯이 마주 보았다. 수안은 평소의 그답지 않게 많은 고백을 하고 있었다.

"당신이 없으면 난 견딜 수가 없어."

말로 감정을 매번 설명하는 것이 습관이 안 되었기 때문에 그의 말들은 어눌했지만 진실했다. 그러나 여전히 소윤은 남편의 고백이 너무 뜻밖이란 생각에 믿어지지 않았다. 그럼에도 그가 말하는 사랑한다는 말은 점차로 그녀의 혼란을 잦아들게 했다.

잠시 동안 소윤은 남편의 말이 진짜인지 알아볼 여력없이 가만히 있었다. 너무 많이 울었기 때문에 기운이 빠져 축 처져 버렸다. 그녀는 남편에게 안긴 채로 별다른 움직임이 없었다. 수안은 그런 아내를 안아 같이 침대에 누워버렸다. 한참 동안 두 사람에게서 말이 나오지 않았다. 다만, 그는 아내를 안고 있는데도 자주 뚫어지게 쳐다보며 곁에 있다는 걸 확인하려 들었다.

"날 잃어버린 줄 알았어요?"

소윤이 겨우 입을 떼어 작은 소리로 물었다.

"응."

"왜요?"

"당신이 없으니까. 어디에도 없어서 얼마나 힘들었는데. 그동안 쭉 집에 있었던 거야?"

소윤은 남편의 코가 자신의 코를 스치는 가까운 거리에서 고개를 저었다. 그러자 시트에 뺨이 스치는 소리가 났다.

"서울역에 갔어요. 그곳에 있는 사람들처럼 매표소에서 표를 끊고 기차를 타고 무작정 바다로 갔어요. 그런데 다른 사람들처럼 바다를 봐도 기분이 나아지지 않았어요. 아름답게 느껴지지도 않더라구요. 오히려 죽고 싶었어요. 그냥 딱 없어지면 좋겠다 싶었는데, 난 원래 물이 무섭거든요. 높은 곳도 무섭고."

소윤은 남편의 체온과 숨결을 느낀 채로 그때의 감정을 입에서 나오는 대로 말했지만 그걸 듣는 수안은 그렇지 못했다. 그녀의 말 하나하나가 맘에 박혀서 그냥 넘겨지지 않았다. 심각하게 받아들이고 있는 그의 표정이 점점 굳어지며 심상치 않았으나 소윤은 깨닫지 못하고 계속 말을 이어갔다.

"그래서 바다를 벗어나 어디를 갈까 생각했는데, 갈 데가 없더라구요. 여관이나 호텔은 혼자 가본 적이 없어 무서워 못 들어가겠고, 그렇다고 밤새 거리를 배회할 수도 없어서 이리저리 살펴보니까 찜질방 간판이 보여 그냥 들어갔어요. 오래 버티려고 했는데 하룻밤 지내고 나니까 집으로 가고 싶었어요. 난 너무 힘들 때면 내 옷 방으로 잘 숨었었는데 이젠 오로지 우리 집 옷 방밖에 생각이 나질 않았어요. 그래서 곧장 집으로 온 거예요. 참, 휴대폰은 깜빡해서 안 가지고 갔어요. 그래서 연락 못 받았을 거예요. 아마 받을 수 있다 하더라도 받지 않았겠지만. 정말 그땐 이 세상에서 없어지고 싶었거든요."

소윤도 그제야 남편의 표정이 이상하다는 걸 알아챘다.

"그런데 표정이 왜 그래요? 왜 그렇게 미운 두꺼비 같은 표정을 해요? 그러지 말아요."

두터운 눈이 더 도드라지고 굵고 높다란 코는 무뚝뚝한 인상을 강하게 심어주며 꽉 다문 입술은 화나 보였다. 소윤의 죽고 싶었다는 말과 함께 위험하게 혼자서 하룻밤을 보내며 집을 떠나 있었다는 엄연한 사실에 수안은 뚱해져 버렸다.

"잘생긴 얼굴 미워져요. 습관 되면 사람들이 더 무섭다고 그런단 말이에요."

소윤은 남편의 얼굴을 손으로 쓸어내리며 어떻게든 그 표정을 지워 버리려 했다. 수안은 남자다운 얼굴이나 퍽 잘생겼다고는 할 수 없었지만 소윤이 보기엔 잘생긴 모습이었다. 가득이나 사람들이 남편의 아름다움을 커다란 덩치와 굳은 표정으로 오해해 속상해서 미운 표정을 떼어내려고 했으나 끄떡도 하지 않았다. 소윤은 수안의 품에서 한숨을 쉬며 고집 센 그의 뺨을 안타까이 만지었다.

화가 많이 난 수안이라 아내의 요구에도 뚱함이 밤새 갔지만 그

럼에도 품에서 소윤을 놓지 않았다. 소윤도 그의 품에서 떠나지
않고 잠들었다. 두 사람은 옷을 갈아입을 생각도 없이 그렇게 안
고 밤을 보내었다.

다음날 아침, 소윤은 깨어났지만 물에 젖은 솜처럼 몸이 무거워
움직이기가 힘이 들었다. 어둡고 좁은 옷 방에서 오랫동안 웅크리
고 있었던 후유증은 커서 몸살이 날 것처럼 끙끙거렸다. 하루가
지나면서 더욱 아파진 진실로 생각은 온몸에 깊게 박힐 듯이 날카
로워졌다.

그녀는 몸을 일으켜 보려고 했지만 다시 침대에 푹 쓰러지고 말
았다. 아무래도 좀 더 누워 있어야겠다며 몸을 축 늘어뜨렸다.

"출근 준비 당신 혼자 해요. 나 너무 힘들어서 꼼짝 못하겠어요.
미안해요."

밖에서 부스럭거리는 소리가 나자 소윤은 고개를 들지도 못한
채로 겨우 힘을 내어 소리쳤지만 답변은 잘 들리지 않았다. 뒤척
거리다가 잠이 들어서 열두 시가 다 되어서야 겨우 일어나 방에
붙어 있는 욕실에서 씻고 나왔다. 면 잠옷으로 힘겹게 갈아입고
물을 먹으려고 밖으로 나오려는 순간 깜짝 놀랐다. 남편이 문밖에
서 떡하니 버티고 서 있었기 때문이다.

"여기서 뭐 해요?"

수안은 씻을 시간도 없었는지 잘 씻던 사람이 옷만 갈아입은 것
같은 추레한 모습이었다.

"당신 깨어날 때까지 기다리고 있었어."

너무도 당연하다는 듯 명쾌한 답변에 소윤은 머리가 띵했다.

"회사는요?"

"그동안 많이 일했으니까 좀 며칠 쉬어도 돼."

수안은 아무 일도 아닌 것처럼 대답했다. 소윤은 남편이 일할 시간에 일하지 않은 것을 본 적이 없어서 놀랐다. 게다가 어제부터 계속 뚱한 미운 표정 그대로였다.

"출근해요. 당신 이런 적 없었잖아요. 이상하단 말이에요. 나 때문에 그래요? 난 괜찮아요. 집에 있을 기니까 염려 말아요. 죽고 싶다는 생각은 이제 안 들어요."

아무리 말해도 통하질 않았다. 죽고 싶었다는 말만 나와도 그 미운 표정은 확연해졌다. 소윤은 그 두꺼비 같은 표정에 난감해하다가 물을 먹으러 주방으로 갔다. 아직 음식 먹기는 싫어 냉장고를 열어보지도 않고 정수기에서 물만 마시었다. 반쯤 마시고 돌아서는데 남편이 들어와 있었다.

"물 먹으려고요?"

"응."

"여기요."

소윤은 먹다 남은 물 잔을 수안에게 넘겨주었다. 그가 남은 물을 다 마시고 나서도 주방을 나갈 생각이 없어 보이자 그녀는 미안한 표정이 되었다.

"배고파요? 나 식사 준비 못해요. 힘없어서."

"배 안 고파."

"배고프면 나가서 사 먹어요."

수안은 가만히 서 있었다. 딱히 말도 걸지 않으면서 계속 보고만 있었다. 소윤은 생각을 하기 위해서 남편의 고집 센 시선을 피해 거실로 가서 소파에 앉았다. 그런데 곧 있어 수안이 주방에서 나오더니 옆 자리에 앉은 것이 아닌가. 그녀는 그런 남편을 내버려 두고 이번엔 찬바람을 맞으며 자신을 돌아보기 위해 베란다로 갔다.

"휴우."

이 정도로 자리를 옮겼으면 남편도 바보가 아닌 이상 혼자 있고 싶다는 맘을 읽었으리라 짐작했지만 그것은 오산이었다. 수안은 베란다까지 왔고 베란다라 더 걱정이 되었는지 바로 옆에 와서 그녀의 옷자락을 잡고 있었다. 소윤은 그의 손을 뿌리치고 베란다에서 나오다가 화난 채로 몸을 휙 돌려 막 나오는 남편과 맞섰다.

"지금 뭐 하는 거예요?"

"……."

"당신 무슨 놀이 해요?"

"……."

"충견놀이 하냐구요? 왜 이렇게 졸졸 쫓아다녀요?"

수안은 대답이 없었다. 여전히 그 화난 듯 뭉뚝한 표정으로 앞에 있을 뿐이었다. 정말로 그는 충견 같았다. 세인트 버나드 같은 인상으로, 노려보면 그 자리에 멈추고 돌아서 걸으면 같은 방향으로 움직였다.

"정말 왜 그래요? 말을 해요."

소윤이가 더는 못 참고 발을 동동거리며 신경질을 부렸다.

"당신을 보고 있어야지 마음이 놓여."

"난 이제 어디 안 가요. 집에만 있을 거라구요. 그러니까 당신 볼일 봐요."

소윤은 말투를 누그러뜨리며 그를 설득했지만 소용없었다. 말귀를 못 알아듣는 사람처럼 고집불통이었다. 수안은 소윤을 잃을 뻔했다는 생각이 떠나지 않아 그녀 따라 같은 동선으로 움직이는 것밖에 모르는 사람처럼 행동했다. 게다가 쉽게 죽고 싶었다는 말을 했다고 아직도 퉁퉁 부어 있었다. 화난 표정에 그 큰 덩치로 계속 따라다니자 소윤도 짜증과 분노가 범벅이 되어버렸다.

"따라붙지 말아요."

"……"

"떨어져요."

"……"

"좀, 비켜요!"

소윤은 뒤돌아 수안의 가슴을 힘껏 밀고 소리쳤다. 수안은 끄떡하지 않았다. 오히려 반동으로 그녀가 몇 걸음 물러서게 되었다. 그러자 힘이 무지 세고 지금은 고집까지 부리는 남편에게 더 화가 났다.

"생각이란 것을 해야 한다구요. 그래서 복잡한 머릿속을 정리해야 할 것 아니에요. 그러니까 방해하지 말아요. 왜 이렇게 꼼짝달싹 못하게 해요? 덩치도 산만하면서. 답답해 죽겠어, 정말."

소윤은 남편을 겨우 밀치고 안방으로 가서 문을 꽝 닫아 잠그고 의자에 앉아버렸다. 어딘가로 날아가 버릴 것 같은 마음을 잡아지상에 묶어둬야 하는데 자꾸 남편은 쫓아만 다니었다.

그녀는 의자에서 꼼짝을 안 하고 숨을 막히게 하는 무수한 생각들을 정리하려 했지만 더 가라앉고 말았다. 시간이 흐르는 줄도 모르고 방 안에 스스로 갇혀 버렸다. 밥 먹으라는 소리도 무시한 채 그렇게 날이 저물고 새벽이 될 때까지 생각에 깊숙이 빠지었다.

"난 누구지?"

소윤은 자신이 어떤 존재이고 누구인지 계속 묻고 있었다. 생각을 하면 할수록 진소윤이 누구인지 까마득해져 버렸다. 그때 전화가 울리었다. 소윤은 몸을 움츠렸다. 전화가 제풀에 끊어졌다. 남편 외엔 당분간 가족들과 얘기뿐 아니라 보고 싶지도 않았고, 생각도 하고 싶지 않았다. 무서웠다.

그러나 엄마 생각은 의지로 아무리 막아도 조금씩 새어들었다. 자신이 낳은 자식도 아닌 데다 아버지가 부정을 해서 데리고 온 것인데도 정성껏 키운 사실이 자꾸 떠오르고 엄마 역시 그녀가 알았다는 사실에 경악했던 모습이 지워지지 않았다. 엄마가 안 되었다는 생각이 들었지만 소윤은 지금 그 누구도 동정하거나 이해하고 싶지 않았다. 두려움 속에 이젠 화가 났다. 대상이 확실치 않은 분노였다. 막 소리치고 무엇이든 손에 잡히는 대로 던지고 싶었지만 그저 가만히 앉아 생각을 하려고 애썼다.

한참 시간이 지난 것 같은 흐름을 소윤도 느꼈는지 일어서려 바닥에 발을 내리었다. 혼자서 무언가 답을 찾으려고 했지만 그럴수록 더 길을 잃는 기분에 빠져들었다. 그녀는 스스로 잠군 문을 열고 밖으로 나오다 정면으로 남편이 보여 놀라고 말았다.

수안은 소파에서 희한하게도 똑바로 앉아 곧 튀어나갈 것 같은 보디가드 모습인 채로 졸고 있었다. 현관 쪽을 바라보는 자세인 걸 보니 모르는 사이 나갈까 봐 걱정이 된 모양이었다. 완벽하고도 답답하게 지키는 남편을 향한 그녀의 눈가가 부드러워졌다.

"에휴!"

소윤은 한숨을 쉬다가 수안 옆으로 다가가 앉았다.

"이젠 좋은 냄새도 안 나네."

소윤은 수안의 몸에 코를 박고 굳이 냄새를 맡았다. 남편은 치장하는 타입이 절대 아니지만 워낙 잘 씻는 편이라 항상 은은한 비누 냄새와 스킨 향, 그리고 청결하고도 남성적인 살 내음이 섞여서 참으로 냄새가 좋았다. 이 세상 남자들이 아무리 냄새가 좋다고 해도 자신의 남자보다는 못하다고 단언할 정도였다. 그런데 지금은 그녀를 지키느라 씻지도 못한 채로 걱정을 많이 했는지 좋은 냄새가 싹 가시었다.

"불쌍하다."

소윤은 잠든 남편의 얼굴을 가만히 보다가 중얼거렸다. 얼굴색은 그새 더 검어졌고, 눈꺼풀은 잠을 제대로 못 잤는지 부어 있었으며 안 보이던 주름살도 생겼다. 더불어 잠들었는데도 화난 듯 뚱한 표정은 변함이 없었다. 불쑥 나온 눈자위와 높은 콧대, 그리고 두툼한 입술로 그녀의 시선이 오래 머물렀다.

"정말 날 많이 사랑하나 보다."

소윤은 어제 남편이 안으며 사랑한다고 몇 번씩 외쳤을 때도 갑작스러워 맘에 들어오지 않았었다. 그런데 지금 씻지도 못하고 굳건하게 지키는 누추한 모습에 백 마디의 말보다 더 큰 의미로 다가왔다.

"불쌍해, 이런 나를 사랑하다니."

소윤이 남편의 진심을 온전히 받아 안으며 그의 손등을 살짝 어루만졌다.

"뭐, 나도 복잡한 당신을 사랑하니 피장파장이지."

혼자라는 생각이 가시고 있었다. 아무것도 결론난 것 없는 머릿속에 산더미 같은 생각들이 몰려오고 있었지만 쓰러질 수 없었다. 이런 남편이 있는데 든든해서라도 힘이 불쑥 날 것 같았다.

"이 냄새도 나쁘진 않다."

소윤이 남편의 어깨 부근에 코를 대고 킁킁거리다가 그대로 고개를 기울여 기대었다. 그날 새벽 수안과 소윤은 소파에서 앉아 설핏 잠이 든 채로 두 사람만의 휴식에 빠져들었다.

Chapter 20

수안은 여전히 커다란 덩치가 어울리지 않게 아내를 졸졸 따라다녔다. 그러나 달라진 것이 있다면 이젠 소윤도 불평이 없어졌다는 것이다. 눈만 뜨면 시야에 존재하는 수안을 귀찮아하거나 부담스러워하지 않고 내버려 두더니 이젠 아예 마주 보고 있었다.

소윤은 잠시 현실을 외면한 채 그 아픔과 상관없이 지내고 싶었다. 아무리 생각해도 답이 나오지 않은 문제였기 때문이다. 그것은 세상에 존재하지 않을 아주 복잡하고 힘든 공식이 있어야 풀리는 수학 문제처럼 압박해 왔다. 사랑하는 엄마를 미워하게 되기도 하고, 미운 엄마가 불쌍하게 여겨지기도 하면서 자신을 자꾸 부인하게 만드는 몹쓸 감정들이 마음속을 파먹어갔다. 잠시 아픔과 동떨어져 있고 싶었다.

그래서 모든 걸 놓고 오로지 그녀만을 무척 사랑하는 남편을 바라보기만 했다. 그렇게 맘을 열려고 해도 안 되었는데, 갑자기 자신밖에 모른다는 얼굴로 사랑을 지키고 있는, 감정 표현에 투박한 그를 보니 안도가 되면서 모든 걸 기대고 싶었다. 그렇게 자기 식대로 아픔을 잊기 위해 사랑하는 김수안에게 올인했다.

"배 안 고파?"

수안이 거실 소파에 있는 소윤에게 다가와 맞은편 바닥에 앉아서 마주 보며 물었다.

"나 밥 안 할래."

소윤이 응석을 부리듯이 인상을 찡그리며 말했다. 그녀는 아픈 만큼 더 어려져 버렸다.

"시켜 먹으면 되지."

"그래요."

소윤은 근 이틀이 넘게 남편이 시켜준 죽 조금 외엔 아무것도 안 먹었지만 배가 전혀 고프지 않았다. 그러나 남편은 무척 배고파 보였다.

"뭐 먹고 싶어?"

"음, 모르겠어."

"먹고 싶은 거 말해. 다 시켜줄게."

"정말?"

"응."

수안이 전화기를 들자 소윤이 소파에서 일어나 그에게로 몸을 기대왔다. 그리고는 고민을 많이 해서 빛을 잃은 창백한 얼굴로 남편을 쳐다보며 말하기 시작했다.

"난 해물덮밥. 근데 당근은 넣지 말고, 양파는 많이. 그리고 버섯은 다 좋지만 피망은 싫어. 오징어와 새우는 많이, 그러나 조개는 별로. 죽순은 많이 넣고 약간 싱겁게. 그렇게 시켜줄 수 있어요?"

"그럼."

수안은 아내의 요란한 주문에 표정 하나 안 바꾼 채로 단골 전문 중화요리 식당에 번호를 눌렀다. 그리고는 한번 들은 것을 토씨 하나 안 틀리고 그대로 주문했다. 그러나 다 말하고 나서 그의 뺨 작은 곳에서 홍조가 일어나는 걸 보면 약간은 부끄러운 듯했다. 소윤은 남편의 그런 모습에 웃음이 나왔다.

"그리고 자장면 곱빼기와 만두도 추가해 주세요."

"자장면 먹게요?"

"응."

해물덮밥 주문이 너무 거창해서 간단한 걸 시킨 것이 분명했지만 내색하지 않았다. 소윤은 그런 수안을 계속 바라보았고, 그도 아내 옆에 앉아 맑고 맹목적인 시선을 피하지 않았다.

"잠깐만 여기 있어."

"어디 가려고?"

"응. 화장실."

수안은 잠시 화장실 다녀오는 것도 불안한 눈치였다. 그녀의 시선이 남편이 욕실로 들어가는 모습을 따라가다가 문이 닫히자 자리에서 벌떡 일어섰다.

수안은 얼른 볼일을 보고 나가려고 했다. 아내 상태가 불안정했기 때문에 잠시라도 떼어놓을 수가 없었다. 그런데 변기 뚜껑을 열고, 바지 지퍼를 내리고 서서 오줌을 누고 있을 때 갑자기 문이 벌컥 열리었다. 소윤이 들어오면서 포물선을 그리고 나오는 센 오줌발을 보고 있자 순간 수안의 얼굴이 사색으로 변하더니 완전 당황했다.

"야!"

너무 놀라 한 번도 안 하던 소리까지 세게 질렀다.

"손 씻으려고."

소윤이 유순하게 답했다.

"진소윤, 당장 안 나가!"

수안이 버럭 소리를 지르고 바지자락을 잡으며 어쩔 줄 몰라 했다.

"알았어요."

소윤이 나가자 수안이 마저 일 보고 손까지 씻은 후에 나왔다. 그러나 화낼 기회도 없이 소윤이 남편의 옆구리를 툭 치고 미소 지으며 욕실로 쑥 들어갔다. 수안은 그런 아내의 뒷모습을 보며 난처함에 맺힌 이마의 땀을 손등으로 닦아내면서도 그녀가 예쁘게 보이는 것을 부인할 수 없었다. 이것도 필시 병인 듯싶었다. 미운 짓을 하는데도 예쁘게 보이는 걸 보면 심각한 것 같았다. 굳었던 표정도 어느새 풀어져 미소 짓고 말았다.

벨이 울리자 수안은 현관으로 나갔다. 배달 음식이 왔다. 아저씨가 음식을 내놓았을 때 까다로운 주문으로 미안했던지 그는 돈

을 더 꺼냈다. 단골 아저씨는 손까지 내저으며 거절했지만 팁이라
고 계속 내밀자 받아 들며 말했다.

"창의적인 요리도 주저없이 주문해 주세요."

수안은 픽 웃어버렸다. 아저씨를 보내고 거실 탁자 위에 음식을
옮겨놓고 욕실로 갔다. 손을 씻으러 간 소윤이 욕실에서 나올 기
미가 보이지 않았기 때문이다.

"음식 왔어."

"들어와요."

수안은 멈칫하다가 문을 열고 몸을 반쯤 들이밀었다.

"뭐 해?"

"목욕."

두 번째 미운 짓을 하는 것인지 소윤은 홀딱 벗고 비누 거품이
가득한 탕 속에 온몸을 숨긴 채로 얼굴만 내밀고 있었다.

"식사 왔어."

"이리 와봐요."

소윤이 손가락을 까닥거리며 수안을 불렀다. 그의 옷에 비눗방
울이 하나씩 붙었다. 소윤은 가까이 온 남편 귓가에 대고 속닥였
다.

"당신한테서 냄새 나."

그 말 한 마디로 모든 상황이 달라졌다. 수안은 정신을 차릴 틈
도 없이 옷을 벗고 소윤과 함께 탕 속에 있었다. 부지불식간에 한
짓이라 해놓고도 황당했다.

"머리도 매일 감던 사람이 이 꼴이 뭐예요? 안 감은 지 며칠이

나 됐죠?"

소윤이 거품으로 수안의 머리카락을 박박 문질러 댔다.

"그만 해. 내가 알아서 할게."

"내가 도와주고 싶어서 그래요."

도와준다면서 지금 수안을 괴롭히고 있었다. 머리를 감아준다며 일어나 그의 머리를 주물럭거리느라 눈앞에서 자꾸 아름다운 유방이 흔들리며 몸을 건드렸다. 눈을 감아도 떠도 작고 매끈한 몸이 그를 자극했다.

"면도도 해야 돼요."

소윤이 이번에는 수안의 까끌까끌한 턱을 만지더니 그의 품으로 미끄러져 들어갔다.

"알았어."

수안은 멀쩡하기 힘들 지경까지 왔다. 그러나 소윤이 밝게 웃거나 장난을 쳐도 지금 아픈 상태라는 것을 잊지 않았기 때문에 육체적 욕망은 어떻게든 꾹 참으려고 애쓰고 있었다.

"이렇게 있으니까 너무 좋다. 편안하고."

그 마음을 아는지 모르는지 소윤은 수안의 가슴에 등을 기대고 앉아 두껍고 긴 팔로 자신의 허리를 둘렀다. 거의 참을 수 없는 뻐근한 고통이 물밀듯 덤벼오자 괴로운 듯 자세를 바꾸려 했지만 안겨 있는 소윤 때문에 쉽지 않았다.

"소윤아, 나 힘들어. 빨리 목욕하고, 옷 입고 밥 먹자."

수안은 소윤의 머리에 얼굴을 묻고 가라앉은 목소리로 애원했다.

“그래.”

다행히 변덕스런 소윤이 부탁을 들어주었다. 모처럼 씻은 수안은 뽀얗게 보였다. 두 사람은 편한 셔츠와 바지 차림으로 갈아입고 다 식은 음식 앞으로 왔다.

“다 불었잖아.”

“내거 먹어요. 자아.”

소윤은 남편이 특별하게 주문해 준 해물덮밥을 그의 앞으로 밀고 숟가락을 집어주었다.

“밖에 나가 사먹을까? 근사한 걸로.”

“싫어.”

수안은 밖으로 나가자는 말에 소윤이 정색을 하고 굳어지자 얼른 다른 말로 넘기었다. 아직 세상의 문을 열 준비가 안 되었다. 수안은 소윤이 원하는 대로 해주고 싶었다.

“그래, 그럼, 먹자. 식었지만 먹을 만하다.”

소윤은 남편이 다 불은 나머지 뭉쳐 있어 비벼지지 않은 자장면을 억지로 먹는 모습을 보다가 창밖을 슬쩍 바라보았다. 밖으로 나갈 용기가 나지 않았다. 생각의 끝에서 그녀가 얻은 것은 현실이 주는 잔인한 진실에 대한 부정뿐이었다. 그래서 그들의 안식처 안에 숨어 남편만을 보며 웃고 있었다. 옷장 구석에서 숨어들었던 것과 나아진 바가 없었다. 괴로운 문제로부터 도망가지 않기로 해놓고 이젠 집 안에서 남편의 사랑에 파묻혀 있으려고 했다.

“안 먹어?”

“먹어요.”

소윤은 해물덮밥을 맛있게 먹었다. 수안에게 맛보게 떠먹여 주는 것도 잊지 않았다.

식사를 마치고 두 사람은 같이 서서 칫솔질을 한 후 거실로 건너가 편한 휴식을 취하고 있었다. 수안은 점점 소윤을 따라다닐 필요가 없어졌다. 그녀가 알아서 품에 안겨왔기 때문이다. 지금처럼, 가슴팍에 몸의 균형을 완전히 그에게 맡긴 채로, 그러나 수안은 그다지 편치 않았다.

목욕탕에서 불끈거렸던 욕망이 시간이 지날수록 수그러지기는커녕 갈수록 거세졌다. 더군다나 자꾸 품속을 파고드는 아내로 인해서 온몸을 쑤시는 고통이 심해졌다. 그래도 아내를 보호하려는 맘이 무엇보다 커서 욕망에 해탈한 사람이 되려고 했다.

"당신 품은 넉넉하고 든든해서 참 좋다."

"그래?"

"응. 당신하고 있으니까 시간이 참 빨리 가."

이마에서 땀이 맺히고 몸은 딱딱해져 갔다. 그는 눈가를 찡그리고 입을 굳게 다물며 욕망을 참고 있었다.

"날 얼마만큼 사랑해요?"

소윤이 보지 않고 남편의 품에서 몸을 찰싹 댄 채로 물었다.

"많이."

"나도 많이 사랑해요."

소윤이 시선을 부딪치더니 입술을 맞춰왔다. 그러더니 몸을 일으켜 커다란 남편을 작은 품에 가득 안아보려 밀착시키며 그의 머리를 어루만졌다. 소윤은 김수안 하나 가진 것을 세상 속에 살아

가는 것으로 인지하려 했다. 안전하게 그를 통해서 세상을 보려고
했다. 웃고 있었지만 모든 것이 약해져 가는 있는 소윤에겐 수안
이란 존재가 무척 소중했다. 그런데 그는 지금 그런 복잡한 것은
머리 속에 들어오지도 못했다.

타 들어가는 욕망의 불꽃은 눈빛을 짙게 하고 숨이 턱 막히며
표정이 달라졌다. 더 이상 참지 못하겠다는 듯이 수안은 소윤을
강한 힘으로 끌어내리며 한 번에 안았다. 소윤은 거친 행동에 깜
짝 놀랐지만 더 놀라 것은 뜨거운 그의 체온 때문이었다. 마치 열
이 있는 것 같았다. 아니나 다를까, 그에게서 뜨거운 입김이 느껴
졌다.

소윤은 자신을 원하는 수안의 강한 눈빛에 취했다. 아무 말도
입에서 나오지 않았다. 대신 그녀의 입술은 저절로 벌어져 수안의
입술에 닿았다.

그는 앞뒤 생각은 던져 놓고 여린 입술을 잡아당길 듯이 빨며
그녀의 입 안으로 혀를 밀고 들어왔다. 모든 것을 다 빨아들이고
가져야 할 만큼 다급하고 거세졌다. 숨이 계속 빨라졌다. 뭉갤 듯
이 힘 조절도 하지 못하고 바닥에 쓰러져서 열정적으로 키스를 했
다. 숨을 쉬기 위해 키스를 순간 멈추었을 때, 소윤은 그의 아래서
헐떡인 채로 그를 바라보았다. 뜨거운 시선이 코앞까지 다가오자
그녀의 눈빛에 무언가 어른거리더니 남편의 귓가에 속삭였다.

"나 피곤해."

먼저 부딪쳐 잡기 힘든 불길을 붙여놓고 뜬금없진 않지만 그런
말을 한 소윤을 보는 수안의 눈이 무시무시해졌다.

"못됐어."

거실에서 소윤의 몸에 엉켜 쓰러진 채로 있던 수안이 한마디 툭 내뱉더니 바닥이 꺼질 듯이 한숨을 내쉬고 아내의 몸에서 내려왔다. 그리고는 탁탁 퉁명한 발걸음 소리를 내며 서재로 가버렸다. 소윤은 바닥에 쓰러진 채 소리를 죽이며 작은 웃음을 터뜨렸다. 항상 섹스 할 때마다 절제했던 그의 모습이 떠올라 똑같이 복수해 주고 싶어 골려준 것이다. 그런데 막상 수안의 커다란 몸이 가시자 허전해져서 곧 후회하게 되었다. 그녀는 거실 바닥에 누운 채로 허공에 대고 포옹하다가 몸을 감쌌다.

'당신이 없으면 나도 안 돼.'

소윤은 남편을 부르고 싶었지만 부르기도 전에 어느새 곁으로 돌아왔다. 그래도 여전히 화가 났는지 쳐다보지도 않았다. 그의 옆모습은 혈관이 더 도드라져 있고 표정도 불뚝해졌다.

"화났어요?"

"아니."

'많이 화났나 보다.'

소윤은 남편의 발가락을 들여다보며 생각했다. 수안은 TV를 틀고 뉴스에 고정하며 시청하기 시작했다. 소윤은 처음엔 가만히 있었지만 십 분이 지나자 점점 견디기 힘들어졌다. 세상 돌아가는 소리를 들으니 심장이 파닥거리며 괴로웠다. 손이 저절로 올라가더니 귀를 막으며 세상 소리를 차단하려 했다.

"왜 그래?"

수안이 기이한 반응을 보이는 소윤을 발견하고 물었다.

"듣기 싫어서요. 내가 방에 들어갈게요."

소윤이 일어나기도 전에 수안은 리모컨을 집어 꺼버렸다.

"볼 것도 없어."

수안은 아내의 표정을 살피었다. 아플까 봐 걱정하는 그를 보던 소윤은 불쑥 말했다.

"미안해요."

"뭐가?"

"알면서?"

소윤이 아까 일을 눈짓으로 상기시켰다. 수안의 눈이 가늘어졌다.

"다신 그러지 마."

수안의 경고에 소윤은 고개를 끄덕거렸다. 그러나 의미는 달랐다. 수안은 건드리지 말고 얌전히 있으라는 말이었고, 소윤은 더는 남편의 욕망을 막지 않겠다는 뜻이었다.

저녁 내내 소파에 앉아 책을 읽고 있는 남편 옆에서 저녁놀이 지고 있는 아름다운 모습을 바라보았다. 그러나 점점 뿔테 안경을 쓰고 책을 읽는 남편의 모습에 더 시선이 갔다. 안경을 쓰면 지적인 모습이 부각되는 수안은 근사한 교수 같아 보였다. 책에 열중한 모습이 참 아름답다며 소윤은 감흥에 젖었지만 그는 실상 한 장도 제대로 인지하지 못한 채 책장을 넘기고 있었다. 수십 장을 그렇게 넘기었지만 무슨 내용인지 통 알 수가 없어 몇 번씩 책 표지를 확인해야 했다. 오로지 아내의 시선만이 느껴질 뿐이었다.

그래도 고집스럽게 책을 붙잡고 있었다. 지치고 아픈 아내를 김수안으로부터 지키는 방법은 이것밖에 없어 보였다. 그러나 밤이 깊어지자 더 많은 인내가 필요했다.

두 사람은 편한 잠옷으로 갈아입고 침대로 가 잠자리에 들었다. 수안은 최대한 평정심을 찾으려고 배 근처에 두 손을 모으고 반듯하게 누웠지만 소윤은 점점 남편 쪽으로 몸을 기울였다. 단단한 팔에 얼굴을 묻으며 아까부터 자꾸 뭐라고 웅얼거렸으나 수안에게는 아무것도 들리지 않았다. 아내를 지금 안으면 안 된다는 생각과 안고 싶다는 충동이 그의 몸을 더욱 불편하게 만들었다.

"이 세상에 우리 둘만 있는 것 같다."

소윤은 남편을 만지작거리며 중얼거렸다.

"자자."

수안은 경고하듯 말했지만 소윤이 말을 듣지 않자 눈을 감은 채로 그녀의 왼손을 잡아 쉽게 제압해서 자신의 배 위에 감금시켰다. 하지만 그렇게 하는 바람에 소윤이 그에게로 바싹 당겨져 버렸다. 그럼에도 수안은 반듯하게 누운 자세를 고수했다.

"피곤하잖아."

"안 피곤해요."

"피곤해."

수안이 소윤의 상태를 단정했다.

"그래요."

그는 빨리 잠들고 싶었다. 그러나 그녀는 남편의 존재감을 매순간 느끼고파서 눈을 감지 않았다.

"날 언제부터 사랑하게 됐어요?"

잠시 후 잠자코 있던 소윤이 다시 수안의 잠들려는 시도를 방해했다.

"모르겠어. 아주 오래전인 것 같은데, 언제쯤인지 기억이 안 나."

"내가 왜 좋아요?"

소윤은 현실을 잊은 채로 계속 남편의 사랑을 물었다.

"예뻐서."

수안이 눈을 뜨지도 않고 대답했다. 소윤은 피식 웃었다.

"어디가?"

"눈이 예뻐. 입술도, 코도, 손도, 발도, 발가락도, 말하는 것도, 눈빛도."

무거운 입술에서 끝도 없이 나왔다. 소윤은 그 말에 취해 버렸다. 그의 눈이 딱 떠지더니 아내를 깊이 바라보았다,

"안 예쁜 데가 없다."

"당신 눈이 정상이 아닌 거지."

"그래, 나 정상이 아니야. 왜 이렇게 만들어? 힘들어 죽겠는데. 반쯤 당신 책임이야. 책임지고 싶어?"

수안은 눈 깜짝할 새에 소윤의 몸 위로 올라왔다. 누워 있는 그녀의 다리를 누르고 내려다보는 얼굴은 굉장히 남성적이었다. 그러나 그는 아직도 갈등을 하고 있었다.

"알았어요. 약속 지킬게요."

"……"

"당신을 더 이상 괴롭히지 않겠다구요."

소윤은 수안을 똑바로 보고 말했다. 작은 숨소리가 맹세를 떨리게 했다.

"한번 믿어보겠어."

수안이 깊게 패인 긴 눈으로 말했다. 소윤은 두터운 뺨으로 손을 뻗치었다. 사랑하기 때문에 그에게서 받는 위로가 지금 이 순간 웃게 만들고, 애써 노력하면 남편 외에 다른 현실을 잊게 만들었다.

"지금부터야, 그 약속."

수안이 소윤의 귓가에 나지막하게 중얼거렸다. 아내를 원하는 욕망이 음성을 잠기게 했다. 소윤은 주저없이 사랑하겠다고 마음먹고 그의 말을 따라 했다.

"지금부터."

수안은 소윤의 이마에 내려온 머리카락을 위로 넘기었다. 그러면서 그 손은 소윤의 이목구비를 하나도 허투루 넘어가지 않고 만지었다. 사업가의 손 같지 않게 매끈하지 않은 투박한 손은 예술가와 먼 심성을 가졌지만 부드러웠다. 그의 얼굴이 가까이 다가오더니 두툼한 입술이 그녀의 뺨을 훑고 지나갔다. 뜨거운 숨결이 뒤를 따랐다. 소윤은 뜨거운 그의 체온을 느끼고 모든 것을 잊고 싶었다. 남편의 단단한 얼굴을 두 손으로 붙잡고 중얼거렸다.

"사랑한다고 말해줘요."

"사랑해."

그들의 음성은 수안이 소윤의 입술을 덮치듯이 포개면서 뭉개

졌지만 그 의미는 그대로 살았다. 수안은 욕망에 휩쓸리지 않으려
고 지금 이 순간도 안간힘을 쓰고 있었지만 이성이 반쯤 빠져나가
고 있었다. 거칠게 탐하는 남편을 받아들이며 소윤은 단단하고 굵
은 목에 손을 감았다. 몸이 저절로 움직여 그의 몸에 맞아떨어지
려고 했다.

"나 좀 말려줘."

수안이 가까스로 그녀에게서 고개를 들었지만 시선은 흐트러진
잠옷 사이로 보이는 흔들리는 유방으로 갔다.

"괜찮아요. 약속했잖아요, 당신 괴롭히지 않겠다고."

욕망에서 겨우 고개를 든 이성이 갈등을 하고 있었다. 그의 눈
빛이 마구 흔들렸다.

"당신은 아직 쉬어야 돼. 지금 하면 한 번으론 안 될 거란 말이
야."

"당신을 원해요. 당신이 참지 않았으면 좋겠어."

수안이 인상을 찡그리며 눈을 감았다. 그리고는 스스로를 욕했
다. 그것으로 그의 이성은 잠자리에서 나올 때까지 다시 고개를
들지 못했다. 수안은 소윤을 품에 안고 아내의 커다란 눈을 뚫어
지게 바라보았다.

"후회해도 모른다. 참지 않을 거야."

소윤은 미소 지었다. 그러나 그 미소는 점점 떨리었다. 이글이
글 타오르는 시선만으로, 키스하려고 입을 벌리는 야성적인 모습
만으로, 그녀는 헐떡였다. 수안은 한 마리의 산짐승 같았다. 크고
욕심 많고 힘센, 그가 제어하지 않으면 그 누구도 막을 수 없다는

걸 절실하게 깨달았다. 또한 남편의 욕망을 다 받아내기엔 자신이 역부족이란 것도 경험하게 되었다.

수안은 소윤의 흔들리는 유방을 덥석 큰 손으로 잡고 주물렀다. 작은 유두가 부풀어지고 짙어지는 것에 매료되었는지 크게 물고 나선 한참이나 빨았다. 욱신거리는 통증이 아릿할 정도로 수안은 가슴에서 입을 떼지 않고 완전히 점령했다. 뜨거운 열기가 가슴에서 피어나 자꾸 아래로 내려가 중심을 조이며 뭉근하게 뻗어나갔다. 강렬해지는 느낌에 빠져 소윤은 신음을 흘리었다. 점점 호흡이 가빠지고 온 정신이 몽롱해지고 있었다.

"수안 씨, 조금……."

소윤은 자신이 실수한 것이 아닌가 하는 생각이 한점 들었다. 점잖은 그는 없어졌다. 욕망이 이끄는 대로 탐닉하는 남자만이 있을 뿐이었다. 수안은 정신없이 가슴에서 배까지 만지며 작은 숲에 다다르더니 멈칫거림 없이 그 숲을 손으로 쓸고 나서 입으로 더듬었다.

"괜찮아?"

수안은 잠긴 목소리로 겨우 물었다. 몸에 밴 배려가 그에게 초인적으로 힘을 내게 한 것이다.

"사랑해요."

조금 늦춰달라고 말해야 하는데 자신을 가득 채울 남편이 이 순간 절실히 필요해서 다른 말이 끼어들지 못했다. 오직 그를 사랑한다는 마음이 들어찼다.

"사랑해. 그래서 당신을 원해."

수안은 욕망이 타오르는 눈빛으로 아내의 다리 안쪽을 쓰다듬으며 입술로 그 선을 따라 내려왔다. 그리고 아랫배를 애무한 후 그녀의 다리로 자신의 허리를 감게 하더니 급격하게 커진 성기로 다급히 찔러왔다. 소윤의 몸이 반쯤 파닥거렸다. 수안은 힘을 조절하지 않고 오로지 아내를 안고 싶은 맘으로 움직였다. 그녀는 끝까지 들어오는 남편을 느끼었다. 힘이 부치면서도 몸에 흥분된 열꽃이 피어났다. 점점 뜨거워지는 몸을 수안은 계속 만지며 그녀 속으로 들어오고 또 들어오며 완전히 채워갔다. 그 사이에도 두 사람의 입술이 만나서 서로를 적시고 있었다.

헉헉거리는 호흡이 흩어가고 합쳐졌다. 소윤은 남편의 거센 움직임을 따라가기 시작했다. 그녀의 작은 엉덩이가 연신 꿈틀거리었다. 수안은 한 번으론 도저히 터져 버린 욕망을 채울 수 없었다. 그녀를 안아 들고 다시 거침없이 움직였다. 소윤은 눈이 배로 커졌다가 남편에게 기대며 그의 욕망에 순종했다. 땀을 흘리는 그에게서 남성적인 향기가 진하게 배어났다.

"으읏."

아픔과 쾌감을 같이 느끼었다. 그래서 그녀의 얼굴은 몽롱한 상태로 찡그리다가 신음을 뱉었다. 수안이 자제력을 잃는다는 것이 위험한 일임을 느꼈지만 동시에 하나가 되는 흥분된 희열도 같이 가질 수 있었다. 열기로 멍한 상태여서 자신이 계속 남편을 쓰다듬고 애무하며 자극하고 있다는 것도 알지 못했다. 몸은 고되었지만 깊은 중심에서 계속 그의 움직임을 원하는 수축이 일어났고, 수안은 몇 번을 해도 끄떡없었다. 서로 맞물려진 아랫도리가 후끈거리고 아릿할 때까지 깊숙한 움직임은 거세졌다.

　소윤은 점점 수안의 커다랗고 파고드는 것밖에 모르는 우직한 그것에 적응하고 있었다. 민감하면서도 축축해진 그녀의 그곳은 움직임을 계속 받아들였다. 절정은 여러 번 닥쳐왔고 수안은 절정이 끝나감에도 만족을 몰랐다. 몇 번씩 아내를 안았고, 드디어 소윤은 남편 품에서 거의 정신을 잃어버렸다.

　잠에서 깨어나 욱신거리는 몸은 안중에도 없이 수안부터 찾았다. 침대 위에 있지 않았지만 침대 옆 바닥에 앉아 있는 그를 손쉽게 발견했다. 소윤은 기어가 침대에 기대어 긴 다리를 바닥에 뻗은 채 앉아 있는 수안의 어깨에 엎드린 채로 손을 얹었다. 그가 꿈틀거렸다.

　"왜 거기 있어요?"

　"깼어?"

　"응. 뭐 하고 있어요?"

　"반성하고 있었어."

　"뭘 잘못했는데요?"

　소윤은 놀라서 그의 옆으로 미끄러져 바닥에 앉아 다시 물었다.

　"밤새 못살게 군 거 말이야. 난 짐승이야."

　소윤은 진지한 고백에 웃음이 나왔다. 그러나 그에게선 한 톨의 웃음기도 어른거리지 않았다.

　"내가 부추겼는데 뭐. 당신 잘못 아니지."

　수안이 아내의 얼굴을 조심스럽게 잡고 거울로 향하게 하자 소윤은 자신의 몰골을 직접 확인할 수 있었다.

"헉."

얼굴이 그새 더 반쪽이 된 것이 갑자기 많은 힘을 써버린 태가 역력했고 커다란 눈은 완전히 퀭했다.

"앞으로 일주일 동안 당신을 건드리지 않을 거야."

"꼭 그러지 않아도 되는데."

수안은 자책이 컸고, 그런 남편이 우습고 귀여워 시간 나는 대로 포옹했다. 그러나 그는 스스로 한 약속을 지키느라 지제를 하며 몸을 굳히었다. 그녀는 그런 남편을 내버려 두었다. 그렇게 겉으론 평화로운 하루 이틀이 지나갔다.

소윤은 점점 자신에 대한 생각을 밀어내지 못하고 있었다. 수안은 처가에 그녀의 안부를 전해주고 있었다. 소윤도 눈치 채었다. 그러나 직접 전화는 하지 않았다. 지금은 엄마의 목소릴 들릴 용기가 나지 않았다. 하지만 마음은 외면하지 못했다.

창가 쪽에 서서 밖을 내다보며 점점 엄마를 많이 생각했다. 스스로에게 화난 맘이 엄마와의 거리를 깊게 파이게 했다. 바람결에 흔들리는 나뭇잎과 외등이 하나씩 켜져 가는 모습과 가족들의 산책을 바라보던 소윤의 눈빛은 가라앉았다. 엄마를 보고 싶지 않았다. 엄마 딸이 아님을 눈으로 확인하는 것이 싫었다. 그럼에도 엄마 생각은 끊임없이 났다. 아무 잘못 없는 엄마를 원망하고 싶으면서도 떠오르는 것은 엄마가 해준 고마운 것들이었다. 그러나 그것도 그녀에겐 상처였다. 그 누구보다 자신을 사랑해 주었던 엄마였지만 실수를 하면 불안해하며 다그쳤던 기억이 생생했다. 매번 갈 길을 가르쳐 주고 다른 길로 가면 안절부절못했던 엄마를 실망시키고 싶지 않아 잘하지도 못한 길을 가려고 했었다. 아마도 그녀가 딸이 아님을 늘상 느끼고 있었지 않았나 하는 생각이 떠나지 않았다. 그래서 품 안에서만 기른 것이 아닌가 하는……. 자꾸 그런 못된 맘 때문에 우울했다.

"괜찮아?"

수안이 뒤로 와서 걱정스럽게 물었다. 몇 시간째 계속 한 곳만 바라보는 소윤이 걱정스러웠다. 지금까지 내버려 두었지만 혼자라는 생각에 빠져들까 봐 가만있을 수 없었다. 소윤은 수안의 가슴에 등을 기대며 고개를 끄덕거렸다.

"당신 혼자 아닌 것 알지?"

소윤은 뒤돌아 수안을 바라보았다. 그의 음색에 불안이 깃들어져 있었다.

"당신처럼 커다란 사람이 내 곁에 있는데 어떻게 혼자라는 생각이 들겠어요."

소윤이 수안을 마주 보며 말하더니 갑자기 그의 허리춤을 당겨서 덧붙였다.

"당신이 내게 있는 한 어떤 일이 있어도 절망은 없어요."

수안은 아내를 품에 안았다.

"사랑해, 진소윤."

소윤은 미소 지었다. 그녀 또한 사랑한다는 말을 했다. 그날 저녁 소윤은 괜찮다고 해도 그녀의 몸이 축났다며 며칠은 더 참으려는 기세였다. 품에서 꿈지럭거릴 때마다 한숨을 쉬는 남편을 위해 좀 떨어지려 했지만 수안은 그것도 용납하지 않았다. 왠지 끙끙거리는 수안이 안됐으면서도 그 때문에 웃을 수 있었다.

힘들어하는 남편보다 먼저 잠이 든 소윤은 새벽에 작은 부스럭거림에 깼지만 수안은 한 번 든 잠이 꽤 깊이 들었다. 그녀는 그런 남편을 들여다보며 뺨에 키스를 한 뒤 일어나 창가로 갔다.

새벽녘 기운은 아주 차디찼다. 곳곳에 서늘함이 도사리고 있었다. 소윤은 창문을 열었다가 다시 닫아버린 후 가만히 서 있었다. 기분이 착 가라앉았다. 그래도 절망은 아니었다. 자신이 누구인지 인제 어렴풋이 안다. 다만, 감정이 닳아지고 헤지는 기분에서 벗어나기 힘들었다. 눈을 감고 있다가 잠시 생각에서 나와 새벽의 싸한 기운에 젖어들고 있을 때 남편이 침대에서 손을 뻗는 모습이 보였다. 그러더니 벌떡 일어났다.

"나 때문에 깼어요?"

"……."

그가 아무런 응답 없이 그녀를 보더니 뚜벅뚜벅 걸어와 단박에 품에 안아 들고 침대로 가서 누워버렸다. 그 바람에 소윤은 인형처럼 남편의 움직임에 따라야 했다.

"여보, 왜 그래요?"

"……."

답변 없이 일정한 숨소리가 그에게서 흘러나왔다. 깨어난 것이 아니었다. 수안은 꿈결에도 소윤을 혼자 두는 것을 용납하지 못하는 듯했다.

"아, 숨 막혀."

너무 꽉 안아서 답답했지만 남편을 깨우지 않았다.

"아, 힘도 좋지. 아이, 좋아."

소윤은 수안을 만난 것을 감사하고 그가 남편이라서 기뻤다. 그의 품에서 깊은 잠은 아니더라도 아픔에서 잠시 벗어나 쉴 수 있었다.

다음날 아침, 전화가 울리었다. 소윤은 세상과 연결되는 소리는 항상 뒤로 물러났지만 친정 집 번호가 뜨자 엄마일 수 있다는 생각에 자신도 모르게 받고 말았다.

"여보세요?"

[소윤이구나.]

역시 엄마였다. 눈물 젖은 엄마의 목소리였다. 그동안 얼마나 아팠는지 그 목소린 너무도 가늘어지고 힘이 빠져 있었다.

Chapter 21

"**엄**마!"

소윤은 전화 속 엄마의 목소리에 정신이 쏠리었다.

[집에 다시 돌아왔다는 소리 들었어. 잘했어, 우리 착한 소윤이. 그래야지. 난 네가 멀리 가버린 줄 알았거든.]

감정이 격해져서 잠시 목소리가 안 나오는지 혜진은 말을 멈추다가 다시 이었다.

[괜찮은 거지?]

"네."

소윤 역시 목소리가 쉬었다. 자신을 지키는 남편을 의지하며 더는 울지 않았지만 속으론 울음이 차 올랐다.

[많이 아픈 거니? 소윤아, 제발 아프지 마라.]

"안 아파요. 괜찮아요. 엄마도…… 아프지 마요."

[그래.]

잠시 침묵이 그들 사이를 훑고 지나갔다. 마음은 엄마에게 향했지만 뭔가 묶여진 것처럼 표현이 되지 않고 막이 서졌다.

[네가 무사해서 다행이다. 널 잃어버린 줄 알았어. 아프더라도 조금만 아팠으면 좋겠구나. 나 때문에 네가 이렇게 아픈 것이……. 소윤아, 미안하다. 내가 잘못했어.]

"엄마 잘못이 아니잖아요."

소윤은 엄마 탓을 하고 싶은 마음이 얼마나 부질없이 헛되고 나쁜 짓인지 부정하는 자신의 갈라진 목소리를 들으며 깨달았다.

[소윤아, 내가 다 얘기할 테니 집으로 오면 안 되겠니? 그동안 숨겨왔던 걸 다 말해주마.]

"아직……."

아직 들을 준비가 되어 있지 않은 소윤은 말을 끝내지 못하고 전화기만 움켜잡았다.

[네가 너무 보고 싶구나.]

"미안해요, 엄마. 지금은 못 갈 것 같아. 시간이 필요해요. 나중에, 나중에 찾아뵐게요. 죄송해요."

[그래, 그래.]

소윤은 실의에 빠진, 힘없는 목소리에서 나타난 엄마의 순응을 가슴 아파하면서도 전화기를 놓고 말았다.

제자리에 있어야 할 모든 것들이 뒤죽박죽되어 버렸다. 심장이 쿵하는 소리를 내며 아래로 떨어지면서 그녀를 구석으로 내몰았다. 방 한구석에 웅크리고 앉은 채 고개를 들지 못했다. 울음이 온몸을 타고 올라왔지만 아직 밖으로 나오지 못하고 빽빽이 가득 찬 채로 괴롭히었다. 그러나 괴로움 속에서 빠져나오려는 움직임없이 가만히 푹 가라앉아 버렸다.

"아파?"

수안은 어느새 들어와 구석에서 꼼짝을 안 하는 소윤에게로 다가왔다.

"응."

"많이 아파 보인다."

그의 말대로 욱신거리는 심장으로 인해 누구한테 흠씬 얻어맞은 것처럼 아팠다. 몸 어디 안 아픈 데가 없었다. 목도 너무 따끔거려서 침 삼키기가 힘들어 찡그림이 얼굴 전체로 아로새겨졌다.

"많이 아파요."

수안이 한숨을 내쉬었다.

"어떡하지? 대신 아프고 싶은데 그럴 수도 없고."

소윤은 생각에서 나와 남편에게 초점을 맞추었다. 운 것도 아닌데 초점이 맞추는 데 시간이 걸리었다. 감정 표현이 자유롭지 못한 남성적인 얼굴에 걱정으로 어두워진 모습이 선명히 들어왔다. 그녀는 가름하지만 긴 눈과 우뚝 솟은 코를 시선으로 만지었다.

"같이 아파해 줘서 고마워요."

"힘이 되긴 해?"

"그럼요, 힘이 많이 돼요."

소윤은 남편에게 안기지는 않았다. 충분히 아프지도 않은 채로 그에게 안겨서는 안 된다는 생각이 앞을 가로막았기 때문이다. 그에게 안기면 다 잊어버리고 싶어지는 마음을 막지 못할 것 같았다.

"당신이 없으면 난 숨을 곳을 빨리 못 찾았을 거예요. 고마워요. 근데 지금은 잠시 혼자 있을래요."

"그래. 필요하면 언제든지 불러. 가까운 데 있을 테니까."

그렇게 당부한 후 아내를 위해 자리에서 일어났다.

"당신, 좀 쉬어요. 손님방에서 누워 있어도 되겠다."

"어떻게 쉬어? 당신이 아픈데."

평이한 어조로 말했지만 거기엔 진심이 담겨져 있었다. 소윤은 그런 남편에게 많은 힘을 얻고 있었다. 수안은 밖으로 나와 문을 닫았지만 그녀와 가장 가까운 자리에 머물렀다. 닫힌 문에 등을 대고 앉아서 소윤의 마음 상태가 자신과 연결되어 가는 걸 느끼었다. 그녀가 아프면 그도 아프고, 그녀가 밝아지면 그도 이유없이 밝아질 수 있었다.

그래서 지금 너무 힘들어하는 것이 제 마음처럼 다가왔다. 걱정이었다. 소윤처럼 작은 사람이 많이 아프면 없어질까 봐 염려스러워 그 아픔을 조금이라도 덜어주고 싶었으나 지키는 것 외엔 여자 비위를 맞출 줄 모르는 그가 할 줄 아는 것은 그다지 없었다.

한참 후, 수안은 문을 사이에 두고 흐릿한 울음소리를 들었다. 그는 자리에서 일어나 문을 열고 들어가려다 멈추었다. 아내가 부르지 않았기 때문에 들어갈 수가 없다는 사실이 붙잡았다. 아내가 부를지도 모른다는 생각에 문에서 떨어질 줄 몰랐지만 시간이 지나자 울음소리가 차츰 잦아들었다. 수안은 문 앞에 선 채로 눈을 감으며 같이 아픔을 느끼고 있었다.

얼마나 시간이 흘렀는지 감이 전혀 없을 때 벨소리가 났다. 그제야 그가 다른 데로 시선을 돌리었다.

"소윤이 잘 있는지 얼굴만 보고 갈 거니까 문 좀 열어줘요."

"안녕하세요."

혜주였다. 수안은 잠금쇠를 풀지 않은 채 틈 사이로 멀뚱히 인사를 했다.

"인사만 하지 말고 들어가게 해줘요."

혜주는 애타는 심정으로 부탁을 했다.

"죄송합니다, 이모님. 소윤이가 불안한 상태라서요."

"금세 보고 갈 건데."

수안이 잠금쇠를 풀려는 순간 소윤이 방에서 나왔다.

"여보, 어디 있어요?"

소윤은 현관 쪽으로 오다가 이모와 눈이 마주치자 창백한 얼굴이 백지장처럼 더 하얘져 버렸다.

"소윤아, 이모야!"

잠금쇠 틈새 사이로 혜주가 얼굴을 갖다 대며 소리쳤다.

"시간이…… 시간이 필요해. 다 괜찮아질 시간이……. 미안해, 이모. 지금은 안 돼. 도저히 견딜 수가 없어."

소윤이 뒷걸음질친 채 방 안으로 도망가 버렸다. 혜주는 그런 소윤의 행동에 충격을 먹은 듯 할 말을 잃고 멍해져 버렸다.

“죄송해요. 아직 많이 힘들어합니다.”

수안은 혜주를 아파트 밖까지 배웅했다.

“어디 이상이 있는 것은 아니겠죠?”

“괜찮습니다. 누구든 그런 상황이면 시간이 필요하니까요.”

혜주는 수안의 설명에 울상인 채 고개를 끄덕였다.

“소윤이를 잘 보살펴 줘요.”

“염려 마세요. 그리고 말 놓으시구요.”

수안의 말투가 결코 나긋하거나 운율적이지 않았지만 그가 좋은 사람임을 충분히 느낄 수 있어 그 와중에도 안심이 되었다. 첫인상이 무뚝뚝해서 그렇지 처음부터 나쁜 사람이라고 보이지는 않았다.

“고마워요. 아니, 고마워.”

“네.”

혜주는 차에 올라탔지만 곧 다시 내렸다. 그러자 수안이 묻는 듯한 시선으로 바라보았다. 혜주는 갈등을 했지만 짧게 끝내고 결심을 내렸다. 이제 수안은 집안의 비밀을 몰라야 하는 손님 같은 먼 존재가 아니었다. 자신도 안다면 그도 알아야 하고, 그래야 소윤을 온전히 지킬 수 있을 거였다. 아직도 언니와 형부는 사위가 아는 것이 부끄럽고 미안해서 드러난 마당에도 쉬쉬거리지만 혜주의 생각은 달랐다.

“저기 할 말이 있는데……. 어디 가서 얘기 좀 하지.”

“여기서 말씀하세요. 소윤이 때문에 멀리 갈 수가 없어서요.”

그의 시선은 자주 아파트 건물 쪽으로 향했다.

"그래, 그럼 차에서 얘기할게."

차에 들어간 두 사람은 잠시 후 심각해져 버렸다.

"알아야 될 것 같아서……."

"감사합니다."

혜주는 수안에게 자신이 알고 있는 걸 모두 얘기해 주었다. 소윤의 생모 외가 쪽 사람들이 계속 돈을 요구하고 점점 그 액수가 높아지고 있다는 것을 말해주는 것이 쉽지만은 않았지만 다 말하고 나니까 잘한 일이란 생각이 들었다.

"돈 문제뿐 아니라 자꾸 소윤이까지 앞으론 정기적으로 만나겠다고 해서 언니와 형부가 걱정을 많이 하는 것 같던데. 소윤이 낳은 생모는 이미 죽었는데 그 오빠라는 사람이 계속 이런 무리한 요구를 하는 것이 너무하다 싶더라고. 이미 아이를 데려올 때 큰 돈을 준 것 같던데 말이야. 한동안 소식이 없다가 갑자기 이런다니까, 겁도 나고."

수안이 묵묵히 듣고 나서 진지하게 말했다.

"제가 알아서 하겠습니다. 직접 부모님 만나 뵙고 말씀드릴 테니 걱정하지 마세요. 그쪽 사람들도 이젠 제가 상대할 겁니다. 돈 문제는 걱정하지 마시구요."

"고마워."

"소윤에게는 비밀입니다. 아내가 몰랐으면 해서요."

"물론이지."

혜주는 받지도 않은 소윤의 휴대폰으로 문자를 연달아 남기면서 거기에 집안 문제를 약간씩 흘렸다는 걸 깜빡했다.

집으로 돌아온 수안은 방에서 떨고 있는 소윤을 보자마자 다가가서 안아주었다. 작은 몸이 그의 품속에 쏙 들어왔다.

"괜찮아, 괜찮아."

어떻게 해야 한다는 말은 소윤에게 하고 싶지 않아 위로만 했다. 맘이 나을 때까지 기다리면 된다는 것이 그의 생각이었다. 억지로 낫게 하는 것은 더 병을 키울 뿐이니까.

"나한테 잘해준 사람들한테 고마움을 갖는다는 것이 속상해요. 지금껏 당연하게만 생각했는데……. 그들을 보는 것도 힘들고. 내가 가장 사랑하는 사람들이었는데, 대면하는 것이 무서워. 이러면 안 되는데."

"나아질 거야."

수안이 아내의 머리를 쓰다듬으며 중얼거렸다.

"곧 나아지지 않으면 어떡해? 가족들이 허상처럼 느껴지는 마음이 가시지 않으면 어떡하지?"

"나아질 때까지 기다리지. 나아지려고 너무 노력하지 마. 그럼 더 힘들어져. 그냥 내버려 둬."

"응."

수안은 그날 밤 그녀가 잠들 때까지 곁에서 떠나지 않은 채 안아주었고, 겨우 잠이 들자 아픈 마음으로 얼굴을 맞대었다. 소윤은 수안의 위로에 그날 악몽을 꾸지 않고 잠들 수 있었다.

"금방 돌아올 거니까 가만히 있어야 돼."

며칠 후 정장을 차려입은 수안은 깔끔했지만 소윤을 내려다보는 표정만은 불안했다. 한시도 떨어지기 힘들었다. 소윤 때문이라기보다 바로 그 자신 때문이었다. 소윤은 며칠 동안 추스르려고 노력한 덕분에 겉으론 많이 나아진 상태였지만 그녀와 연결된 마음이 불안한 수안은 아직도 안심을 하지 못하고 있었다.

"어디 가게요?"

소윤이 남편의 손을 잡고 물었다.

"일 때문에."

수안은 대충 둘러댔다. 처가에 가서 자세한 상황을 듣고 의견을 조율한 다음 직접 그쪽 사람들과 상대해서 해결하려 한다는 것을 소윤이 모르길 바랐다.

"난 괜찮으니까 걱정 말아요."

"응."

"염려 마요. 당신 기다리고 있을 테니까."

"그래."

수안은 소윤을 안아준 후 밖으로 발길을 돌렸지만 쉽사리 발걸음이 떼어지지 않는지 자꾸 미적거렸다.

"빨리 일하러 가요. 당신 요즘 너무 내 곁에만 있었어."

소윤이 등을 떠밀자 수안은 몇 걸음 가다가 뒤돌아섰다.

"사랑한다고 말해줘."

수안이 요구했다. 애절함도 없고, 부드러움도 결여된 너무도 덤덤하게 말하는 그 때문에 즉시 반응이 나오지 못했다. 무뚝뚝한 태도는 너무 오랫동안 그라는 사람을 정의해 왔지만 점차로 속마음을 드러내고 있었다. 다만, 오랫동안 자제해 왔기 때문에 표현이 자연스럽지 못한 것뿐이었다.

"사랑해요."

"당신 사랑을 믿겠어."

"믿어봐요."

초췌함이 가시지 않은 소윤이 미소 지으며 장담을 하자 수안이 한 손으로 그녀의 뺨을 거의 다 감싸며 중얼거렸다.

"음식 좀 잘 먹어. 그러다가 병나겠다."

"알았어요."

잠시 침묵이 흘렀다. 소윤을 바라보는 수안의 눈빛이 점점 절실함을 띠었지만 입가는 여전히 쉽게 감정을 드러내는 것에 익숙지 않아 굳기 일쑤였다. 그러나 그 침묵을 뚫고 맘에 차 오른 말들을 빠르고 선명하게 해버렸다.

"난 너 없이 못 살아. 그거나 알아둬. 갈게."

참으로 무드없이 말하고 돌아서는 그는 갑작스럽게 나온 고백에 쑥스러웠는지 더 돌아봄도 없이 커다란 덩치에 어울리지 않게 후딱 사라졌다. 소윤은 남편이 지하 주차장으로 가는 모습을 베란다에서 지켜보았다. 시야에서 안 보이는데도 그의 마음이 느껴졌다. 아직도 몸 곳곳은 서늘하고 아픈데 그의 체온이 발끝부터 전해져 와서 따뜻해지기 시작했다.

"고마워요."

소윤은 얼른 몸과 마음을 일으켜 제자리로 돌아와야 한다는 생각에 움직이기 시작했다.

먼저 주방으로 가보니 썰렁한 기운에 먼지가 내려앉아 버린 채

개수대엔 씻어야 할 그릇들이 넘쳤다. 그동안 사람의 손을 안 탄 것이 여실히 드러났다. 소윤은 더 생각할 것도 없이 그릇을 씻고 말려서 차곡차곡 넣어두고 나서 숨을 돌렸다. 갑자기 일을 하니까 몸이 삐거덕거리며 쉽게 지쳤다.

잠시 쉬었다가 세탁기로 갔다. 한쪽에 빨랫거리가 통에 쌓여 작은 언덕을 이루고 있었다. 소윤은 자신이 아프면 집 안이 큰일나겠다는 생각이 들었다. 도우미 아주머니를 부르지 않는 한 집 안은 계속해서 엉망이 될 것이다. 남편은 집안일을 도와주고 싶은 맘은 있어도 계속할 줄은 모르니까 말이다.

소윤은 남편과 이 집을 위해서도 정신을 놓지 말아야겠다며 서둘러 집안일을 하려고 했지만 자꾸 멍해지는 자신을 발견하곤 했다. 엄마, 이모와 빨리 예전처럼 돌아가고 싶은데 그럴 수 없다는 생각이 굳은 문으로 가로막고 있었다.

"생각을 하지 말자."

청소까지 겨우 하고 나자 몸에 힘이 풀려 거실 마룻바닥에 누워버렸다. 일을 하면 나아질 거라고 믿었지만 여전히 얼이 빠진 느낌에서 못 벗어났다. 슬픔은 그녀 주위에 붙어다니고 있었고, 그것은 그녀가 가지고 있는 본연의 밝음까지 충분히 가시게 했다. 외면하면 그 슬픔에서 조금 벗어날 수 있을지 모르지만 나중엔 더한 무게를 지니게 된다는 걸 알게 되었다.

"누가 말해주었으면 좋겠어. 어떻게 해야 하는지, 내 맘을 나도 모르겠어."

소리 내어 말하다가 그녀는 자리에서 일어나 버렸다. 슬퍼도 슬픔에 완전히 빠지지 않기 위해서 다시 몸을 움직여야 했다. 그동안 계속 배달 음식을 먹었기 때문에 오늘은 직접 음식을 만들어야겠다고 냉장고 문을 열어보았다. 하지만 냉장고 안은 재료가 하나도 없이 안은 텅텅 비어 있어서 커다란 냉장고의 냉기가 무색할 지경이었다.

"채워야겠다. 뭐라도 사 와야지."

그러나 아직 밖으로 나갈 마음이 안 들었다. 세상의 소리를 피해 다니니 그 소리가 더 무섭게 느껴졌다. 소윤은 지갑을 들고 외투를 걸쳤지만 현관 앞에서 시간만 보내다가 소파로 와 휴대폰을 들었다. 근처 마켓에 배달을 시키려고 할 때 그동안 온 문자들을 보게 되었다. 여러 문자들이 쌓여 있었다. 막내이모 문자 앞에 손이 멈칫거렸다.

소윤은 보고 싶지 않았지만 막상 혜주 이모로부터 온 많은 문자들을 그냥 지나칠 수가 없어 하나씩 열어보았다. 처음은 그녀를 찾았을 때의 문자였다. 어쩔 줄 몰라 하는 그때의 심정이 그대로 녹아났다. 울컥해졌다. 그 문자를 겨우 넘기니 이제 무사하다는 것을 알고 보낸 것들이었다.

〈무사하다니 얼마나 다행이니. 집에 있었다는 걸 눈치도 못 챘어. 김 서방이 널 잘 보살필 거라고 믿어. 잘 지내지? 그래, 잘 지내면 됐어. 근데 나도 전혀 몰랐어. 하지만 넌 내 조카야. 나처럼 눈치 빠른 사람이 전혀 몰랐다는 것은 너에 대한 언니의 사랑이 아주 컸다는 거니까 흔들리지 말았으면 좋겠다. 물론 쉽진 않겠지. 그래도 기운을 내야 돼. 소윤아,

사랑해.〉

〈걱정 많이 하고 있어. 네 목소리라도 듣고 싶다. 잘 지내고 있다는 얘기는 김 서방으로부터 가끔 들었지만 네가 직접 연락해 줘.〉

〈네 마음이 심란하다는 걸 왜 모르겠니? 충격이 클 거라는 걸 알아. 그래도 마음 든든히 먹고 예전의 소윤으로 돌아와야 돼. 우리가 널 사랑한다는 걸 절대 잊으면 안 된다 말이야. 이 바보야!〉

〈소윤아, 그쪽 사람들이 너에게 뭐라고 했는지 모르겠지만 그걸 믿으면 안 돼. 그들은 그럴 자격이 없어. 내내 돈을 요구하며 협박하던 인간들이야.〉

〈너는 우리 집안사람이야. 언니의 딸이고 내 조카야. 그것은 변할 수 없는 사실이야. 그걸 잊으면 안 돼.〉

소윤은 그밖에도 많이 보낸 이모의 문자를 전부 읽어 내려가다가 무거운 생각에 잠기었다. 문득 떠오르는 것은 혜주 이모가 이 문제에 대해 처음 꺼냈던, 누군가가 아버지에 대한 과거를 가지고 목돈을 챙기기 위해 출판사와 연결을 시도하고 있다는 소식이었다.

"우연히 형부가 어떤 남자하고 얘기하는 것 봤는데, 어두운 분위기여서 이상하더라고. 게다가 내 친구가 출판사를 하는데 어느 미친놈이 형부와 예전 관련된 여자에 대한 자전적인 글을 팔겠다고 전화로 문의했대. 그 말만 하고 통 연락이 없다고 해서 난 장난인 줄 알고 일부러 말하지 않았거든. 게다가 너도 알다시피 나 우리 집에서 쫓겨나고 언니하고도 멀어졌잖아. 그리고 너도 싹둥머리없이 네 남편과 헤어지라고 했다고 연락 끊고. 그래서 가만히 있었는데 엊그제 우연히 찻집에서 형부가 그 이상한 남자하고 언성 높여서 얘기하는 것 보니까 기분이 안 좋더라고. 형부한테 가서 물었더니 아무것도 아니라고 딱 잡아떼시는데 근심이 많아 보였어. 아무래도 연관이 있는 것 같아. 솔직히 지금 네 아버지는 사람 구실 하지만 너 태어나기 전만 해도 얼마나 여자가 많았냐……."

그 일 때문에 엄마가 아프다고 생각해서 달려갔다가 그동안 숨겨놓은 사실을 알게 된 것들이 머릿속을 빠르게 스치고 지나갔다. 잠시 슬픔으로 인해 잊고 있었다. 가족들이 위협받고 있다는 사실을, 그것도 자신의 핏줄과 연관된 사람에게서. 소윤은 망가져 가고 있는 마음을 들춰내며 성한 곳에 의지했다. 이대로 가만히 있으면 안 되었다.

소윤은 막연한 생각 속에서 가족을 보호해야 한다는 결론을 내렸다. 그리고 자리에서 일어나 왔다 갔다 하며 실마리를 찾으려 했다. 직접 만나서 결판을 지어야겠다는 결심이 서졌다. 그러나 그럴 수 있을까 하는 두려움도 일었다. 이모에게 전화해서 그쪽 연락처를 알려달라고 말하려 했지만 선뜻 손이 가지 않았다. 그녀는 심호흡을 했다. 김수안이 진소윤을 위해 뭐든지 다 해줄 거라고 몸속 어딘가에서 속삭였다. 남편이 지켜줄 거라는 믿음은 너무 의존적으로 변하고 있었다.

'그가 알아서 해줄 거야.'

그러나 이상하게도 마음이 편치 않을 뿐 아니라 조금씩 공허해
졌다. 자신이 해결해야 할 문제는 그 누구도 대신 해줄 수가 없는
모양이다. 아무리 두려운 일이라고 해도.

그때, 전화가 울리었다. 소윤은 자동적으로 휴대폰을 손에 쥔
채 집 전화를 받았다.

"여보세요."

[…….]

무언가 압박해 오는 익숙한 침묵에 눈가가 찌푸려지다가 번쩍
떠졌다. 얼른 발신자 표시를 확인해 보니 역시 없었다. 소윤은 자
신의 목소리를 유도하는 그 침묵에 입을 열었다.

"비겁하게 이러지 말고 누구인지 밝히고 왜 이런 전화를 하는
지 용건을 말해요."

심장이 마구 떨렸지만 목소리엔 힘이 가해졌다.

[…….]

"말할 용기도 없으면서 뒤에서 자꾸 이러지 말아요. 끊겠어요."

[네가 소윤이지?]

나이 든 남자의 쉰 목소리가 터져 나오는 즉시 흔들렸다.

"그래요. 그쪽은 누구죠?"

[너와 아주 가까운 사람이다. 지금은 이렇게밖에 연락을 못하지
만 곧 모든 걸 얘기할 수 있을 거다.]

마치 그녀의 삶 중심에 있는 것 같은 말투에 소윤의 인상이 저
절로 찡그려졌다.

“만나요. 지금 당장 나갈 수 있어요.”

[지금?]

“지금 아니면 만나지 않겠어요. 그쪽 가까운 장소로 말하면 지금 갈게요. 거기서 얘기해요.”

소윤은 남자가 망설이다가 만날 장소를 더듬거리며 말하는 것을 받아 적었다. 손이 떨려서 글씨가 흘림체가 되어버렸다.

“그럼 한 시간 후에 거기서 만나요.”

뭐라고 상대 쪽이 말하려 했지만 수화기를 놓아버렸다. 그리고 눈을 질끈 감았다 떴다. 심장이 거세게 뛰었지만 의지만은 살아 움직였다. 지금 아니면 용기가 나질 않을 것 같기도 했다. 더군다나 자신의 문제를 놓고 마냥 가만히 있을 순 없었다. 직접 결정할 거라고 다짐하고 나갈 준비를 했다.

깨끗하고 점잖은 정장으로 갈아입은 소윤은 약속 장소로 나갔다. 조용한 찻집은 어둑했지만 청결했다. 그녀는 찻집 안을 둘러보았다. 구석진 곳에서 한 남자가 일어섰다. 허름하고 억센 인상의 남자는 소윤을 보고 있었다.

Chapter 22

남자는 사십대 후반으로 보였지만 중후한 면이 전혀 없이 안정적이지 못했다. 구겨진 잠바와 검은 바지는 남루하기 짝이 없고 초라했다. 눈빛 또한 불안하게 좌우로 흔들린 채로 기이하게 빛이 났다. 마치 제정신이 아닌 사람이 한 가지에만 몰두하는 것처럼 보였다. 소윤은 굳은 얼굴로 서서 관찰하듯 응시하는 그를 용기를 내어 찬찬히 쳐다보았다.

"앉아라."

소윤은 맞은편에 조용히 앉았다.

"네가 소윤이구나! 그동안 사진으로만 봤었다."

남자가 자신만의 감회에 젖어들었다. 그러나 연신 손을 한 곳에 두지 못한 채 안절부절못하더니 주문한 오렌지주스를 종업원이 갖고 오자 반쯤 마시고 나서야 다시 입을 열었다.

"예쁘게 컸구나. 네 엄마를 많이 닮았어."

"······."

소윤은 대답 없이 회한에 젖은 남자의 시선과 마주쳤다.

"널 보내는 것이 아니었다. 네 엄마가 널 많이 그리워했어."

"내겐 엄마는 한 분뿐이에요. 전혀 모르는 사람을 자꾸 엄마라고 부르지 마요."

입가가 경직되면서 소윤은 정색을 했다.

"널 낳아주신 분이야."

남자는 화들짝 놀라며 반박했다. 앞뒤가 막힌 채로 보고 싶은 것만 보는 어리석은 눈빛의 전형이었다.

"내게 엄마는 한 분이에요. 날 길러주신 분! 그분이 날 낳은 거예요."

남자가 부인하려 했으나 소윤이 먼저 막아섰다. 격앙되는 마음이 무섭게 진정되며 이 남자에게 설명하기 시작했다.

"나도 알아요. 엄마가 날 직접 낳은 것이 아니라는 것을. 하지만 그분은 날 낳았어요. 마음으로! 그러니까 나한테 다른 사람을, 그것도 한 번도 본 적 없는 이를 나를 낳았다는 이유만으로 너무도 쉽게 엄마라고 하지 말아요. 낯설고 싫어요."

"엄마가 궁금하지 않았니? 네 생모인데?"

소윤은 정말로 궁금하지 않았다. 그것이 그녀도 놀라웠다. 그동안 아프면서 내내 엄마 생각뿐이었다. 미움도, 안타까움도, 속상함도, 미안함도, 다 엄마에게 향하는 것이었다. 당신의 딸로 키우려고 내내 작은 세상에서 조바심쳤던 모든 감정이 묻어난 채로 자란 소윤은 바로 엄마가 낳은 것이나 마찬가지였다.

"안 궁금했어요."

소윤은 적대감이 아닌 솔직함으로 말했다. 그 차분함이 남자를 더 놀라게 만들고 있었다.

"어떻게 그럴 수 있지?"

"나와 관계없다고 생각했나 보죠."

그녀의 커다란 눈에 거짓없는 사실이 흘렀다.

"어떤 사람이었나요?"

그래서 담담하게 물어볼 수 있었다.

"예쁘고 밝고 명랑했지, 잘 웃고. 널 보고 싶어했어. 항상 널 마음에 두고 아파했다. 결혼……."

결혼이란 말은 하지 말 걸 하는 기색이 그 중년남자에게서 역력하게 흘렀지만 소윤은 생모라는, 알지도 못하는 사람이 주는 먼 거리감을 느낀 채로 듣고 있었다.

"……하고 몇 년 후 사고로 죽지만 않았으면 널 찾으러 기필코 갔을 거다. 걔에게 아이는 너밖에 없었으니까."

남자는 동생이 재미교포와 결혼하기 위해 미국으로 가면서 절대로 찾지 말고 온전한 그 집 딸로 자라게 내버려 두라는 당부를 편하게 잊어버렸다.

"행복하게 살았을 거예요. 날 버렸다는 것은 모든 관계도 같이 버린 거잖아요. 생물학적 핏줄만으로 관계를 확정 짓는 것은 아니니까요."

“모질게 말하는구나. 우리랑 살았으면 없이 살았어도 이러진 않았을 거다.”

허름한 남자는 생각나는 대로 부질없이 쏟아냈다.

“만약 그랬다면 도리라는 걸 모르고 살았겠죠. 어떻게 돈을…… 요구할 수 있죠? 내 이름을 팔면서 협박을 하고 말이에요.”

남자의 얼굴에 당황한 빛이 어른거리더니 더듬으며 말을 잇지 못했다.

“그, 그건, 그건…….”

소윤은 분노보다 먼저 슬픔을 느꼈다. 사람이 끝 간 데 없이 흉해질 수 있다는 것이 우울하게 했다. 그것도 자신을 낳았다는 사람의 오빠가!

“난 그쪽과 상관이 없는 사람이에요.”

아주 차분한 음성이 자신의 것이 아닌 것처럼 그녀의 귓가에 닿았다. 마음 닿는 대로 말하면서 점차로 진실을 깨달아갔다. 핏줄도 중요하겠지만 어떻게 어디서 자랐는지가 더 존재를 규정짓는다는 것을 잊어선 안 되었다. 그러나 맞은편 남자가 초라한 것은 화가 났다. 버렸으면 좀 더 강건하게 살아야 할 의무가 있다는 걸 모르는 것일까? 소윤은 마음속에서 그 생각을 밀어내지 못했다. 그렇게 차분함이 흩어진 채 쓰라린 마음이 무겁게 심장을 짓누르기 시작했다.

“어떻게 그럴 수 있니?”

“어떻게 그럴 수가 있죠?”

소윤은 그 마음에서 불길이 일어나 화가 났다. 이 세상에 태어나서 이렇게 화를 표출한 적이 없을 만큼 참을 수가 없었다.

"어떻게 아이를 버렸으면서 이렇게 나올 수 있어요? 그것도 떳떳하지 못한 사이에서 난, 부끄러운 아이를 버리듯이 보내놓고 계속 돈을 요구할 수 있죠? 날 버리면서 큰돈을 이미 받았다는 걸 알아요. 근데 지금 어떻게 또 이럴 수 있냐구요? 왜 나를 내 엄마에게 미안하고 부끄럽게 만들어요?"

커다란 눈에 화난 눈물이 맺히었지만 눈물을 흘리지 않았나. 의지로 막아냈다. 얼굴이 창백한 분노로 하얗게 범벅되었다.

"애가 아파서 그래. 그것만 아니면, 사업만 안 망했어도……. 물론 우리도 그런 돈 받고 싶진 않아. 구태여 받을 생각은 없지만 그렇다고 나쁜 짓은 아니야. 갓 스물 넘은 여자랑 눈 맞아 아기 낳은 것 자체가 죄니까. 그래, 우린 피해보상금을 받아야 되는 것뿐이야. 나도 이런 짓 하고 싶진 않지만 어쩔 수 없는 거야."

남자가 속상한 분노로 가득한 소윤을 응시하지 못한 채 시선을 내리깔며 미친 듯이 주절거렸다. 사업이 무너져 모든 걸 잃으면서 그는 동생과의 약속을 저버리는 것에 대해선 양심이 무감각해졌지만 지금 이 순간은 소윤을 똑바로 볼 수가 없었다.

"협박을 해도 소용없어요."

소윤은 단정적으로 말했다. 탁자 밑에 있어 상대에게 보이지 않는 그녀는 손톱이 파고들 정도로 주먹을 꽉 쥐고 있었다.

"돈 얘기는 더 이상 너랑 하고 싶지 않다. 네가 상관할 바가 아니야."

"아니요, 돈 애기는 나랑 해야 될 거예요. 나를 두고 돈을 내놓으라고 한 거잖아요. 하지만 이제 그것도 소용없을 거예요. 협박을 하면 아무것도 얻어낼 수 없어요. 잡지에 파세요. 난 바보가 아니에요. 많은 돈이 나오지도 않아요. 그저 흥밋거리만 될 뿐이죠. 사람들이 좋아할 테니까. 하지만 금세 그런 관심은 수그러들 거예요. 사람들이 수군거려도 난 상관없어요. 난 계속 우길 거니까. 엄마 딸이라고, 그게 사실이니까요."

어지럼증을 느꼈지만 꾹 참고 그녀는 자리에서 일어섰다.

"정말 어려웠다면 처음부터 사정을 애기하고 나한테 부탁하지 그랬어요. 그랬으면 내가…… 어떻게 해봤을 텐데, 이젠 너무 늦었어요. 마음대로 떠들어도 내가 아니면 아닌 거예요. 난 그리 약한 사람이 아니에요."

"넌 내 동생을 하나도 안 닮았구나. 이렇게 정 없이 모질지는 않았는데……."

"불쌍하네요. 이런 짓까지 하고 부끄러운 줄을 모르다니."

소윤은 주스 값을 내고 그 자리에서 나왔다. 한 번도 큰 소리를 실어 강하게 의사를 내비친 적이 없었다. 항상 실수로 남들에게 실망을 줄까 봐 눈치를 보는 일이 먼저였기 때문에 감정을 북받치게 쏟아낸 경험이 없었던 심장이 아프고 얼얼했다. 그러나 그보다 더한 것은 황량한 기분이었다.

눈물이 참지 못하고 눈가를 적시더니 뺨으로 흘러내렸다. 솔직히 아직도 생모가 있었다는 사실을 받아들일 수 없을 정도로 실감이 들지 않았고, 눈앞에서 초라한 모습으로 오로지 자기 처지만을

내세우는 염치없는 남자가 핏줄로 연관된 사이라는 것이 믿어지
지 않았다. 그러면서도 같이 초라해지는 마음에 참을 수 없는 슬
픔이 감정을 복받치게 했다.

눈물이 끊임없이 솟았다. 지나가는 사람들이 호기심 어린 눈빛
으로 자신을 흘끔 보고 있었지만 소윤은 손으로 닦지 않은 채 바
람에 날리게 내버려 두었다. 점점 울컥하는 마음에 울음까지 토해
냈다. 엉엉 우는 소리가 귓가를 멍하게 만들었다. 사람들의 시선
은 흐렸한 시야에 다 묻혀 버렸다. 그렇게 힌참 울고 나니 힘이 빠
졌지만 멈추지 않고 추운 길거리를 지나 지금껏 자라온, 엄마 아
버지가 있는 집으로 향했다.

"소윤아."

벨을 누르자 마당에 있던 아버지가 바로 문을 열어주었다. 놀란
표정은 이렇게 소윤을 바라보는 것이 믿어지지 않는 눈치였다. 딸
을 오랫동안 못 볼지도 모른다는 불안에 그동안 시달렸던 것이다.

"울었어?"

"……."

아직 소녀인 양 빨간 뺨엔 눈물이 묻어 얼룩진 자국이 있었다.
그러나 소윤은 입을 다문 채 고집스레 답변을 하지 않았다.

"이제 곧 괜찮아질 거다. 우리가 널 보호하기……."

"돈 안 주기로 했어요. 그쪽과 만나서 돈 못 준다고 했으니까 그
런 줄 아세요. 절대로 돈 주지 마세요."

"소윤아!"

그는 너무 놀라서 딸의 이름만 덩그러니 불렀다. 그들과 완전히 차단하려고 했던 모든 노력이 부질없어진 것에 대한 낭패감으로 멍해져 버렸다.

"네가 그런 일에 신경 쓸……."

"제 일이잖아요. 이제 어린애 아니에요. 더군다나 우리 가족을 위협하는 것은 그 누구라도 용납할 수 없어요. 그러니까 내 뜻대로 할래요."

소윤은 우리 가족이란 테두리 속에 아버지 또한 포함시켰지만 아버지를 바라보는 눈은 예전처럼 기죽거나 온화하지 않았다. 이상한 노여움이 지금껏 느끼지 못한 감정까지 알게 했다. 아버지가 미웠던 것이다. 그 마음이 풀리려면 꽤 시간이 흘려야 할 것 같았다. 그럼에도 너무 표출하지 않으려고 의지로 반쯤은 꾹 눌렀다.

"소윤아, 그건 내가 알아서 하마."

그러고 보니, 가족들의 일, 아니, 그녀의 큰일은 아버지가 늘 정하곤 했다. 결혼까지……. 아버지가 아니면 김수안과 결혼하는 일은 없었을 것이다. 좋은 사람을 만난 것은 감사하지만 그래도 이젠 아버지의 그늘에서 나와야 한다. 사랑보다는 걱정과 자책이 큰 그늘은 그녀를 기죽은 아이로 만들어 버린다. 소윤은 결심을 더 굳혔다.

"싫어요. 만약 돈으로 해결하시면 집에 오랫동안 안 올 거예요. 제 선에서 해결하고 싶어요. 소문나도 상관없어요. 아버지 한때 질 나쁜 바람둥이였던 건 우리를 아는 사람들이 다 아는 사실인데, 그것 때문에 힘들 필요는 없어요. 아니라고 잡아떼면 되고."

"이것아, 우리 때문에 그런 것이 아니야. 너의 시댁에서 뭐라고 하시겠니? 산호는 굉장히 큰 집안이야. 다 널 보호하기 위해서 이러는 거다."

진 사장은 안타까운 시선을 딸에게서 거두지 못했다.

"전체로 소문이 안 난다고 해도 시댁에서 아시는 것은 시간문제일 거예요. 물으시면 아니라고 할 수는 없으니까요. 제가 다 알아서 할게요. 그러니까 더 이상 돈 달라고 하는 사람한테 질질 끌려가지 마요, 아버지."

소윤은 굳게 마음먹고 말한 후 돌아서려다가 멈칫거렸다.

"엄마는요, 어떠세요?"

"그냥 가지 말고 들어가자. 네가 직접 가서 봐야지."

"나중에요."

무거운 발걸음을 질질 끌어서라도 나가려고 할 때 문이 열리었다.

"소윤아!"

혜진이 신발도 안 신고 막 달려나왔다.

"엄마!"

"고맙다, 우리 딸! 엄마 보러 온 거야?"

"으응."

소윤은 수척하고 아픈 엄마의 모습에 다른 대답을 하지 못했다.

"추워, 방으로 가자."

"응."

소윤은 여윈 손에 안으로 이끌려 갔다.

혜진은 집 안에서도 잃어버릴까 봐 걱정되는 것처럼 딸의 손을 꽉 잡고 방으로 들어갔다. 방에선 아픈 냄새가 흐릿하게 났다. 또한 항상 제자리에 놓여 있던 물건들도 약간씩 비뚤어지고 흐트러져서 예전의 깔끔함이 결여되어 있었다.

"미안하다, 소윤아. 네가 이렇게 아픈 것은 모두 다 내 잘못이야."

혜진은 주저앉아 소윤의 손에 얼굴을 묻으며 울먹일 듯 자책했다.

"그러지 마세요."

혜진이 고개를 들어 반쪽이 되어버린 딸을 가슴 아프게 바라보았다.

"내 잘못이 많아. 그동안 생각을 많이 했다. 내가 얼마나 이기적이었는지 말이야. 어느 정도 너에게 말해줬어야 했는데. 그러고 싶지 않았어, 넌 내 품에 왔을 때부터 내 딸이었으니까. 그래 어리석었지. 온전한 내 딸로 만들려고, 널 얼마나 힘들게 했는지 알았어."

"아니에요."

엄마의 품에서 안전하고 행복했다고 덧붙여 말했지만 혜진은 고개를 저었다.

"그냥 놔두고 키워도 예쁘게 컸을 텐데, 너무나 좁은 세상에 가둬놓았다는 걸 깨달았다. 내 품을 네가 한시라도 떠나면 널 잃을 것만 같았나 봐. 개성대로 세상에서 마음껏 헤엄치게 해야 했는데 한순간도 시야에서 벗어나면 큰일날 것처럼 매번 가르치려 들었지. 결혼하면 이렇게 떨어져 살 것을 진작 자유로이 훨훨 날게 해줄 걸."

"엄마는 좋은 선생님이었어요. 난 엄마처럼 되고 싶었으니까. 지금도 그래요."

혜진의 눈가가 짓물렀다. 애써 외면하고 싶은 진실이 심장을 죄이고 있었다. 소윤은 엄마의 아파하는 모습에 자신의 아픔을 잠시 내려놓았다.

"어느 땐 네가 어른이 되는 것이…… 무서웠어."

혜진이 힘겹게 입을 떼어 깊이 가라앉았던 사실을 드러냈다.

"네가 성장하는 모습이 기쁘면서도 많은 걸 저절로 아는 나이가 되어서 다신 내 품에 오지 않을까 봐 두려웠거든. 그것이 너의 올바른 성장을 막은 것이 아닌가 싶기도 하고. 많은 경험을 쌓게 해줘야 했는데 어린애마냥 품에서만 길렀으니. 난 나쁜 엄마야. 날 용서해 주겠니?"

소윤은 가만히 엄마의 얼굴을 보았다. 수척한 얼굴은 한시도 편해 보이지 않았고, 의젓하고 반듯한 모습은 어디에도 없이 구부정해 보였다. 자신의 말 한 마디 한 마디에 심히 영향을 받은 듯이 눈빛이 흔들리며 연약한 사람으로 변해 버렸다.

"엄마."

소윤은 잠시 동안 아무 말 없이 엄마를 안아주었다. 아직도 그녀 마음속에는 언덕만큼 슬픔이 쌓여 있었지만 표현할 수 없었다. 소윤의 품에서 혜진은 흐느껴 울고 있었다. 그 울음소리가 너무 슬펐다.

"자책하지 마요. 엄마 탓이 아니야. 내가 못난 탓이지. 나 원래 자립심 강하지도 않았는걸. 엄마 품에 있길 내가 원했는데 뭐. 난 응석받이 못난 애라서 그래요. 그리고 미안해요. 엄마가 나 때문에 아팠다는 것이 너무 슬퍼. 내 존재가 엄마에게 얼마나 끔찍했을지 생각하면……."

소윤은 아픔을 외면하고 있었지만, 그렇다고 자신의 존재에 대한 부끄러움이 쉽게 가시는 것은 아니었다. 아버지가 젊은 여자와 바람피워서 낳은 것이 바로 그녀이니 엄마에겐 죄인 같은 존재라는 생각이 머리 속에 박혀 떠나지 않았다.

"그렇지 않아. 넌 내 딸이야. 처음부터 그랬어. 널 품에 안는 날 나는 네가 내 딸인 걸 알았거든."

혜진은 눈물로 범벅이 된 얼굴로 딸이 절망할까 봐 성마르게 설명하기 시작했다.

"널 처음 만난 것은 네가 한 살이 되었을 때였어. 우린 널 내 자식으로 완벽히 키우기로 마음먹고 아무도 모르게 데려오기로 했지. 그러나 벌써 태어난 지 일 년이 지난 상태였어. 그런데 너무나 작은 아기였지. 태어나자마자 많이 아파서 거의 병원에 있었다고 했어. 내 품에 왔을 때는 다 나은 뒤였지만 막 태어난 것처럼 아주 작고 약해 보였단다."

혜진은 일 년 동안 내내 세상과 동떨어져 힘겹게 마음의 몸살을 치른 뒤 내린 결정이란 것은 말하지 않았다. 집을 떠나 별장에서 혼자 마음을 추스르고 있었다. 남편이 잠깐의 바람이었다며 용서를 빌었지만 이미 신뢰는 땅에 떨어진 지 오래였다. 그래도 그녀는 보수적인 사람이라 집안과 가정을 포기하지 못했다.

그는 아기가 생긴 것을 이미 사이가 끝난 뒤 알게 되어 당황했지만 혜진은 막막한 어둠에 싸여 있었다. 그래서 오래 생각해 결정한 것이 아기를 몰래 데려오기로 한 것이었다. 완전히 관계를 끊기 위해선 데려오는 것만이 최선이었고, 그쪽도 거부감이 없었다.

혜진은 소윤의 생모가 떠올랐다. 딱 한 번 만나봤는데, 젊은 철부지였다. 연예인을 꿈꾸는, 예술 대학교를 막 중퇴한 여자는 너무도 젊고, 단순하고, 아름다웠다. 책임감보단 감정이 중요한 듯 커다란 눈으로 마주했지만 중대한 문제 앞에선 어쩔 줄 몰라 했다.

"잘 키워주세요. 죄송합니다. 아기 앞엔 절대로 나타나지 않을 거예요."

마지막 그 말을 덩그러니 남기고 떠났지만 여자가 아기를 바라보는 마지막 시선은 슬펐다. 여자의 이름은 정화였다. 아직 소윤에게 생모에 대해서 말할 용기가 나지 않았다. 그래서 뒤로 미루었다.

혜진은 소윤의 맑고 아름다운 눈동자를 바라보았다. 이상하게도 그 큰 눈은 정화라는 여자를 표면적으로도 떠오르지 않았다. 보면 볼수록 자신을 닮은 듯했다. 오랫동안 바라본 눈동자는 서로를 닮아 있었다.

"널 품에 안기 전에 의구심이 들었지."

혜진은 그 눈을 바라보며 솔직하게 말했다.

"또 미워할까 봐. 미움을 나타내지 않기 위해서 냉정해져 의무만 할까 봐. 네 바로 손위 두 오빠들한테 한 것처럼. 하지만 너는 달랐어. 내 손에 왔을 때 마치 일 년이 된 것이 아니라 막 태어난 것처럼 울어댔단다."

그때가 생생하게 머리를 울리며 마음을 타고 돌았다.

"낯선 품에서 평생 살아야 한다는 걸 직감한 듯이 이틀 넘게 쉬지 않고 숨넘어갈 듯이 울어댔어. 그래서 덜컥 겁이 났지. 그러다가 죽을 것만 같았거든. 별장에 나 외엔 일 도와주는 부부만 있었기 때문에 그들에게 의사를 불러오라고 했지만 시간이 오래 걸려서 난 네가 죽는 것을 볼까 봐 두려워 서울에 있는 남편에게 전화했어. 그런데 의사가 오기 전에 울음을 그치더니 내 품에서 우유를 반쯤 먹고 나서 나를 쳐다보기 시작했어. 그렇게 시선을 계속 맞추더니 마치 날 엄마처럼 생각했는지 눈을 떼지 못하는 거야. 내가 놓으려니까 울어대며 내 품에서 떨어지지 않으려고 발버둥을 쳤어. 그때 알았어. 네가 내 딸로 이 세상에 태어난 것을."

혜진은 잠시 숨을 몰아쉬었다.

"아가야, 그러니까 네 존재를 절대로 탓하지 마라. 넌 내게 축복이었어."

"엄마!"

"넌 내 딸이야. 내 품에서 날 보며 눈을 맞추던 그때부터 내 딸이었어. 그러니까 나한테 미안해하면 안 돼. 그럼 견디지 못할 거야. 알았지?"

소윤은 맘이 복잡해진 채로 어두워졌다. 아직도 정리되지 않은 마음이 서먹한 느낌을 만들고 예전처럼 돌아갈 수 없을 것 같은 의구심을 고이게 했다. 엄마를 보고 앞으로 미안하지 않을 자신이 없었다. 괜한 못난 원망이 완전히 사라지지 않는 한 마음속에서 느끼는 거리감도 영원히 존재할 것만 같았다. 그러나 지금 그것보다 중요한 것이 분명히 있었다.

"난 엄마 딸이에요. 그것은 운명인 것 같아."

혜진은 소윤을 안았다. 엄마에게 안기며 복잡한 속은 혼자서 해결하기로 마음먹었다. 엄마가 너무 안됐고 불쌍했다. 그녀에게서 소윤을 빼앗으면 큰일날 것 같았다. 엄마가 아프면 안 되니까 엄마 속에 있는 자신을 지켜주기로 했다.

"엄마, 용서하지?"

"응."

응석받이 딸처럼 품에서 얼굴을 들고 고개를 끄덕거렸다. 울먹인 엄마에게서 환한 미소가 어리었다. 고민은 오로지 혼자만의 것으로 한정시키기로 다시금 다졌다.

소윤은 엄마와 같이 누웠다. 그렇게 아무 말 없이 손잡고 누워 있는데, 그녀의 휴대폰이 울리었다. 무시해 버리자 이번에는 문자가 왔다. 남편이었다.

"누구야?"

"괜찮아."

소윤은 나중에 연락을 할 생각에 휴대폰을 꺼버리고 엄마의 손을 잡고 가만히 있었다. 그동안 잠을 내내 이루지 못했던 혜진은

안도가 됐는지 쇠약해진 몸에 긴장이 풀려 오랜만에 평온한 잠이
찾아왔다.

소윤은 엄마가 일정한 숨결을 내며 자는 모습을 보다가 일어났
다. 그리고 조심스럽게 밖으로 나왔다.

"가려고?"

"네, 엄마는 주무세요. 돈 안 주기로 한 것은 말하지 마세요. 이
번에 말을 못했어요. 다음에 올 때 제가 직접 말할게요."

"그래."

소윤은 아버지에게 당부하고 돌아섰다. 문득 아버지의 힘없는
목소리가 걸리었다. 그녀는 뒤돌아 아버지도 안아주려고 다가갔
다. 그러나 아직도 미운 감정이 많이 남아서 몇 걸음 가다 멈춰 버
렸다. 그렇게 안는 대신 까칠한 어조로 입을 열었다.

"건강하세요. 금방 다시 올게요."

진 사장에게서 나오는 안도의 한숨이 소윤이 간 뒤에도 길게 흘
렀다.

소윤은 무작정 걷다가 벤치가 보이자 멍하니 앉았다. 보호 속에
있다가 혼자 짐을 짊어지고 간다는 것이 얼을 반쯤 빠지게 했다.
서늘한 바람도 오늘따라 시원하게 느껴졌다. 그녀는 그렇게 넋을
반쯤 놓은 채 앉아 있다가 평온한 사람들의 산책을 보며 정신을
차렸다. 아이와 함께 웃음소리를 내며 가는 부부의 모습에 현실로
돌아왔다.

'날 사랑하고 내가 사랑하는 사람들을 위해 강해져야 돼. 아파

도 조금만 티 내고……'

그렇게 힘 안 들인 채 굳은 결심을 다시금 했다. 갑자기 남편이 너무 보고 싶어서 집으로 향했다. 남편의 문자와 전화도 모두 무시했다는 사실도 잊은 채로 집으로 있는 힘껏 빠르게 달려갔다.

역시 소윤의 생각대로 남편은 집에서 기다리고 있었다. 그러나 들어오는 그녀를 양복도 벗지 않은 채 응시하는 수안의 눈빛은 심상치 않았다. 묵직한 표정은 심각해 보였고, 일자로 다문 입매는 화나 보였다. 그러나 이제 그가 어떤 표정을 지어도 두렵지 않나는 듯이 다가가 다정하게 불렀다.

"여보."

"어디 갔다 온 거야?"

수안의 음성은 치솟는 감정을 참는 듯 무섭게 가라앉은 저음이었다. 소윤도 약간 멈칫거렸다.

"친정에요."

"어디 갔다 온 거냐고."

수안은 대답을 들으려는 것이 아닌 듯 무시하고 계속 물었다. 언성이 높아지지는 않았지만 무시무시해진 눈빛에 소윤의 어깨가 조금 움츠러들며 아래로 기울었다.

"많이 화났어요?"

남편에게 좀 더 다가갔다. 그러나 수안은 소윤에게서 몇 걸음 멀어지더니 더는 분을 참지 못하고 소리쳤다.

"어디 갔다 왔냐구!"

"화내지 마요."

소윤은 남편의 옷자락을 잡았다.

"왜 약속 안 지켜? 기다리겠다고 했잖아. 얼마나 걱정했는지 알아? 연락도 못해? 아무리 연락을 해도 받지도 않고."

"미안해요. 제발, 화 풀어요."

소윤이 와락 껴안았다. 그래 봤자 수안의 가슴까지밖에 오지 않은 키로는 그의 허리를 꽉 잡는 수밖에 없었다. 수안은 아내의 작은 힘에 잡히자 간신히 참아내고 있었다. 처가에 갔다가 잠시 상황을 아우르고 정보를 수집하기 위해 여러 곳을 알아본 후 집으로 급하게 왔는데 그곳에 있어야 할 소윤이 없었다. 너무 걱정이 되어 전화를 했지만 받지도 않고 전원이 갑자기 꺼져 버린 것이다. 걱정한 만큼 소윤이 아무 일 없다는 듯이 다정하게 부르며 다가오자 스스로도 감당이 안 될 정도로 화가 났다.

"미안해요. 내가 오늘 지금껏 한 적이 없던 일을 했거든요. 그러니까 한 번만 넘어가요. 당신한테 연락해야 했는데 깜빡했어요. 게다가 당신이 전화했을 때 엄마가 자고 있어서 받을 수가 없었어요. 그래도 다시 돌아왔잖아요. 앞으로는 절대로 약속 어기지 않을게요."

수안은 아내에게 잡힌 채 무서운 표정으로 듣고만 있었다. 소윤은 오늘 있었던 일을 바로 말하고 싶지 않아 머뭇거렸지만 남편의 분노를 풀어주기 위해 설명을 하기 시작했다.

"오늘 내 마음이 내 마음이 아닌 것 같은 느낌이에요. 좀 착잡해요. 종지부를 찍고, 혼란도 정리하고 왔는데도 아직도 앞이 뿌옇게 흐려요. 오늘 나를 낳았다는 사람의 오빠를 만났어요."

수안이 놀라 눈이 가늘어지고 경직된 채로 아내를 내려다보았
다. 막상 말들이 나오자 눌러놓았던 감정들이 금세 터져 나왔다.
이 세상에서 수안한테만 할 수 있는 말들이었다.

"그 사람 보기 전에는 화만 났었는데 막상 보니까 슬프더라구
요. 너무 추레한 것 있죠. 차라리 잘살지. 겉모습만 추레한 것이
아니라 마음도 추레하더라구요."

소윤은 남편을 안은 팔을 풀고 똑바로 그를 쳐다보았다.

"돈을 주지 않기로 했어요. 자식이 아프다고 하지만, 지금은 한
푼도 줄 수 없어요. 협박해서 통한다고 생각하면 계속 우리 가족
들을 괴롭힐 거예요, 분명. 당신도 절대로 그 사람한테 돈 주지 마
요. 알았죠?"

"응."

수안은 화가 수그러든 채 아내에 대한 걱정이 퍼지었다. 그러나
그녀의 표정은 결연해졌다.

"아마 앞으로 힘들어질 수도 있어요. 그 사람이 돈 벌려고 출판
사에 다시 기웃댈 수 있으니까. 절박해 보이더라구요. 당신 이름
에 누가 될 수도 있지만 그래도 어쩔 수 없어요. 이렇게 해야 당신
과 나, 그리고 엄마, 아빠, 오빠들, 이모 모두를 지킬 수 있다고 봐
요. 조금 힘들어도 지금은 참아야 돼요. 그렇게 해줄 수 있죠?"

소윤은 강해진 모습으로 답변을 요구했다.

"알았어."

수안은 아내가 오늘 하루 힘든 일을 겪었음에도 잘 버틴 것이
다행으로 여겨졌다.

"고마워요. 그리고 화내지 마요."

소윤은 남편의 화난 모습은 무섭지 않지만 자주 보고 싶지 않았다. 그를 실망시켰다는 것이 슬프기 때문이다.

"약속만 지키면 화 안 내."

"그래요."

수안이 안아주자 그녀가 미소 지으며 기대었고, 잠시 후 다시 입을 열었다.

"엄마, 아버지한테도 갔었어요. 엄마 얼굴이…… 너무 안됐어요. 마음이 무지 아파요. 엄마가 미안하다는 말을 거듭하는 것도 많이 속상하고. 사실, 아직 아무것도 정리가 안 되었는데 표현할 수가 없었어요. 엄마가 날 처음 만났던 그때 얘기를 들었어요. 들으면서 내내 미안한 맘, 내 존재에 대한 부끄러움, 괜한 원망이 모두 엉클어져 있는 못난 나를 느끼면서도 모른 척하고, 곧 괜찮아질 것처럼 굴었어요. 아무래도 내가 알아서 정리해야 될 것 같아요. 엄마, 아버지 모르게……. 엄마, 아버지, 특히 엄마를 사랑하니까 앞으로 강해질 거예요. 사람들이 만약에 나에 대해서 알게 되어 뭐라고 해도 의연하게 대처할 거예요."

소윤이 달라졌다. 강해진 아내를 보는 수안의 눈빛이 오히려 애잔해졌다. 그만큼 아팠을 테니까. 그때, 갑자기 무슨 생각이 떠올랐는지 얼굴색이 확 변한 소윤이 불안해져서 남편을 바라보았다. 방금 전까지만 해도 확연했던 의연함이 사라졌다.

"본가에도 곧 소식이 가겠죠? 아니, 다른 사람들이 몰라도 가족이니까 아셔야 하겠죠. 언젠가는 말씀드려야 한다는 것 알아요.

그럼, 어떻게, 어머님도 아실 텐데……."

소윤의 말소리가 우는 소리로 바뀌어졌다. 그녀는 시어머니를 많이 무서워하는 편이었다. 예전에는 아버지를 무서워했지만 지금은 이 세상에 제일 무서운 존재가 시어머니였다.

"가뜩이나 실수 많아서 날이 갈수록 마음에 안 들어하시는 눈치던데……."

이번 일이 있기 바로 전에 시댁에 갔을 때도 선물 받은 귀한 접시를 깨서 시어머니의 한심한 시선과 한숨 소리를 내내 받아야 했다. 연주는 처음엔 미워하셨지만 그녀가 뭐든지 열심히 잘하니까 점차로 마음을 푸셨다. 물론 소윤은 자신도 잘하면 예뻐하실 것을 알지만 그러질 못해서 상당히 속상하곤 했다. 그러나 앞으론 정말 큰일이란 생각에 그녀의 표정이 솟구치는 감정을 감당 못하고 마구 구겨졌다.

"이 사실을 아시면 무척 화내실 거예요. 아주 오랫동안 날 미워하시면 어떡하죠? 아니, 아예 날 쫓아내실지도 몰라요."

소윤이 남편을 올려다보며 겁에 질린 채 말했다.

"당신이 날 지켜줘야 해요. 난 당신의 아내잖아요."

수안은 지금 이 순간 진지해야 함에도 황당한 느낌에 미소가 입가에 그어지고 말았다. 그러나 아내의 상태가 심각해서 웃음소리로 나오는 것만은 가까스로 참았지만 맘은 부드러워졌다. 아내는 장점만큼 단점도 있고, 그 단점이 수안에게 아주 사랑스럽게 다가왔다.

"알았어. 내가 지켜줄게. 바보!"

"나 바보 아니에요."

소윤이 남편에게서 몸을 떨어뜨리며 정색했다.

"맞아. 내가 사랑하는 바보 맞거든."

소윤의 바보스러움이 수안의 분노를 완전히 없애주었다.

"당신도 바보야!"

소윤이 숨을 몰아쉰 후 맞받아쳤다.

"당연하지. 우리 부부잖아. 닮아가니까."

소윤은 남편이 너무 편하게 자기를 놀려서 골이 났지만 어머님만 생각하면 아직도 가슴이 벌렁거리고 떨려서 남편을 꼭 의지하며 다시금 확인했다.

"날 지켜줄 거죠?"

"최선을 다해 지켜줄게."

수안은 아내를 안으며 소윤과 행복해지기 위해서 최선을 다할 거라고 맹세했다.

Chapter 23

수안의 검은 세단을 타고 소윤은 시댁으로 가고 있었다. 남편이 운전하는 모습은 여전히 크고, 안정적이었지만 그녀는 그러질 못했다. 베이지색 정장은 허리선이 들어간 짧은 상의에 무릎까지 오는 플레어스커트로 아름답고 단정했지만 안타깝게도 긴장하면 도드라지는 그녀의 주근깨는 화장에도 가려지지 않고 점점이 박혀 있었다. 그러나 다른 때와 달리 그 주근깨가 아무렇지도 않게 느껴져 거울도 손에 쥐지 않았다. 얼굴을 찡그렸다, 풀었다, 반복하면서 이 고비를 어떻게 넘길지 그 생각만 했다. 아무래도 사랑받고 싶은 맘은 미움을 받을 것 같은 상황에 잔뜩 겁을 먹고 있었다.

"걱정 너무 하면 좋을 것 없어."

남편의 덤덤한 위로가 별 도움이 되지 않아 소윤은 뿌루퉁해졌다. 시부모님께서 다 아셨는데 어떻게 걱정을 너무 하지 않을 수가 있는지 되묻고 싶었지만 남편의 담담함을 굳이 깨지는 않았다. 그가 겉으론 고요해도 얼마나 많은 생각과 행동을 하는지 알고 있기 때문이기도 했다.

사실, 그동안 소윤의 세상은 신기할 정도로 조용하게 흘러갔다. 그 모든 것이 남편의 힘이 컸다는 걸 알기에 고마웠다. 수안은 정말 대단한 힘을 가진 사람이었다. 물론 함부로 쓰거나 자랑하지 않지만 써야 할 때는 주저함이 없었다. 이런 남자가 자신 옆을 딱 버티고 있는 것이 마음 뜨뜻하고 든든했다.

신호등으로 인해 차가 멈춰 약간의 여유가 생기자 수안은 소윤을 쳐다보았다. 뿌루퉁함이 가시지 않은 얼굴에 억지 미소를 띠는 그녀의 뺨을 부드럽게 툭 건드리더니 다시 운전대를 잡았다.

수안은 약속한 대로 돈을 주지는 않았다. 그러나 자신의 힘을 총동원해서 활자화되는 것은 철저하게 막아냈다. 그렇게 수면 아래로 밀어내며 잡히지 않은 뜬소문을 사라지게 했다. 그러나 인맥이 넓은 아버지의 귀에 사돈의 얘기가 흘러들어 가는 것까진 막지 못했다.

"사돈에게 숨겨놓은 자식이 있다는 얘기가 있던데, 사실이냐?"

김인산은 큰며느리와 관계되는 일인 줄 전혀 모르고, 며칠 전 회사 근처에서 큰아들과 점심식사를 하면서 대수롭지 않게 물었다. 수안은 잠시 틈을 두다가 솔직하게 말했다.

소윤이 장인어른이 젊은 날 바람피워 밖에서 낳은 자식이라는 것을 일상적인 대화하듯이 꺼냈다. 인산은 사돈에게 속았다는 사실에 큰 불쾌감을 느끼고 인상을 찌푸렸으나 아들의 고요하지만 무언가 지키려는 기세에 처음부터 조금 눌려 버렸다.

"별거 아닙니다. 소윤은 여전히 그분들의 자식이고, 잘 컸으니까요. 장모님께서 굉장히 힘드셨겠지만, 소윤을 사랑으로 키우셨어요. 지금도 여전히 아끼시구요. 그러니까 다른 이들이 뭐라고 말하며 굳이 핏줄로 나누는 것은 못할 짓이라고 봅니다."

수안은 차분히 자기 의사를 밝히었다. 그의 태도는 예의 바르지만 가정을 지키려는 남자의 의지가 뿜어져 나왔다.

"언제 알았냐?"

"그건 중요하지 않아요, 아버지. 아내와 전 계속 평온하게 살고 싶습니다. 아내가 불행해지는 건 제가 싫어요. 그러니까 그냥 넘어가 주세요."

"집에 와서 직접 정식으로 상황을 말하고 얘기해야지, 이렇게 밥 먹다가 뚝딱 넘어가려고 해? 못난 것! 둘이 와서 설명하고 양해를 구해야 넘어가든지 말든지 하지. 주말에 와."

"네."

인산은 화가 남에도 벌써부터 수그러드는 마음 끝자락을 느끼었고, 그 자락에 불응하지 않았다. 수호를 잃었다. 자신의 품을 떠나 혼자 삶을 개척하며 살아가는 수호의 빈자리가 너무나 커서 자기 식대로 살아온 고집이 알게 모르게 꺾인 채 아들들의 의사에 많이 끌려가고 있었다. 겉으론 큰소리를 내도.

"부모님이 많이 실망하셨겠죠?"

소윤이 묻자 수안은 그때 아버지의 표정을 상기하며 대답했다.

"약간은."

꽤 솔직한 대답에 소윤은 갑자기 앓는 소리를 냈다.

"어떡해."

"뭘 걱정해? 앞으로도 지금처럼 잘하면 되지."

속 편한 소리에 약간 짜증이 일었다. 남편의 심장은 다른 이의 두 배가 넘는지 그다지 흔들리지 않았다. 물론 그녀를 잃었다고 생각했을 때 심하게 운 적도 있지만. 소윤은 그때를 생각하며 마음을 다스리려고 하다가 문득 가장 좋아하는 단어를 입에다 맴돌았다.

"띠동갑."

소윤이 반복적으로 웅얼대자 수안이 찡그릴 듯 말 듯한 표정으로 미소를 지었다. 그녀는 요즘 불만이 생길 때마다 이 말을 무턱대고 안정제로 쓰고 있었다. 이 사실을 처음으로 인식한 며칠 전이 떠올랐다.

서재에서 서류를 보고 있는데, 소윤이 막 마른 속옷들을 걷다가 후다닥 소리를 내며 뛰어들어 왔다.

"생각해 보니까, 내가 스물다섯 살이 아니라 스물여섯 살인 것 같아요. 맞아요. 확실해요. 내가 일 년 됐을 때, 막 태어난 걸로 호적에 올렸다고 엄마가 그랬으니까. 와…… 그럼 나 이제 꽤 나이 먹은 거네."

소윤이 앉아 있는 남편을 흥분한 채로 보며 말하자 그는 놀라지도 않고 점잖게 지적했다.

"한 살만 더 먹은 거지. 그래도 당신은 아직도 무척 젊은 나이야. 서른여덟 살인 나에 비하면 아주 어리지."

"그래도 이제 우린 열두 살밖에 차이가 안 난다구요. 가슴 아픈 일에도 행복한 점은 하나라도 있나 봐요. 열두 살 차이라니."

소윤은 한 살을 생각지도 않게 더 먹은 것보다 남편과 나이 차가 줄어든 것만이 마음에 남는지 기쁜 듯 떠들어댔다.

"차이가 없다고 봐야지. 열두 살이나 열세 살 차이나, 거기서 거기 아닌가."

"어머, 아니에요. 그렇지 않아요."

소윤은 손에 들고 있는 남편의 속옷을 흔들며 강조했다.

"열두 살은 띠동갑이란 말이 있는데 열세 살 차이는 그런 것이 전혀 없잖아요. 그건 엄청 큰 차이라구요."

소윤은 보송보송하게 마른 속옷을 건네주었다.

"띠동갑이야."

그리고는 황홀하게 읊조리며 방을 나갔다. 수안은 아내의 신기한 정신 상태를 완전히 이해하지 못한 채로 속옷을 어떻게든 그녀가 개는 것처럼 예쁘게 하려고 했지만 그의 큰 손은 속옷들을 잘 맞추지 못하고 흉한 모습이 되었다.

"이럴 줄 알았어."

소윤은 다시 와 남편에게서 속옷들을 챙겨 들고 뺨을 토닥여 준 후 나가서 일을 보았다. 수안은 어린 소윤 앞에서 가끔 무방비가 되는 느낌을 받곤 했다. 가끔씩 귀여운 아기 다루듯 하는 아내에게 순응하게 되는 것이다.

"띠동갑, 띠동갑."

차안에서도 소윤은 계속 그 말을 되뇌었다. 그러나 북한산 자락을 따라 들어선 높은 담벼락의 저택들이 하나씩 보이자 조용해졌다. 커다란 저택은 우뚝 선 하나의 성처럼 크고 폐쇄적인 아름다움을 드러냈다. 소윤은 그 저택이 시어머니인 양 쳐다보더니 경직된 몸이 차츰 떨기 시작했다.

"괜찮아?"

수안의 물음에 소윤은 울상으로 고개를 저었다.

"내가 있잖아. 걱정하지 마."

"응."

문 앞까지 가서도 떠는 걸 멈추지 않자 수안이 아내에게 다가와 포옹했다. 그 품이 따듯해 소윤은 남편의 가슴에 얼굴을 푹 묻었다. 그러나 갑자기 그가 얼굴을 잡고 겁먹은 커다란 눈을 들여 보더니 입술을 맞추며 호흡을 멈춘 깊은 키스를 해왔다.

"정신 사납게 왔다 갔다 하지 말고 아기들 놓고 놀다 와, 이놈아."

수창은 아버지의 말에 씩 웃다 말고 진지한 표정을 지었다.

"아버지, 난 지원군이라니까요. 절대로 못 가죠."

김인산은 막내의 간섭에 진절머리를 내었지만 쫓아내지는 못했다. 사실, 한 달에 한두 번은 기어코 아내와 무드를 잡으며 단둘이 외출하고 마는 수창이고, 이번 달 바빠서 내내 못했던 외출이어서 오늘이 절호의 찬스였지만 집에 있기로 했다. 아내와 밖에서 가끔

야하게 노는 것은 그가 좋아하는 일이었으나 둘째가 태어나고선 연주가 통 협조를 안 해서 계획만 세우다 마는 경우가 다반사였지만 그래도 한 달에 한 번은 어떻게든 무드를 잡는 편이었다.

연주는 태원이가 태어나고는 정신이 없었다. 수창도 남은 시간 아들들하고 놀아줘야 하므로 더 그러했다. 태웅은 성격이 좋아 웬만한 일 아니면 울지도 않고 낯가림도 전혀 없는데 태원은 제 형처럼 잘생기긴 했으나 까다로운 기질에 신경질적이기까지 한 데다 제 마음에 안 들면 온몸을 동원해 종일 울면서 시끄럽게 의사표현을 길게 하곤 했다. 달래줘도 쉽게 가라앉지 않아 시간을 많이 들여 비위를 맞춰줘야 하는 아기였다.

"누굴 닮았지?"

그 말을 할 때마다 연주의 표정이 가히 좋지 않긴 했다.

수창은 소파에 앉아 수안과 소윤을 기다렸다. 그동안 부모님에게 계속 설득을 하긴 했지만 그래도 지금 이 중요한 순간에 지지해 주는 사람이 필요하다는 것이 그의 생각이었다. 그것도 무뚝뚝한 형과 실수 많은 형수를 위해서 설득에 아주 능숙한 사람이, 그것이 바로 자신이었다.

수창 또한 소윤의 출생 문제에 좀 놀랐긴 했지만 그다지 중요한 일은 아닌 듯싶었다. 그런 일 때문에 가정이 휘청대는 것은 우습다고 누누이 말해왔다. 부모님의 사고방식은 때론 융통성없이 꽉 막힐 때가 있어서 자신만이 마지막 설득을 돕는 데 적임자라 생각했다. 지금 현재, 엄마는 입을 다물고 아무도 안 만난 채 방에 틀어박혀 있고, 아버진 모르는 척하고 있었다.

　수창은 꼬고 앉은 긴 다리를 풀고 자리에서 일어났다. 기다리다 못해 시계를 자꾸 보다가 약속된 시간이 되자 정원으로 나갔다. 형의 차가 막 보였다. 소리 내어 부르려고 했는데, 형수가 경기 걸린 사람처럼 하얗게 떠는 모습이 보이었다. 그리고 동시에 수안이 안아주었다.

　'무뚝뚝한 형이 아내 위로도 할 줄 아네.'

　그러나 거기서 끝난 것이 아니었다. 곧 입술을 포개고 진한 키스를 하고 있었다. 수창의 눈이 반쯤 감기다가 번쩍 떠졌다. 자신이 본 것을 믿을 수가 없었다. 지금, 김수안이 집 밖에서, 그것도 훤한 대낮에, 깊은 키스를 하다니. 수창은 눈을 비비고 다시 보았다.

　"뭐 하냐? 문 안 열고."

　입술이 떨어지고 아내의 목덜미를 부드럽게 잡으며 바라보던 수안이 입을 벌리고 엄청 놀란 수창을 발견하고 아무렇지도 않은 듯이 말했다. 키스한 사람치곤 너무도 차분한 태도였지만 문을 열고 보니 눈빛은 어른거렸다.

　"약 먹었지?"

　수창이 대뜸 물었다.

　"부모님 안방에 계시니?"

　"응. 무슨 약 먹었어?"

　수안은 그런 막냇동생을 무시하고 붉어진 소윤의 손을 잡은 채로 안으로 들어갔다. 연주가 밝게 웃으며 그들을 맞이했다. 소윤은 연주가 자신을 혹시 싫어하지 않을까 걱정했지만 다행히 늘 그렇듯이 다정하고 친숙하게 대해주었다.

수안은 소윤을 연주에게 맡기고 혼자 먼저 안방으로 향했다. 수창은 그 뒤를 따라갔지만 수안에 의해 방으로 들어가는 것은 간단히 막히었다. 그러나 귀를 방문에 대며 언제 지원군이 필요한지 타이밍을 잡고 있는 것까진 막지 못했다.

수안이 들어간 뒤에도 대화는 곧바로 시작되지 않았다. 그렇게 답답한 침묵만이 가득했다. 그러다가 앞으로 어떻게 하겠냐고 어머니가 묻자 수안의 답변이 수창의 귓가에 들리었다.

"지금처럼 살아갈 생각입니다."

"이런 일이 있고도?"

박정은 여사는 병색은 없지만 심란한 표정이었고, 옷차림은 깨끗했지만 맥아리가 없었다. 그렇게 굳어진 마음으로 재차 물었다.

"아내의 출생 문제가 큰일일 수는 있겠으나 저희에게는 그냥 지나간 일일 뿐입니다. 놀라셨겠지만…… 아무 일 아닌 듯이 여겨주셨으면 해요."

"아무 일 아니라고?"

"네, 어머니. 전 지금 어렵사리 얻은 안정을 절대 깨뜨릴 수가 없어요."

"너에겐 아무 문제가 아니라고, 참 마음도 좋구나."

박정은은 속 좁은 불만을 터뜨리면서도 아들이 감정 표현을 하는 것에 놀라웠다. 큰아들은 항상 기분이 어떤지 어려서부터 자신에게도 드러내지 않았기 때문에 수안이 뭔가 원하면 거부하기가 어려웠다.

“전 지금 행복하고, 그 행복을 결코 깨고 싶지 않습니다. 그러니 도와주세요, 어머니, 아버지.”

짧고도 강력한 요청이었다. 은근히 경고성이 스며 있기도 했다. 수안은 자신이 바뀌지 않을 테니 부모가 바뀌라고 말하고 있었다. 무뚝뚝한 그의 얼굴에는 자신의 것을 지키려는 간절함이 견고함으로 들어차 있었다. 두 사람은 더 이상 반박하지 못하고 가만히 있었다. 지금 상황이 너무나 마음에 안 들었지만 그렇다고 장남의 뜻을 거스르기엔 그들은 많이 약해져 있었다. 둘째를 멀리 잃어버리고 두 사람 다 마음 한쪽이 허물어져 있었기 때문이다.

“마음대로 해라.”

김인산이 침묵을 깨고 말했다.

“며느리 복 없는 팔자야. 소문이나 나지 않게 해. 세 번 결혼할 바에야 지금 현 상태 유지하면서 충실하는 것이 그나마 낫겠지.”

박정은 여사도 두통이 오는 지 머리를 짚으며 남편의 말에 덧붙였다.

“어머니, 아내가 부족한 점이 많지만 잘해주세요.”

“알았다니까. 알았어.”

그녀는 그만 하라는 듯 몸을 반쯤 돌리었지만 큰아들 뜻을 따랐다.

“식사는 하고 가.”

“네.”

아버지의 말에 수안이 순순히 대답했다. 그리고 일어나 문을 열자 잔뜩 찌푸린 수창이 큰 동작으로 들어왔다.

"뭐야, 이게? 왜 이리 간단해? 엄마, 아무렇지도 않아요? 큰 소리도 없이……. 오 분도 안 됐는데, 끝이야? 그런 게 어딨어?"

분명 수창은 수안의 절대적 아군이었다. 다만, 현 상황이 너무도 이해가 되지 않을 뿐이었다. 그것도 극심하게. 그래서 편 들어주려던 것을 홀딱 까먹었다.

"시끄러워."

아버지에 이어 박정은 여사도 손을 내저으며 수창을 쫓아내려했다.

"우리는 되게 힘들게 해놓고……. 형한텐 완전 쉽게 들어주고. 그런 게 어디 있어요? 연주하고 난 그렇게 괴롭혀 놓고. 엄마, 정말 이러시기예요?"

"시끄러워, 이놈아."

아버지의 말에 수창은 씩씩거리다가 수안을 제치고 소리 높여 연주를 부르면서 이층 방으로 올라갔다. 그러더니 곧이어 웃는 태웅과 우는 태원을 양옆으로 안고 연주를 재촉하며 내려왔다.

"어디 가니?"

수안이 묻자 수창이 완전 삐친 모습으로 답했다.

"처가에 갈 거야. 가자!"

미안한 웃음을 지며 연주는 안 가려고 버티었지만 남편의 힘과 고집에 이끌려 갔다. 덕분에 네 사람은 암흑 같은 침묵 속에 식사를 하게 되었다. 소윤은 고개 한 번 들지 못하고 있었다. 식사 전 두세 번 마주쳤을 때 부모님의 차가운 시선에 얼어붙을 것 같았기 때문이다.

점차로 인산은 소윤이 죄인처럼 내내 머리를 숙이자 동정이 일었지만 박 여사의 마음은 좀처럼 풀리지 않았다. 수안 역시 말없이 식사를 하면서 가끔씩 아내를 보았다. 그렇게 침묵 속 오고 가는 대화 없이 시간이 정체되고 있을 때 다시 문소리가 시끄럽게 울리었다.

"밥만 먹고 갈 겁니다."

수창이 울어대는 태원을 안고 들어와 소윤에게 안겨주고 자리에 앉았다. 연주도 태웅을 안고 앉자 태웅은 옆에 있는 할머니에게 손장난을 치며 금세 분위기를 바꾸었다. 태웅의 웃음소리뿐 아니라 태원이 소윤의 품이 불편한지 짜증을 내며 그녀의 머리를 뜯는 소리도 정적을 몰아내고 소란함을 불러냈다. 수안이 태원을 달래가며 소윤의 머리를 그 작은 손에서 떼어내어 주고 있었다. 소윤은 아프긴 해도 아까보다 지금이 훨씬 좋아서 태원을 열심히 얼러주었지만 아기는 영 마땅치 않은 표정이었다.

"고맙다."

식사가 끝나고 거실에서 수창이 태웅과 사과 조각을 사이좋게 나눠 먹는 모습을 물끄러미 바라보던 수안이 툭 건넸다. 수안 역시 그동안 내내 부모님을 설득해 준 수창의 노고를 알고 있었다. 다만, 오늘 툴툴거림은 자신의 역할이 없자 살짝 삐친 것뿐이란 걸 모르지 않았다.

"알면 됐어."

수창이 퉁명스럽게 대답했다. 수안이 옆에 앉아 태웅을 안아 들자 태웅은 사과를 들어 큰아버지 입에 넣어주었다.

“너무 고마워하지 마.”

수안이 수창의 덧붙인 말에 씩 웃었다. 아기가 꿈지럭거리며 아주머니에 의해 할머니 품으로 간 뒤에도 두 사람은 꽤 긴 대화를 나누었다. 수창은 부모님도 많이 늙으셨다며 잘하라는 투로 말하고 수안은 충고를 귀담아 들었다. 두 사람은 수호 걱정에서 소소한 집안일까지 의논했다.

“네가 있어 힘이 된다.”

“안 하던 말 하네, 귀찮아하더니.”

수창이 웬일이냐는 투로 보자 수안이 동생의 어깨를 툭툭 쳤다.

“진심이다.”

“알았어. 계속 힘이 되어줄게.”

수창이 장난기가 들어간 눈빛으로 큰형에게 윙크를 했다. 수안은 그때는 눈치를 못 채었으나 그것은 자주 수안과 소윤의 집에 놀러가서 간섭과 참견을 하겠다는 뜻이었다.

Chapter 24

"꼭 입어야 돼?"

수안은 주말이라 집에서 모처럼 소윤과 단둘이 휴식의 시간을 가지고 있었다. 그동안 본가에 정기적으로 가서 장남으로서 충실하고 또한, 처가에 틈나는 대로 가서 어울리느라 정작 두 사람만의 오붓한 시간은 갖지 못했다. 그러나 편한 마음도 잠깐이고, 수안은 소윤이 건네준 옷을 입고 나서 미간을 잔뜩 찌푸렸다.

"이미 입었잖아요. 편하고 좋죠?"

소윤은 무뚝뚝한 얼굴에 불만이 가득한 남편을 보고 상냥한 미소를 가득 담아 쳐다보았다. 수안에게서 긴 한숨이 흘러나왔다.

"어제 이걸 보고 꼭 사고 싶었어요. 당신은 밖에선 점잖은 옷만 입으니까 커플 룩을 입을 수가 없잖아요. 난 꼭 입고 싶단 말이에요. 집에선 아무도 안 보니까 입어줄 수 있지 않아요? 나하고 잘 어울리잖아요."

"당신은 뭘 입어도 예쁘지만 난 안 그래."

"내 눈엔 멋진걸."

수안은 우중충한 얼굴로 거울을 보았다. 지금 소윤이 사준 커다란 잠옷, 그것도 곰 형상의 모자까지 달린 잠옷을 입고 있었다. 그의 허리를 안고 기댄 소윤은 곰 잠옷이라도 분홍색으로 깜찍하고 예쁜데 자신의 옷은 입으니 더 끔찍했다. 게다가 이런 어린애 같은 옷을 몸이나 마음이 수용하기 힘들기도 했다.

거울에서 눈을 떼지 못하던 수안은 심란한 듯 갈수록 미간이 좁혀지고 굵은 눈썹은 꿈틀거렸다. 소윤은 한 쌍의 곰 커플이 된 것이 흡족하면서도 남편의 모습 때문에 웃음이 나오는 걸 억지로 참았다. 조금이라도 웃으면 곧장 벗어버릴 것 같았기 때문이다.

사실, 소윤은 무척 놀랐다. 제일 큰 치수를 겨우 찾아 샀지만, 너무 포댓자루 같아서 남편에게도 클 줄 알았는데 너무도 딱 맞은 것이었다. 동화 속에 나오는, 정말 커다란 아빠 갈색 곰처럼 보였다.

"이제 아기 곰만 있으면 되겠네."

소윤이 남편을 올려다보며 말했다. 시댁에 있을 땐 정신이 없었고, 분가했을 때도 여러 가지 문제로 걱정하지 않았는데, 요즘 들어 아기가 쉽게 들어서지 않아 걱정이었다. 남편은 정상이고, 자신은 몸이 좀 찬 편만 아니면 그런 데로 문제가 없다고 하는데도 아기가 생기지 않았다.

"아직은 우리 둘만으로도 충분하잖아. 신혼인데."

수안은 아기 욕심은 없었다. 소윤만으로 충분하다는 생각이었다. 그녀는 어느 땐 아내이고 여자인데 또 어느 땐 꼭 아기 같았다.

"흥. 우리가 결혼한 지 삼 년이 넘어가는데, 무슨 신혼이래."

수안은 우스꽝스런 잠옷을 입은 것도 잊어버리고 아내의 뺨과 입술에 뽀뽀한 다음에 거실에서 느슨한 마음으로 함께 영화를 보았다. 잡담을 나누며 편한 시간을 보내다가 소윤이 빵 만든 것을 깜빡했다며 일어났다. 그때 벨이 울렸다.

수안은 수창임을 확인하고 문을 열어주었다. 연주까지 수창의 등살에 따라왔다. 수안은 연주의 놀란 눈빛과 터지는 웃음으로 말하기 전엔 무얼 입고 있었는지 깜빡했다.

"어머나, 곰돌이 옷이 너무나 잘 어울리시네요. 자주 입으셔도 되겠어요."

수안은 옷을 내려보고 인사할 겨를도 없이 후다닥 방으로 들어갔다. 수창은 그 틈에 소윤을 따라다니며 또 물어댔다.

"형수, 형한테 약 먹였죠?"

"안 먹였어요."

소윤은 모양이 엉망진창인 계란과 옥수수 가루, 건포도를 듬뿍 넣은 빵을 가지고 나오면서 대답했다. 수안은 다시 점잖은 셔츠와 검은색 바지로 급하게 갈아입고 나와서 약간의 헛기침을 하며 연주에게 안부를 물었다. 연주는 상냥하게 응대하면서도 장난이 수그러들지 않았다.

"아까 그 옷 참 귀여우셨는데 아쉽다."

수안은 다시 헛기침을 하며 대답을 하지 않았지만 뺨은 붉어졌다.

"나이를 생각해야지. 무슨 짓이야. 그딴 것을 입고. 쯧쯧쯧."

수안은 막내의 타박에 아무 말도 못했다. 소윤은 그런 남편이 안되었는지 은근히 편들어주었다.

"내가 입으라고 해서 억지로 입은 건데."

"울 형이 이상해졌어요, 형수님. 죽었다 깨어나도 그런 것 입는 사람이 아닌데."

수안은 태웅과 태원은 어디 있냐며 얘기를 딴 데로 돌리었다. 수창은 부모님이 봐주고 계신다며 태원의 까탈스러움에 온 가족이 두손두발 들었다고 말했다. 극과 극의 아기들 때문에 정신이 없다며 아기들 육아 얘기에 쏙 빠져들었다. 그러나 수안이 언제 그런 옷을 입었느냐는 듯이 점잖은 태도로 있으면 여지없이 수창은 옷 얘기를 꺼내었다.

"연주야, 우리도 그 옷 사서 같이 입을까? 형보단 내가 어울리겠지."

수안은 직감했다. 몇 년 동안 계속 그 옷 갖고 우려먹을 것을. 수창은 집으로 가기 전에 수안에게만 듣게 말했다.

"형, 참 웃기게 산다."

수안은 또 대답 대신 헛기침을 하며 모른 척해 버렸다.

"근데 재미있어 보여. 비결이 뭐야?"

"빨리 가기나 해. 그리고 이젠 오면 온다고 연락하고 와."

"비결이 뭐냐고? 안 말해주면 부모님께 고한다."

수안이 수창을 무섭게 노려보았다.

"말해줘."

"비결이 어디 있어? 네 형수가 하자는 대로 하니까 그렇지."

"응?"

"빨리 가. 비결은 사랑이다. 됐냐? 절대로 말하지 마."

수창은 수안이 윽박지르자 더 재미있어 혀를 내밀었다. 수안은 고개를 절레절레 흔들었다. 수창은 집으로 향하면서 연주에게 마음이 놓인다고 말했다.

"우리만큼은 아니지만 잘사는 것 같다. 그렇지?"

"응, 행복해 보여."

수창은 아내의 입술에 수시로 키스하며 금세 자신들의 문제에 집중했다.

"연주야, 하나만 더 낳자. 나 딸 낳고 싶어."

"내가 낳는 거잖아. 그리고 낳았는데 아들이면 어쩌려고. 감당 안 돼. 딸이라는 보장만 있으면 생각해 보겠는데, 아들 셋은 감당 못해. 싫어."

"연주야."

"말도 꺼내지 마."

수창과 연주는 심각하지 않게 투닥거리며 부모님과 아이들이 있는 집으로 향했다. 그들 말대로 수안과 소윤은 행복하게 잘살아가고 있었다. 주위 사람들은 그들이 제법 잘 어울리는 것에 가끔씩 놀라곤 하지만 보기 좋은 한 쌍이 되어가는 것에 불만을 토로

하는 사람은 없었다. 단 한 사람만 제외하고.

박정은 여사는 여전히 수안과 소윤에 대해서 마땅치 않아했다. 물론 다른 이들 앞에서 토로하지는 않았지만 제일 친한 친구와 와인 한 잔을 마신 후에는 자신의 맘을 모른 척하기 어려워 이렇게 말하곤 했다.

"연주는……."

박 여사는 며느리 이름 부르는 것을 즐겨했다.

"여우 같은 데가 있긴 하지만 절대로 그 앤 자기와 내 문제를 그 안에서 끝내지 남편에게까지 질질 끌고 가진 않는데, 소윤이는, 걘 말이야, 곰퉁이 같은 게 제 남편은 어떻게 꽉 잡았는지 제 아내 얼굴 표정만 달라져도 인상이 굳어. 내가 이 나이에 그 곰퉁이 시집살이를 해야겠냐고. 어떻게 한마디 혼내기만 하면 그 얼굴은 바로 울상이 되는지. 남편에게 표정으로 다 들키고 나서, '아무 일도 아니에요' 하면 수안이가 믿겠어? 제 남편 등짝에 딱 붙어서 말이야. 아우, 속상해."

그러나 소윤에 대한 불만도 장남의 전화가 오면 억양부터 달라지곤 했다.

"그래, 그럼, 좋지. 내일 온다고? 그래, 알았다. 쉬면서 일하고. 오냐."

수안은 예전보다 더 가족들을 챙기었다. 그런 장남에게 박 여사는 은근히 의지하는 버릇이 커졌다. 수호를 멀리 잃고 나선 더 그러했다. 게다가 수안은 수호의 일까지 챙겨서 일일이 알려주며 장남의 역할에 충실했다.

박 여사는 장남과의 전화를 끊고 나선 꼭 이렇게 마음에 들지 않은 큰며느리에 대한 불평을 급 마무리 짓곤 했다.

"뭐, 그래도 둘이 죽이 맞고 뒤탈없이 잘사니까 그러면 되겠지, 잘사니까."

자초한 일이니 그렇게 덮어버렸다. 박 여사의 말대로 수안과 소윤은 사람들이 보기에도, 실제로도 뒤탈없이 잘살아가고 있었다. 특별하게 달라진 점은 없지만 그들 사이에 무언가 따스한 기운이 흘러 그들을 사랑하는 사람들의 마음을 놓이게 했다.

소윤은 이제 본가 아주머니들의 도움없이도 집안 살림을 해나갔다. 아직도 실수가 많았지만 남편의 든든한 지지에 실수를 실수로 느끼지 못하고 지나갈 때가 많아 예전보다 눈에 띄게 살림 솜씨가 늘고 있었다.

수안은 여전히 회사에 열심히 일하면서 가정에도 충실했다. 별다른 일을 만들지 않아도 집에서 아내와 대화하며 같이 시간을 보내는 것에 큰 행복을 느끼었고, 그렇게 하루가 다음 하루를 만드는 평범한 일상들이 그들을 돈독하게 이끌었다.

남편이 회사의 후계자가 되어가면서 내조에 약간의 부담감을 가졌던 소윤도 곧 예전처럼 소홀하지 않으려 애쓰며 일상을 보냈다. 오늘도 부부동반 행사에 참여한 후 호텔 레스토랑에서 식사를 하며 조용한 시간을 남편과 보내는 중이었다. 가끔씩 너무도 편안한 시간으로 인해 자신이 겪은 일들이 실감이 나지 않고, 피하지 않고 통과했다는 것이 믿어지지 않을 때도 많았다. 상처와 슬픔이 어느새 그들을 단단하게 만드는 힘이 되었다는 것이 신기할 정도였다. 이렇게 남편을 고요하게 바라보니 그들 사이는 처음부터 아무 문제가 없었던 것만 같았다.

"왜 그리 쳐다봐?"

"당신이 예뻐 보여서요."

소윤이 미소 짓자 아내의 마음을 읽으려고 눈을 가늘게 뜨던 수안도 그냥 웃고 말았다. 뜬금없이 감탄을 할 때도, 아니면 불평을 할 때도 있는 소윤을 알기에 그저 그 말을 그대로 믿는 남편이었다. 잠시 그들은 서로를 바라보기만 했다. 별나른 날이 없어도 그들의 시간은 평온했다.

두 사람은 디저트를 먹고 자리에서 일어나 계산을 마쳤다. 그때 그를 알아보는 한 무리의 사람들에게 붙잡혀 복도에 서서 담소를 나누게 되었다. 남편의 인맥은 굉장히 넓고 포괄적이어서 깜짝 놀랄 때가 많았지만 그녀의 시야도 점점 넓혀가고 있었다. 스포츠 행정에 관련된 사람들인 듯 그들의 대화도 안부에서 일이 약간씩 섞여 들어갔다. 아마도 협찬에 관한 문제인 듯싶었다.

소윤은 살짝 지루해지자 고개를 티 안 나게 돌리었다. 저편에서 웅성거리는 소리가 들리고, 여러 휘장이 날리었다. 마침, 이 호텔에서 영화 발표회가 있었던 모양이다. 누가 나오는 영화인지 궁금할 찰나 아는 얼굴이 그들을 발견하고 우뚝 멈추었다. 아름다운 정장을 입은 박지민이었다.

소윤은 그녀를 보다가 살짝 인사치레적인 목례를 했다. 지민은 놀란 듯한 얼굴로 소윤과 같은 식으로 답례를 했다. 수안은 사람들과 얘기를 끝내고 아내의 시선을 따라 지민을 발견했다. 소윤은 남편을 보지 않았지만 그와 맞잡은 손에서 약간 경직된 기운을 느끼었다.

박지민을 보면 은성의 고통과 그 자신의 잘못으로 인한 남편의 분노가 아플 정도로 솟구친다는 걸 알지만 소윤은 간섭하지 않았다. 과거가 완전히 지나가길 바라지만 그 과거에 완전히 자유로울 수 없다는 것을 인정하게 되었다.

수안은 박지민을 보고 얼굴을 붉히지 않았다. 그 짧은 시선에서 분노를 터뜨리지 않고 화려한 여배우를 외면해 버렸다. 두 사람은 돌아서 천천히 호텔을 빠져나갔다.

지민은 그들을 멍하니 바라보았다. 김수안이 분노를 표출하지 않고 돌아서자 싸한 바람이 갑자기 마음에 일었다. 과거의 잔상이 그들 사이로 이젠 길을 만들지 못했다. 다행이었다. 그러나 금세 고개를 돌리지 못하고, 두 사람의 뒷모습에 눈길이 오래 머물렀다.

절대로 김수안은 그 누구도 마음에 담아두지 못할 거라고 생각했는데, 지금 그들은 잘 어울리는 한 쌍으로 보이었다. 무언가 딱히 말할 수 없지만 서로를 의지하는 부부의 모습이 느껴졌다. 그 모습에 안도가 되면서 씁쓸했다. 그러나 이젠 그 씁쓸함은 표현할 수 없는 것이었다. 지난 간 일로 여기기로 했고, 그렇게 되어가고 있었다. 은성에 대한 죄의식이 아직도 머릿속을 맴돌았지만 늘 그렇듯 쉽게 떼어내었다. 그러나 다른 이에게 넘기지 못하고 멍하니 보고 있었다. 그때, 취재진들이 이 영화의 매력적인 조연 배우인 박지민에게로 우르르 몰려들자 그녀는 얼굴 가득 화사한 웃음을 지으며 자신의 자리로 돌아갔다.

맞잡은 손으로 남편의 박동이 점점 안정을 찾아가는 걸 느꼈다.

집으로 가는 길, 소윤은 지민이 아닌 은성을 생각했다. 납골당에 가서 정식으로 인사를 하고 싶었지만 남편이 그렇게 하자고 할 때까지 기다렸다. 억지로 조르듯 가서 남편의 맘을 힘겹게 하여 빨리 과거의 문을 닫도록 압박하고 싶지 않았다. 마음이 좀 더 정리되길 바라고 있었다. 많은 슬픔이 남편에게서 흘러갔지만 아직도 그 슬픔을 고요하게 바라보지는 않았다. 좀 더 시간이 필요했다.

문득 은성의 일기장을 떠올렸다. 남편이 태워야 한다고 결심하고 괴로워하는 모습을 보고, 소윤은 간직하자고 했다. 과거를 완전히 보낸다고 해서 보내는 것은 아니라고. 그래서 이젠 남편의 서재, 서랍장이 아닌, 물건들을 정리하는 방에 소중하게, 그러나 깊숙이 넣어두었다.

차가 커다란 아파트 고층 건물에 도착하자 남편이 내려서 소윤의 손을 잡고 말했다.

"집으로 가자."

소윤은 남편이 먼저 들어가게 내버려 둔 채로 납골당 밖에서 기다렸다. 납골당 주위엔 쓸쓸한 그리움이 가득 싸여 있었다. 은성에게 인사하는 그를 보았다. 목례를 하고 차분히 안치 단 내부의 사진을 바라보는 그의 시선이 슬펐지만 잠기지는 않았다.

소윤은 은성이란 사람이 아직도 가여웠으나 이상하게 그녀가 더 이상 마음의 짐이 되지는 않았다. 수안이 손짓하는 걸 보고 들어갔다. 아름답게 웃는 젊은 여자의 사진을 보며 목례를 했다. 수안은 기도를 하는 소윤을 바라보았다. 아내는 교회를 다니지 않았지만 지금은 두 손을 모으고 있었다. 은성이 좋은 곳에서 행복하기를 바라면서.

'소윤이야.'

수안은 사진 속 은성을 보며 소리 내지 않은 채 소윤을 정식으로 소개시켰다.

'좋은 사람이야. 내겐 선물 같은 그런 사람. 미안해, 은성아! 아프게 해서 미안하고, 널 사랑했음에도 사랑인 줄 몰랐던 것 미안해. 또 다른 사랑에 빠진 것도……. 좋은 곳에 가서 나 용서하고 행복해야 돼. 나도 행복하게 살게. 당신을 이제 앞으로 조금만 기억하고 살아도 날 용서해 줘.'

수안은 활짝 웃는 은성을 보다가 시선을 떨어뜨렸다. 그러나 은성은 그런 수안을 보고 계속 웃고 있었다. 두 사람은 오랫동안 머물다가 밖으로 나왔다. 커다란 바위와 나무들 사이로 시원한 바람이 불어오고 잘 가꾸어진 정원에서 풀 냄새가 향긋하게 진동했다. 구름 한 점 없는 맑은 밤하늘에 달이 선명히 떠 있었다. 옆에 있는 작은 별도 그들을 따라가다가 멈추며 그들이 떠나는 것을 바라만 보았다.

그렇게 간직했던 슬픔이 이제 옅어지기 시작하면서 조금씩 슬픔을 덜고 가는 수안과 소윤을 밤하늘은 따스하게 비추었다.

Chapter 25

소윤은 엄마와 영화를 보고 극장에서 막 나오는 중이었다. 엄마의 손을 꽉 잡고 나오면서 영화에 대해 얘기하는 그녀의 입은 쉴 줄 몰랐다. 혜진은 가만히 들으며 미소를 지었다. 영화는 여성 영화로 우정을 다룬 것이었다. 인테리어가 깔끔한 보쌈 전문점에 가서도 얘기를 멈추지 않았다.

사실, 그녀는 의도적으로 엄마와 시간을 많이 가지려고 애를 썼다. 엄마가 낳은 딸이 아니라는 것은 많은 부산물적인 감정을 낳았다. 사소한 것도 미안하거나 고마움을 느끼면서 가지는 거리감이 조금씩 틈을 만들었기 때문에 그 분명한 거리감을 없애기 위해 과감히 일어섰다.

"난 엄마와 친해지기 위해 시간을 많이 가지려구요."

소윤은 남편에게 이렇게 말했다. 수안과는 비밀이 없는 사이라서 작은 것도 다 말하곤 했다.

그렇게 일주일에 한 번씩 엄마와 함께 외출하며 소소한 대화를 나누었다. 그런 시간을 꽤 많이 갖다 보니 엄마가 친구 같았다. 예전에는 좋은 스승 같았다면 지금은 스스럼이 없어졌다.

"무슨 문자니?"

소윤이 휴대폰을 확인하자 엄마가 보쌈 전에 먼저 나온 샐러드를 먹으며 물었다.

"혜주 이모! 내가 오늘 엄마와 영화 보러간다고 했더니 자신만 따돌린다고 툴툴대는 문자를 보내왔어. 뭐, 이모도 바쁘면서……. 답장을 얼른 보내야겠다."

소윤은 문자를 보냈다. 곧장 이모가 좋다는 답장이 오자 소리 내어 웃었다.

"다음 달에 울 셋이서 여행 가자고 하니까 좋대요. 이모는 어쩔 땐 나보다 어려. 달래주니까 금방 좋아하네."

소윤은 엄마에게 이모의 가벼운 흥을 보다가 혜주가 이번 사귀는 남자와 진도가 좀 나간다는 소식을 전했다. 혜진은 소윤으로 인해 나이 차이가 많이 나는 막냇동생인 혜주와 화해하면서 잘 지내게 되었으나 분방한 연애 이야기를 들으면 자동적으로 눈살을 찌푸렸다. 그녀는 어쩔 수 없는 보수적인 여자였다. 그래도 소윤이 해주는 얘기는 뭐든지 다 들었다. 혜진은 지금도 믿어지지 않을 정도로 꿈만 같았다. 딸은 그녀를 기쁘게 해주는 일은 뭐든지 찾으려는 듯 더욱더 살갑게 굴었다. 무엇보다 소윤이 아픔을 잘

딛고 일어난 것이 무척 대견하고 고마웠다.

"있잖아요, 엄마! 이번에 그쪽 사람들 다시 만나서 돈 주고 왔어요. 진짜로 그쪽 아들이 장기 입원 했더라고. 직장은 구한 모양이던데 돈은 많이 부족한 것 같았어요. 백혈병이라고 하던데 치료를 잘하면 완치할 수 있다니까 다행이에요. 내 수중에 있는 돈 다 주고 마지막으로 끝내고 나왔어요. 그쪽도 놀란 눈치던데, 그동안 통 연락을 안 했거든. 이젠 마음에 있는 짐도 덜 수 있어 좋아요. 잘 마무리해서 다행이고."

혜진이 걱정스러운 눈빛으로 딸을 바라보았다.

"나 때문에 관계를 끊을 필요까진 없어."

"아니에요. 엄마 때문이 아니야. 그것이 옳다고 생각해서 그렇지. 확실히 해야 될 것은 확실히 해야 돼요. 그들이 착각하게 하고 싶지 않아요. 난 그들의 가족이 아니니까."

소윤이 꽤 단호하게 말하면서 미소를 지었다. 이제 이런 말들도 자연스럽게 나눌 수 있을 만큼의 시간이 흘렀다. 되도록이면 그쪽과 있었던 일을 엄마에게 비밀로 하고 싶지 않았다.

몇 달 전에는 엄마가 생모에 대해서도 말해주었다. 엄마의 기억 속에 그이는 젊고 아름다우면서도 즉흥적이고 감정적인 사람이었다. 설명만으론 머릿속에 아무것도 그려지지 않았다. 친근감없이 가슴에 담아두는 일은 소윤에게 어려웠다. 그러나 이번에 그쪽 사람과 직접 만나면서 생모의 사진을 처음 보았다. 소윤은 음식이 차려지는 걸 보며 며칠 전 그쪽 사람들을 찾아간 것을 혼자 되새겼다.

생모의 오빠라는 사람은 소윤이 오자 무척 놀라서 어쩔 줄 몰라
했다. 그는 이제 모든 것을 포기한 듯 의욕이 없어 보였다. 소윤은
그 사람에게 통장 번호를 물었고, 남자가 멍하니 답한 것을 듣고
몇 분도 안 되어 그쪽 통장으로 모두 이채해 주었다. 그동안 모아
온 개인 적금들과 아버지가 결혼할 때 물려준 땅을 판 돈까지 합
쳐져 있었다. 그녀는 남편 도움없이 자금을 마련했다.

"내가 가진 돈 전부예요. 이것으로 치료하세요. 충분할 거예요.
그리고 다신 만나지 마요. 잘사세요."

"미안하구나."

소윤은 그쪽 아이의 상태만 듣고, 보지는 않은 채로 병원에서
돌아서 나오는데 등에 그 쉰 목소리가 닿았다. 멈추지 않고 가려
했으나 그가 다급히 불러 세웠다.

"이것이 내가 가지고 있는 것 중 가장 선명한 사진인데 가져가
거라."

그것은 자신을 낳았다는 사람의 사진이었다. 스무 살 갓 넘은
사진 속 여자는 젊고 아름다웠다. 커다란 눈에 작은 코, 매혹적인
입술, 제멋대로 밝게 웃으며 만세를 하는 여자의 모습은 상당히
매력적이었다. 그 사진을 보는 소윤의 눈빛이 슬펐다.

"예쁘네요."

그녀와 닮았지만 이질감은 컸다. 소윤은 한동안 사진에서 시선
을 떼지 못한 채 뚫어져라 쳐다보았다. 그러나 지갑에 넣는 대신
사진을 그 남자 쪽에 내려놓았다. 그리고는 내려놓은 것에 더는

시선을 주지 않았다.

"안녕히 계세요."

남자는 소윤의 인사와 더불어 이것이 마지막임을 내려놓은 사진을 보고 절감했다.

"무슨 생각 하니?"

"아무것도 아니에요."

소윤은 미소 지으며 음식을 먹기 시작했다. 보쌈은 별로 좋아하진 않지만 뭐든지 잘 먹어야 아기도 쉽게 들어선다는 생각에 가리지 않았다. 일상적인 대화가 오고 간 후 엄마가 남편도 잘 챙기라는 말을 덧붙였다.

"잘 챙겨요."

"시댁에도 잘하고."

"네."

사실, 아직도 시어머니가 제일 무섭지만 연주가 잘 중재해 주어서 무사히 넘어가고 있었다. 그래도 어머니가 미운 눈으로 볼 때면 뒷목의 털들이 다 선 채로 긴장해서 울상이 되어버리는데 이상하게 그럴 때마다 어머니가 더 싫어하시는 눈치여서 울상을 지우려고 애를 쓰고 있었고, 요즘은 좀 나아졌다. 그래도 아기 없다고 구박하지 않으신 것은 다행이었다. 그렇지 않아도 아기가 안 생겨서 스트레스를 많이 받고 있었다.

"아기 소식은 아직도 없어?"

엄마가 묻지도 않았는데 소윤이 알아서 대답하며 우울해하자 탁자 위로 혜진이 손을 뻗으며 딸의 손을 붙잡았다.

"너무 걱정하면 더 안 생겨. 그러니까 남편하고 재미나게 살아."

"응."

소윤은 계란찜을 떠먹다가 다시 인상을 찌푸렸다.

"난 욕심도 별로 없는데, 그저 남편 꼭 닮은 아기 하나 낳고 싶을 뿐인데, 왜 이렇게 안 되지."

소윤은 엄마에게 속상함을 다 풀며 차도 마시고 거리도 거닐다가 생각보다 약간 늦은 저녁에 집으로 향했다.

돌아와 보니 벌써 남편이 출근할 때 입은 옷 그대로인 잿빛 양복도 안 벗고 소파에 앉아서 기다리고 있었다. 소윤은 소파 쪽으로 서둘러 가서 남편의 눈치를 보며 바닥에 양반다리로 앉았다.

"많이 기다렸어요?"

"응."

"골났어요?"

"응."

소윤은 소파에 앉은 남편의 발을 만지작거리며 올려다보았다. 수안은 일부러 무서운 표정을 지었지만 곧 웃고 말았다. 그러나 남편의 기분을 풀어주려고 그녀는 열심히 입을 놀리며 설명을 하기 시작했다.

"엄마랑 오늘 외출하는 날이잖아요. 내가 그래서 좀 늦을 거라고 했는데, 저녁도 미리 먹고 오라고 일렀잖아요. 회사 끝나고 바로 온 거예요? 배고프겠다. 내일은 내가 당신을 기다리고 있을게요. 그러니까 가끔씩 이런 시간 이해해 줘야 해요. 엄마랑 친해지기 위해서 노력하는 거니까."

"엄마랑 친하잖아. 나하고는 친해지기 위해 노력 안 해?"

소윤이 웃었다.

"당신하고는 많이 친하잖아요."

수안이 부정하듯이 고개를 저었다.

"알았어요. 노력할게요. 음……."

소윤이 갑자기 한숨을 쉬었다.

"아기도 노력 많이 하면 생기겠죠? 왜 이렇게 안 생기는 거야."

"속상해?"

"조금 속상해요. 아기 낳고 싶어, 당신 꼭 닮은……. 하루에도 몇 번씩 당신을 꼭 닮은 아기 갖고 싶다고 속으로 바라는데도 잘 안 돼. 당신은 정상이고 난 약간 문제만 있을 뿐이고 이젠 괜찮은데 왜 안 생기지? 당신도 속상하죠?"

"난 당신만이라도 충분해."

"난 당신과 당신 닮은 아기가 있어야 충분해요."

"그럼, 노력하자."

소윤은 깜짝 놀랐다. 왜냐하면 수안이 소파에서 소윤의 몸으로 덮치듯이 내려왔기 때문이다. 그 바람에 소윤은 남편에게 깔려서 바닥에 대자로 눕게 되었다.

"지금?"

수안이 무게를 점점 실었다. 소윤은 그의 무게를 이제 익숙하게 몸 곳곳에 공평히 배분하는 법을 본능적으로 익혀왔다. 수안은 절제가 몸에 밴 사람이지만 아주 가끔씩 야수가 되어버리기 때문이었다. 소윤도 그런 남편을 은근히 반겼다. 조금 놀라기는 하지만 말이다.

"싫어?"

"아니, 그런 건 아니고."

수안이 능글맞게 웃었다. 능글? 그것은 정확한 표현이 아니었다. 그러나 가끔씩 점잖은 표정을 벗고 남자의 본색을 완전히 드러낼 때가 있었는데 소윤은 그런 표정에 끔뻑 가곤 했다. 지금도 반했다는 듯 커다란 눈이 반쯤 풀어지자 수안이 아내에게 쭈쭈 소리를 내며 두터운 입술로 사정없이 키스를 했다.

"으음."

소윤은 남편의 욕심 많은 키스를 음미했다.

"밥 안 먹어도 돼요?"

"응."

"나 안 씻었는데?"

"나도 안 씻었어. 같이 씻자. 좀 있다가."

수안의 음흉한 미소에 다시 몽롱해졌다. 잠시 후 소윤은 작은 소리로 말했다.

"사랑한다고 말해봐요."

"사랑해."

옷을 벗기며 수안이 대답했다. 그의 사랑한다는 소리가 머리와 마음속에 메아리칠 무렵 그녀도 답해왔다.

"나도 사랑해."

예정보다 좀 일찍 태어나는 바람에 제때 못 온 가족들은 하루 늦게 소식을 듣고 기대감을 갖은 채 우르르 병실로 향했다. 이미 소윤은 꼬박 하루를 진통하고 아기를 낳아서 지쳐 깊이 잠들어 있었다. 그 옆에서 수안은 아내의 잠든 얼굴을 바라보며 앉아 있다가 문이 열리자 일어섰다. 그들은 소란스러움을 죽이고 차례로 들어왔다.

아기가 태어나기도 전에 딸임을 알고 김인산을 비롯한 김씨 집안 온 가족이 더욱더 기뻐했다. 오로지 아들 손자들만 가득한 집안에서 손녀가 태어난 것이 신기하기까지 했다. 그래서 그들이 선물한 분홍빛 아기 물품은 방 전체를 채울 만큼 넘쳐 났다.

아들만 내리 셋을 낳은 수창과 연주도 기대감이 큰 채 눈을 크게 뜨고 막 태어난 수안과 소윤 2세와의 첫 만남에 들떠 있었다. 연주는 아들 셋을 낳고 나선 그들 유전인자엔 딸이 없음을 절감하며 그만 낳기로 선언했다. 막내 태영을 낳은 지 육 개월이 넘어섰지만 몸조리를 잘해서 그녀도 아기도 건강했다.

드디어 간호사가 아기를 데리고 왔다. 이미 수안과 소윤은 친정 부모님과 함께 아기와의 첫 대면을 가졌다. 친정 부모님은 지금 잠깐 밖으로 나간 상태였다. 김인산과 박정은 그리고 수창과 연주는 김씨 집안의 공주님과 인사를 하려고 활짝 웃으며 동시에 들여다보았다. 잠시 침묵이 드리웠다. 가족들의 눈은 아기를 열심히 보았다. 연주조차도 고개를 갸우뚱거렸다.

"딸이라고 하지 않았냐?"

김인산이 물었다.

"딸이에요."

"딸이래요, 아버지."

수안의 말을 수창이 전했다.

"아들이 아니고?"

"네."

"정말?"

이번엔 수창이 형에게 다시 물었다. 수안이 고개를 끄덕거렸다.

아기는 첫눈에도 수안의 자식임을 말해주었다. 이목구비와 얼굴 색깔이 그대로 닮아 있었고, 가끔씩 자면서 짓는 표정도 딱 수안이었다. 설마, 딸일까 싶어, 가족들은 다시 유심히 바라보았다.

"건강해서 다행이에요. 산모나 아기나."

수안이 뒤에서 말했다.

"튼튼한 것은 한눈에도 알 수 있어."

수창이 참견하자 연주가 얼른 끼어들었다.

"아기가 막 태어났을 땐 제 모습이 아니에요. 이제 점점 예뻐질 텐데, 기대가 된다."

"울 태웅이, 태원이, 태영이는 아들인데도 태어나자마자 예뻤는데……."

연주가 노려보며 눈치를 주자 수창은 약간 누그러진 채로 아기 이름을 열심히 불렀다.

"유진아, 유진아."

"유진아, 예뻐져야 한다."

수창이 너무 진지해서 그 누구도 말릴 수가 없었다. 박 여사는
한참을 들여다본 후 귀티가 난다고 말했고, 김인산은 건강이 최고
라면서도 다시 물었다.

"딸이 맞냐?"

"네, 맞아요."

수안은 확실하다는 듯 대답했다.

연주가 귀엽다고 말할 때마다 수창은 예뻐져야 한다고 절실히
되풀이해서 분위기를 숙연하게 만들었다. 한참 후 아기에게 적응
하던 가족들은 아기가 막 잠에서 깨어나 하품을 하자 순간 모두
놀랐다.

"헉."

아빠처럼 입이 아주 컸기 때문이다.

"네, 딸이에요."

수안은 아버지가 뒤돌아보자 묻기도 전에 대답했다.

그래도 수안에게는 가장 소중하고 어여쁜 딸이었다. 가족 중 제
일 먼저 충격에서 벗어난 수안과 소윤은 며칠 후 집으로 돌아와
오래 걸려 얻은 자식을 바라다보았다.

소윤 또한 수안을 너무도 닮은 건장한 딸을 볼 때마다 조금씩
놀라긴 했지만 볼수록 사랑스러웠다. 자신과 눈을 맞추는 걸 자랑
하며 소윤은 남편에게 기댄 채 아기를 소중히 안았다. 수안을 빼
닮은 아기를 원하던 소망이 이루어진 것을 감사하며, 아들을 빼먹
은 자신의 실수는 아무렇지 않았다.

"우리 유진이 예쁘죠?"

"응, 예뻐."

아기를 들여다보는 수안과 소윤의 미소는 서로 닮아갔다. 그렇게 그들은 서로를 사랑하면서 부족함없이 아기와 함께 행복함을 느꼈다.

Epilogue – I

안양에 있는 온정에 도착했다. 수목원을 연상시키듯 각종 나무들이 많아서 푸른 공기가 참 맑았고, 그 사이로 따뜻한 바람이 온화하게 불었다. 수안은 소윤이 유진을 안아 들고 나오는 것을 도와주고 나서 같이 건물을 바라다보았다.

"여기야, 수호 사는 곳이."

"와, 너무 아름답다."

처음 와보는 소윤이 감탄했다. 낮은 돌담에 사람의 손을 적당히 탄 나무들과 꽃들이 아름답게 자리 잡은 곳이었다. 벽돌로 된 튼튼한 건물은 층층마다 넝쿨로 둘러싸인 채 숲 속에 온 듯 편안했다. 생각보다 규모가 컸지만 건물이 불쑥 드러나지 않고 자연과 조화를 이루는, 학원과 갤러리 등의 복합 시설로 온정은 문턱이 낮은 가족들의 문화 휴식처였다. 그곳으로 많은 사람들이 오고 갔지만 빽빽한 느낌보다 한가로운 여유가 느껴졌다.

따사로운 봄 햇살의 활짝 핀 꽃들 속에서 잠시 발걸음을 떼지 않고 아름다움을 만끽하던 소윤은 방금 잠에서 깨어나 칭얼댐 없이 순하게 눈을 뜬 팔 개월 된 유진에게 뽀뽀를 했다. 수안도 소윤의 어깨를 감싼 채로 까만 머리와 통통한 아기 뺨을 만지었다. 엄마와 아빠를 보면 기분이 마냥 좋은지 유진이 까르르 웃으며 명랑한 옹알이를 시작했다.

"한 폭의 그림인데?"

수안과 소윤은 소리 나는 쪽으로 동시에 고개를 들었다. 수호가 그들에게 다가오고 있었다. 소윤은 깜짝 놀랐다. 수호가 훌쩍 떠난 후 처음 보는 것이고, 그동안 시간이 흘렀다 해도 많이 달라보였기 때문이다. 이목구비는 그대로였다. 그러나 별다르게 행복하다는 기운 없이도 편안한 기색이 그를 빛나게 했다. 평범하면서도 빛이 나는 인상은 많이 부드러워져 있었다.

"잘 있었어?"

"응. 형도 그렇지? 잘 지내는 게 눈에 보인다."

"그래, 일은 잘되고?"

"응. 형은 어때?"

"그렇지 뭐."

"배 안 고파?"

"배고프다."

"밥 줄게."

본 지 꽤 된 걸로 아는데 수안과 수호는 짧은 말투로 스스럼없이 서로의 팔뚝을 툭툭 치며 그들 식대로 반가움을 나타냈다. 늘 옆에 있는 사람들 같았다. 수호는 소윤에게는 정중하게 안부인사를 하고, 유진에게도 활짝 웃으며 반가워했다.

"얼른 들어가자. 조심하세요. 형수님, 이쪽엔 자갈을 깔아서 울퉁불퉁해요."

신경 써주고 나서 수호는 먼저 가서 아내를 불렀다.

"전엔 실감을 못했는데 징밀 미님이시다."

소윤은 예전에 몰랐던 감탄을 남편에게 귓속말로 속삭였다. 그러나 수안이 당연하다는 듯 원래 수창과 수호는 자신과 다르게 미남이었다고 말해, 그녀는 깜짝 놀라며 얼른 반박했다.

"아니에요. 당신도 잘생겼어. 당신이 더 잘생겼어요. 미남은 아니지만 잘생긴 것은 당신이지."

수안이 웃자 소윤이 더 박박 웃기었다. 품에 있던 아기도 뭐라고 옹알이를 세차게 했다.

"봐요, 우리 유진이도 그렇다고 하잖아요."

"우리 두 공주님이 그렇다면 그런 거지. 알았어."

두 사람은 행복한 미소를 짓고 안으로 들어갔다.

건물 뒤로 나지막한 집은 소박하면서 아름다웠다. 집 밖에도 정원이 잘 꾸며져 있었는데 내부도 발코니에 화분이 가득해서 푸르렀다. 소윤은 깔끔한 집 안을 눈으로 둘러보며 감상했다. 사이즈가 제각각인 여러 그림이 조화롭게 걸려 있어 예술적 분위기가 풍기며 아늑함이 퍼지었다. 지령이 그들을 거실로 맞이하며 차와 과일과 직접 구운 듯한 과자를 내왔다.

소윤은 지령이 좋은 사람인 것을 한눈에 느낄 수 있었지만 연주처럼 처음부터 친근하진 않았다. 오히려 전혀 몰랐던 사람이 아닌 것이 그들을 조금은 어색하게 만들었다. 그러나 세한그룹 며느리였던 모습은 어디에도 찾을 수 없었다. 그만큼 수호와 잘 어울렸다.

지령 또한 예의를 깍듯이 차리는 것을 보면 불편하게 생각하는 듯했다. 하지만 시간이 지나면 친하게 지낼 수 있을 거라고 소윤은 느긋하게 생각했다. 억지로 친해지기보다 그것이 좋을 거라고 보았다.

수호는 손을 씻고 유진을 안아 들었다. 순하고 밝은 아기라 쉽게 잘 웃었다.

"예쁘네, 우리 유진이!"

유진은 아빠를 많이 닮은 아기였지만 수호의 눈엔 귀엽고 사랑스럽게 보이었다. 게다가 아들 둘만 있는 그에게 온 얼굴로 애교스럽게 웃는 유진과 놀아주는 것이 무척 즐거운지 품에서 놓을 줄 몰랐다. 잠시 후 수호의 아이들이 낮잠에서 깨어나 방에서 부스럭거리며 나왔다.

"큰아버지셔, 인사해야지."

지령의 말에 두 형제는 나란히 서서 인사했다. 네 살과 세 살인 아기들은 수호와 지령을 반반씩 닮았고, 총명하고 활기차 보였다. 세 살짜리는 외모상 수호를 좀 더 많이 닮았는데, 수안의 무릎에 앉아 과자를 먹으면서도 다른 손에 장난감을 놓지 않은 채로 형이 마음에 드는 물건을 만지면 그것도 달라고 떼쓰는 욕심쟁이였다.
그래도 수안은 귀여운 듯 바라보았다.

"이름이 뭐야?"

알고 있었지만 제 입으로 말하는 걸 듣고 싶어서 수안이 물었
다.

"준수. 김준수."

혀 짧은 소리로 말하는 준수에 이어 묻지도 않았는데 네 살짜리
가 대답했다.

"김인수입니다."

"이리 와."

수안이 부르자 인수가 쪼르르 달려왔지만 준수가 품에서 일어
나려 하지 않아 둘이 티격태격했다. 그러나 곧 인수가 양보하고
소윤한테로 갔다. 인수는 좀 더 온화하게 생기고 고집도 약간 있
어 보였지만 대답도 잘하고 형으로서 양보도 잘하는 편이었다. 준
수는 가족들의 관심이 유진에게 모아지는 것도 샘나는 표정으로
곧잘 떼를 써서 수안이 달래주었으나 인수는 아기와 함께 노는 걸
좋아했다.

부담없는 대화를 하며 오랜만에 수안과 수호는 회포를 풀었다.
식사를 한 후 즐거운 시간을 보내면서 산책도 하고 다른 가족들의
안부도 나누었다. 그러나 수안은 이연이 우현과 결혼해 가정을 이
루었고, 임신했다는 사실은 말하지 않았다. 그것은 감정적인 수창
까지도 절대 말하지 않는 금기 사항이었다.

수안과 소윤은 점차로 날이 많이 어둑해지자 아쉬운 듯 아기와

함께 자리에서 일어났다. 아기는 피곤했는지 품에서 잠들어 있었
다.

"부모님이 보고 싶어하신다. 집에 와."

"……."

대답이 없었다. 수안은 거짓말 못하는 수호를 부드럽게 바라보
았다.

"아버지 다녀가셨지?"

"응."

"뭐라 그러시던?"

"그냥 식사하시고 아이들하고 놀다 가셨어."

수안은 아버지가 수호 대하는 법을 터득하셨음을 알았다. 상처
를 치유했지만 수호는 자신의 영역에서 떠나지 않으려는 동물처
럼 굴었다. 그곳에 있어야 자기답게 살 수 있다고 보는 것 같았다.
누구도 억지로 잡아끌 수는 없었다.

"돌잔치에 안 올래?"

"선물 보낼게."

이미 수호와 지령은 그들 차에 그림이며 화분이며 음식이며 잔
뜩 실어주었다.

"그래."

수안은 이해했다. 수창 빼놓고 가족들은 다 이해하고 있었다.
어려운 고비 넘기고 겨우 이룬 가정을 지키고 싶어하는 마음을.

"또 놀러올게."

"자주 오지 마."

수호는 경고하면서도 형과 포옹했다. 소윤과 지령은 뒷전에서
그들의 형제애를 흐뭇하게 바라보았다. 온 가족의 배웅을 받으며
수안과 소윤 그리고 아기는 서울로 다시 느릿하게 출발했다.

Epilogue – II

친지들만 부른 채로 유진의 조촐한 돌잔치가 열리었다. 유진의 다양한 사진들이 벽에 전시회처럼 걸려 있고, 풍선과 리본으로 꾸민 작은 연회장은 소담하고 예뻤다. 육 개월 전 태영의 돌잔치는 태웅과 태원이 그랬던 것처럼 화려하고 북적댔다. 친지뿐 아니라 수창과 연주의 친구들인 해신과 재건, 유민영 부부, 주성, 민희 부부 등 모두 놀러와서 돌을 핑계 삼아 즐거운 시간을 가지었다. 연주와 수창은 드레스와 연회복 차림으로 다시 결혼하는 기분을 살렸다. 수창은 아내가 아들 셋을 낳아도 미모가 변치 않음을 새삼 뿌듯하게 생각할 정도였지만 연주는 드레스를 입어야 한다는 남편의 고집 때문에 다이어트를 하느라 스트레스를 엄청 받았다. 그래도 몸매를 유지할 수 있어 불만은 없었다.

오늘 돌잔치는 그때와 분위기가 사뭇 다르게 조용했다. 수안은 유진의 돌을 맞아 자선단체에 기부를 하며 뜻 깊게 보내길 원해서 고요하고 편안한 돌잔치로 진행되었다. 사회자나 이벤트 없이 소모임으로 테이블마다 간단한 식사를 하고 클래식 음악을 들으며 저마다의 담소를 나누고 있었다.

연주는 소소한 일들을 도우려 소윤에게 가 있는 상태고, 수창은 부잡스러운 세 명의 아들들을 한꺼번에 돌보느라 애를 쓰고 있지만 벌써부터 일곱 살짜리아 다섯 살짜리는 품에서 삐져니기 비렸다. 태웅은 워낙 사람들을 좋아해서 사방을 돌아다니고, 유독 못되게 구는 미운 다섯 살 태원도 장난거리를 찾고 있었다.

"태웅아, 뛰어다니지 마."

"태원아, 던지지 마."

"태영아, 흘리지 마."

수창은 시야에서 벗어나지 않게 아들 둘을 시선으로 쫓고, 품에서 음식을 먹고 있는 막내에게는 가끔씩 부드러이 주의를 주며 뺨에다가 뽀뽀를 했다.

"아빠, 아빠, 아빠."

"응, 그래."

막내를 살펴보니 또 앞머리가 핀으로 살짝 꽂아져 있었다. 여자아이처럼!

워낙 예쁜 아이라 머리가 조금만 길면 여자아이처럼 보이는 데 가뜩이나 머리핀을 하니 더욱더 그러해서 불만스러웠다.

"여보!"

수창은 살짝 핀을 뽑으려다가 부르는 소리에 돌아보니 연주가 눈을 치켜뜨고 있었다. 소윤이 선물한 원피스를 입은 그녀는 아름다우면서도 눈빛 때문에 무서운 모습이었다.

"알았어."

잠시뿐이란 걸 잘 안다. 수창은 아내의 비위를 맞춰주기로 했다. 잘못한 것이 있기 때문이었다. 거짓말만 아니었으면 태영은 태어나지 않았을지 모른다. 너무나 딸을 갖고 싶은 마음에 피임을 하고 있는 연주를 설득하기 위해 꽃과 나비 등 풍성한 꽃밭을 연속 꿨다는 거짓말을 줄창 해댔고, 거의 태몽으로 믿게 했다. 아내도 딸을 간절히 원했기 때문에 쉽게 넘어갔다. 그러나 술 취해 횡설수설하다가 딱 들킨 것이다. 태영은 엄마의 속상함으로 아마도 세 살 때까지는 이 머리핀을 하고 있어야 할 것 같다.

"울 불쌍한 태영이!"

태영이 품에서 나오더니 엉성하게 걸어나가려 했다. 수창은 따라가려다가 방금 들어오는 친구를 보았다.

"안녕, 태영아!"

바지 정장인 해신이 모처럼 정후를 데리고 왔다. 잔병치레를 좀 했던 정후가 건강한 안색으로 엄마 품에서 꿈지럭거렸다.

"왔냐?"

"왔다."

그들의 인사는 오랜 우정 탓에 무척 간결했다. 해신은 시원스런 모습 그대로였다. 사장으로 취임했는데도 수창에겐 달라진 것이 없는 친구, 강해신이었다.

"재건이는?"

"정규하고 있어. 곧 올 거야. 정규가 호기심이 많아서 이리저리 보여주느라고."

정규는 정후와 이란성 쌍둥이로 남자아이이고, 정후는 여자아이였다. 그들은 한꺼번에 원하는 아들과 딸을 얻은 셈이다.

"얘는 왜 이리 예쁘냐?"

"예쁘지? 내 딸이지만 참 예뻐."

해신은 정후을 수창에게 넘기고 자신의 발을 잡고 있는 예쁜 태영을 안아 들며 뽀뽀를 해주었다. 태영은 침을 질질 흘리며 웃고, 반대로 정후는 칭얼대었다.

"이렇게 예쁜 여자 아기는 첨이야."

수창은 만화 속에 나올 법한 커다란 눈의 예쁜 정후를 보며 신기해했다.

"날이 갈수록 날 닮은 것 같아."

수창이 해신을 보더니 비웃었다.

"정말이라니까."

"야, 입에 침이라도 바르고 거짓말을 해. 이목구비가 완전 재건이구만. 눈 크기가 네 눈의 세 배다. 네 배인가. 네 아들이 널 닮았지."

해신은 수창의 지적에도 어깨를 으쓱거리며 무시해 버리고, 태영과 눈을 맞추었다. 아기가 활짝 웃자 해신도 같이 웃었다.

"태영이도 성격은 너 안 닮았구나. 태웅이처럼. 훈남 되겠어요. 태원이는 어떡할 거냐? 타고난 성격이 안 좋으니?"

"이게 아기한테 할 소리가 있지? 울 태원이가 어때서?"

그때 뭔가 던지는 소리가 들렸다. 방금 합류해서 해신과 반가운 인사를 하려던 연주가 급히 그쪽으로 갔다. 다섯 살 반인 태원은 지금 미운 다섯 살이다. 아니, 여섯 살, 일곱 살, 여덟 살, 어른이 되어도 미운 짓은 계속할 것 같아 걱정이었다.

"얼굴도 성깔도 딱 너다."

"사실, 나보다 심해."

연주가 태원을 잡아끌고 밖으로 나가는 걸 보고 수창이 말했다. 그런 후 걱정이라는 듯 긴 한숨을 쉬며 막 연주와 태원에게 가려던 순간, 재건이 정규를 데리고 그들 쪽으로 왔다. 정규는 같은 세 살이라도 정후보다 크고 튼튼했으며 의젓하게 인사를 했다.

"정규 왔구나."

"아빠!"

정후가 울먹이며 손을 뻗자 재건이 수창에게서 빼앗듯이 아기를 안아 들었다.

"야, 여자아이를 그렇게 막 안으며 어떡해. 애가 불편해하잖아."

"내가 뭘?"

"남자아이만 키워서 세심함이 없어."

재건이 계속 여자아이를 보살피는 데 필요한 태도를 설명하자 해신은 눈으로 웃고 수창은 짜증이 잔뜩 일었다.

"야야, 됐어. 시끄러워. 너만 딸 있어? 우리 집에도 엄연히 딸이 있어."

　그때 마침 수안과 소윤이 유진을 안고, 주인공처럼 멋드러지게 등장한 것이 아니라 자연스럽게 나왔다. 수안은 양복을 잘 차려입고 소윤은 한복으로 맵시를 냈다. 수창이 미련없다는 듯 그들에게로 가더니 한복을 예쁘게 입은 유진을 덥석 안아 들었다.

　"아구, 아구, 아구, 우리 귀염둥이."

　그렇게 뽀뽀를 하며 아주 귀여워하다가 잠시 후 이리저리 유진을 살펴었다.

　"조깅이 안 좋이, 조깅이."

　손과 발이 유독 크고, 커다란 입으로 하품을 하자 수창이 걱정스럽게 혼잣말을 했다.

　"엄마 닮았어야지. 아빠를 이렇게 많이 닮으면 어떡해."

　수창이 수안과 유진을 번갈아 보며 중얼거리자 수안의 표정이 일자가 되었다.

　"그래도 콧대는 아빠를 닮았어야지. 콧대는 엄마를 닮으면 어떡해."

　수안이 수창의 등짝을 찰싹 때렸다.

　"알았어. 울 유진이 예뻐지자. 예뻐지자."

　"뿌뿌뿌."

　유진이 수창을 보고 뭐라고 옹알거렸다. 수안과 소윤은 유진에 대해 하도 많이 듣는 얘기라 적응이 된 표정이었다. 그래도 그들 눈엔 유진은 사랑스러운 아기였다.

　"와, 예쁘다."

　태웅이었다. 앙증맞은 한복을 입은 유진을 보고 태웅이 달려와 말했다.

"넘, 넘, 넘, 예뻐요. 넘, 넘, 넘⋯⋯."

또 시작이었다. 태웅은 잘생긴 얼굴과 튼튼한 몸으로 축구와 태권도 등 활동적인 운동을 잘하는 일곱 살의 남자아이이지만 오로지 혼자만의 특징이 하나 더 있었다. 그것은 예쁘다는 말을 하길 좋아한다는 것이다. 그것이 좀 지나쳤다. 태웅이 자신의 유치원 단짝이 넘넘넘 예쁘다고 해서 기대했건만 그 아이는 귀엽지만 못난 아이였다. 수창은 깜짝 놀랐다. 태웅의 색다른 미적 가치 때문에 온 가족이 '넘넘넘'의 의미를 잘 알고 있었다. 그래서 넘넘넘⋯⋯ 이 많아질수록 수안과 소윤이 난처해졌다.

태원도 어느새 엄마 품에서 벗어나 과일과 떡 등으로 잘 차려진 상단 쪽으로 오더니 유진을 바라보았다.

"넘넘넘넘⋯⋯."

"으윽, 못생겼어."

형의 목소리를 들으며 태원이 밉게 말했다.

"넘넘⋯⋯ 못생겼어요."

그 바람에 예쁘다고 하려던 태웅의 말이 태원에 의해 어긋나 버리고 동생과 똑같이 나와 버렸다.

"푸푸푸, 못생겼어. 못난이."

유진은 그런 태원을 가만히 보다가 입술을 쭉 내밀었다.

"잠깐만."

수창은 유진이 울기 전에 얼른 태원을 품에 안고 도망갔다. 태원이 또 뭔 일을 할지 모르기 때문이다. 지난번 친구 아들에게 못생긴 뚱땡이라고 놀려 자기보다 서너 살 많은 형을 울리는 데 성공했다. 그리고는 씩 웃는 폼이 꼭 예전 자신을 닮아 수창은 소름 끼쳤다. 미혼일 때 자기가 얼마나 못됐는지 태원을 보고 깨달은 것이다.

"너 자꾸 그러면 혼나."

"못생겼어."

"예뻐진다니까."

"못닌이. 바보. 놀려줄 거야."

수창은 고개를 절레절레 흔들었다. 연주와 수창은 태원이 한두 살 더 먹어서도 말썽을 피우면 그땐 말로만 하지 않고 꼭 엉덩이를 때려주리라 마음먹고 있었다. 그러나 지금은 아니었다. 하지 말라고 계속 타일렀지만 태원은 알아들을 기미가 없었다. 어쩔 수 없이 어디 못 가게 꼭 안은 채로 구석에서 상단 쪽을 슬쩍 보았다. 태웅이 태원 때문에 놀라 경기를 일으켰다. 여기서도 태웅의 큰 목소리가 다 들리었다.

"큰아버지, 유진이는 못생기지 않았어요. 넘넘넘넘넘…… 예뻐요."

태웅이 숨넘어갈 듯이 말하더니 딸꾹질까지 연속으로 했다.

"불쌍한 것."

수창이 중얼거렸다. 다행히 수안이 그런 태웅을 품에 안아 들고 등을 쓸어주며 달래주었다. 수창은 안도한 후 다시 태원을 내려다보았다.

"말썽 피우지 마. 그런 것 닮으면 안 돼. 얌전하게 굴어."

"아빠, 미워. 아빠도 바보."

"이놈이 정말."

수창은 그래도 태웅과 태영은 착해서 다행이라고 여길 때 울음소리가 들리었다. 고개를 돌아보니 태영이 자기보다 두 살 많은 누나인 정후의 뺨에 침 흘린 입술을 딱 갖다 대며 뽀뽀를 하고 있었고, 정후는 울고 있었다. 재건이 제 딸에게서 태영의 입술을 떼어내려 했지만, 순하지만 한 번 고집 부리면 결코 말을 안 듣는 태영이 잘 안 떨어지자 억지로 떨어뜨렸다. 그 바람에 태영은 큰 소리로 울음을 터뜨렸다.

"어어어, 울지 마. 태영아, 착하지."

재건은 난처한 듯이 얼른 태영을 안아 들고 달래었지만 울음은 잦아들지 않았다. 태영이 잘 울지 않지만 또 한 번 울면 얼마나 오래가는지 잘 알기 때문에 수창은 씩 웃었다. 재건은 식은땀을 흘리며 어쩔 줄 몰라 했다.

"태영이 울어, 바보."

"동생한테 바보라니? 뭐든지 맘에 안 들면 바보야? 이놈이, 혼난다. 말 들어."

태원의 입술이 삐죽댔다.

"태영이는 재건 아저씨가 잘 보살펴 줄 거니까. 우린 엄마 찾으러 가자."

수창은 태원을 혼내줄 듯 아무렇게나 허리춤에 안아 들고 방향을 틀었다.

수안은 지정 사진작가가 계속 자신들을 찍는 걸 감수하고 있었다. 그래도 남는 것은 사진이기에 많이 찍어서 나쁠 것 없다는 아내의 말에 따른 것이다. 유진은 사진을 찍을 때마다 방긋 웃었다. 그 옆에는 태웅도 같이 있었다. 태웅이 예쁘다는 말을 남발해서 좋아하는 사람은 유진밖에 없었다.

"이제 가족사진 찍어야 하니까, 태웅아, 좀 비켜줄래?"

"괜찮아요. 그냥 찍어주세요."

사진사가 수안이 말에 고개를 끄덕거렸다. 동생들의 자식들도 자신의 자식이나 다름없는 데다 태웅은 이 집안을 이끌어갈 맏이로서 수안과 소윤에겐 아들처럼 느껴졌다.

"내가 좀 늦었지?"

혜주가 달려왔는지 숨을 가라앉히고 나서 언니부부에게 아는 척을 하고 얼른 소윤과 수안에게로 와 유진을 안아 들었다. 유진은 혜주를 알아보고 고개를 기울이며 사랑스럽게 웃었다.

"아이, 우리 예쁜이. 몸 전체로 웃는 것 좀 봐. 에휴, 엄마 좀 닮지. 그럼, 더 예뻤을 텐데……."

그래도 혜주는 이 세상 아가들 중에 유진이 가장 마음에 들었다. 소윤의 네 명의 오빠들도 귀엽다며 연달아 안아주느라 대기실에서 유진이 신나했었다. 잘 웃는 아기로 인해서 큰오빠들도 즐거워했고, 현준 오빠의 아내인 제나도 서툰 한국말로 아기와 놀아주려 애썼다.

"결혼해서 이모도 아기 가지고 싶지 않아?"

"난 결혼은 답답해."

혜주는 자유인이었고, 소윤은 그런 혜주를 이해했다. 춤추고, 강의하고, 여행하고, 사랑하며 살아가는 그녀의 삶을.

화기애애한 대화들이 가족들에게서 흘러나왔다. 소윤은 사랑하는 사람들이 주위에 있다는 것이 큰 행복으로 다가왔다. 남편과 아기, 부모님들, 막내이모, 오빠들, 오빠들의 아내, 연주, 형제들, 그리고 그들의 아이들, 사랑하는 사람들이 눈에 가득 들어왔다.

부모님들은 서로 대화를 친근하게 나누진 않았지만 사돈끼리 흐르던 어색한 기류는 많이 사라졌다. 소윤의 출생 문제 때문에 시부모님이 가진 언짢음은 시간과 아기로 인하여 많이 누그러졌다.

박정은 여사는 유진이 아들을 닮아 고상하다며 아끼었다. 그도 그럴 것이 아기는 벌써부터 할머니의 옥으로 된 장식품 등을 좋아했고 한복 입는 것도 신나했다. 할머니 물건 만지는 걸 유독 좋아하더니 돌잡이를 하기 전에 박정은 여사의 브로치를 먼저 쥐었다. 그리고 가족들의 온 기대에 돌잡이 물건을 여러 개 잡았는데, 돈과 실과 연필을 집어 사람들의 박수를 박고 아기도 좋아했다. 구혜진 여사는 눈물까지 글썽였다.

수안은 아이의 웃음을 소윤과 공유하다가 가족들을 보았다. 그는 주위를 둘러싼 아늑한 기운을 느끼었다. 이 평온한 행복을 장남으로서 오래 지키고 싶었다.

"행복해요?"

소윤이 작은 소리로 묻자 수안이 대답했다.

"행복해."

소윤이 활짝 웃었다. 두 사람은 흔한 듯 흔하지 않은 이 행복을 어렵게 두 손으로 잡은 것을 놓치지 않기 위해 노력할 거라고 서로의 눈을 보고 다짐했다.

곧 단체 사진을 찍을 때가 왔다. 무슨 단체 사진이냐며 유치하다고 툴툴대는 수창은 태원을 데리고 제일 먼저 자리를 잡았다. 김인산은 주머니에서 수호 가족사진을 꺼내 보다가 다시 넣어두었다. 다음번에는 아내와 함께 온정에 가기로 했다.

가족이 차례로 모였다. 수인과 소윤이 유진을 안은 채 중앙에 자리 잡자 그 주변을 가족들이 에워쌌다. 태웅은 수창과 연주 앞에 서서 옆에 있는 유진의 발을 잡고 있었고, 태원은 미운 표정으로 웃으라는 사진사의 말을 간단히 무시했으며 재건은 태영과 정후를 같이 계속 안느라 팔뚝이 쑤시고 아파왔으나 울지 않게 하려면 어쩔 수 없었다. 해신은 그런 재건 옆에 다정히 서서 정규의 손을 잡았고, 재건은 그 와중에도 해신과 속닥거렸다.

그 외 가족들과 친척들은 뒤로 자리를 잡으며 사진사의 지시에 따랐다. 이렇게 한 울타리 같은 가족들의 사진을 찍었다. 곧 아이들은 활기찬 목소리와 몸놀림으로 잠깐의 정적을 깨뜨리고 주위 사람들도 이야기꽃을 피웠다. 아이들은 어른들의 시선 안에서 장난을 치며 떠들어댔고, 어른들의 얼굴에선 미소가 감돌았다.

앞으로 그들은 2세들이 개성있게 커가면서 보여주는 성장들을 즐겁게 받아들일 것이다.

『고요 속 외침』은 치유시리즈 중 네 번째 이야기입니다.

벌써 네 번째, 치유라는 이름을 달고 이들을 생각하며 살았습니다.

완벽한 인물에 대한 마음도 있는데, 치유시리즈는 유독 뭔가 부족한 인물들이 많이 나온 것 같아요. 그럼에도 그들에게 매력이 있어, 편 들어주고픈 사람들 얘기를 하고 싶었나 봅니다.

소윤은 참 많이 어린 면이 부각된 여주인데, 결혼이 그녀에게 하나의 성장통이 되어버렸습니다. 그러면서 하나의 가정을 꾸릴 수 있는 사람이 되어가지 않았나 싶습니다.

결혼을 안 해봐서 자세히는 모르겠지만. 아, 결혼하고 싶다. ^^

하여튼 전혀 어울릴 것 같지 않은 자상하기만 한, 나이가 좀 되는 남편을 만나서 위기 속에서 서로 감정을 알아가는 진정한 연인 같은 부부로 되어가는 과정을 쓰려고 했습니다.

수안이도 보통 남주처럼 아주 멋진 인물은 아니지만 자기 식으로 고통을 삼키며 주어진 일상을 터벅터벅 살아가는 남자로서 그리고 싶었습니다.

소윤의 출생비밀이 나오는데, 사실 이 장면은 스스로도 고민을 많이 했습니다.

너무 흔한 소재가 아닐까 했지만 소윤이 수안을 만날 수밖에 없는 여러 가지 배경이나 그녀의 성품이 그런 식으로 설명이 된다고 혼자 느꼈어요.

　글을 쓰면서 항상 부족함을 느끼지만 그 부족함을 자꾸 메우려고 하다 보니 혼자만 느끼는 슬럼프가 올 때도 있어요. 그래서 요즘은 내 부족함보다 나의 장점을 생각하려고 노력 중입니다. 부족하지만 매력있는 글을 쓰는 삭가가 되고 싶어요. 물론 많은 노력과 내 사신을 깨는 작업도 필요하겠죠. 그래도 좋아하는 일이니까요.

　한 살 또 나이 먹으니까 나이가 압박하지만, 그 나이대로 내 자신을 생각하기보다 지금 내가 느끼는 것으로 나를 생각하려고 합니다.
장해서,
이 이름으로 오랫동안 여러분을 만나고 같이 공감했으면 합니다.
마지막으로 '해서네 가족분들' 께 깊은 감사드립니다.
청어람 식구들, 모두 감사드리구요.
제 가족과 친구들에게도 감사드립니다.
그리고, 장해서를 사랑해 주시는 모든 분들께 말하고 싶습니다.
고맙습니다. ^^
행복하세요.

—장해서.

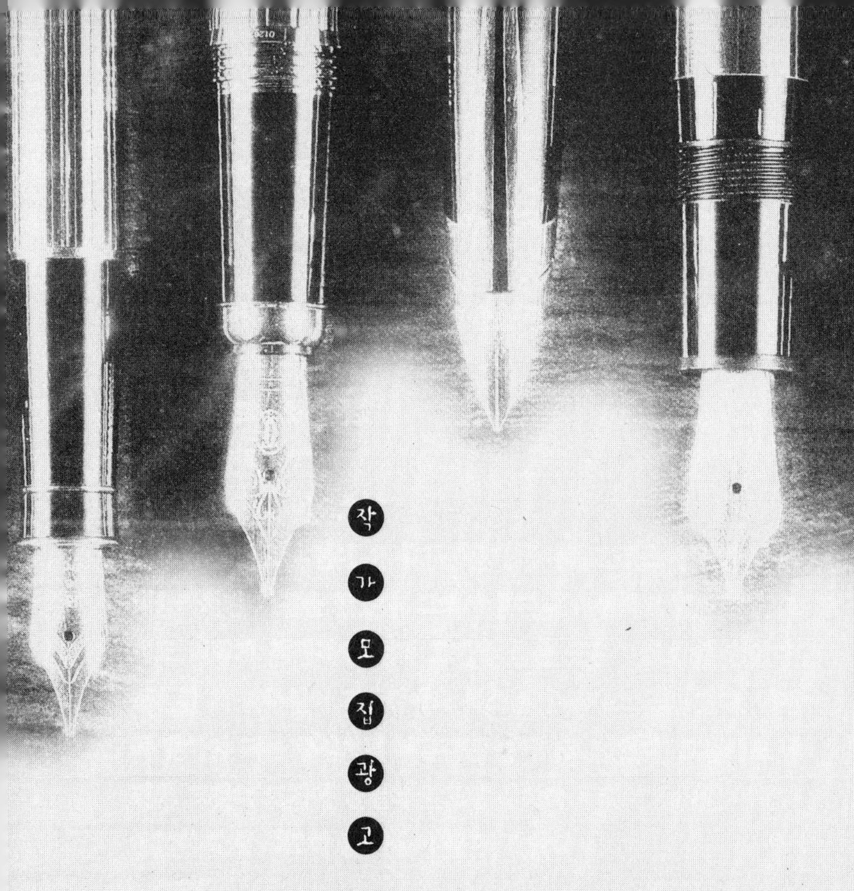
작
가
모
집
광
고